民国

武侠小说
典藏文库

泗水渔隐卷

民国
武侠小说
典藏文库

泗水渔隐卷

血海潮

第二部

泗水渔隐 著

中国文史出版社

目　　录

3

第一回

骆亿成私访到华阴
顾洪勋投亲陷洛口

话说上回书中叙述海岛事业已了，中间却得六剑、二十二侠、三义士、五浪人。那六剑便是血昆仑精一僧、盖关东万化刚、欧阳玉、吕豪、万里秋、吕四姑；那二十二侠便是震山倒霍一龙、马上飞魏博、旱地金龙范备、浪里霸米金炎、掠水燕米小元、赤脚傻娘米巧娘、小铁腿罗三娘、小罗汉费绰、火焦鬼傅大福、飞刀王二、天下晓吕鸣、白壁虎卓秀、掘地鼠李策、小孟尝孟卓、黑林浪子林自建、双鞭五毒孙奋、二郎神曹杰、踏浪飞邬达、海潮生米宗风、僧清光、范小郎范豹、卫世昌；那三义士便是刘向臣、傅士澄、黄湘治；那五浪人便是陆地仙钱继棠、圣手许小三、雪桃花许小妹、冷地蛇苟浩、血滴子云飞燕。共是三十六人。内中吕鸣早死，米金炎、霍一龙、魏博、范备、米小元等五人死于王事，云飞燕投入四皇子府中当布库，欧阳玉、吕豪、万里秋艺成走峋嵝峰投访罗三娘，吕四姑回家，钱继棠、苟浩创兴洪帮。此外众人如何结局，暂且按下慢表。

如今且说江南昆山地方有一位大儒顾亭林先生，名炎武，字宁人，心痛祖国沉沦，避在山中读书，后来周游四方，到了陕西同州府华阴县地方，看那处山雄地壮，就在华阴县住下，终老不归。当时随他同行的有他一个侄儿名顾斌，字有光，也有一个有骨气的读书人，秉着叔父遗教，经商立业，独行其是，不问世事。娶妻洪氏，单生一子，乳名洪勋，自小聪颖异常，不就外傅，即在家下就严父跟前教读，十六岁上，已自博通经史。在例早应赶考，图取功名，却是顾有光家教，不许儿子入清朝科场干求仕进，但叫在家习字修业。其时距清军入关已有五十余年，光阴容易，顾有光夫妇日就衰老，家道本来不裕，向日虽因营商有些积蓄，却因顾有光多年家居，顾洪勋年少不谙世故，一家有出无进，渐便有些拮据起来。夫人洪氏眼见家境日难，情知顾洪勋是有出息的儿子，却不叫读书求功名，广大门户，待要与丈夫说话，又知顾有光别有性情，不好便违拗他，只在肚里筹思。

忽一日，老夫妇两口在内厅闲坐，只见老家人顾福手持名帖入来，报说有客来拜。顾有光看那名帖，却不认得这人，正自犹豫，却待挡驾，只见儿子顾洪勋入来，报道来客已到厅上候见。顾有光只得出来接见，看那客人时，约莫四五十年纪，生得清秀不俗，重复拜问姓名，各叙礼罢，宾主分次坐下。方知客人姓骆，名亿成，河南彰德府人氏，为慕顾亭林先生大名，前来拜访顾氏。谈吐之间，甚是雅驯，说得顾有光高兴起来，便命置酒款待，叫儿子顾洪勋出来拜见。那骆亿成一见顾洪勋，便赞不绝口，说道："世兄才貌不凡，将来必是金马玉堂人物，可为老先生预贺。"

饮酒中间，道问顾洪勋所读何书，便与谈古论今。顾洪勋应对如流，骆亿成益发叹赏不止，与顾有光道："世兄如此才华，如何不捷战文场，却叫明珠暗投？虽则老先生勘破浮华，但使大才埋没山林，岂不负造物生才之意？"

顾有光听说，虽觉此言不中心意，也不免自肚里感叹，当下一笑而罢。宾主酒已，骆亿成告辞，顾有光便问贵寓何所，理当拜访。

骆亿成道："晚生浮寓无定，路过此间，特来拜谒，不敢劳动老先生尊驾。晚生不日且须进省，日后再当造访。"说罢，拜别而去。

顾有光回入室中，思量这人来得蹊跷，但看他行动举止倒是端正，也就丢了不提。

过了半月光景，华阴县调任，新县官接印，当日坐衙，传两班文武发下告示，那新县官却就是这骆亿成。

原来清圣祖仁皇帝（即康熙帝）登极，亲自临政之后，最提防明末遗老。又因康熙六年，沈天甫、夏奇麟、吕中等案发，康熙十一年，杨起隆一案闹了七八年，因此上越发注意明室遗忠。那顾亭林先生避居华阴县时，声名动天下，四方之士都相随从学。康熙帝特旨陕西抚臣加意防范，屡饬州县就近查勘，却是顾亭林先生安分守素，来清去白，州县奈可他不得。后来顾先生去世，顾氏门中依旧被官司瞩目，陕西督抚道府巴不得查出一两件逆案，可以借此升官得禄，因此凡华阴县赴任出省时，上宪都有言语嘱咐。

这骆亿成原系进士出身，选大挑一等知县，新调华阴县正堂，未到任前，私行察访，一来探讯民情，二来向慕顾亭林先生为人，也就探看顾氏家门究是何等排场，因此投名走拜顾有光。及和顾有光一谈之下，见他凛凛一表，昂昂气概，心内早自有七七八八敬服。又见顾洪勋少年倜傥，不由得自肚里感叹。

当日接任之后，照例安排各项公事完毕，点令执事衙役人等先至城隍庙进香，回身便来顾有光家中投拜。吃那顾有光挡驾不见，骆亿成心内明白，自寻思道："原是我的不是了，我如何可以这样地投门去拜？"当下吩咐回衙，也就安歇。

次日，便衣小帽，不带随从，径向顾有光家来，不待通报，直至厅上。那顾家老家人顾福认得是前次来客，和老主人很是合契，自不阻难。骆亿成止住顾福通报，直入内厅，早见顾有光在檐下散步，骆亿成抢前一揖道："老先生别来无恙，晚生拜谒来迟，多望恕罪。"

顾有光抬头见是骆亿成，叱叫顾福："本县相公屈驾，如何不先通报？"

骆亿成连忙拱手道："老先生不可如此相称，晚生虽是俗吏，料颇解山林清趣。若不相弃，尚当时时聆教。"说罢，并不相让，便自坐下。

顾有光见他如此自在，也就去了形迹，依旧与他闲谈风月，置酒管待，兴尽而散。骆亿成自告别回衙，自此三五日，骆亿成必来顾有光家闲谈，绝不提起公事勾当。顾有光也从不回拜，也就忘了他是本县正堂。如此两三月光景。

忽一日，骆亿成带了刑名师爷钱琮同来，顾有光接入内厅，分宾主坐下，谈笑多时，只见顾福入来，报道："县里差人来府，说有要事。"

骆亿成听说，起身道："既是有事，我当回衙。钱先生与顾老先生且谈一会儿，兄弟先走了。"说罢，辞别自去。

这里钱琮与顾有光谈说家世琐事，方知这钱琮字晓楼，原籍江苏太仓人氏，与顾有光本系同乡，便说起江南情形，谈得甚是契合。

钱琮乘间问道："大世兄才学不凡，如何老先生不叫出而用世？"

顾有光正色道："钱兄是我老同乡，岂不知我家亭林公以节气名天下，难道后生小子还想在清朝做官不成？"

钱琮听说，连忙应道："是是，不差。"钱琮又道，"敝东骆翁虽是一行做吏，胸次非常清明，自见大世兄之后，惊为奇才，十分钦服。敝东年逾五十，膝下尚虚子嗣，只有一位小姐，年方二八，乳名志英，才貌无双，诗词文章都能应手成篇，若配大世兄，真是佳偶天成。敝东很是有意，不知老先生意下如何？"

顾有光听说，才知钱琮来意，迟迟道："犬子顽钝无能，多承明府骆公厚爱，又得钱兄作伐，老朽且与拙荆商量，再当报命。"

钱琮连应道："最好，最好，但听老先生示下，晚生明日再当走访。"说罢，不多时，告别自去。

顾有光回至上房，与夫人洪氏商量。洪夫人正愁得儿子没出发处，听说这话，思量借此可以上达，不由得一力撺掇。顾有光思量骆亿成虽充下吏，亦且风雅不俗，因此老夫妇二人一心应允。

次日，钱琮果来顾家听回话。顾有光少不得谦逊一番，告明本意。钱琮大喜，当下回报骆亿成，两下就此择日纳聘，结了一门亲事。自此顾、骆益发亲近，常时来往，不到一年，骆亿成奉上宪差拨，调任米脂县。当时率眷赴任，钱琮相随同去。顾有光挈带儿子顾洪勋相送至郊外方回。时当初秋，天气乍寒，回至路中，正值一阵暴雨，父子二人淋得似落汤鸡一般。毕竟顾有光年老力衰，就此冒寒得病，回家调理，遍请名医，都道老年病深，不易医治，不上半月，呜呼哀哉。

顾老去世，顾洪勋悲恸号泣，守礼尽孝，自不必说，尤其伤心的是家道贫寒，凡事不能尽儿子的一番心，只得禀请洪老夫人之命做去。待到丧事完毕，安葬就绪，不道福无双至，祸不单行，洪老夫人为了添悲增伤，早自害了内病。正当秋气肃杀，也就一病牵缠，镇日价倒卧床上不起，迁延数月，病根日深，医药无效。洪老夫人自知不治，叫顾洪勋来跟前说道："我年迈到时，世上无不死之人，死何足惧，但恨不能见你长大立业。我家在这华阴县无田无屋，我死之后，你在此不了。我看你那岳父骆亿成却是个端正君子，现在米脂县为官，你不妨前去投靠，若得安身立命，亦是做人之道。"

顾洪勋听说，泪似泉涌，只有唯唯应命。当夜五更时分，洪老夫人逝世，顾洪勋才伤严父，又悼慈母，此日悲痛，不消细说，只得遵礼成服，尽将家中所有不甚紧要之物一应变卖，与母亲丧葬。亏得老家人顾福统知顾家大小之事，都交由他料理，主仆二人夜不安枕，食不甘味，好容易奉了老夫人棺木入土安奠，却是家中柴米油盐都不继，只得吩咐顾福将去家中衣服之类典卖度日。

过得残冬，转眼新春，顾福说道："公子在此不了，老夫人遗命，叫去米脂县投骆老爷，不如便去为是。"

顾洪勋道："父母之丧未除，却去投亲，如何使得？"

顾福不敢多言，只得将就苦度。又过了一两月，委实过不得了，顾福又道："公子如此尽孝挨苦，老奴怎敢多言？只是公子向日安养惯了，倘是害出病来，不是耍处。老奴服侍老主公、老主母多年，不忍见公子这般受罪，须得别做计较则个。"

顾洪勋泣着道："依你之见怎样？"

顾福道："不是老奴敢多嘴，依我之见，不若将房屋押卖了，权作盘缠，且去投那骆府。若还骆府有小觑公子时，公子有的是锦绣文章，便去进京赶考，图取功名，也就容易。"

顾洪勋听说，只是流泪，看看也就没法，只得如顾福之言，将房屋去邻近家召卖，检点杂物，收拾细软，拴束包裹，半月以上，都已就绪。顾洪勋带领顾福来至父母坟前拜别上路，顾福挑了行李，主仆二人取路投向米脂县来。无非是饥餐渴饮，晓行夜宿，走了七八日，这日将晚，思寻宿头，道问前面一座山村，地名唤作洛口。二人急急行来，正走之间，只见大路旁林子里一声呼喝，蹿出五六条蛮汉，不问皂白，将顾洪勋、顾福二人横拖直拉，转向林子便走。直把二人慌作一团，不知高低。

欲知二人性命如何，且听下回分解。

　　开卷揭出前书三十六人作一结，另以顾亭林先生楔出少年顾洪勋来，断章取义，自成一书。

　　前书统叙明末诸贤，独不及顾亭林先生，知作者早有成算，留得此公，为此书开卷也。

　　顾、骆联姻，如此写来，出人意表，而以顾洪勋秉受家教之肃，迫于环境，乃不免一行，此子路所以有伤哉贫也之感也。

第二回

金霸雄跨乌盖山
小翠力救顾公子

话说顾洪勋与老家人顾福将晚路经洛口，被众蛮汉掠向林子里窜来，只惊作一堆，不知高低。那蛮汉一边架着顾洪勋，一边拉住顾福，似牵羊一般，脚不点地，火杂杂地窜出林子。

却见是一座高山，众蛮汉带着二人上山来，走不多远，早是天黑，只见半山里火把照耀，一群人飞也似下来，叫道："有什么行货？"

这边汉子们应道："掠得两头行货来也。"

说话间，两面人会作一处，打着火把，径向僻路走上山来。顾洪勋只叫得苦，自肚里寻思："这不是盗窠是甚？今番性命休了。"当下众汉子们一拥而上，到得山顶，就火把下看时，只见一处处草棚，约有十六七间，中间一排瓦屋，两头白板门关得正紧。众汉打从左边草棚绕转，走入瓦屋内看时，正中三间大厅，点上一盏油灯，厅前两旁都是碎瓦断砖，堆得七八尺高，原来是所倒败庙宇。众汉把二人带到大厅上，就厅柱上绑了，一面叫请大王。早见一人自厅后跳将出来，就中间高椅上坐起。

看那人时，黑面圆眼，狼头虎须，好生凶险，喝问："有什么油水，快快分了！"只见众汉应一声，七手八脚，把那顾福挑的一肩行李都打了开来，一件件检在地上。那大王看了摇头道："呸！这算什么油水？你们将去都分了是了。"

顾福看了不是头路，央求道："小人陪公子进京赶考，我主仆二人无依无靠，求大王恩典，放还公子，便是杀了小人也甘心。"

那大王喝道："说什么闲话？"喝叫众汉："快把他两个杀了完结。"众汉齐应一声，早去身边掣出明晃晃尖刀，正对二人却待杀下，只听得有人叫声住，早见一人闪过身来，站在中间。看她时，却是一个女的。众汉忙撇下刀杖，面面相觑，但听示下。

那大王叫道："妹子，你有什么话说？如何不叫杀他？"

那女的道："哥哥，你不知，我在这里看得多时了。这个后生和这个老儿不是什么歹人，哥哥便放他也不妨。"

那大王道："妹子，你不知，但凡走这道儿的，最要手脚干净，上山放不得下山，劫财留不得性命。你看他不是歹人，要防他下得山去，三言两语，传到官司耳边，我这个山寨就住不得了。他便是当今万岁爷，到这里也只得斩草除根。"

那女的道："哥哥休这等说，俺们为了没路走来到这里干买卖，捞得油水便罢了，却害人家性命做什么？哥哥且放下他来，待我问一问。"

那大王道："却使不得，这是我的号令，妹子休得多言。"

说罢，喝叫众汉："快与我斩讫报来！"

那女的大怒，跳起身娇叱道："谁敢动手？今日不救他两个，休想活一个！"

说着，去背上嗖地掣出一柄长剑，对那众汉说道："还不放他下来！"

众汉望着那大王，作声不得。那大王气急败坏地说道："好，好！放，放！"

众汉方将顾洪勋主仆除绑放下，那女的按剑对顾洪勋道："你那后生，姓甚名谁？家住哪里？"

顾洪勋早吓得死去活来，倒在地上，哪里还答得出话来？顾福见了有救，便磕头道："小人顾福，公子顾洪勋，家住华阴县，不幸老主人、主母先后去世，小人陪公子将去米脂县骆府投亲，进京赶考，以此路过。"

那女的听说，兀自念道："华阴县姓顾的。"遂问顾福道，"你可知道华阴县城有姓顾的顾有光那人吗？"

顾福急道："这便是小人的老主人了……"

说话未完，猛见那大王跳起身来，忽地抓住顾洪勋，喝叫众汉："快把高椅拿来！"

吓得顾洪勋主仆魂不附体。那大王却把顾洪勋纳在高椅上坐了，扑翻身便拜。众汉都拜倒在地。那女的站在旁边，笑说道："可知我的话对哩！"

那大王一连磕头道："那是俺的恩公，今日若不是妹子做主，险些害了恩公性命。"

顾洪勋似做梦一般，不知怎生安排。那顾福却猛醒过来，连连扶起那大王，叫那众汉都起来，备问情由。

原来那大王姓金，名霸，原籍徽州人氏，因他生得一头黄发，诨名唤作金毛狮。本是猎户出身，自小熬练筋骨，学得一手好拳棒。他那妹子，小名小翠，尤会得飞檐走壁，比他哥儿益发高强，诨名唤作擦天飞。家中父母双亡，只落得兄妹二人。向走江湖，曾在陕西龙门山、武帝山一带打猎为生，只因那年有张献忠留下余党，在陕西边境打家劫舍，官司发派大队兵马剿抚，此剿彼窜，闹得好久不息。后来被官军围困在龙门山，一股匪尽数破灭。

金霸兄妹在那里谋生不得，逃至华阴县界上，被县里做公的撞见，看他是来路生人，面貌凶险，形状猥獧，便疑他是那股匪党，不由分说，将金霸兄妹二人拿住，扭送本县。那做公的见了小翠，贪色起意，半路上把话调笑，却被小翠将计赚那公人，乘间脱逃。匿至华阴县城内，道听哥哥消息。兀那做公的自被小翠计赚脱逃，越发恨毒金霸，把他先打得半死不活，拘到县堂一审时，那华阴县正是接得上宪严饬，着缉拿龙门山在逃匪徒，及拷问金霸，果然说由龙门山逃来，哪里还管他是什么猎户，便把他断作匪党，禁在死囚牢里。这边金小翠道听得县里已断他哥哥作劫盗，待要探监，又不好出面，只得乘夜间跃入衙门察探。却是那重门叠户，多少严密，如何去探？又在这人生地疏去处，有冤难诉，有话无告，宵行昼伏，寻思无计。

也是金霸命不该绝，这一晚，金小翠独自走经街头，适值天雨，来到一家门前，看看门墙高耸，是个世家，便入至墙门内避雨，这便是顾有光的家门。巧逢顾有光送客出来，瞧见小翠，当时吓得小翠慌忙躲避不迭。

顾有光打量这女子来得蹊跷，待送客去后，回身便问："你那小女子，夜来在此做什么？"

小翠瞧觑顾有光那般端正面貌，料得是个正直的人，当下拜求道："老爷搭救则个。"

顾有光一听说话口声，又不是本地人，心内益发疑虑，便叫小翠入来，备问来由，小翠细把兄妹遭祸的话说了一遍。顾有光寻思："我生平不与清朝官家来往，今此女无故投至我门，若拒而不救，不是情理。"思量一会儿，想起同州府城有一个大绅士黄延佐，此人甚是结交官吏，上下多有来往，虽是好热的人，亦且心地光明，何不写信托他去做个道理？当下想定，吩咐家人把小翠留在家下僻静处，不叫众人得知，连夜修书一封，清早派干人径投同州府城内黄府。干人到日，投下书信，黄延佐接取一看，知是顾有光的手书，想他从不与问外事，今专诚送信来此，定是冤枉不小。一面留下干人，一面当即去见同州府知府，具说原委。同州府知府素知华县顾家，此是诬良为盗勾当，哪敢延缓，立时发下札子，饬送华阴县，即予审明释放。黄延佐见同州府已严饬属县办理，方才回家，写了回信，交顾家干人带回。及顾家干人回到县城，那同州府札子也已颁到。华阴县知县本来听信公差一面之词，今奉府札，哪敢怠慢，将大牢里提出金霸，审明确系猎户，当下立即开释。

这里顾有光接得黄延佐书信，已知办妥，叫过小翠，赏发盘缠，叫她自去衙门前等候哥哥，切嘱不要再来道谢，免致外面多言。金小翠领命，千恩万谢，拜别顾有光，来县衙门等接哥哥金霸。当时兄妹相见，告说根由，金霸便要至顾家叩谢。

小翠道："顾老爷吩咐，向日不管闲事，休使外人知道，不叫你再去谢恩。常言道：'多礼不如遵命。'俺们就此走了是了。若得有生一日，且当报他活命之恩。"

金霸道："既是妹子如此说，俺们走远便了。"

当下兄妹二人曳开脚步，离华阴县径向北来。一日，来到洛口，兄妹二人身无半文，正是无奈，忽听得一阵呼哨，那洛口后山地名唤作乌盖山的，原有一伙强人，专做过路买卖，飞风也似下山来抢劫二人。二人正没出气处，施展本领，迎头痛击。为首强人名唤施良，早被金小翠使个满天星踢翻，其余盗伙见不是对手，都软求二人，启请上山。二人肚中饥饿，走得困乏，正没奈何，也就和那施良一伙盗众上山来。施良忙命杀猪宰羊，宴请二人，让了第一把交椅与金霸。众伙苦苦留住，小翠不肯，与哥哥金霸说道："顾老爷为了你我是良民，搭救出来，今在这里做强人，倘被官司得知，那不是反虚为实，却连累了顾老爷了？"

金霸道："妹子虽说得有理，只是俺们如今弄得无路可走，却去哪里寻生活？只得权住下，过日却再理会。"

施良等众人尽数挽留，不放二人便行，说道："俺施大哥早便说道，若有能耐的，留做山寨之主，抵敌官兵，大碗吃酒肉，大秤分金银，毕竟比那做官家奴才的总强些。"

金霸听得甚是入耳，把心一横，便做了乌盖山大王。但凡天下事，下流容易上流难，有道是"做叫花比人仙，不想干买卖；做强盗比皇帝，不想干富贵"。金霸有了这安乐去处，哪肯便走，就此一年年做没本钱生意。却是这洛口是个冷僻之处，乌盖山又是一座险恶山岭，官司也不注意，一向并无事故。众伙都听金霸号令，只有小翠心内不安，若还看不过时，便要与哥哥发作。金霸又敌不过妹子，先有五分惧她，只得退让，倒是因此救了不少过往行人。

当日众伙劫了顾洪勋主仆二人上山来，小翠暗地里偷看顾洪勋生得好体面，料得是谁家公子，便一心要救他。及听顾福说是投京赶考，小翠自肚里寻思："在此不了，不如跟了他走上北京，告住终身也罢。"因此挺出身硬救。后来问知，乃知却是顾有光的少爷，益发心心地思量报答。当下金霸兄妹认知恩人，备说缘由，顾福也就记起这一件事来。金霸忙命小校造饭备酒，宴请二人，吩咐将那打开行李都依旧拴束完好，请入里面吃酒。也细问顾家情形。顾福从头将家贫投亲一应情由说了一遍，金霸兄妹不胜叹息。一时酒罢，即请主仆二人在草堂内安歇。

次早，顾福起来，看顾洪勋时，遍体发烧，头晕目昏，已自害病在床。原来顾洪勋一介书生，向日不惯奔波，夜来经此一吓，不由得病入心腑。顾福告知金霸，金霸兄妹大惊，山上既无医生，近处又无药铺，小翠芳心怦怦，益发愁锁眉头，恨不得以身自代。大家面面相觑，没做道理。还是顾福人老见多，走近顾洪勋床前说道："公子向昔也曾与人瞧病，何妨自家开一药方，叫山中弟兄去市镇上生药铺配一剂如何？"

顾洪勋点头。原来顾洪勋一向在家，于书无所不读，也曾深知医理，当下被顾福一言提醒，也就撑起身来。金霸早叫小校取过纸笔伺候，顾洪勋自己明白患的是伤寒怔忡，便开了一剂方交与顾福。金霸接取，却待差人，只见小翠接口道："哥哥休差别人，妹子自去。"

金霸道："最好。"

当命小校备马，小翠稍稍整饬衣服，飞也似下山去了。

毕竟顾洪勋病势如何，且听下回分解。

　　投亲而遇盗，遇盗而为亲，此事实之奇幻，亦文章之变化也。而实为下文投亲之变，先伏下此人作解。

　　金霸以猎户而被误为盗，以得释而投身为盗首，天下事往往如之，心何尝念其为保释非盗之人者哉？此金小翠所以长于乃兄也。

　　顾有光洁身独善，不屑言请托，即无以救金霸，乃以一黄延佐为之连锁，于公于私两无伤，而事乃两全。

第三回

荒山义女侍病客
僻县清吏遭恶星

话说顾洪勋病在乌盖山上，金小翠跨马下山，却去前山三十里路远近市镇上配药，回到山中，正是晌午时分。顾氏主仆感激不尽，金小翠自与顾洪勋煎药，一剂服后，寒热稍退，只是身体疲倦，动弹不得。金霸兄妹顷刻不离，在顾洪勋房内服侍汤药，重去山下转方置配。

如此三五日，病势消减，顾洪勋也就起坐。只见小翠忙在房中照料一切，件件都是亲自打点，不叫山中弟兄动手。顾洪勋自肚里寻思道："绿林中却有这等女子，如此细心，虽说当年曾受我父恩惠，却是我被劫上山时，有谁知道我是顾家子弟？她偏有一片心救我，可惜她是女孩儿家，若还是男子汉时，岂不是一生知己？"顾洪勋一边思量，一边瞧觑小翠，约莫也只十七八年纪，暗下纳罕，又且感激，甚是过意不去，乘便说道："小姐如此管待，反叫我心内不安，却得如何相报？"

小翠道："公子休如此说，奴家若不是顾老爷搭救时，早便断送在华阴县城，哪得今日兄妹在一处？"

顾洪勋道："似小姐那般爱好知礼，却如何要在这山上勾当？"

这一句话直说到小翠心坎中，不由得眼圈儿一红，几乎掉下泪来，半晌答话不出。顾洪勋只道触犯了她的忌讳，深悔失言，也不觉一怔，迟疑道："小姐休怪，我看小姐性情仁厚，岂应在此搭住，故不觉直言便说，若不相干时，也不敢说。"

小翠点头道："公子哪里便知奴家心事？"说着，掉头兀自掩泪。

顾洪勋不知端的，益发懊悔，不知怎生言语方好，半晌说道："小姐须原谅我一片心，我来上山，多得你一力解救，病中又承你这般管待，甚是不当。人谁没有良心，便是我心中感触，不觉言语有冒犯之处。"

小翠听说，返身说道："公子不知，这山上向日原是施良为首，扎下山寨。俺们也是路经此处，被劫上山，便是我那哥哥没主张，被众推作寨主，就此住下。我早要离了此山，争奈没个去处，哥哥又是不肯决心起身，以此流落做强人。方才公子一言，不觉触动了俺家心事，以此伤心。"

顾洪勋一连点头，叹道："可惜我今日是无家飘荡的人，若在往日时，也叫你兄妹便去我家居住了。"

这话说上小翠心事，便道："多谢公子好心肠，奴家倘得服侍公子，也便休了。"说着，不由得飞红了脸。

顾洪勋听说，自是心中又感又怜，偷觑小翠，虽粉黛淡描，却自有一般风致，说不出无限情绪。顾洪勋自念身世，并怜小翠，兀自叹气，二人大有恋恋不舍之意。顾福在旁早就瞧科了七八分，又只怕顾洪勋着了缠魔，又看他精神未复，不好便催他走，心内很是焦急。

过了五七日，顾洪勋病体已痊，顾福催着下山。金霸哪肯放行，说道："天幸恩公到此，小人未得尽心服侍，今方病后，如何可即上路？且待休养数日，再行未迟。"一面吩咐安排酒菜，但凡顾洪勋病后调补适宜之物，尽行置备，连日宴饮。一住七八日，顾洪勋想道："梁园虽好，不是久长之计，只得便行。"一再告辞。

金霸苦留不住。小翠开言道："顾公子千金之体，落在这山寨险恶去处，倘有山高水低，害了山寨犹小，害了公子，那不是俺们兄妹的罪孽越重？哥哥不如派人送他下山，好使顾公子上京赶考。哥哥也可早早散了山寨，能得他日公子显达大发，哥哥跟去服侍，也不枉生了一世。"

顾福听说，一连点头，想道："看她一个姑娘，倒有如此心肠，果然是多情多义，不比寻常。"

顾洪勋听了这话，自是分外吃紧，益发爱慕小翠，情知她一般苦心，当下也不言语。只有金霸道："妹子所言虽是，但我这山中弟兄都是呆鸟，却得何人可差伴同公子？"

顾洪勋连连道："金兄休要费心，我今身体康健，自有顾福在旁照料，不劳派人陪伴。"

金霸道："公子有所未知，这一路上都是不稳去处，从这洛口起，走那桃花山、白浪岭、独鹤关、斜口，那地面都有强人结下山寨，随时断路剪径，不好行走。必须我这里派人，当头招呼，方才放心。"

顾福道："如此拜烦金爷与我们做主。"

金霸道："为是如此，少不得本山派人相送，只是何人可差?"说着，兀自踌躇。

小翠道："哥哥别要三心两意，便叫妹子伴送公子上路如何?"

金霸笑着点头道："你别说得嘴响，顾公子为去米脂县投亲，你是何等样人，随在一处，岂不给人笑话?"

小翠本是无心，听了这话，不由得面庞通红，又气又恼，登时沉下脸来，抖起心事，半晌不作声。

顾洪勋道："我今来山，承君家兄妹多多管顾，倘得有一日能够立脚，定当相报。小姐且勿劳远送。"

小翠会意，点头无语。二人自有一番情意，相照在心。

金霸道："我想起来，不若叫施兄弟伴送上路，他是熟得一路风波，又且能干。妹子意下如何?"

小翠道："哥哥派谁送时，便叫谁送，关我甚事?"

金霸见妹子话中生气，笑道："你看这小妮子，玩意儿当正经，却把我来动气了。也罢，我便叫施兄弟走一趟。"

当时吩咐小校去叫施良。不多时，施良到来，金霸把话说过。

施良道："这条路上，小弟最熟，谁敢动一根毫毛!"

金霸道："兄弟，我也知道你最熟，凡事当心。"

小翠道："施家哥哥去便去，须送得公子到米脂县，回来报个平安信儿。"

金霸笑道："方才你说关你甚事，这不是又来费心了?"

小翠怒嗔道："我和施家哥哥说话，与你什么相干?"

金霸笑道："也说得是。"

众人议定，金霸自去里面托出一大盘金银，交与施良拴在包裹里，和那顾氏主仆行李并作一担，都叫施良挑了。金霸又吩咐些话，顾氏主仆告别下山。施良先头引路，金霸兄妹送至山下，顾洪勋一连辞别，叫勿相送。小翠哪里肯依，与同哥哥金霸随送至十里长亭，方才相别，只得回山去了。

这里施良与顾家主仆取路径向米脂县行来，走经桃花山、白浪岭、独鹤关、斜口，趁早上道，到晚安歇，皆有定程。一路只见些汉子们与施良打话，但到山乡宿店酒馆，且有人在先招呼，备酒接风，很是自在，并无危难之事。主仆二人心内明白。

如此行了多日，无话即短，早来到米脂县城。三人走入城来，就客店歇下，店小二端上面汤，都洗了，吃些酒饭，顾洪勋挈带顾福，投米脂县衙门来。施良自在店中看管。顾氏主仆二人走入县衙门问时，门吏答道："前任原是骆某，早便卸任了，现在本县相公姓王，不是姓骆，二位却自哪里来？"

顾洪勋道："我是华阴县人氏，特来此间投骆知县。既是骆知县卸任，如今迁调何处？"

那门吏道："原来客官远来不知，这里闹了一桩大案，骆知县早便去做城隍神了。"

顾洪勋听说，不觉一怔。说话间，只见一人自右边衙舍出来，那门吏叫道："马二哥快来，这里有位客官问骆老爷哩！"

那人听说，跑将过来，打量顾氏主仆一会儿，问是何来。顾福告明来意，那人道："却去前面茶店上好说话。"

说着，引了二人出衙门来，隔街对面便是一爿茶肆，那人与顾氏主仆入店，早有茶博士叫道："马二爷今日好早，里面阁上请坐。"

那人点头，直引二人入内。来至阁边坐下，那人扑翻身便拜。顾洪勋连连扶住，回礼道："不曾请教尊兄贵姓大名，如何恁地多礼？"

那人道："小人姓马名武，排行第二，向在本县与人帮闲。自从骆老爷来此，多承他老人家看觑小人，补作本县衙门一名捕快。闻知少爷乃是骆老爷至亲，小人理当请安。"

顾洪勋忙问："如今骆老爷究竟是甚下落？"

马武道："说不得起，少爷且坐。"

一面叫茶博士泡过茶，并让顾福坐下。顾福哪里肯坐，顾洪勋道："你便坐了，好与这位马兄说话。"

顾福歪在旁边坐下，马武坐在顾福肩下，说道："少爷远来辛苦，休要伤心。骆老爷早是两个月前一命归天了。"

一句话说得顾氏主仆目瞪口呆，作声不得。顾福便问："害的什么病，是在衙门里死的吗？"

马武道："若是在衙门里得病死的也就罢了，只是死得太可怜。"

顾福忙问怎的。马武道："俺们这米脂县，自从前朝张献忠那魔星生下来，闹得天翻地覆，直到于今，贼子贼孙不断，强人勾当，不算稀罕，除了这县城以外，四乡地方，没一处不是打家劫舍、杀人放火，历来官司禁他不得。自从骆老爷到任之后，见了本县人命大案忒多，增设捕快快马，加紧严缉，自家又私行察访，因此破获盗案甚多。那四乡泼贼男女行凶不得，都恨毒骆老爷。只因三个月前，北门外崔家村闹了一件谋杀亲夫命案，告到县里，骆老爷便自去下乡验尸。当时带得十数个土兵和仵作长随人等，路经那北乡枭嘴山，是一座猛恶山岭，有五七十强人结伙在山，为首的名唤野雄鸡孟必扑，那人是个杀人不眨眼的野贼。当日闻知骆老爷验尸路过，回来将晚时分，率领山上贼男女断住去路，前后攻打。土兵人等抵敌不过，一时伤的伤、死的死、逃的逃了。那伙强贼将骆老爷车马打折，架上山去，哪里还有生的份儿？待土兵人等逃回县里报告，捕厅老爷点起本县守兵，尽数往那枭嘴山攻救。兀那强伙真是厉害，早就卷阵而去，不留一人，把那山寨也火化了，哪里还有骆老爷的影儿，只得扑空回县。这个警报到府里，由府转省，上宪也就无奈，派下现任本县相公王老爷前来接任。如今虽是一般严拿密查，可是那骆老爷尸首到底不知下落。小人多蒙骆老爷提拔，补作捕快，前月曾去枭嘴山前后左右查访半个多月，只是探查不出，小人正是无奈。"

马武说罢，一连叹气。看顾洪勋时，早是泪痕满面。原来顾洪勋听得变出意外，想起别家千里，一身无靠，越发伤心。顾福也面如土色，半響，向马武道："既是骆老爷遭了这一劫，还有那骆太太、骆小姐，和那师老爷姓钱讳作琼的，都到哪里去了？"

马武叹气道："老天无眼，骆老爷那等人，又没儿子，又没钱，只听说骆老爷有一个堂兄弟二老爷，名唤骆太成，向在京中当差使，住在北京前门外西河沿。骆老爷死后，太太、小姐没法，只得投奔二老爷处。钱师爷陪同一路往北京去了，方是前月初上动身的。"

顾洪勋听说罢，望着顾福道："如此怎生奈何？"

顾福寻思："不想顾家老主人在日那般清高自守，落得今日小主人投靠无处。那骆知县做官何等廉明，到今日如此收场，难道天道竟不可凭？"顾福想着，不由得伤心叹气，半晌方说出话来。

不知顾福说出甚话，且听下回分解。

顾洪勋以率诗书礼教之后裔，而入于盗窠，竟恋恋不舍金小翠，则知小翠之流落于绿林者，非其罪也。叙二人关情之处，妙在若即若离，为下文推波助澜。

施良之伴行，金霸使之，而实小翠为辽宁主，情至义尽，落落大方，观于下文施良之语，益知小翠用心之苦。

骆亿成不遭劫，则顾洪勋不至京；顾洪勋不至京，则骆太成不相遇；骆太成不相遇，则血滴子又何关于顾洪勋？行文波澜之极。

叙马武之痛悼骆亿成，非写马武义重，实写骆亿成恩深。

第四回

钱晓楼无奈说姻缘
潘红玉有心欺孤寡

话说顾福听马武说骆知县如此收场，甚是伤感，见顾公子没了主意，对着自己问话，顾福寻思一会儿，答道："老奴陪同公子来此米脂县投亲，不料骆老爷遭了如此凶险，要待回去，又无家计。况且公子年当其时，正宜图干功名，既是骆太太、师老爷、二老爷都在京中，俺们不如由此进京。一来公子可就此赶考求功名，二来探看骆府，亦是理所应当。便是公子家况，也好使骆府知道，岂非两便，还有何疑？"

顾洪勋道："说得是。"

顾福又问马武："那骆家二老爷府上却是在北京前门外西河沿，可不错吗？"

马武道："小人听得钱师爷吩咐，叫小人好生察访凶贼，如有下落，飞马报信，因此留下一个地点，自是不错。"

顾福道："那便是了，俺们且回客店去。"

马武道："今日顾公子来到此间，甚是难得，小人敢请公子去隔壁酒店喝杯酒，须得公子赏脸。"

顾洪勋道："本当奉陪，实是心乱如麻，又且客店尚有伙伴在那里等候，多蒙指教，已是深幸。且请马兄长便。"

马武见顾洪勋如此说，情知不能相强，只得作罢。当下顾氏主仆二人起身，马武叫过茶博士，叫把茶钱入了账，陪同二人出来，却要送至客店。

顾福拦住道："马二爷自有公事，休要为我们耽误了，此去客店，一径直路，亦自认得，不劳伴送。"

马武见主仆二人再三推阻，只得相别回衙去了。二人取路回至客店，施良已是等得心急，早在店门前张望。与二人相见，接至里面房内坐下，施良忙问怎的。

顾洪勋摇头道："施兄，你道如何？万不料挨到这般田地。"说着，把马武所说情由说了一遍。

施良听说，叹气道："这般时，如何是好？"

顾福道："我与公子商量，只得且去北京投靠。"

施良道："也说得是。"

顾洪勋道："多蒙施兄仗义，送俺们来至此间，不料变出意外，明日俺们只得上路。且请施兄回去，多多拜谢金君兄妹。"

施良道："小人伴送公子到京，方自回山。"

顾洪勋道："此去北京，路上平安，施兄亦自有事，不敢再劳尊驾。"

施良道："不是，小人上路时，金小妹曾吩咐道，须得公子安身稳便，方叫小人回去报信。今日骆府遭了不测，且不知北京情形如何，小人怎好回去便说？"

顾洪勋情知金小翠用意，仍把话来推辞。施良哪里肯依，定要送去北京。主仆二人无奈，只得约伴同行。顾福自肚里寻思："这施良虽是心长义重，毕竟是个强人，万一被人识破，岂不是好意反连累了公子？"欲待说话，又不好说。且喜洛口到此，一路上无甚事故，京城相去更远，料得也无这等凑巧不幸之事，也就罢了。三人计议一会儿，一宿无话。

次早起来，检点行李，雇车启程，取路径投北京。不则一日，来到京城，三人就前门外骠马市街找了客店投下。当时已晚，顾洪勋主仆商量些话。次日，顾福独自出门，走向西河沿来，道问骆太成，河沿上住户指说道："河南新德府人骆家二老爷吗？住在市梢头靠左第八家，但见黑漆墙门便是。"

顾福依言行来，果然问到是骆府。早有门子出来问道："老儿探看谁呀？"

顾福道："小人陕西人氏，顾府家人，自华阴县到米脂县，闻知大老爷在任遭了不测，大太太一家都来二老爷府上，小人因此投来，与大太太请安。"

门子道："不差，咱们老爷还没起来咧，停歇你再来是了。"

顾福道："拜烦哥们方便，先与我通报一声，只说华阴县顾府老家人顾福前来与大太太请安。大太太若有言语发付时，小人且等，若无言语时，小人过一时再来。"

门子道："你在这里等一等，我去与你通报。"

门子自向厅内入去，不多时，出来道："大太太叫请，钱师爷有话问你。你认得钱师爷吗？"

顾福道："小人在华阴时见过数面，也还认得。"

说着，随同门子来至厅旁右廊书房前，早见钱琮站在檐下。顾福抢前请过安，钱琮叫顾福入来，至书房内，叫一旁坐了。

顾福哪里肯坐，钱琮道："坐了好说话，你是远客，我也在这里暂住的。"

顾福欠身坐下，又问骆府大太太小姐安好。钱琮摇头道："休说起，你知道骆老爷遭凶的事吗？"

顾福道："小人自米脂县来，听得捕快马武说了。骆老爷如此好人，落了这一遭，真个天道无知。"

钱琮道："可不是呢，顾府上乔梓二位都好吗？"

顾福惨然道："师老爷不知哩，我家老爷、太太都去世了。"

钱琮吃惊道："何时去世的？"

顾福道："便是送骆老爷上任去后，那日半路里冒了身雨，就此起病，不多日归天了。太太呢，一向也有些心痛病，自从老爷死后，不瞒师老爷说，家道也是艰难，更是遭了伤心的事，因此也就病重，相去不过两个多月光景，也没了。"

钱琮叹气道："真是六亲同病，不想顾府上也遭如此年口。如今你家少爷可怎样？"

顾福道："少爷也来了。"

钱琮跳起身道："来了吗？却在哪里？"

顾福道："现在骡马市街头客店里，昨晚方到。师老爷是自己人，说说不妨。"

钱琮接口道："你有话尽说，大家好商量。"

顾福道："自从我家老爷、太太死后，接连两件丧事，家道本来不裕，公子尽心尽孝，将房屋产业都变卖了，料理丧葬，弄得家中一无所有，吃饭不成。太太临死，曾吩咐公子，叫去米脂县骆府投亲，也得骆老爷可以随时挈带教训，造就公子功名，因以小人陪同公子径投米脂县。不料骆府遭了这般凶险，闻知太太、小姐都来京城，俺们二人没奈何，只得前来，一来探问骆府太太，二来也把顾家的事好使太太得知。师老爷原是熟悉两家情形，又是大媒，小人冒昧，要请师老爷主见，看如何方妥。"

钱琮一边听说，一边皱着眉头发叹道："若是骆老爷不死，这事最是两全。骆老爷本来无子，儿媳两当，岂不甚好？如今骆太太、小姐都在客边，这个须要与骆太太商量，看是如何。"

顾福听钱琮的话有些蹊跷，便问道："这里二老爷可是骆老爷的兄弟吗？"

钱琮道："兄弟是兄弟，也堂房的了。这位二老爷与骆老爷的脾气不同。"

顾福道："小人大胆，敢请师老爷做主，师老爷看这话可以说不可以说？可以说便说，不可以说时，不如不说也罢。"

钱琮道："你坐一会儿，我且去与骆太太商量。"

钱琮起身，出得书房，走向里厅，先叫老婆子告请骆太太。不多时，骆太太出来，相让分宾主坐下，钱琮即将顾福来意备细说了一遍。骆太太听说，不由得眼圈儿一红，掉下泪来，说道："若是我家老爷在时，何消说得？这小子也是命苦，既然他千里迢迢来到此处，住在客店不了。停歇二老爷起来，我便与二老爷说了。那老家人可请师老爷好言叫他回店，待我与二老爷商量后，还要请师老爷劳驾，去客店里走一遭，我也不客气了，只得请师老爷委屈，与我做主。"

钱琮连声道："是不差，太太所说，正是理当。"

22

当下钱琮辞出，自去书房里把话回知顾福。顾福会意，当下拜别回客店去了。

这里骆太太退至上房，思量一会儿，甚是伤感，又不与女儿志英说知，兀自眼泪往肚里落，想道："我这二老爷，虽是老爷的兄弟，并不是嫡亲的，向日弟兄两个脾气性情不投。今我家遭了不测，来到他处，很像我母女两个依靠了，虽说眼前无事，日后必有言语。我正待筹思顾家，想去投他那里安身，不料顾家弄到这般田地，也是我母女命中所遭。"想着，大哭起来。却被女儿志英听得哭声，走来看觑，惊道："妈，怎的又伤心起来了？却为的什么？"说着，也禁不住要淌下泪来。

骆太太道："我便是为的想起你父亲伤心，并没怎的。"

志英道："方才听得王妈请你，说钱师爷有话，为的甚事？"

骆氏听得女儿问这话，思量终究瞒不过她，便道："孩儿不知，那华阴县顾府有人来了。"

说着，索性尽将钱琮所传顾福言语说了备细，母女二人不觉相抱呜咽半晌。正哭着，志英忽听得门外似有响动，当下乖觉，知道有人窃听，低声附着母亲耳边说道："妈，别再伤心，外面有人哩。若被小婶子听得，又说我们在她家哭得不吉祥了。"骆太太也就止住不哭。

原来骆太成妻室早死，膝下无一男半女，曾要一个窑姐做妾，名唤潘红玉，生得风流无比，伶俐不凡，俊俏眉眼，与众不同，又会得花言巧语。这骆太成年已四旬之上，得了这一个花落水流好年少的姐儿，不由宠爱得似金枝玉叶一般，从此不再续弦，但把潘红玉当个堂客。其实并不扶正，也不算小，一家人口头顺，都称作小太太。骆太太便叫女儿称她作小婶娘。

这潘红玉见了骆太太母女来依，心内怀着鬼胎，老大有些不自在，常说她母女二人啼啼哭哭的，有累家门不祥之兆，因此志英把这话来提醒她娘。当下母女二人止住哭声，细听门外，果然有脚步声，走向潘红玉上房去了。

原来这偷听言语的是潘红玉房中一个丫鬟，名唤秋月，原是潘红玉体己的人，专会打是听非，好生乖刁。当时秋月见骆太太母女停哭，细声儿说话，知道房内已是觉到，不便再听下去，却早把骆太太说那顾家的话已听得分明，立时返身，飞也似跑向潘红玉房中来。正是骆太成起身来，拖着鞋子，靠春台旁洗面，见了秋月气喘喘的，便问什么事值得这般惊慌。秋月掩饰不过，说道："大太太和小姐哭哩。"

骆太成一边盥漱，一边含糊问道："为什么？"

潘红玉歪在床上，瞟着眼冷笑道："清早半夜，就听得这般哭哭啼啼的，咱们家又不死人，又没人得罪她们，虽则兄弟家，也大家要好的，何苦来？"

秋月插嘴道："今番却是难怪她。"

潘红玉忙问怎的，骆太成听得话中有因，也放下手巾道："为何难怪她？"

秋月道："听说她那新姑爷上门来了，家里穷得不了，先便寻到米脂县，问了消息，一径来投这里。"

骆太成道："啊！"

潘红玉着急道："你这小鬼，怎么知道？"

秋月道："我也听得人家说咧，早上王妈来回大太太，说有个陕西客人，大太太便叫请钱师爷去问话。后来王妈又来请大太太，说钱师爷有话与大太太说，两个在厅上谈了好多时，王妈都听得分明，我也只听得人说，却不仔细。老爷但问王妈时，便知端的。"

潘红玉道："你快去叫王妈来。"

秋月答应一声，跑向楼下去了。不多时，带了王妈上来。骆太成便问此事缘由，王妈说了一遍，并道："大太太与钱师爷曾说，要与二老爷商量，方给回话。"

骆太成点头道："你下去吧。"

王妈退出，骆太成穿好衣服，也就要下楼。却待出房门，只听得潘红玉叫道："快不要走，我有话问你哩！"骆太成又回转身来。

欲知潘红玉说出何话，且听下回分解。

此回写钱晓楼、潘红玉皆在含蓄之间，不是直叙，待至下文，方补出二人心事，行文恰到好处。

叙骆太成之为人，篇中一言不及，而使读者盖无不知为邪僻小人矣。此文章烘托之妙，深得司马传叙之法。

顾福应付进退，机警能干，无处不见其为年老管家，与钱琮一番话，奕奕纸上，有声有色。

第五回

骆太成惧内留客
顾洪勋察情避亲

话说骆太成问了王妈的话，穿好衣服，却待下楼，猛被潘红玉叫住。骆太成重又回入房来问道："你说什么？"

潘红玉道："说什么呢，我要问你，回头你大嫂与你商量这事时，你怎么主张？"

骆太成迟疑道："看事行事，我这时哪有什么主张呢？"

潘红玉冷笑道："方才王妈的话你不听清吗？看来那小子穷得无路可走，你大嫂的意思，多半是要和你商量，请他来咱们家住呢。"

骆太成点头道："大约为此。"

潘红玉道："我便问你，若还如此时，你怎么主张？"

骆太成笑道："方才不是对你说了，我此刻没得主张。"

潘红玉啐道："噫！稀奇，你要他来时接他来，不要他来时回绝他，两句话是了，做什么吞吞吐吐的？"

骆太成道："你看我怎么主张才好？"

潘红玉益发冷笑道："这是你家的事，你的侄女婿过门来，倒来问我，我怎好与你做主呢？"

骆太成道："便是我没主张，和你商量商量，也不要紧。"

潘红玉道："依我之见，你要做得漂亮，不必等你大嫂开口说这话，你先该催着去接，方是道理。"

骆太成只道潘红玉怀着鬼胎，故意说这反话，笑道："你这个才是做叔丈母的规矩了，将来志英丫头嫁了，少不得先孝敬你呢。"

潘红玉沉下脸道："不是和你说玩儿，正经是这个样子。你该知道，你大嫂和侄女儿住在你家，总像我们待得不周到，口上口下有些话，我也听得多了。如今她这个新女婿上门来投靠，你若不招呼他，等你嫂子说出话来，你便要推辞，显见你没情分。你们兄弟总是好的，少不得又要疑到我的身上，定是我把话撺掇你了。倒不如做个好人，你先开言接他进来，也叫她母女想想，我们待她差不差，省得啼啼哭哭地害了家门不安。倒是如此，她母女也不好意思这般长那般短的了。"

骆太成听说，说道："你的主见不错，我也是这般想，准定照你的意思说是了。"

潘红玉也不言语。骆太成在床边坐了一会儿，方下楼来，吃些点心，早是午饭时分。饭后不多时，王妈来道："太太请二老爷说话呢。"

骆太成想道："来了。"便吩咐王妈说道："我就来了。"

不多时，骆太成走向骆太太这边，叔嫂说些通常话坐下。骆太太开言道："早先你大哥在华阴县任内时候，和那县里一家姓顾的，原也是南边人，便是顾亭林先生的后代，也是钱师爷说起，与我这志英丫头攀了亲。如今那顾家老爷、太太都死了，家道也是平常。你大哥先曾有句话，要想携带那顾少爷赶考向上，因此顾老太太临死，吩咐顾少爷走米脂县投你大哥。不料你大哥遭了凶险，顾少爷带了老家人问了这里地名，昨日到来。今日老家人来此传话，顾少爷原是来京赶考，又且是未过门的娇客，本来用不着接待，只是你大哥做人一世，但有这个女儿。"

骆太成听到这里，不由骆太太说完话，立起身来道："嫂子，怎么不请他来我家居住？便是朋友也当接待，况且是至亲，这怕什么？快快叫人去请。"

骆太太初只恐骆太成不以为然，及听骆太成这般至意，也就心内安慰，笑道："二叔说得好气概，我也是这般想着，不管他肯来不来。你大哥只有这一个志英丫头，我便靠她一世。那小子在外面，年轻人总有些不老到，若在二叔面前，又好常常教训他，岂不成全了他？为此我正要和二叔商量。"

骆太成跳起身来道："这个嫂子有什么商量？理当如此，快叫人去请来我家居住。现在他在哪里？可远不远？都把他的行李搬来是了。现成书房里可以用功，这个理所应当。"

骆太太听了，甚是欢喜，笑道："先我与钱师爷已说了，要请他劳驾走一遭。既是二叔如此说，便请钱师爷来，将二叔这番意思说与那顾少爷知道，请他带了老家人移来这里居住，好便用功。"

骆太成道："不差不差。"

当时吩咐王妈去请钱师爷。不多时，钱晓楼入来，叔嫂二人起迎，分宾主让座罢，骆太太说过骆太成一番美意。

骆太成与钱晓楼道："本当我自去客店请他，只是我不曾与他厮熟，又且今日午后有约，只得请老哥劳驾。"

钱晓楼道："这是分内之事，便不因尊府亲戚，晚生前在他家叨扰多次，今日也应走访。晚生自把二爷意思转言是了。"

骆太成拱手道："费心费心。"

钱晓楼见骆太成很是至诚模样，也觉安慰，当下告辞出门，取路走向骡马市街头客店来。路途不远，转了五七个弯，已到客店门前，入来问时，有店小二引入里面，早去通报。顾洪勋慌忙出来，两下相见，握手道礼，同入房内。钱晓楼将坐未坐，见了施良，便问："这位尊兄？"

顾洪勋忙道："此君姓施名良，与晚生路中相遇，同伴来京。"

三人依次坐下，顾福端过茶来。施良见钱晓楼有话待讲，乘间便避出门外，在窗下散步。

只听钱晓楼开言道："小弟自从在尊府别后，每念君家乔梓，不道尊翁龙马精神，竟自仙去。"

顾洪勋摇头道："说不得起，寒门不幸，晚生侍奉无状，数月之间，迭遭大故。且不料明府骆公又遭凶毒，人生朝露，说来痛心。"

钱晓楼道："骆公为官多年，两袖清风，今死于非命，虽中郎有女，而伯道无儿，苍苍者天，曷其有极！"

顾洪勋叹道："正是天之报施善人，为何如耶？"

二人文言文语，说了一会儿。施良在窗外听得，只道打切口，一句不懂。

旋听得钱晓楼又道："早上顾福来骆家，知老哥驾到，小弟本当早来，因骆二爷尚未起来，骆太太要与二爷商量一下。二爷闻知老哥到京，非常欢喜，现在特叫小弟来此接驾，请老哥今日便移入骆府居住。"

顾洪勋道："多承骆二爷、骆太太的情，本当从命，争奈晚生来京，原为赶考，居住也是不久，何必多此一举？拜烦先生与晚辈好言辞谢。"

钱晓楼初只道顾洪勋无有不愿，及听这番言语，心中诧异，便知是顾福回来，已有言语商酌了，便道："洪兄所言虽是，但二爷与大太太特叫小弟前来，实出至诚。洪兄若一意拒绝了，不只是负了太太、二爷一片心，便是小弟，也有邀请不周之嫌。"

顾洪勋道："先生不知，晚生自家遭大故，生计艰难，从来秉受家教，无心进取。如今情形看来，不由安居在家。当日孔门弟子颜渊若无负郭之田，也只怕住不了陋巷，由他箪食瓢饮过活，人生被饥寒所逼，不得不如此。又且那骆公向日有心提拔晚生，更加先生在一处，多得教导，因此带了家人直投米脂县。本意在米脂县住一时，也就进京，不为骆府事出意外，晚生只得转道来京。今在客店，在骆府留我家去，果是一片盛情，在晚生漂流在外，叨扰骆府，心有不安，况且是并未过门的亲戚，那骆二爷又是很客气的。晚生实实不敢从命，只得拜请先生婉言辞谢。"

钱晓楼听说，一连点头，肚里寻思："毕竟忠直之后，自有气节的。"当下又道："洪兄所说，小弟甚是佩服，但骆府如此相请，洪兄坚执不去，那骆太太膝下无儿，只有一个宝贝小姐，只怕她老人家心内不安。"

顾洪勋道："晚生难处，先生尽知，只望先生婉言谢说，实为长便。"

钱晓楼也不十分相劝，起身道："如此小弟且去复命，再当走谒。"

顾洪勋连说："先生费心，过日晚生自至尊前谢罪。"

钱晓楼告辞出来，回至骆府，通报骆太太。骆太成闻知，只道顾洪勋已到，也就出来，便问："人呢？"

钱晓楼说了顾洪勋谢意，骆太太心中暗自欢喜，想："这女婿虽穷，自有傲气，到底不丢脸。"便道："他也太客气了，叔丈人家便似自家一般，有什么过意不去？"

骆太成接口道："想是我请他的意思不诚，回头我自去客店邀请是了。"

骆太太笑道："这个不可，只有小辈敬重长辈的，哪有这般倒转的道理？"

骆太成道："若要好做地主之谊，应该嘱我。"说着，一定要去。

骆太太道："且住，还是请钱师爷再劳驾一趟，与顾少爷说，若是不来时，二老爷亲自要过来了，反而折了小辈的福。"

钱晓楼道："不差，晚生再去与他说是了。"

钱晓楼起身出来，重至客店。顾洪勋慌忙迎前道："又劳大驾，实不敢当。"接入里面坐下。

钱晓楼道："适才将洪兄意思告知骆府，骆太太觉得洪兄太客气了，不是至亲道理。骆二爷便要亲自来接，但说道只怕他心意不诚，洪兄不去，以此小弟仍来拜请，务望移居骆府为是。"

顾洪勋踌躇道："实有种种不便，晚生碍难去得，却是骆府这般厚爱，晚生不去，又只道不成抬举。如此怎生是好？"

顾洪勋迟疑之间，只听得顾福报道："骆府派人持了请帖过来，今日申刻，请公子驾他府中客宴。"

钱晓楼道："如何？"

原来骆太成知道顾洪勋不肯便来，与潘红玉商量。潘红玉益发撺掇骆太成去接，意思是要请顾洪勋进来，倒好乘机借着事儿有话可说，都把骆太太母女撵了出去，反当稳便。这便是骆太成也是不知，因此特叫骆太成设下酒席相请。当下来人持上请帖，顾洪勋看了再不好推却，只得应允，一面与钱晓楼说些闲话。顾洪勋重问何时由米脂县动身，何时到京。钱晓楼照问答说一遍，便道："小弟本来早要回太仓原籍，只因骆府是老东家，出了这事，不好便走。如今差不多各事也都舒齐，小弟不久也要回去了。"

二人谈了一会儿，时候不早，顾洪勋要去骆府，便出来叫过施良，说些话，叫他去酒馆上吃饭，不能相陪了。里面房中钱晓楼兀自坐着，顾福见没别人，入来说道："师老爷劝公子移去骆府居住，老奴不知好歹，究竟也不过是暂时之局，将来不免有言高语低，反是不好。"

钱晓楼叫过顾福，低声道："你是顾府上多年管家了，我须与你说知。如今去只得去了，那骆二爷也是爽快的人，倒是他那太太向来是个有名的花娘，有些刁钻古怪脾气。二爷又是惧内的，只怕是这当中或有不便，你但好生照顾公子，我也去得快了，特把话告知你。"

　　顾福会意，接连点头，却待再要问时，顾洪勋与施良都进来了。顾福便自扬开。

　　钱晓楼起身道："时候不早了，我们去吧。"

　　说着，店小二报说，骆府又派人来请。当时顾氏主仆与钱晓楼三人都出门来，走向西河沿骆府，早有骆府当差的先去通报。骆太成随即出来，下阶相迎，都至厅中。顾洪勋依礼拜见罢，骆太成便命请骆大太太。不多时，骆大太太出来，顾洪勋仍依子侄礼叩见，顾福上前都请了安。骆太太便叫拜见二太太，唤王妈去请潘红玉。

　　不知潘红玉出来也否，且听下回分解。

　　　　此回夹叙骆夫人、骆太成、钱晓楼、潘红玉、顾洪勋、顾福，以至施良，皆为传神之笔，并不直叙各人心事，而各人心事自见。

　　　　骆太成之惧内，在潘红玉呼回之际，已实写其状，在志英口中，先已亟称其为人，后更由钱晓楼明言直书，于是骆太成之留客，乃知其实非本意也。

　　　　顾洪勋乘兴而来，一闻米脂县马武之言，早已败兴。及顾福入骆府，而与钱晓楼对答一段，尽知其难能之处，盖马武明言，而顾福暗中接度，于是顾洪勋乃不得不因投亲而避亲。

第六回

施良遗金客店中
红玉送情书院夜

话说骆太太叫请潘红玉出来，便好使顾洪勋拜见。骆太成道："嫂子何必多此一礼，想她懂得什么？"

顾福闻知钱晓楼说，已知骆二太太奢遮，哪肯便休，低声说道："公子端的须尽礼。"

顾洪勋也便等着候见。骆太成连说带笑，吩咐下人去请。不多时，王妈出来道："二太太说，不敢当，请顾公子长便，住在这里，好比一家人一般，休要见外。"

骆太太道："二叔，你便请二婶娘出来，但见何妨？"

骆太成笑道："又不是我不许，她自不成抬举。"一面说着，一面笑唤王妈，"你再请去，只说大太太的意思，休得怕人。"

王妈应一声，飞也似入去了。众人都在等候，只有钱晓楼见他们人杂礼多，早是一溜烟闪出门外去了。骆太太便不时间偷看顾洪勋，生得果然好挺秀，看他龙眉凤目，皓齿朱唇，虽则面庞好消瘦，显出风尘辛苦，却是腰肢昂昂，气宇刲刲，端的是大家书生模样。心中暗喜，也自寻思："这样的人品，怕不是显达的人吗？"设想之间，只听得婆子们嚷道："二太太来了！"早见秋月引路，自屏后扶出那潘红玉来。

骆太太连忙起身相接。顾洪勋抢前拜见。潘红玉忙避在一旁，连说姑爷万福。顾洪勋施礼罢，起身来。

潘红玉便道："姑爷在这里，和自己家里一般，要什么便吩咐下来，好叫当差婆子们去安排，千万不可客气。我是不懂礼数的人，我那二爷又是模糊得很的，姑爷便要原谅。"说着，只把眼睖着顾洪勋，心里想道："这小子竟这般风流，好生恼人。"

顾洪勋头也不敢抬，只应着是。潘红玉只顾偷看细觑，一面轻悄地与骆太太打话。

骆太成看顾洪勋站着不自在，与潘红玉道："你陪嫂子说些话，我们且去书房上息歇。"一面吩咐安排酒席，就厅上正中设下一席，自有当差的去料理。

骆太成便陪同顾洪勋来书房上，先用些茶点。钱晓楼自在书房内坐候，顾福也就跟来服侍。骆太成与顾洪勋少不得说些两下情形，早有当差的来请，说厅上筵席已备。骆太成便请顾洪勋、钱晓楼依次入席，骆太成自在主位相陪。骆太太、潘红玉自是推辞，就这三人在厅宴饮，大家说些闲话。骆太成便问当差的："将顾少爷的行李取来没有？"

当差的回道："店中尚有一位姓施的客官在那里，须得顾府上家人去取才是。"

顾洪勋忙道："今日晚生且去店中歇了，明日移来未迟。那施兄承蒙他伴同来此京城，晚生须去与他作别。"

骆太成道："何必老侄亲去？便叫你老家人走一遭是了。"

顾洪勋道："晚生合当与他辞别，方是正理。"

骆太成道："既是如此，老侄去一去便来，今夜不必住在店中了。"

顾洪勋道："只怕夜深不便，明日移来未迟。"

骆太成见顾洪勋如此说，只得听便。多时酒罢，顾洪勋告别，骆太成吩咐打轿送顾洪勋至客店，顾福也在后跟来。主仆二人入店，施良起迎道："方才骆府派人来取公子行李，小人须与公子见一面，所以不叫拿去。小人下山来时，金小妹、金兄都有话吩咐，曾交小人带来金子五十两、白银二百两，叫送与公子随身使用。如今包作一处，藏在公子行箧中，便请收好了。"

顾洪勋听说，连忙道："施兄，这个不可，承蒙施兄几千里伴送来此，小可甚是抱歉，拜烦施兄带回路上盘缠，小可心领便是。"

施良道："说哪里话，公子不收时，小人怎好回复金家兄妹？"

顾福道："施爷，俺们公子明日就要迁入骆府居住，随身动用银钱这里还有，施爷尽管带去，可告金爷、小姐都放心。"

施良摇头道："不对不对，这不是抬举施某，却要施某回不得山了。公子可嫌这些银钱是不义之财吗？要知道俺们挣钱的来处自有道理，世上不论买卖商贾，有多少来清去白的钱？谁是出娘胎带了钱来的？还不是混着骗着吗？公子若不收这银两时，小人只得不回山。"

顾洪勋道："不是不是，小可并无别意，既是施兄如此说时，小可便收下一半。"

施良道："要收便全收了，金家兄妹吩咐小人不能违命。"

顾洪勋道："施兄尽这般直性，益发使小可难堪。"

施良道："这不是多大银钱，公子放下使用，我这里自有盘缠，回山告知金家兄妹，得便再当来此探访公子。"

顾洪勋听施良一口不让，只得叫顾福收了。施良方才高兴。

顾洪勋道："多谢盛意，施兄回去，多多拜上金家兄妹，把话告知。"

施良道："理会得。"

施良便问骆府一切情形，顾洪勋据实告说一遍。一宿无话，次早，施良取过包裹起身，顾洪勋主仆送至门外，施良不许再送，当下拜别，自取路回陕西乌盖山去了，不在话下。

单说顾洪勋主仆送施良去后，回入店中，不多时，骆府已是打轿来接，并派人来搬行李。顾福检点完毕，交那来人挑了，跟在顾洪勋轿后。到得骆府门前下轿，那人挑着行李先入来，顾洪勋入门，钱晓楼早在厅前等候，接入书房坐下，叫将行李在书房旁耳房内安置下，并叫顾福歇在耳房后套房内，铺下床铺，就近可以服侍。一面有当差的端上茶来，顾洪勋便要与骆太太、骆太成叔嫂请早安。

钱晓楼道："二爷尚未起来哩。大太太处我已叫王妈通知了。"

不多时，王妈出来道："大太太吩咐，少爷在这里住着，须和自家一般，休要拘礼。"

顾洪勋站起身，应声是，与钱晓楼说些闲话。不多时，骆太成也就起来，便至书房内。顾洪勋拜见罢，相让坐下，骆太成满面笑容，说道："自后大家都是一家人，切不可拘礼。有道是礼多少亲近，反而不好。"

谈了一会儿，便起身入内。顾洪勋送至门外，仍与钱晓楼谈天。

钱晓楼道："小弟打算下月初一动身回乡。"

顾洪勋道："今日已是月半了，这便是眼前的事了。"因叹道，"晚生与先生方得亲近，不想又要分别了，不知先生此去，还上北边来吗?"

钱晓楼道："小弟在外飘荡，已是五年了，家母年高，能得家中度日过去，也不想抛家离乡。"

一句话提起顾洪勋心事，感叹不已。钱晓楼会意，便把话来岔开了。自此顾洪勋住在骆府，每日与钱晓楼谈古论今，赋诗读书，各诉心事，甚是投己。钱晓楼宿处便在顾洪勋对面一间房内，二人每谈到四五更时分，还是兴致勃勃。骆太成有时过来说笑，有时忙在外面，竟终日不见。

时光容易，转瞬半月，已届钱晓楼回乡之日。骆太太、骆太成知情留不住，先便与他拴束行李，也送些行赆。还是顾洪勋最不忍分别，先一天邀了钱晓楼来西河沿酒馆上饯别饮酒。中间钱晓楼道："小弟向日为家贫就幕，弃了正路功名，到今日年已四旬，依然穷无所归。吾兄少年豪气，才学不凡，飞黄腾达，自在意中，千万须要从正路拾取功名，到那时青云有路，发扬一生志气，方才得如心愿。小弟粗俗之言，也是经历过来，素知吾兄秉承家教，故敢一言。"

顾洪勋道："晚生谨受教，看来这时势也只得就南山捷径。"

钱晓楼道："可不是呢，众人皆醉我独醒，亦自感痛苦。"

二人谈得心感意茫，尽欢尽醉，方回骆府。

次日，钱晓楼起行，辞别骆太太、骆太成，出骆府来。顾洪勋早便预备相送，挈带顾福，直送至京城五里以外，钱晓楼一再催回，方才挥泪作别。只见辘辘车尘，钱晓楼自回江南太仓去了不提。

顾洪勋与顾福回至骆府，心中多日不快。骆太成知顾洪勋寂寞，得空便来与他说些闲话，有时引去京城里热闹所在游逛，顾洪勋也很感激在心。

转眼一月有余，已到端阳时节。这日晚饭过后，顾洪勋在书房里看了一会儿书，心事上来，懒懒地回至卧房，没精打采地坐着。顾福在旁，扪着嘴打哈欠。顾洪勋看他年老，也觉可怜，说道："你去睡吧，又没甚事，我还要停会儿方睡哩。"

顾福应声是，渐便退入套房，驱除蚊子，放下帐子睡了。顾洪勋孤灯对坐，正思量前前后后一生心事，只听得角门呀的一声，有人走经花园来。原来顾洪勋住的所在在书房左旁，正靠花园，本有一座月亮门可通，夜来便早拽上闩了。那花园虽说是花园，也没什么花儿，只是些小草闲花，又没人去整理它，也衰败得久了，因此这月亮门便无人进出。那花园也不见常有人来往，只做婆子们洗衣晒衣的去处。

当下顾洪勋听得有人走从花园来，心下纳罕，思量："必是婆子忘了日间洗晒的衣裳了，此时记起，方来收拾。"细听却不是，那脚步声来近，已来到月亮门外，只听得低声唤少爷。顾洪勋兀自一呆，见顾福已是睡熟，便起身提了灯盏出门来，至月亮门旁问谁。隔门女子声音应道："是我。少爷，你便开一开门。"

顾洪勋闲常看了唐宋人笔记，还道是遇了狐鬼，及听声口，好似平日在花园里与老婆子打诨的那二太太房中的丫鬟秋月。顾洪勋便问："是秋月吗？"

秋月答道："正是，太太吩咐，有事来这边，少爷方便，与我开一开。"

顾洪勋不知端的，随手把闩拔了，拽开了门。只见秋月手中托着朱漆托盘，盘中两碟子细菜、一壶酒，也有盅筷，便闪将入来，笑道："小太太为是明日是个端午节，生怕少爷客边冷静，叫我特把这酒菜送与少爷消闷。这是小太太亲自烹调的，不比寻常。"说着，自向顾洪勋房中来。

顾洪勋只得跟来。秋月走入房中，放下托盘，又低声笑问道："顾福睡了吗？"

顾洪勋只是发怔，不知所答。秋月把酒斟了一杯，指着顾洪勋笑道："傻子，叫你吃酒，怎么发呆了呢？"说着，一把拖住顾洪勋，纳在椅子上，一面扪着嘴尽笑，一溜烟跑出门外，至月亮门前，轻轻咳嗽了一声。只见门动处，一个人影闪入来，投向房内。就灯下看时，不是别人，却是小太太潘红玉。秋月这时便不见了，只见潘红玉袅袅地走入来，睖着眼笑道："少爷便吃这一杯酒吧。"说着，走近顾洪勋身边。

顾洪勋连忙退开，吓得心头七上八落，半晌方定，答道："侄婿在此，多蒙二太太照顾，这酒菜万不敢当。夜来多有不便，请二太太回步。"

潘红玉笑道："也值得这般话？既是你感激我，你便依我，休要作声。"一面说，一面便把手来扶顾洪勋，说道，"比来时更丰满了。"

顾洪勋急忙退开，噤得不知高低，待要叫顾福，又怕丢人。正没做道理时，只听得二门上叫道："二老爷回来了，快掌灯来接一接。"一句话吓得潘红玉冷水灌顶，面如土色。

毕竟看潘红玉如何勾当，且听下回分解。

顾洪勋名门之后，家风重气节，而一出行，乃遇盗以赠金，遇浪妇以送情，乃至祸出意外，不能自白。作者盖深慨乎世路之险，其洁身自好而为完人者难矣。

然盗之遗金，虽夹有儿女之情，实有英雄之义，而浪妇这送情相逼，则使顾洪勋有不得不受冤抑者，岂其罪乎？唯顾生于是时，已弃其家教，而转意于功名之途，此犹时势之所逼，深知难乎为高士也。

第七回

暗使计秋月送酒
漫设词浪妇行权

话说潘红玉正在书房内与顾洪勋牵缠，忽听得二门上报说二老爷回来，不由吃了一惊，慌忙退出。那秋月原在月亮门前把风，听得叫声，飞也似的跑入来，气喘喘地叫道："快走快走！"两个一扶一抓，窜到月亮门边。潘红玉猛可省悟，那托盘上酒菜不曾带回，忙催着秋月取去。秋月回身窜将入来，恰巧顾福被二门上打杂的叫醒，看顾洪勋房中灯盏未灭，又听得有人逃奔，托地跳起身来看觑，正和秋月撞个满怀，两下都吓得发跳。秋月急忙抓着托盘便走，冷不防心慌，脚底滑了，只叫得哎呀一声，溜倒在地，尽把那托盘上酒壶、碟子、盅筷倒得四散。顾福摸不着头脑，便跳将出来，被顾洪勋一把拖住，摇手叫勿作声。秋月死命挣扎起，乱杂杂地暗中摸着碎碟子和那托盘，再也寻不着那酒壶，口里但叫哎哟。

潘红玉在月亮门前只叫得苦，咬着牙齿骂道："倒路死的小娟妇，还不快进来！"

秋月只得跄跄踉踉走前来，潘红玉死劲拖了秋月，两个飞风一般跑向内院子，窜入角门。穿过甬道，便是厨房，只听得脚步声，太成醉吼吼地由当差的扶着入内院来。潘红玉定了定心，携着秋月来厨房内把托盘、碟子都放下了，一溜烟绕转边门，来至扶梯边。

潘红玉叫道："二老爷回来了吗？"

骆太成含糊笑道："回来了，好酒好酒，你来接一接！"

潘红玉寻思："天幸今日这老头儿吃醉了回来，却好打主意说话。"

潘红玉便应道:"便为是听得你回来了,我和秋月来接你呢。"

说着,当差的已扶着骆太成入屏门,正来到扶梯边。骆太成哈哈大笑道:"好酒好酒,你们为什么还不睡呢?"

潘红玉道:"是呢,便等你哩!"一面接扶骆太成,一面吩咐当差的,"谨把门户闩上去睡了。"当差的答应退出。

秋月接过风灯,打前上扶梯。潘红玉扶着骆太成慢慢走来,踏上扶梯,转至房门前。潘红玉先便叫道:"怎么房内灯被风吹了?懒丫头不当心,快去点来。"

秋月忍不住笑,就灯笼里取过火,把桌上灯盏点了。潘红玉扶着骆太成入座,来至床边,一面与他脱长衫,一面笑啐道:"叫你在外面少喝酒,又喝得似死田鸡一般,却不是自己伤身体,后半夜又是我晦气。"

骆太成嬉皮赖脸地笑道:"我的好太太,你便晦气煞,总是你的便宜多。"说着,忽地拖住潘红玉滚在床上,乱捻乱摸起来。惹得潘红玉死命啐道:"该死的老妖精,可不是发了花癫风了?这么大的丫鬟在跟前,做出这等样儿来,停歇我要你的命。"

骆太成只是嘻嘻地傻笑。潘红玉硬把骆太成翻过身,将衣服都剥了换了。骆太成只是口里嚷着好酒,没半个时辰,呼呼地似猪猡一般睡去了。潘红玉方才放了心,拉过秋月在窗前说些话,叫将厨房内托盘、碟子都收拾了,休要与人见了生疑。

秋月低声儿道:"这倒不要紧,只是那酒壶滚在哪里,再也摸不着,盅筷也没了,可怎么好?"

潘红玉听说,吃了大惊,骂道:"小娼妇,怎不寻它来,这可怎么好?"

秋月道:"便是被你催得紧了,我也昏了,那处似阴司间一般,又没些灯光照着,定是滚得远了。"

潘红玉道:"这时月亮门关上,又不好去得,只好再理会。你且去厨房里收拾好。"

秋月听着,悄悄地点着灯笼下楼来,收过托盘、碟子等,把门户都照看了,方回上房。潘红玉只怕骆太成觉得,便叫秋月睡了,自己也就登床安歇。

且说顾福，眼见秋月急忙忙逃走，撇了托盘酒菜，逃得如此慌张，又见月亮门前好似有人等着，夜来闹这玩意儿，情知有蹊跷。再看顾洪勋时，面庞忽红忽白，十分情慌模样。顾福言在口边，只不敢发。不多时，顾洪勋叫近身来，细说道："我这里住不得了。"

顾福忙问怎的，顾洪勋叹气道："合是我的命中驳杂，有法难解。"

顾福越疑，瞪着眼待问不问。顾洪勋道："你道来的是谁？便是这里的主子。本不当和你说，却因我一时想不稳，只得和你且商量。"遂将潘红玉、秋月一番行径都与顾福说了备细。

顾福吃惊不小，寻思半晌，说道："老奴看来，既有此心，恐有后祸。不若公子辞了骆二爷便行。"

顾洪勋道："我也这般想，只是如何说话？"

顾福道："公子斟酌，老奴不敢多嘴。若照老奴意思，简直与他说了，也不妨。"

顾洪勋道："这如何使得？坏人名节，毁人家园，岂是我等所为？"顾福不敢多话。顾洪勋道："依我，还不若借个由儿辞了二爷，迁往别处居住。二爷倘有话问时，只说在外面遇了朋友，一处住了，这样方是对人对己之道。"

顾福道："公子说得是，方才那丫鬟撇了酒器，老奴听得倒在地上，且去收拾了。明日二爷来时，若被瞧见，倒不好说话。"

顾洪勋道："我却忘了，快去收拾稳便。"

主仆二人起身提灯来地上照看时，一把酒壶、一支箸，还有些碎碗片。顾福都拾起来，做一包儿包了。

顾洪勋道："却去哪里丢了便妥。"

顾福道："老奴自藏起来，且不要丢它。"

顾洪勋也不言语。原来顾福只怕那婆娘恼羞成怒，反过来咬一口，却好把这酒器做证，因此藏下。当下主仆二人入房来，又商量些话，即便宿歇。

次日端午，骆太成便早起来。顾洪勋依例前去拜节，再去请大太太、二太太时，都说免了，不敢当。顾洪勋回至书房，思量："今日是端节，只得待到明日着顾福去外面寻了房屋移居。"想想又怕骆太太、骆太成多疑，心中甚是不悦。

晌午，骆太成设下家宴，陪顾洪勋吃酒，酒罢，二人来至书房内谈些世故人情。约过了一个多时辰，只见秋月托着那托盘，盘中两只碟子、一壶酒、一双盅筷，恭恭敬敬捧与顾福，说道："二太太吩咐，今日是端节，请少爷吃杯雄黄酒，解除五毒，特叫送来。"

顾洪勋听说，兀自一怔，连忙起身道谢。顾福接取端上来，顾洪勋一打看时，那酒菜竟与夜来一式无二。骆太成也笑吟吟走将过来，看了一看，心想道："毕竟我这太太会做人。"

当下顾福又谢了秋月。秋月见了骆太成，便道："二太太正要请二老爷有话说咧。"

骆太成道："什么事？停刻再说吧。你便与我拿一副盅筷，我在这里陪顾少爷吃杯酒也好。"

秋月答应去了，不多时，取了盅筷，又提了两样菜、一壶酒来，交与顾福，端在桌上。二人对坐饮酒，骆太成甚是得意，顾洪勋心中七上八落，一面与骆太成说话，一面暗下思量："这是什么玩意儿？难道她昨夜一回事过意不去，特把这个来掩饰的吗？也许昨夜本是一番心，我却把她误会了。"想想又不是，却被这一来，倒不好意思提出移居的话来。便是顾福，也弄得摸不着头脑，主仆二人心下思疑。

那骆太成只顾兴高采烈劝顾洪勋喝酒，又叫添酒，二人吃得夕阳西下方罢。顾福便把酒盏收拾了。骆太成有些醉意，自入内院去歇。来至上房，潘红玉笑道："你这人好没分晓，我为的那小子离乡背井，无依无靠，到来我家，今日是个节气，生怕他心里不自在，与他凑些热闹，也见得我们待人的道理。你怎样与他争吃着？这一点点酒菜，够得你们两个吃吗？你若早要如此时，我就不是这么安排了，何不进来说一声？"

骆太成笑道："我的太太，你也忒细心了，这怕什么？咱们又不是小孩儿争多争少的，你叫秋月叫我，却为的何事？"

潘红玉道："咳咳！你着实不如秋月的聪明，秋月为是端了酒去，见你在那里，只说我叫你，便是要你出来。"

骆太成摇头笑道："不妨不妨。"

两个说了一阵，潘红玉自肚里明白，想道："今番可没有我的干碍了。"原来潘红玉夜来做了亏心之事，被秋月撇下酒壶，丢碎碟子在那里，老大不放心，因此特地乘骆太成在书房时当面送去，要使他看见，心内早安排下一计，众人哪里知道。

且说顾氏主仆自从这一次后，只道潘红玉暗赔小心，看看骆太成相待情形，一时也说不出移居的话，只得权且住下。过了半月光景，忽一日，潘红玉狠狠地与骆太成道："你便与我另租房屋居住，我在这里住不得了！"

骆太成大吃一惊，瞪着眼急问："谁欺侮你？"

潘红玉道："不必多说，你只与我搬出外面去住是了。"

骆太成越发急道："没来由你要搬出去住，不是见鬼？难道你与我嫂子便合不来？"

潘红玉摇头道："不是。"

骆太成催急道："你尽管说。"

潘红玉气愤愤的，半晌说道："便是端午那天，我叫秋月送酒菜与那小子，这也是做长辈的道理。不想那小子起了坏心，第二天，我问秋月，那酒壶、碟子取来没有，那是上好的江西瓷。秋月答道：'不曾。'顾福也没送入来。我当时还埋怨秋月：'你这小妮子不懂道理，他是在我家做客，理应你去取来。'我便吩咐秋月去，谁知秋月去书房里时，那小子便调笑道：'酒器都在这里，你要取去时，我须许不得。'秋月答道：'二太太叫我来取。'那小子道：'你便叫二太太来。'秋月见话不是头路，返身待走，那小子方把托盘托出来。秋月正待取了要走，那小子却又夺住，二人挣扎起来，他便来摸秋月胸部，秋月一失手，托盘落在地上，把碟子都打碎了，酒壶也滚了远去。秋月只拾得托盘、盅筷回来，吓得发哭。我便嘱咐她不许作声，留下的破碟子、酒壶也不用去取了，回头二老爷得知了，反惹得淘气，须于那小子面皮不好看，并嘱她从此不准入书房里去，这也罢了。

"哪知前天晚上，我和秋月在花园内纳凉，那厮悄悄地拔出月亮门，走入花园来，匿在假山背后，等我两个走过去的时候，他便闪将出来，倒把我两个吓了一大跳。我急忙退后，他便嬉皮赖脸地道：'今夜好天气，可去书房里玩玩儿？'我便说道：'你是读书公子，自应明白道理，如何说出这话来？'他也不说，只顾走近来，对我痴笑。我便叫秋月返身待走，他却赶上来拦住我们，口里说些乱话。我知道不对，不由得喊声有贼，他方才放手逃去。这厮行径不端，日后三言四语，免不得闹出事来，不如把我搬去外面居住了，让了他们为是。"

骆太成听说罢，大叫一声，喝骂道："畜生，如此无礼！"

潘红玉连连扪住骆太成的嘴，安慰道："你休气苦，有道是家丑不外扬，不可如此，且慢慢计较。"

不知骆太成如何回答，且听下回分解。

此回为奸正诸人合作一传，写各方心事，各有所宗，涉笔入细，不落窠臼。

以顾氏主仆心地之忠厚，益见浪妇施技之毒，虽非愚呆粗狂如骆太成，亦鲜不入其玄中矣。

随笔以秋月失手掷落酒器一事，翻出波澜，试思欲取回遗下之残器，势固不可，令其在顾福处，又惴惴焉不安。于是有二次白日送酒之自然法，所谓将欲取之，必先与之，处世之难，往往如此，君子所以慎于接物也。

第八回

顾洪勋寂寞出骆府
白望天慷慨遇宾馆

话说骆太成听了潘红玉一番言语，气得双眉直竖，口中叫骂。潘红玉连忙止住说道："你又来发牛性，这个话传出来，须不好听，只得且忍下。我早想与你说了，就只怕你胡闹。"

骆太成怒不可遏，咬着牙齿诌道："这厮合当流落，我待他一片心，竟这般禽兽不如。"

潘红玉道："真是知人知面不知心，我那日叫秋月送酒，也是一番好意，不想淘着这等冤枉气。若不是我没有主意时，你骆家也从此破败了。"

骆太成被潘红玉一劝一激，哪里忍得住气，竟拍桌打凳大嚷起来。潘红玉初是生怕顾洪勋吐出实情来，因此设计先发制人，及见骆太成如此大怒，心想："不若借此撺了他走也好，省得大房母女两个哭哭啼啼的，老是在此住着。"潘红玉心中甚是得意，便一面劝说骆太成，一面吩咐秋月："快将酒来与二老爷消闷。"秋月答应一声，登时安排酒菜端上来。

这当儿正是晚饭时候，大家见秋月拿酒菜上去，都觉纳罕，便问怎的，秋月皱着眉头，一言不发。众人料得有事，骆太太在房内听得骆太成在楼上叫骂，便走向隔房窗前来听时，也听不懂骂的甚事，只觉骆太成怒气吼吼，闹得非同小可。待秋月拿上酒来，潘红玉斟好酒，劝骆太成连饮了三杯。这酒不饮犹可，一饮时，越发使性大闹，不留余地，全把话骂将出来。骆太太虽听得有几分牵到自己身上，到底不明白，便整整衣裳，走将过来。到得潘红玉房前，秋月便叫道："大太太来了！"

44

潘红玉连忙起迎，只见骆太成一面喝酒，一面胡诌。

骆太太道："二叔为的何事，却这般丧气？"

骆太成道："嫂子，只要是个人，是爹娘生养的，今日可不能不气。"

潘红玉一面请骆太太坐，一面扯住骆太成，叫不要提了，一面又对骆太太道："他吃醉酒了，大嫂休听他。"

骆太太连问怎的，骆太成道："嫂子不要见怪，依我这见，赶紧把志英侄女另行许配，免得她嫁了禽兽一般的人，日后兀自吃苦。"

潘红玉连骂："该死该死！你昏了吗？"

骆太成哪里听见。骆太太方知是为顾洪勋淘气，便道："二叔休气苦，皆因你大哥死了，丢下我母女两口儿，如今害了二叔。究竟为的什么？二叔且说。"

骆太成跳脚跳手地指着自己面孔道："要说出来，我这个屁股见不了人，你嫂子也不见得有威光。"

潘红玉喝道："你说话须有高低，大嫂子跟前，你这般乱七八糟地算什么？"

骆太太道："二太太，到底为的何事？你就告诉我吧！"

潘红玉道："大嫂子，你也晓得他的性子，胡闹就是了，说他什么？"

骆太太急着追问，潘红玉哪里便肯说出来。

骆太成道："你便与嫂子说了，也好使嫂子明白。"

潘红玉方才原原本本说了一遍。气得骆太太两眼发白，说道："罢罢，我的命里该苦，这畜生原来如此不成人，如何容得他在这里住？"

说着起身，早是眼泪汪汪地走向自己房中。看时，女儿志英已哭得似泪人儿一般。原来志英也就探听得全明白了，母女两个相抱大哭。半晌，骆太太叫过王妈，吩咐道："你去与顾福说，请他家少爷自去别处居住，这里不是我家，多有不便。他若功名成就时，来娶亲；不成就时，休来见我。"

王妈领命，来至书房内，叫出顾福至外间，把话传过。

顾福问道："此是大太太之命，二老爷却如何说？"

王妈道："你们在外不知，里面闹得不了。"

顾福心内明白，想道："果然有这一日。"也不慌忙，与王妈道："你且坐，我入去与公子说了，给你回话去。"

顾福入来，并不与顾洪勋说，却去自己床下取出那夜秋月留下的酒壶、破碟子一包，出来与王妈道："公子领命，明日便行。此是端午前一夜秋月陪同二太太敲开月亮门送来的酒食，公子不受，当时二老爷回来，秋月忙了手脚打破的，第二日却又送来。多承二太太的情，公子在此叨扰了多日，甚是不当，此物理应归还。上复大太太，把话告明便是。"

王妈应着，接取那包儿，入来见骆太太，回过话。骆太太听了不懂，重问一遍，打开那包儿看时，却是一把酒壶、一支筷，其余都是碎碗片。骆太太看了发怔，自寻思道："若还是顾小子调笑秋月，夺下这碗盏时，顾福也不取出来了。这当中别有缘故。"方才悟过来，再问王妈，也不知别情。骆太太仍把那酒盏包好了，放在一边，重想一会儿，自念道："这小子秉承家教，端正读书，又在客边，身遭磨难，断无是理。"骆太太想想，便又哭了，只得万事听天由命，不了而了。母女两个哭了一夜。

再说顾福送王妈去后，入来与顾洪勋道："大太太适才打发王妈来，叫我们速离此间，明日只得走了。"

顾洪勋吃了一惊，顾福便将王妈来言传了一遍，又把自己取出酒壶、碟子送去的话也说了。顾洪勋听说罢，怒道："你这人好没分晓，为甚与她一般见识？虽则我受了冤屈，合是我命里所遭，你今将那酒器送去，把话说了，却不是污了他人的名节，害拆人家夫妻？这不是顾恋我，倒是与我作对了。"

顾福打躬说道："老奴不是不知，公子受冤屈事小，那骆太太、骆小姐少不得因此被人奚落，妇女们心窄，一时想不过来，倘有意外，岂不是因公子之过？老奴不得不将话说了，好使大太太明白，不是不知公子处。"

顾洪勋点头，默默无话，一阵伤心，不觉掉下泪来，叹道："大丈夫依人篱下，先自有八分短处，待说何来？"

当下吩咐顾福收拾行装，连夜拴束毕。主仆二人心事上来，哪里睡得熟，眍了一眍，早是天明。二人起来，草草盥漱罢，顾洪勋命顾福通知骆太成、骆太太告辞。

正待要行，只见王妈悄悄地来道："大太太吩咐，少爷的事太太都知道了，少爷好生上路。现备下白银二十两，权与少爷动用。太太并说道：'务请少爷刻苦用功，勤学向上，若有便人，千万给个信儿。'"

顾洪勋拜谢道："太太之命，小人都已谨领，这银两却不敢收，小人现且有的使用。便是没有时，也不劳太太费心。小人一切当心，不劳太太挂念。"说罢，叫顾福跟同王妈入去告辞。

顾福与王妈来至内厅前，顾福站住，王妈先回过骆太成，转至潘红玉房内，要禀明骆太成。

秋月出来道："二老爷、二太太正好睡哩，还讲什么道理？请他方便是了。"

王妈答应出来，再至骆太太处。骆太太流泪道："我也无话说，嘱咐顾福好生服侍少爷便是，你便去送一送。"

王妈应命，出至厅前，告知顾福。二人仍回至书房内，禀明顾洪勋，顾洪勋吩咐顾福将出十两白银与王妈道："我来此多日，多得你们好照顾，这些银两与我发付了你们众人，休要嫌少。"

王妈千恩万谢，骆府男女用人听得有赏，都来帮同顾福照料。顾福挑了行李，顾洪勋在后，出得骆府，众男女用人相送至门外。

顾洪勋作别众人行来，与顾福道："我们且去就近找一处客店歇下，却再理会。"

二人走了好些路，顾福挑得乏力，只见当街一座客店，前面店小二叫道："客官要投店吗？"

顾洪勋道："却好。"

抬头看时，市招上写着"迎宾馆"。店小二引二人入来，看下房间，安排了行李，取过面汤洗了，吃些点心。

顾洪勋叹道："今日若不是施良留下那金银，我二人立刻便在这里流落了，人世间却是钱财活得人来。"说着，叹息不已。

顾福便把话来安慰劝住了。主仆二人住了一日，胸中甚是闷闷。次早起来，天尚未明，顾洪勋被夜来蚊子咬得苦，趁早便出房来解气闷，只见对房一个客人立在门边，正在盥漱。看那人时，二十多年纪，眉目清秀，骨骼英挺，凛凛一表，恂恂儒雅，不是北方人模样，很像是个大家子弟。顾洪勋心想道："这店中的住客，倒是上等人多。"那人只把眼打量顾洪勋，很像要招呼的样子。顾洪勋也趁势点头。那人便拱手道："尊兄早好。"

顾洪勋忙道："夜来被蚊子扰得苦，睡不得好觉，因此起来早。足下也早哩!"说着，便踱将过来。

那人也笑吟吟跨出门来相接，拱手道："尊兄贵姓？府居何处？"

顾洪勋具告姓氏里族，转问那人。

那人道："小弟姓白，名望天，甘肃兰州人氏，来京访友，乘便逛逛帝皇之都，不知尊兄何因至此？"

顾洪勋道："小弟也是为访友到此，并无他事。"

白望天道："且请尊兄移步，里面谈谈。"

顾洪勋依言入来，看白望天房内也不带用人，也无甚行装。二人分次坐下，白望天叫店小二泡上一壶茶，二人先谈些通常世故，渐便说到文字，谈得十分投机。约有半个多时辰，顾福过来，问少爷吃些什么。

白望天道："我已吩咐小二安排了。"

顾洪勋连忙道："哪有此理？白兄喜吃的什么，我叫他去市上买来。"

白望天道："不是一样吗？"

说着，店小二已端上酒来，几样时菜和上等点心，摆了满满一桌。

顾洪勋道："白兄太客气了，买这许多酒菜干什么？小弟早上也不吃酒。"

白望天道："胡乱吃些，不妨。"

顾洪勋寻思："不曾见他和小二说话，也不知何时吩咐下。"当下也不客气，二人就此对酌，谈到性情志气，无一件不合，顾洪勋甚是欢喜。

一时吃毕，白望天便叫顾福来吃了，留余的都与了小二。

顾洪勋道："午间小弟请白兄去市上沽饮数杯如何？"

白望天道："最好。"

顾氏主仆辞别出来，回至房中。不多时，白望天便走过来说道："客地孤单太寂寞了，难得与顾兄谈谈，得益不少。"

顾洪勋连忙起身迎入，请上首坐下。

白望天道："俺们虽是萍水相逢，却是性情契合，顾兄既以小弟为朋友，大家不必客气。"

顾洪勋道："是是，小弟有幸遇了白兄，也不负此一住。"

二人坐下，谈了一会儿。顾洪道："时候不早，俺们便去市上吃些酒饭。"

白望天道："顾兄在这里也很熟吗？"

顾洪勋道："却是人地生疏，并且不知道路。"

白望天道："如此小弟可以陪引。"

顾洪勋道："真个难得。"

二人跨出门来，顾福随后。顾洪勋道："你不要去了，在此守候。"便叫小二买些饭吃。

白望天道："一路去也好，这店中小弟很是熟悉，但有什么，交与小二便妥。"

店小二见二人出行，早迎上来。白望天吩咐："将顾大爷房中行李好生照料，俺们出外去吃酒饭。"

小二声声答应，二人遂带顾福出门来。走经热闹之处，白望天都指说与顾洪勋，一面说话，一面走。来至一座大酒楼，市招横匾写道"满江春"。

白望天道："这是四川菜馆，俺们就此小饮如何？"

顾洪勋道："最好。"

三人入来，酒保接进，跟在白望天身边打话，请入阁上，靠清净座头坐下。酒保引顾福却去别处吃了，也不问点菜，早将上等酒肴陆续端来，也不计其数。二人吃得畅快，兴尽方已，顾洪勋便叫顾福还了酒资。

酒保道："白大爷早付了。"

顾洪勋跳起身道："岂有此理，白兄如何竟忘约？今日曾订下是小弟东道，如此不是道理。"便叫顾福，"快与我付了。"

白望天道："且住，你听我说。"

不知白望天说出甚言语来，且听下回分解。

顾氏主仆不安于骆家，而至客店，其路绝矣。忽接入白望天其人，所谓柳暗花明又一村也。

顾福老成，通理达变，顾洪勋仁厚中正，虽冤莫申，而直道无亏。骆太太处此事变，难于进退，措置亦甚适当，此皆作者落笔不苟之处也。尤于红玉，淡淡写来，洞见此妇之居心，所以表骆太成之为人，声色行动，跃然纸上。

第九回

骆志英投缳殉慈母
端福隆见色起祸心

话说白望天与顾洪勋道："顾兄，你听我说，俺们既够得上做朋友，不分彼此，你我都是一样，即使是说你要请我时，俺们也不止这一日的事。如今且由我做东道。"

顾洪勋听说，只得罢了。三人起身出店来，酒保接着，问："白大爷今晚要备什么酒席吗？"

白望天道："却再说。"

顾洪勋忙道："要要，你便与我定下就是。"

白望天道："晚上俺们且去闽菜馆吃，明日再来如何？"

顾洪勋只得道："也好。"

三人回至客店，各归自己房内，歇了一会儿，早是向晚时分。顾洪勋便起身走至白望天处，说道："今晚哪里沽饮，白兄做主。"

白望天道："小弟奉陪，再引顾兄去福建菜馆试一试口味。"

顾洪勋道："可是白兄再不得客气，晚是准是小弟东道。"

白望天笑道："好好。"

二人说些闲话，带了顾福，又来市上。走了好些路，却比那满江春的所在更远了，只见一座酒楼，白粉墙，碧油门，门旁两只高灯点得通明。三人入来，一路酒保、司役都与白望天打话招呼，甚是厮熟。引至楼上雅座坐下，顾洪勋问白望天吃些什么，白望天回头与酒保道："尽将好的来。"

酒保答应一声，飞也似下楼去了。不多时，端上酒来，皆是顾洪勋向日不曾上口的，早铺得满满一桌子。顾洪勋先便吩咐顾福去柜上交下钱，免得白望天又来会钞。这时，顾福下来，去身边掏出五两金子，交与柜上，说道："楼座顾爷交下，先叫收账。"

掌柜的慌忙立起身，笑答道："白大爷都把酒资算了，小人不敢收，请你先上复主人。"

顾福道："今日是咱们公子请白大爷的，你便收了，却再理会。"

掌柜的道："白大爷没话吩咐，小人怎敢？"

顾福只得上来，告明顾洪勋。

顾洪勋道："你看，白兄这般相待时，却不是把小弟做外人？"

白望天笑道："区区酒肉，何足道哉？现是小弟陪引来此，理当归我。过日竟由顾兄做主，小弟绝不客气。"

顾洪勋见他如此说，只得笑着点头，当下二人吃得尽致。酒罢出来，已是黄昏人静时候了，那酒楼掌柜的便叫雇了轿子送二人回店，顾福打起灯笼随来。

当晚无话，次日，白望天又来邀顾洪勋游逛京都名胜之地，一连数日，皆是宴饮。到处都有与白望天厮熟的，一般与在酒馆上招呼，不见他付什么钱，便有人与他安排的。顾洪勋休想会钞一次，尽是白望天的东道。顾洪勋心内思疑，很是不安。

一日，与白望天道："承白兄看重，认作朋友，连日搅扰，却不叫小弟担些份儿。虽些银钱小事，毕竟礼数不应如此，也不是处常之道。"

白望天笑道："不是这么说，那等去处，小弟都相熟识，自然是由小弟尽礼了。既然顾兄说得如此，自后便听顾兄做主如何？"

顾洪勋道："这个也不过尽小弟一片心是了。"

白望天道："如今且不谈这等琐话，我倒有一言，冒昧要问顾兄。顾兄来此，究为的何事？连日看顾兄一似有事在心，莫不是受了什么委屈，也可说得吗？"

顾洪勋被问，心内一怔，不由得叹气道："承白兄相爱，有何话不可说？只是这等事过去罢了，说他什么？"言下甚是懊丧。

白望天道："小弟很知顾兄正直自守，必是有什么不白之冤，但说何妨？"

顾洪勋道："皆因小弟命中驳杂，合遭凶险，其实也无甚干碍。"便将自己离家投亲被陷出来一番情形略说一遍。

白望天道："我知道了，顾兄虽受冤屈，无伤大雅，大丈夫处世，俯不愧于地，仰不怍于天。世间是非不作准，只看大道间如何。"

顾洪勋道："小弟何尝不做如是想？却是俯仰身世，自愧不能立身安命，只落得漂流异地，受尽播弄。人非木石，谁能遣此？"

白望天道："不然，以顾兄才华，真是取功名如拾草芥耳。要知功成名立，也看不惯那等热闹人情，有什么赏心悦目之处？只不过骗自己骗人，比那贫穷时候见的光景模糊好看，也就一时间的心闲身闲是了。依我看来，世间万事都是假的，若作真的看，便是笨人；若作假的看，便是苦人；最快乐的，唯有我行我是。"

这一段话说得顾洪勋五体投地。自此二人益发知己，每日取酒行乐，不拘形骸，倒解了顾洪勋许多忧闷之处，不在话下。

且说骆太太自从顾洪勋去后，心中无限悲伤，又说不出种种苦楚。当日便问王妈："他主仆二人究投哪处安身？"

王妈回说："只见他由东而行，听说是投客店去也。"

骆太太道："我当时也昏了，不把言语交代你，你若随后跟去，看看他们投寓何处，再来报我，也好使人道听。于今不知落哪个去处。"

王妈听说，也是懊悔。骆太太便暗底吩咐王妈察探，不时间与女儿志英说着便流泪。

那潘红玉有意要把骆太太母女两个撺去，平常骆太成在家时，也闷不作声，但等骆太成一出门，便骂猪打狗，比上比下，闹得天昏地黑，言语中夹着些尖刺刺的话，无非是怨着她娘儿两个，又少不得提上顾洪勋的事儿，一句句说入骨髓。骆太太听得如尖刀剜心一般，却又不好与她抢白，只得眼泪往肚里落。情知骆太成当作潘红玉是贤惠的，又不曾亲见她所为，自然不便与骆太成说。

骆太成每吃过午饭出门，直到半夜方回。这时间便是潘红玉泼骂讥嘲的当儿，每日如此。骆太太委实受够了，待要移出去，可又是娘儿两个，无依无靠，思量起，万般伤心，一气无出，渐便积郁成病，哪更有人看觑她？除了志英哭泣以外，跟前只是一个王妈，动不动便受秋月的作弄。病了多日，志英看看骆太成并不探问，自要与娘请大夫来瞧瞧。她娘道："我的病我自知道，只怕是不会好的了，却是苦了我儿。"

志英哭泣道："母亲一向忠厚待人，神明保佑，天可怜见，母亲康健无恙，且请大夫来瞧瞧。"

骆太太道："便要与我请大夫，也要禀明了你二叔，我们娘儿住在他家，他是个主子，不可僭上方。"

志英听着娘话，等得将午，骆太成起来时候，便来告禀。

骆太成吃惊道："大嫂有病多日，如何不早请大夫？快去请来瞧瞧。"

当下吩咐近身当差高升去请张大夫来。志英心下稍慰，便回自己房中，吩咐王妈伺候去了。

这里骆太成问潘红玉道："大嫂害病多日，如何我一点儿不知？"

潘红玉冷笑道："你道是什么病？一个人头痛咳嗽、伤风受热是免不了的，有什么大不了的，也值得这般大惊小怪的吗？她若是真害病时，我还不与你说吗？横竖不花着自己的钱，落得请张三请李四来瞧瞧的。"

骆太成见潘红玉不悦意，笑道："她在我家做客，既来说道，也当与她请了大夫来瞧瞧方是道理。"

潘红玉道："谁说不请？你说你大嫂有病多日，一点儿不知，岂不是怪我不说吗？我须说与你听。"

骆太成道："谁怪你来？"

二人说了一会儿，骆太成吃过中饭，自往外面应酬去了。高升请得张大夫来时，府中无人接待，只得由王妈引去骆太太房内诊视。张大夫诊毕出来，与王妈道："这病根着实深了，如何不早医治？"

王妈叹气道："便是哩，老爷看来这病可要紧吗？"

张大夫摇头道："只怕难了，且吃一帖药看。"

当时匆匆立下一方去了。王妈煎药与骆太太服下，虽有些起色，只是胃口闭了，进不得饮食。王妈再想请张大夫来复诊，无人提话，志英也做不得主，重又告知骆太成。骆太成当面着急，背后被潘红玉三言两语，怎放在心里？谁与她去请医？

自此骆太太病势日重，不过十日，呜呼哀哉。骆太太去世了，骆太成这才吃了一惊，慌忙走向隔房来看时，只听得王妈怪叫一声，连说不好，原来骆志英已在她娘床后吊死了。骆太成见了这般情形，倒慌了手脚，还亏王妈死命地把志英抱了下来，摸她胸口，还有些热气，急忙打开头发，取过解药搭救，一面与她按摩，忙得上下都没入脚处。半日，方见志英胸间松动，转过一口气来。众人却喜救活了命，只得丢了死人，暂且不管，先来服侍志英。忙了一夜，志英活过来，看了众人，哭泣道："你们好意救活了我，却是害我，不如叫我跟了妈去了也罢了。"众人都为叹息。

骆太成听了道："志英侄女儿，咱们须不亏待你，为什么寻死觅活的？"

志英点头摇手不语。天明，众人都过来骆太太房中料理身后，所有衣衾棺木自按次摒挡，不消细说。向晚均已舒齐，时当初秋，天气似夏，尸身易坏，夜半即行收殓。众人也有与她可怜的，也有叹息的，也有噘着嘴叽咕的。最是志英，重创之后，哭泣无泪，已是半死不活。收殓已毕，安灵设座，志英与王妈自在灵边守候。王妈见她实实支撑不住了，劝道："姑娘去歇息吧。"

志英哪里肯依，气喘喘地坐到天明。骆太成过来，看了也是不忍，自忖道："老大做官清正，向日仁厚，竟挨到这般田地。今日大嫂既在我家病殁，若不与她身后争些光荣，也要给人家笑话。"当下吩咐高升、王妈众人等："凡是大太太丧葬应用之物，只管向市上相熟店铺拿取，休要与我省钱。"一面便请阴阳先生择日做法事开吊。众人见骆太成着意办理丧事，也就小心去做。志英心内稍慰。

当日骆府分发讣闻与远近至亲好友。到了开吊这日，门前车水马龙，甚是热闹，一时宾客济济满堂。骆太成亲自招接，自肚里寻思："这等排场，也不枉了大嫂子来我家这一遭。"心内甚是快活。当下众宾客都去灵前吊孝，骆家并无子息侄辈，只得由志英在灵帐内跪伏答谢，外面自有骆太成回礼。不多时礼毕，骆太成陪众宾客来外厅饮酒，却待入座，只听得报道："端老公大驾到来!"骆太成大喜，慌忙回入里面，换上袍套，出门迎接，恭恭敬敬迎那端老公入来。众人看时，却是一个中年汉子，不到四十年纪，大家纳罕。

原来这人乃是四皇子府中一个老管家端延那的儿子，名唤端福隆，本是满洲镶黄旗人。端延那死后，端福隆袭了父差，仍在四皇子府中当管家，因此人唤端老公。

当下骆太成接进端福隆来，说与众人知道。众人也觉得骆太成手面不小，大家都有光荣。宾主叙礼罢，端福隆便要去灵前行礼。骆太成满面笑容，说道："不敢不敢!"一面欠身让端福隆入座且饮酒。端福隆再三说先应叩灵，骆太成只得引入来。就灵前行仪罢，骆太成吩咐侄女儿志英匍匐出帐，加礼叩谢。端福隆回礼过去，打边一看，却见得半面，自肚里诧异道："这人如何生得这般秀丽?"当下礼罢，也就出来。谁知这一见，便惹起一番风波。

欲知端的，且听下回分解。

潘红玉心手之毒辣随处见之，此回一笔叙到骆太太死后，即一字不提，可知其不与于丧事也。

写丧事自天明至向晚，均已舒齐，一日之间，岂能如此?当知其草草了事之状，不言而喻，文笔何等细净。

骆太成之排场，非有痛惜于寡嫂孤女，全为自己争门面，客来自谓得意。及闻端福隆，而众客皆手舞足蹈，又可知骆府门庭，宾客如狗。

第十回

向达善托势说媒
骆志英闻变出走

话说端福隆来骆府吊孝，在灵前见了骆志英披麻执杖伏在地上，一时看不清是男或女，只见她生得好模样，心下纳罕。出来便问骆太成："令侄生得好品貌，今年多大年纪了？"

骆太成道："回老公的话，寒门不幸，大家兄亡于任所，并无后嗣，晚生也没子息，这是舍侄女儿，乳名志英的。因她尚知尽孝道，权代予职，不周到处，多望老公原谅。"

端福隆笑道："原来如此，咱看来也不像是男的。"

说话间，来到大厅上，骆太成恭请端福隆上座。端福隆略与众人周旋一会儿，也不多逊，便自坐下。骆太成亲自把壶敬酒，众人中也有凑趣的，前来恭维端福隆。端福隆喝了三五杯酒，叙些不相干的话，便起身告辞。骆太成情知不能留步，慌忙起身候送，一面早吩咐高升，将端福隆带来的人都赏发了。众宾客尽皆起立。端福隆略略点头，与众作别。

骆太成恭送至门外，候他上轿后，跟随人等一声呼喝，蜂拥着去了。骆太成方回至厅上，与众宾客打话，大家方才多嘴多舌地都嚷起来了。数内有不明白端福隆来历的便问骆太成，骆太成笑道："当今皇上第四个皇子讳作上胤下禛，新近敕封为贝勒，当朝称作禛贝勒，也唤四阿哥贝勒的。这端老公便是在贝勒爷府中当作管家，原是世袭下来。这皇家的管家，便不比寻常，又是贝勒爷很亲近的人，所有大小事务都交给与他，不论内庭发下的各省督抚大员降辞之后，便到皇子府中，先要拜见这位端老公，方见得到那贝勒爷，道府州县休想说话。你们但看他带来的人都有顶戴，这不是皇族中人，哪里当得？"

众宾客听说，都呆了。数内有人问道："骆太翁如何认得这位端老公？"

骆太成被这一问，吃雪也似凉快，点头拨脑地笑道："兄弟平日多与此等名公来往应酬，也搅得熟了，不止一日，皆是宴会场中，大家厮认来。"

那人道："太翁既认得这位端老公，何不请他交下一个条子，却去外省谋个好缺，倒是稳便。"

骆太成道："兄弟也是这么打算，只是在这京城里住惯了，苦的地方不高兴去，小地方又犯不着，如心如意的缺分不由你做主，因此耽搁下。端老公前月承他的情问起我的，我也把这话回了，大约他与我留心，也未见得。"

众人听骆太成这话，自是十分羡慕。大家饮酒中间，又说起骆太太身后亏得骆太翁有手面的，虽是骆亿翁在任身亡，也着实有光荣了。大家夸赞一番，说得骆太成兴高采烈，直至未末时分，方始酒罢客散。

过了数日，骆太成便将骆太太灵柩移去会馆里停厝了，依旧有一类宾客送礼执仪，不待细表。

却说端福隆自在骆府见了骆志英，又听得骆太成一番话，回至家中，稍歇一会儿，即去四皇子府中伺候。肚里想道："这小娘们儿也生得俏丽了，只不知许了人家也未？"便自念念不忘。

原来端福隆自己本是兔崽子出身，却喜采花撩草，专会托势飘荡，人家都知是四皇子亲近的人，哪敢撞他？以此端福隆看得心爱的，便做是自己一般，一向如此。自从见了志英，暗中便自打算。

恰巧次日，骆太成前来端福隆家中谢步，端福隆请入里面，问起家境，骆太成却被那宾客们说得心热，听得话问，正好告说苦况，请求想法谋个差使。端福隆点头，渐便谈到骆志英："如今令嫂死后，可怎么处？也许了人家也未？"

骆太成道："先许了一个姓顾的，那时家兄在华阴县任内，冒昧行事，不想这姓顾的不是人，曾来晚生家投托，晚生怜他一身无靠，收留在家。谁知那厮却做出种种不端之事，被晚生撵出去了，现在不知去向。"

端福隆问道："那姓顾的是何等样人？"

骆太成少不得把顾洪勋家世略说一遍。端福隆道："这样说来，他虽一时被你逐出去，只怕也走不远，不久便要来投亲的。"

骆太成道："谅来这厮也无面目上我门来，便是他挽了媒人持了婚帖来投我门时，晚生也定不许他。"

端福隆道："这话怎讲？"

骆太成道："他这一个穷小子，养不得自身，难道舍侄女儿与他叫街讨饭去不成？除非是他功名成就，却不知是哪年哪月，方得上我门来。"

端福隆点头道："说得是。"

骆太成这篇话却说到端福隆心苗，甚是对劲，便叫安排酒食款待骆太成，一面并许与他谋事。骆太成五体投地，感激不尽，再三拜谢，辞别回家。

过了三五日，这一天早晨，骆太成尚自高卧未起，听得高升报道："端老公派了人来，有话与二老爷说。"

骆太成叫快请客厅坐，一面连忙穿衣起来，自忖道："莫非有了差使，叫来通报？"随即下楼，至大厅上看时，却是端福隆手下的伴伙，名唤向达善的，亦是素相熟的人。两下相见，各叙礼罢，骆太成便与端福隆请了安，说："老公近日起居纳福。"向达善道："很好，今日奉老公命，来与骆老爷商量一事。"

骆太成道："岂敢岂敢，不知有何吩咐？"

向达善道："端老公自从那日在府见了令侄女儿，万分爱慕，后来听骆爷说起，曾许与顾姓，现已退婚。老公意思，想与骆爷攀了亲事，不知尊意如何？"

骆太成听说，呆了一呆，万不料是这一回事，却悔前日把话说了，一时对答不来，迟疑说道："是端老公自己要吗？"

向达善道："原是呢。老公家私骆爷是晓得的，他那大夫人修心念佛，不出来了，第二、第三两个太太先前是好的，近来也不合老公意思。"

骆太成道："这个我也知道，只是舍侄女儿脾气乖张，只怕伺候不周。"

向达善道："老公并有言吩咐，府上原是世家，不敢轻辱，明媒正娶，都可遵命。"

骆太成道："这事须与贱内商量一下，再当报命。"

向达善道："不差，骆爷自便，且与太太商量，小弟在此敬候回示。"

骆太成见向达善又不肯便走，只得起身道声失陪，走入里面，摸头搔脑地老大没做理会。到得上房，潘红玉早就问道："客人走了吗？什么事清早来这里？"

骆太成道："万想不到是这一回事，客人还在厅上坐咧，须听你的示下。"

潘红玉道："作怪，却不是来消遣我？"

骆太成一屁股坐在床边，俯着身，低声将向达善来意具说一遍。

潘红玉道："这个有什么不答应？你现下不曾谋得事，再下去也是不了，全靠在那姓端的身上。你那位侄小姐动不动要寻死，那姓顾的也不见得有面皮上门来了，等他发达，又不知在什么朝代。且如这端老公，现是四皇子跟前亲信的人，天下有几个皇子？有几个亲信的？休说大老婆、小老婆，只要丈夫听信，便好嫁得他，也不委屈的了。况且又得明媒正娶，有什么不答应？你若不答应，包你就有祸来。"

潘红玉头头是道一段话，说得骆太成心服口服，再没话说，便起身道："我也是这般想，被你一说，益发有了主意。"

当下去见了向达善，满口应允。

向达善笑道："府上太太着实有见识，如此好使小弟报命。端老公性急，小弟素知，明日当来纳聘，不日就要成亲。"

骆太成道："一概遵命。"

向达善甚是欢喜，也就起身告辞而去。骆太成回至上房，潘红玉关照道："做便做了，我看那小妮子是个毒性的人，万不可露气，只怕惹出事来，但得送上端府便休了。"

骆太成道："这个我也明白。"

嘱咐高升，休要乱讲。

次日，向达善又来，果然纳上聘礼，也有四五个随从的人。骆太成置酒款待，叫高升引那随从人等去厅房廊屋吃酒，都有犒赏。酒罢，向达善带了随从人自回。

过了数日，端福隆拣定成亲吉日，又差向达善来投帖。骆太成接取看时，相距只有二十多天了，说道："如此迫促，怕来不及整备新妆吧。"

向达善道："端老公吩咐，府中样样都有，不劳费心，只要小姐随身衣服便了。"

骆太成道："舍侄女儿新近丧母，身穿孝服，不肯便换，如何是好？"

向达善迟疑道："这个倒要取吉利，如何可以不换？"

骆太成道："小妮子脾气不好，寻死觅活地不肯，我也奈何她不得。"

向达善道："小弟回去，告明老公，却再理会。"

二人商量一番，向达善方才告别自去。骆太成吩咐上下都瞒得铁桶相似，不许传说，一面与潘红玉暗下商量如何安排志英，只待到期送将端府去。

王妈看了府中情形有些差异，暗自留心，也瞧科了五六分。这日黄昏过后，去厨房里收拾盘碗完毕，时候晚了，正回上房来，手里提了灯盏，却被一阵风吹熄了，想去高升房内取个火，只见黑沉沉的，并没有人。王妈不敢入去，在门外立了一会儿，只觉有人在内细声说话。静听时，却是高升、秋月两个，正在那里气喘喘地搅作一处，云雨正浓，半晌方休。但听得秋月道："你这人没良心，小太太待你算得好了，她若是这样待二老爷时，二老爷着实要孝敬哩，这都在我的肚里。"

高升道："罢了，那天若是顾少爷如了你们的心愿，早也把我撺出去了，还得有今日吗？"

秋月道："该死该死！你这千刀万剐的杀才，没良心的贼种！你晓得吗？小太太要把大太太娘儿两个撺出去，就是为你呀！"

高升道："怎么为我呢？"

秋月道："蠢奴，还不是为了她们碍眼？进来时早便与你说了，如今要把那志英送去做端老公第四房姨太太，也就是为巴结你。"

高升道："好人，见情得很，她走得快了，我们益发方便了。那王妈也是个好货，须除了她。"

秋月道："咳！这个值得什么？"

王妈听了，不由得捏把汗，想道："菩萨有眼，天幸今日不撞进去，险些性命都休。"当时再不敢停留，轻悄地溜过来，连大气儿也不敢出，暗地摸到楼下，直来志英房中坐下，半日喘息方定。志英看了不对，问道："王妈，你撞着鬼了吗？"

王妈一连摇手，叫勿作声，噘着嘴道："停歇再说。"

志英会意。王妈仍把灯盏点着，出门来，故意说些不相干的话，去隔房门户都照看了，听得秋月已是上楼，都睡静了，便来志英房内，靠近坐下，如此如彼说了备细。志英听得，目瞪口呆，作声不得，不觉泪如雨下，又不敢出声。

王妈道："小姐，事不宜迟，快快想法。"

志英扑翻身跪在王妈面前泣道："王妈救我！"

吓得王妈搀扶不迭，叫唤不得，说道："小姐，折杀奴也！"连忙扶起志英坐下。

二人涕泪被面，噤作一堆。半晌，志英说道："我娘死后，早知有今日，却不道二叔家中如此颠倒，如今有话也难说。妈妈服侍我娘，好心待我母女，我都知道。妈妈好比我亲生之母，不怕见笑，我父当日乃把我许与顾公子，今日不由我不做非礼之事，妈妈可怜我，救我一救，领我出门。我便讨饭也要寻着他，死也做顾家的鬼，总不成被人糟蹋死了便休。"说罢，泪如雨下。

王妈道："小姐且住，我今日把话告知，你也只是三十六着，走为上着。只是我和你两个女流，在这深夜之中，人生地疏，如何去得？须好计议。"

志英点头道："妈妈与我做主。"

王妈道："要走便走得快，我想起来，从前我的老东家姓赵的，住在陶然亭畔，此去不远，不如且投他家一避也好。"

二人商量一会儿，志英便收拾些金珠首饰之类，卷作一包，叫王妈背了，吹熄灯，开出门来，两人一扶一搀，轻轻地走下楼来。好在王妈路熟走惯，众人都睡得正稳，神不知鬼不觉，两人便打从后门闪将出来，曳开脚步，向西而行。走了一阵，志英早是气喘乏力，正没做道理时，忽地一人自街旁屋瓦劈空飞下，站在面前，吓得两人魂胆逍遥，作声不得。

欲知来者是谁，且听下回分解。

叙骆家至此方叙明仆人高升有奸淫主母、丫鬟情事，归结上文，一串到底，妙在旁写淡描，不落墨处。

骆志英之殉母，早知有今日，安知不察高升、秋月、红玉之行也？特不出诸口耳。

顾氏有顾福，骆大房有王妈，骆二房又有高升其人，天为之耶？人为之耶？世事皆如此，何得一一为之传。

第十一回

欧阳玉救亡入尼庵
骆太成失女鞭淫仆

话说骆志英与王妈连夜逃出骆府，想去南坪赵家投避。正行之间，冷不防街头屋瓦上劈空飞下一人，吓得二人魂灵出窍，倒在地上，作声不得。

看那人时，已是站在面前，喝道："你们夜来慌忙奔逃做什么？着实说来，休要害怕。"

王妈听那人声口却是个女子，心内稍安，便央告道："小姐被人强婚逼嫁，性命难保，因此逃将出来，想去赵官家躲避，并无不端之事。"

那人道："你们好大胆，这禁城之内多少贼男女作奸为非，却来深夜乱走，敢不怕遇了歹人？"

王妈细看那人，果是个女的，听她言语，倒是好意，便扶起志英，说道："小姐，天可怜见，今日遇了救星。"却告道，"娘子搭救则个！"

那女的走近志英，打量一会儿，说道："你们且随我来。"

二人感谢不尽，不慌不忙，跟那女的行来。

原来那女的不是别人，便是前回《血海潮》中所说欧阳飞天讳字一个玉字的那人，这时江湖上称作欧阳大娘的。自从在盖关东万化刚门下与吕豪、万小化、吕四姑三人学得剑成，当时吕四姑回家，吕豪往普陀山探看诸人，欧阳玉、万小化二人同走岣嵝峰，投访师母罗三娘。寻到那山峰上禹王殿后四维庵中，谁知罗三娘已归道山，只留一个道婆，传下罗三娘言语，说道："他日必有远客前来寻访，但嘱她行善行义，休坏门风，便是生者得福，死者安心。"道婆把话传过，欧阳玉感叹不已，便问师母塔院在何处。道婆指说后山松树下，欧阳玉与万小化跟随道婆来后山，至罗三娘堆骨去处，触景生情，十分哀痛，当下祭扫一番，即在庵中暂住，等候吕豪。

不久，吕豪自普陀山赶到，告说山中诸人自海岛事业破败，尽皆散失，只在镇海遇了海潮生米宗风，挈带甘凤池，寻他叔叔甘杰，并告知海岛上被清兵大肆杀戮非常惨酷之事。欧阳玉、万小化听了，不由愤火中烧。吕豪闻知罗三娘已死，自是一般伤心，痛哭哀号，如丧考妣。三人唯万小化不甚相干。吕豪、欧阳玉皆是罗三娘抚养教训长大，真个是慈母恩师，非同寻常。二人追问道婆，说知罗三娘临死情形，并无别话。

吕豪、欧阳玉道："我们若不听师母之言，有坏门风，天地不容。"

万小化也是感叹不止。三人约定，遍游天下，誓为除暴安良。

当日拜别道婆下山，万小化自回徐州高井头探看父亲万化刚去了，吕豪仍去寻访那普陀山散失的众英雄，欧阳玉先至南昌，会那小罗汉费绰。及到费家镖店问时，谁知费佳亮也在家中一病死了。欧阳玉想道："我在高井头前后不过四年，人事变迁，竟至如此，我等将后正不知怎样。"想罢，也自叹息。当下辞别费家镖店出来，在南昌住了一夜，次日，动身北上，一路游山玩水，随处安歇，并无一定之事，心中也就毫无挂碍，径由湖北、河南境界过来，无非察访那官府善良强暴，有看不过的，随时行事。

不止一日，早来到北京城，但看那京城一派繁华，果然与众不同。却值是清朝康熙皇帝起造宫殿、修筑城池时候，欧阳玉叹道："如此好城池，竟断送于北方鞑子之手，吴三桂真杀有余辜。"便在正阳门外投下客店，白日里闲游街巷，夜来飞入禁城，随意玩歇，倒是自在。

这晚方自客店出来，思量去客中探看一会儿，正走之间，听得前面有人赶来，欧阳玉托地只一跃，伏上屋瓦，看时却是志英、王妈两个，正慌忙没做道理模样。欧阳玉料知有蹊跷，当时跳下街头，问明二人，便叫一路跟来，同到客店，敲开店门。

店小二吃了一惊，说道："娘子，不曾见你出来，怎么却在店外？"

欧阳玉本自瓦上出入，及听店小二这话，不由一怔，喝道："胡说！夜来早便出门了，你们自不留心。"说着，引了骆志英、王妈入来。

店小二开了房门，剔亮油灯，拽上门户，自去了。

骆志英翻身便拜，欧阳玉连忙扶起，依次坐下。王妈放下包裹，也靠近坐了。骆志英拜问欧阳玉姓氏，欧阳玉说过，遂问骆志英来由，骆志英从头至尾备说一遍。欧阳听罢，叹道："此间竟有这等狠心的人。既是如此，小姐在这客店居住，不当稳便。今日店小二已有话说了，你那令叔府上明日必然四下里找寻，若被店中人看出破绽，岂不倒累了小姐？"

二人听说，果然不差。王妈道："最好是寻得顾少爷住处，便是二老爷有人追来时，也有话说。只是一时间如何去寻？要么只有去赵府躲避，再做道理。"

欧阳玉问："赵府是怎样一等人家，有何相关？"

王妈道："向是我的老东家，也是做官人家，端正是大门大户的。那赵老爷、赵少爷都待我不错。"

欧阳玉摇头道："不妥，虽是你的东家，谅得有几多情分？今日骆小姐这样逃出家门，非同小可，又且有那端福隆从中做主。越是做官人家胆越小，你们进去，明说不好，不说也不好，反而添得许多人知道，不是稳便去处。"

骆志英道："大娘这话端的不差。"

王妈也道："这样说来，却是去不得，怎生是好？"

欧阳玉道："我想起来，倒有这一个去处，也还使得，便是距南坪不远，有座菩提庵。那庵中有个老尼，法号拜莲。比先时我刚到京城，曾去逛过，多蒙她好意接待，言语奖励，看她很是个诚实可靠的。不如且去她那里一避，只说骆小姐是我亲眷，引来庵中带发修行，拜她为师。我一面再去探寻顾家公子，叫他相会。此计如何？"

王妈大喜道："大娘子真是女菩萨，想得好计策，这也罢了。"

骆志英起身叩谢道："天幸得遇大娘，若得此身在世，生死相报。"

欧阳玉挽住道："小姐，休这般说，你便算是我妹子，去庵中不可与人见了破绽。事不宜迟，明日便行，我们且歇息吧。"

欧阳玉让过骆志英，就一床和衣而卧。王妈靠在桌上自打盹，天半明时，三人都起，欧阳玉叫过店小二，把账来算了，取过面汤，略略梳洗罢。

店小二问道："大娘子，这早晚却去哪里？"

欧阳玉道："俺们有事，将去天津府，自去外面雇车，趁早启程。"

店小二也不多言。欧阳玉收拾包裹，提在手中，王妈也把包裹背了，三人一同出店，指向菩提庵行来。欧阳玉只怕有人跟着，时时留心，故意转了两个弯。走到菩提庵，天色大明，红日初透。

欧阳玉道："好了，跳出是非场，到来清净门。"

早听得钟声镗镗，正是庵中做早课。欧阳玉敲开门，只见一个小尼出来招接。

欧阳玉道："求见老师太。"

小尼点头，引入大殿旁客室坐下，自去禀报。不多时，老尼拜莲出来，见欧阳玉，合十笑道："大娘这清早却自何来？"

欧阳玉道："特来拜候。"说着，指骆志英道，"为是我的表妹，父母双亡，家无依靠，看破红尘，愿归佛门，带发修行。万望慈悲收留。"

欧阳玉说罢，骆志英忙去拜莲跟前跪下施礼。拜莲受了半礼，扶起志英，相让坐下。王妈站在志英旁边。拜莲备问一切，都由欧阳玉答话。

拜莲道："小姐具此心肠，老尼如何不方便？只是佛门清苦，须熬得住才是。"

骆志英道："任凭怎等辛苦，弟子自是情愿。"

拜莲道："如此便好。"

当下拜莲吩咐香火都把佛座前香烛点起，先叫骆志英去各处拈香礼拜，留下三人，管待斋饭。三人在庵宿了一夜，次日，拜莲就禅堂庵中召众尼，与骆志英依例受戒，均照清规安排，只不剃发，重叫拈香礼拜，并授佛经。早晚功课都指示了，即命收拾一间净房，与骆志英居住，王妈亦在跟前服侍。骆志英方才放心，感激欧阳不尽。

欧阳玉又宿了一夜，看得都妥了，次日相别拜莲、志英，自走各处勾当，随时查访顾洪勋，不在话下。

却说骆太成家，当晚高升与秋月春风一度，便睡得似死狗一般，其余婆子打杂的皆因日间辛苦，夜来好睡。志英、王妈轻悄出门，哪里察得？直到天明，厨房里烧火婆子起来，叫声哎呀，口里骂道："该死该死！昨夜门也不关，闩也不闩，只怕着了贼了。"

高升睡在床上，听得这话，跳将起来，赶至厨下，喝问："王妈呢？后门应她所管，只消问她。"

那婆子正在灶下生火，见是高升，笑道："王妈这老东西还不起床哩，待我叫起来问她。"

说着，放下柴把，三步并作两步蹿上楼来。看王妈睡处，哪里有人？直至志英房中，打一看时，半个人影儿也无。婆子着起慌来，叫声不好，东窜西奔寻了一会儿。下面高升问怎的了，婆子连声叫苦，奔下楼来，只顾乱寻。高升知道出了岔子，只得去告禀骆太成。骆太成正和潘红玉睡得好兴儿，听得志英不见了，连忙跳起。潘红玉、秋月也都起来。

骆太成来至楼下，问了情形，去厨房后门打看一会儿，不觉大怒，喝叫高升："你这厮管的什么？如今这事没多人知道，显见得是你放了口风，吃她逃走。倘有端老公要起人来，那还了得？"

高升忙跪下叫屈。骆太成大怒之下，顺手提起一条门闩，劈头劈脑往高升打下，打得高升脊梁骨歪在半边。潘红玉听得打高升，忙走下楼来。高升只把眼睃着潘红玉，潘红玉心里吃痛，口里骂道："该死的奴才，却管的什么？"一面扶住骆太成道，"二老爷休气坏了自己身体，如今追寻要紧。"说着，又喝高升道，"还不快寻去？"

高升一骨碌爬起，飞也似的闪出外厅，告知打杂的，即去外面四下里访寻。寻了半日回来，毫无影踪。骆太成气得眼珠翻白，喝问："作荐王妈的是谁？把那荐头人叫来，着落王妈身上。"

潘红玉道："二老爷忘了吗？作荐王妈的张老儿早死了，还有谁来？据我看，这小娼妇多半是跟了那姓顾的下流东西逃走了，只要寻着顾小子便好。"

一句话提醒了骆太成，喝叫高升："快与我寻来。"

高升只得搔着头皮去外面乱走一趟，哪里寻得着，一连三五日，寻得屁急尿流，只扑个空。看看好日又近了，生怕端福隆来要人，骆太成与潘红玉正商量着，只听得报道："向达善到来！"

潘红玉道："如今趁他来，只得把话直说了，再瞒不过他。"

骆太成点头，出来陪同向达善坐下。

向达善道："尊府诸事都舒齐了吗？老公特派小弟来道讯，千万叫不要多备妆奁。"

骆太成叹气道："真个祸来不测，舍侄女儿前几日夜里带了婆子王妈逃走了。"

向达善听说，默默无言，只把眼对着骆太成冷笑道："骆爷休说玩话。"

骆太成着急道："委实不见了，连日小弟正派人追寻。"说着，把志英失踪事叙了一遍。

向达善不慌不忙，起身道："小弟回去，上复老公，却再理会。"

当下告别，向达善出来，自肚里冷笑道："这厮倒敢这样闹鬼，且叫他知得厉害。"

不知向达善如何去与端福隆说，且听下回分解。

　　以骆志英出亡，忽接入欧阳玉，补叙前传，楔出后文。试思金枝玉叶之骆志英，唯有如此，足以安置妥帖而无憾。

　　篇中随手了结小铁腿罗三娘、小罗汉费绰，重叙海潮生米宗风一笔，遥接前书。

　　写高升、潘红玉、向达善、烧火婆子，为传神之笔，盖无处不见其个人心理，而实未尝落墨，行文何等细腻。

第十二回

端总管恃强凌弱
云布库探店被创

话说向达善闻知骆太成走失了侄女儿志英，怀着鬼胎，回至端福隆家中，把话告明。

端福隆大惊，喝道："岂有此理！既是多日，为什么不早寻来？"

向达善道："端老公可知这事是真还假？"

端福隆听说，便道："你看得有假吗？"

向达善道："小人当初说媒时候，骆太成言语吞吐，好半日不答应，后来进去与他浑家说了多时，出来便一口遵命。定是他答应不好，不答应也不好，便早安下这一计，今见好日将近，只说是逃走了。据他说来，也有多日，却又不来报明，这当中可想而知。"

端福隆大怒道："这厮胆敢如此消遣我，莫不是嫌我年老不许？且叫这厮知道高低。你去与他说，到期成礼也罢，不成礼时，休说我无情。"

向达善答应一声，立时赶来骆府，叫请骆太成出来，不待坐下，便道："方才小弟把话回了端老公，端老公说，骆爷如果嫌他年大，攀不得亲也罢。若不如此，到期必要成礼，不成礼时，休怪无情。"

骆太成听得打寒噤，发急道："哪有这等不成人的事体？骆某一片心，唯天可表，实实逃失了不见。向兄不信时，尽请入内搜查。"

向达善冷笑道："岂敢岂敢！兄弟这话难说，请老哥自去与端老公表白。"说罢，起身便走。

骆太成拖住道："向兄没奈何与老公好言，小弟立刻便到。"

向达善也不言语，只顾鼻孔出气，一溜烟去了。骆太成慌了手脚，急急上楼，告知潘红玉。潘红玉也大吃一惊，只叫骆太成快去当面告诉，随即吩咐高升备轿。骆太成穿好衣服，慌忙下楼，坐轿径投端福隆家中，求见老公。门子入报，端福隆出来，怒气满面，也不叫坐。骆太成上前请过安，站在一边。

端福隆道："你便当初复绝我也罢了，到今日做出这等伎俩，倒不是作弄我？要知千年野猪老虎食，不怕你再用心计，我自有主张。"

说着，向达善也出来，歪转脑袋立在端福隆背后，只冷笑。骆太成上前招呼，理也不理。骆太成益发着急了，不由得吐誓赌咒，将志英失踪一事重新又说一遍。

端福隆道："谅她一个女子，你家前后如许用人，吃她逃走，我不信。"

骆太成道："便是晚生家雇用的婆子王妈一路走了，据晚生看来，多半是那姓顾的约在外面，一路逃走的。晚生早便禀过老公，那厮是个刁滑小子，又在我家住过一时，熟得门路，定被他诱逃无疑。"

端福隆道："既知是他，如何不追寻？"

骆太成道："晚生日日差人寻访，只是不得下落。若有虚谎，天诛地灭。"

正说话间，只见一条瘦汉大踏步入来，与端福隆打话，只听说四皇子府中有事，须速去。端福隆不敢怠慢，忙请那汉坐下，向达善便端过一杯茶，递与那汉。

端福隆一面与骆太成道："你也不多说了，赶紧回去，便是寻到姓顾的也好，去吧！"

骆太成连应了几声是，捏把汗自去了。那汉便问什么事这般要紧，端福隆笑道："说不得与你听，停歇再与你细谈。且问贝勒爷有话问吗？知道我在家里也未？"

那汉道："便是听得爷问起你，只怕传你问话，特来告知。如今还未知道呢。"

端福隆道："多谢云老弟盛意，俺们快去。"

原来那瘦汉便是制造血滴子的云飞燕。自从在浑源县遇着毕达隆，挈带来四皇子府中补做一名布库。那四皇子胤禛正是有心要招这类人物，看了十分称意，又见他会得武功，并且踏瓦走檐，无所不长，便升他做一等布库。这时毕达隆已死，所有府中布库都交他所管。云飞燕遭际这个皇子如此管待，好生得意，益发尽心竭力。端福隆看在眼里，便与云飞燕亲近。云飞燕初进府时候，端福隆父亲端延那尚在府中管值，一切皇家规矩多承提教，因此很感激端家父子。后来端延那死去，端福隆得了这总管的差使，云飞燕自与端福隆作一处，两个一搭一档，奉上包下，甚是要好。都是禛贝勒亲近的人，谁敢正眼儿相觑？端福隆家本距四皇子府不远，每日值事完了，少不得偷空来家安歇，但与云飞燕关说，看了色势，随时招呼。云飞燕若去外面干些不相干的事，也就一般。

当时端福隆见云飞燕到家相邀，立即起身，投贝勒府来。入至仪门，就下处坐地，府中众人都把话来回了，各去值事。不多时，听里面传唤总管，端福隆倒抽一口冷气，与云飞燕道："亏得云弟来通知，险些出了岔子。"立即提轻脚步，奔入里面。少时出来，云飞燕问是甚事，端福隆道："贝勒爷这时在精武厅练拳，吩咐爷们吏员投见一概挡驾。"

云飞燕起身道："如此我当入内伺候。"

端福隆道："不，贝勒爷着内差把精武厅的门户都关了，不可入去。"云飞燕听说，也就坐下。端福隆道："你且坐，我去外面知照一声便来。"

端福隆出去一会儿，传了谕旨，随即入来，笑道："完了，如今我与你正好细谈。"

二人相对坐下，端福隆低声细语把骆志英一段话说了一遍。云飞燕道："那雌儿究生得怎么样好法？"

端福隆道："老弟，再没有比她生得好的，鹅蛋脸，双眼皮儿，嫩白得似水磨豆腐一般，也说不尽她，却是看得只一面，就是不得了。可骆太成那厮放了她逃走了。"

云飞燕道："想这北京城有多大地方，哪里逃去？难道就找不到她吗？"

端福隆道："骆太成那厮半死不活的，不知他究竟追寻也未。我今日着实发落他。"

云飞燕听端福隆说得怪俏丽，心内松动，便道："可惜我有事走不开，不然我便与你找去。"

端福隆说道："我现有两三个雌儿，也够玩了，老弟若找到时，便送与你如何？"

云飞燕笑道："这是什么话？我与你找是了。"

端福隆道："不怕这事还需老弟出马才好。"

二人说了一会儿，听得内差传唤，知道禛贝勒在精武厅练拳已毕，都去里面服侍不提。

且说骆太成出得端福隆家，垂头丧气回到家中，愁眉不展。潘红玉忙问怎的，骆太成告知情形，潘红玉也是着急。二人没做理会，只见秋月气喘喘地跑上楼，说道："高升在路撞见顾少爷，查着住处了，有话禀告二老爷哩。"

二人跳起身问："真的吗？"

秋月道："高升亲眼看见不差。"

骆太成道："快叫上来问话。"

潘红玉念声阿弥陀佛，秋月急着叫高升。高升飞也似上来，站在门口。

骆太成道："进来吧。"

高升走入潘红玉房内，说道："小人今日在西城走了一转，回来在落马胡同茶店里吃茶，刚刚坐下，只见街上一人走过，活像是顾少爷。小人出来一看，端的不差，还有和顾少爷同伴的一个后生，也生得很漂亮，两人一路走一路说话。小人当时付了茶钱，跟了出来，闪在后面，转了两个弯，到得王府大街，只见他二人走向迎宾馆去。小人随即到迎宾馆柜上问时，果然不错。小人只怕惊动了他，不敢入去，以此回来禀报。"

骆太成道："你也问那柜上，他可有女人带在身边吗？"

高升道："小人只怕惊动他走，不敢多问。"

潘红玉道："不差，问他不得。"

骆太成道："如此我去走一遭。"

潘红玉道："你去怎么办？只要通知端老公，请他去料理是了，死活我们都不管。你若被他走失了，却又来埋怨我们。"

骆太成道："言之极是。"

这当儿正是晚饭时分，骆太成吩咐快开饭来吃了，高升、秋月都下来安排。饭后，骆太成一乘轿赶至端福隆家，却值端福隆陪云飞燕在后堂饮酒。骆太成入来，把高升的话传了一遍。云飞燕听罢，便问："这姓顾的何人？"

骆太成又具说一遍，并道："舍侄女儿定被诱骗，逃在迎宾馆居住。"

端福隆道："云老弟看是怎样？"

云飞燕道："这个容易，我去探一探，不费气力。只是我认不得那姓顾的怎好？"

骆太成便说是戴孝的后生，并有一个老家人，如此这般面貌，又把志英怎样打扮也说了备细。

云飞燕道："好，俺吃罢酒走一趟不妨。"

端福隆大喜，不断地与云飞燕斟酒，也叫骆太成一旁坐了相陪，听了消息去，骆太成这才心安意乐地也吃了几杯酒。不多时，听得街鼓已是二更，云飞燕道："到时候了，我且去。"

端福隆叫泡上陈茶来与云飞燕醒酒。云飞燕除下长衣，略略打扮夜行模样，一溜烟闪出大门，取路经由小街僻巷，跃过城墙，来到正阳门外，直至王府大街。就迎宾馆前门一看时，睡得静了，望得两边无人，一耸身跃上屋瓦。只见一处处灯火、一所所客房，多半有人住着，却不是打从哪里走去方好。就屋瓦上翻来翻去往下看时，只见内院子夹道中房内有一个老儿，正在生火热酒，云飞燕只道是顾家老仆，便似鼠掠油缸一般，翻下地来看时，哪知是一位绅士模样的老头儿，只有一人，看了不像，只得再转身来，跳上屋瓦。却听得有人叫顾福，云飞燕早记在心里，想道："是了。"寻声走来，对面望去，只见一间客房内坐着一个素衣少年，正在灯下看书。那窗户半开半闭，旁边一个老的与他舀茶。云飞燕看了想道："这不是顾洪勋是谁？"只是不见那女的在房中，心想跳下去，就窗外仔细瞧瞧。却待跳下，猛觉得一溜风似箭般飞来，云飞燕是惯家，知道有暗算，急急闪避，早是臂膊上着了一下，原来是一溜飞弹，不由得叫声哎哟。回头看时，并无一人，情知有强手，不敢停脚，慌忙退下，跳出店外，只觉臂上痛得非凡。一径回至端福隆家，推门入来，看臂膊上伤处，已肿得似吊桶般大小。端福隆与骆太成在家静等好消息，及见云飞燕狼狈回来，都吓得作声不得。

云飞燕切齿道："今日老大晦气，不带俺血滴子去，遇了这个魔头。"

端福隆问知情形，说道："皆因我的私事牵累老弟，如今这伤处可怎样治？"

云飞燕道："这倒不妨，越是红肿伤越轻，但云某遭这暗算，岂肯甘休？"

端福隆道："毕竟那姓顾的带有女人没有？"

云飞燕道："我在斜面屋瓦上看去，不见有人，待想下去，却被暗算了，只得退回。"

端福隆道："明日派下人去，定捉了那厮去官中治罪。我知他是华阴县顾家，本是逆党。"

骆太成听说，心中安慰，想自己干咎总得洗清了，告辞道："明日再来府中请安。"拜别端、云二人回家去了。

这里云飞燕与端福隆谈了一会儿，觉得臂上伤处痛极不堪，也就回四皇子府中，去自己包裹内取出伤药敷了。当晚无话。

且说顾洪勋与白望天在迎宾馆中居住，匆匆已是三月光景。这晚，顾洪勋在窗下看书，顾福已睡，顾洪勋觉得口渴，叫顾福走来舀茶。不多时，只听得对面屋瓦上有人叫声哎哟，推开窗户看时，并无人影，也就不疑。不多时睡下，天未明时，只听得有人敲门，入来看时，却是白望天。

顾洪勋忙道："白兄好早，可有甚事？"

白望天道："须叫顾兄也就起来，俺们趁早离了这店，只怕有事。"

顾洪勋一惊道："白兄如何知道？"

白望天笑道："顾兄夜来不听得有响动吗？"

顾洪勋猛省道："也听得人叫，却是为何？"

白望天道："如今不必说他，俺们早走为是。"

顾洪勋平日看白望天出言不苟，定有道理，一面叫顾福收拾行李，一面再三问白望天究因何事。白望天只得把话说出来。

欲知何事，且听下回分解。

叙端福隆，早伏下云飞燕其人，至此紧紧接入，文如游丝荡空，飘曳隔岸长松，有一步胜一步之境。

端福隆来骆家吊孝，何等身架；在家中闲居，又何等堂皇；及在贝勒府当差，又何等奴才。写小人面目常变，但味其与云飞燕言语，知其为人之习下可见矣。禛贝勒有此鸡鸣狗盗而得天下，作者盖深恶痛疾之也。

顾氏之有白望天，犹骆氏之有欧阳玉也，亦犹端氏之有云飞燕也，然而相去不可以道理计，而一则流落于江湖，一则嬖宠于侯门，世事颠倒，每每如此。

第十三回

闹婚姻骆二下狱
掠妻妾高升成家

话说白望天被顾洪勋问得紧，只得说道："昨日我与顾兄回店时，好似有人在后跟着，我便有些疑心。夜一将到三更时候，有人在屋瓦上行走，后便在对面廊屋上打量顾兄房间。此人身材短小，有一般行高功夫，看来只怕与顾兄有干碍。当时小弟略施一技，把他打退了，只不知他是否来谋害，抑或是被人所差。小弟不肯害他性命，但叫他受伤，着在左臂上，便逃去了。"

顾洪勋听说，大惊拜谢，说道："早疑吾兄非常人，不料如此能耐，不敢拜问兄长所学何术？"

白望天笑道："略会些，大丈夫当学万人敌，何足道哉。"

顾洪勋道："今日若不是尊兄，好死得不明不白。"又自念道，"我平生与人无仇，却谁来谋害？"

说话间，顾福已将行李收拾毕，问白爷今去何方。

白望天道："离了此间再说。"

当下叫过小二，算清店资，去自己房中取了包裹，交与顾福一担挑了。

白望天与二人同出店来，约走了一里多路，白望天回头道："且在这里小歇。"

二人看时，另是一所客店，门上写着"仕宦行台"。三人入来，择下客房，安铺行李，吃些酒饭。

白望天道："我有一个师兄，名唤魏灵昏，原是陕西石门山人氏，现在铁岭关居住。我本当早去会他，只因顾兄连日相伴，心投意合，不忍远别。小弟想顾兄在京，也无甚可做之事，不如与我同去铁岭关游逛一遭，如何？"

顾洪勋大喜道："能得白兄挈带同游，一生之幸，就今日动身便了。"

白望天道："且住，我待看看那迎宾馆里究竟有无动静，那飞贼受伤逃走，未必便休，只怕还有事哩。"

顾氏主仆摸不着头脑，只听白望天做主，说过不提。

再说云飞燕夜来受伤，敷了药粉，并不便痊。

次日，端福隆进府，探看云飞燕，说道："不把那厮除了怎甘休？"

二人商量一会儿，端福隆叫了向达善来，告明言语，叫去步军统领衙门投告。向达善领命，先至骆太成家，稳住高升做眼线，自来统领衙门禀报，但说道："有陕西华阴县顾亭林后裔顾洪勋等混在王府大街迎宾馆，图谋作乱，现有见证，请即逮捕。"

九门提督知道是四皇子禛贝勒府总管处派下人来告发，哪里会错，不敢延缓，立着校尉带领营兵前往迎宾馆捉拿。向达善带领高升前面引导，及至迎宾馆问时，掌柜的早吓得面如土色，答道："原有顾洪勋这人，小人只道是来京谋差的，在此住有两个多月，今日清早，与姓白的共是三人，一路走了。"

向达善喝道："迟早不走，偏是今日走了，却不是你这贼店放了乱党？"

掌柜的叩头叫起屈来。那校尉便问高升："你如何识得他？"

高升道："小人在骆府当差，这顾洪勋本是骆府亲戚，以此相识……"

那校尉不待言毕，说道："既然骆家与这厮做亲戚，也不是好人，你的主人唤甚名字？向做什么事来？"

高升道："主人骆太成向在京中候差。"

向达善见那校尉有意寻事做，自己本来投告的，如今拿不到顾洪勋，正是没兴儿，便撺掇道："校尉便去骆家搜一搜，问他一个底细。我看那骆太成也不是个正经的。"

那校尉转问高升："那姓顾的与骆家是什么亲戚？"

高升一来见二人都吃着骆太成身上，二来自那日被骆太成一顿打，恨气不消，又是心心念着潘红玉这人，便把话转过来，少不得咬上一番。并说道："小人的主子骆某，虽是与姓顾的是至亲，他这人吃硬不吃软。"

向达善冷笑道："说得是。"

那校尉越逗精神，喝令营兵与同高升、向达善，尽数来至骆太成家。高升先入里面通报，骆太成立即出来，笑问："拿到了没有？"

那校尉沉下脸道："你是骆太成吗？"

骆太成见色势不对，答道："晚生便是。"

那校尉道："你既与姓顾的是至亲，先留他在家中，定是通同一气。"

骆太成道："晚生与他素不相识，他来我家投亲，暂留在家。后来见他行径不端，早把他逐出去了，并无通同什么。如果晚生与他一气，也不叫家人做眼线了。"

那校尉道："嘿！你先叫他逃走了，却来禀报，还说得好口强！"喝叫营兵，"把他带至衙门审问。"

高升道："二老爷，你便说出来也完了。"

骆太成大怒道："说什么？"

一言未定，那营兵早赶上，抓住骆太成。那校尉喝道："你还有何说？"

原来校尉一心一意想吓骆太成拿出钱来孝敬，谁知骆太成正大怒，再也想不到此，便道："说什么？去便去是了。"

那校尉骂道："不知高低的呆鸟！"

说着，手挥营兵，把骆太成锁上，并带领向达善、高升一行人都投步军统领衙门来。当即开堂审理，先将向达善、高升与那校尉的话都问过了，三人言语自是一串，随即喝问骆太成，叫招出顾洪勋住处来。骆太成哪里说得出？喝叫用刑，把骆太成打得半死，收禁在牢。向达善、高升着令回去。

这一桩事，登时街上传遍，说得非同小可，早是传到顾洪勋所在客店。顾洪勋大吃一惊，又值白望天为听消息，往外去了，等等不来，顾福急得似热锅上蚂蚁一般，主仆二人究不知犯的何罪，闹到如此。且喜客店中人并不猜疑，只得闷声不响坐在房中。

直至向晚，白望天回来，顾洪勋一见，似得了宝贝相似，一把拖住道："外面讲得沸沸扬扬，官中捉拿俺们，今日只得快走了。"

白望天笑道："不慌，不瞒顾兄说，小弟在此，任凭天崩地倒都不妨。现尚有一事未了，明日能走便走，不能走时，且住几日不打紧。"

说着，叫顾福取酒来吃，与顾洪勋说些闲话，却如没事人一般。顾洪勋被他这一来，也放心了。

饭后，白望天又扬长自去，半夜方回，与顾洪勋道："明日可以走了，且上铁岭关去，看看我那世兄。"

顾洪勋不胜欢喜。当夜无话，次早，顾福收拾行李，去市上雇了骡车，三人起身，一径投向铁岭关去了。按下待表。

却说骆太成被捕之后，潘红玉、秋月吓得似没头苍蝇，哭笑不得。全家都慌作一堆，不知高低，又没人敢去打听。好一会儿，高升放回家来，潘红玉忙问二老爷怎样。

高升摇头道："凶多吉少。"

潘红玉道："怎地时，如何得了？"

高升道："皆因得罪了端老公，那九门提督自然是端老公一派的人，还有我们的说话吗？"

潘红玉急着道："现在二老爷在什么地方呢？"

高升道："自然是在死囚牢里了。"

潘红玉哭道："那等地方，还不苦死人？如今可怎么好呢？"

秋月打边劝道："二太太休急坏了身体，二老爷应有牢狱之灾，灾星过了，自会出来的。"说着，扶了潘红玉上楼。

高升没兴致地坐了一会儿，与众人说些乱话，吃些晚饭，早就安歇，哪里睡得熟，只听得秋月在扶梯边叫道："高升照看着门户，都关好了没有？"

高升答应一声，跳起身，轻轻来至扶梯边，扯住秋月道："好人，你就放我上楼去吧！"

秋月噘着嘴道：“你该死哩！”说着，回身便走。

高升便追上来，两个哑声儿，你扭我拉地缠到楼上。

潘红玉在房内叫道：“秋月，还不进来，做什么呢？”

秋月啐道：“你听吧，她叫我呢。”

高升央求道：“好妹子，你便挈带我进去吧！”

秋月道：“呸！”说着，一溜烟逃入房中去了。

潘红玉问什么，秋月道：“该死的奴才，还有谁呢？”

潘红玉道：“把他抓进来，我打碎了那厮脑袋。”

高升听说，飞也似钻入房内。只见潘红玉歪在床上，高升便在床前跪下，笑说道：“太太，你便打死了我也休了。”一边说，一边早伸过手来放在潘红玉臂上。

秋月趁势溜出门外，两个不言不语，搅作一处，半日方休。

高升起身，闪出门来，只见秋月懒懒地站在楼梯栏杆旁，高升想道：“一不做，二不休，如何可放？”一把抱住秋月，来至楼下自己房中，尽兴方散。

次日，潘红玉起来，苦念丈夫骆太成，叫高升去探监。高升声声答应，但去外面走一转，便回来说道：“官司严禁得很，不许人去。”

潘红玉寻思：“与他夫妻一场，到今日不去理会，也要给人家笑话。好歹与他买上嘱下，也使他少吃苦。”便与高升道：“明日你与我备轿，我自去走一遭。”

高升道：“却使不得，大牢里男人都不准去，何况女人？便是入去，遍身都要搜过，摸上摸下，不是要处，小人明日再去是了。”

潘红玉听得如此说，也就罢休。高升口里只说，脚底不转，不是说见不到，便是说今日不是时候，到底不曾探监一次。镇日价懒懒地哈欠不断地歪卧，夜来与潘红玉、秋月两个便闹得天昏地黑，内外用人都知道了，哪敢多嘴。如此约有一月光景，忽一日，统领衙门牢子来报道：“囚犯骆太成在牢里病死了，叫亲属前去领尸。”

骆家人听了，都吃一惊。原来骆太成在家舒服惯了，当日被拷打得皮开肉绽，已是半死，自想并无罪孽，受尽诸般痛苦，看看家人一个也不来，许多朋友向日宴饮取乐的半个也不见，一肚子冤枉恶气没出处，本来性子也粗暴，就此呕血挨饿而死。潘红玉闻知消息，大哭一场，只得亲自与高升跟那牢子去衙门里，当官具结领尸，即日买了棺木，就近盛殓，安葬了事。骆家用人个个下泪，左右贴邻都摇头叹息，只有高升如了心愿，登时做了骆家主子，生怕旧日一班用人背后多嘴，尽数回复了，一个不留，另雇了一个老妈子来。哪知一人做事，终究瞒不了众人眼目。高升出来，就有人背后指指摘摘的，高升自肚里怀鬼胎，益发不安，与潘红玉道："我想把这里房屋回绝了，另去找一所住宅，省得遮遮掩掩地给人家说话。"

潘红玉道："不是冤家不碰头，如今还说什么？凭你做主是了。"

高升当日满处寻房屋，即在王府大街迎宾馆后面看了一所住宅，便把西河沿房屋回绝了。不多日，移居新宅。高升穿上袍褂，打扮起主子样儿，带了潘红玉、秋月与那老妈子，尽将骆家细软粗硬一应家具都搬了过来。这王府大街邻近诸户不知细底的，都称高升作高老爷，潘红玉便是高太太，秋月升了姨太太，果然端正一户人家。高升好不高兴，左拥右抱，开着大门做主子，一似偷儿升了捕快，全用不着贼头贼脑的样子了。却是潘红玉自从这一次以后，心中怏怏不乐，眼睛闭上，就看见骆太成不时间夜梦里窜醒乱叫。一来潘红玉回心转意想想，究竟骆太成待自己不错，自从落监到死，不曾去看一遭，也不免抱歉；二来骆太成在的时候，每每宾客满座，十分热闹，如今狗也不上门；三来高升不上不落，只管吃饱睡觉，毫无打算，看看日后也是完结，因此潘红玉病上心头。

光阴容易，转眼残腊已过，又来新年。潘红玉心病越重，高升急得也是无奈。

老妈子说道："太太这病，只怕惹了邪魔，南坪吕祖殿好灵验，老爷何不陪太太去求一支签则个？"

高升道："说得是。"

当下叫秋月好生照顾门户，自己陪同潘红玉向南坪吕祖殿来。到得吕祖殿，道人接进，高升、潘红玉拈香毕，求得一签，却是下下。高升甚不高兴，辞别道人出来。刚出厅门，只见一人打横走过，叫声哎呀，指着潘红玉看时，潘红玉也吃一惊。

不知二人所见是谁，且听下回分解。

骆太成谋及妇人，宜其败也，而其心术之不正，乃至为媚权仆，忍嫁祸于其兄之至亲，终至祸及于己。作者笔端盖有天道焉。

高升之成家也，曰高升好不高兴，高升之将毁家也，曰高升甚不高兴。嗟乎！高升而高兴，世不独无天理，抑岂有人情哉？中叙高升大高兴之时，如画半截美人。

以潘红玉之病引出吕祖殿，有吕祖殿一行，则潘红玉之病痊，而高升之病不起矣。统篇曲折写来，使读者不自觉入于作者玄中。及至终篇而始恍然，始知作者之思想笔力，为不可及也。

第十四回

吕祖殿冤家忽相逢
总管府恶奴自投死

话说高升与潘红玉在吕祖殿烧香出来，只见一人打横走过，高升眼尖，觑得亲切，那人正是王妈。潘红玉不好意思，连忙退后一步，且喜王妈不曾横过头来瞧见。但看她走得远了，潘红玉道："你便跟她去，且看她哪里去。"

高升点头，慢慢走来，转弯抹角，不多远路，却是一座尼庵，上写道"菩提庵"，看她却从菩提庵入去。

原来菩提庵与吕祖殿一前一后，实是贴近，只因前后路不通，兜过来觉得远了。王妈为去街上买物回来，打从吕祖殿门前过，急急回庵，不曾留心，不想遇到了对头。当时高升见她入庵，便回过来，告知潘红玉。

潘红玉寻思一会儿，说道："难道志英落了庵了？还是王妈在这里雇用？让我去烧一炷香，探看明白。你不要去，只在这里等了。"

高升答应一声，仍入吕祖殿，与道人攀谈去了。

潘红玉取路走至菩提庵，刚入山门，小尼过来接引，早望见王妈坐在大殿前石阶下缝衣。潘红玉当作不见，跟着小尼走近时，叫声哎呀。王妈见是潘红玉，呆了一呆，慌忙立起。

潘红玉随即说道："你呀，可是王妈吗？如何倒来这里？"

王妈被问得说不出话来，但道："我的二太太，一个人来的吗？"

潘红玉叹气道："说不得起。王妈，可怜我如今还有谁呢？我家二老爷死了，家也散了。"

王妈接口道："也听得街上人讲，可怜二老爷做人一世，待人多好，吃着这一步厄运，究竟为的什么？"

潘红玉流泪道："哪里说得尽这伤心的话。"

潘红玉正往下说，王妈道："二太太请里面坐吧。"

便与小尼引潘红玉来至客室坐下。香火端上茶来，潘红玉又道："我这命苦，嫁了二老爷，也算好了。如今挨到这般田地，我今日投庵来，不瞒王妈说，就想落发修行了。"

王妈听说，想道："外人讲她跟了高升逃走了，她倒有这一片心。"又不好怎么说，但问道："秋月呢？"

潘红玉道："这个小娼妇没良心，跟了那杀才高升逃走了。"

王妈寻思："原来是秋月，怪得人家讲呢。"王妈见潘红玉说得如此伤心，也掉下泪来。潘红玉知道王妈心不疑了，方才发言问道："你如何来这里？可怜我自从志英走了以后，埋怨得二老爷要死。二老爷就是这等地方丧了阴骘，现在小姐也在这里吗？"

王妈被潘红玉早说得软了，哪敢瞒过，点头道："在这里呢。"

潘红玉道："阿弥陀佛，你快引我去看看她。"

王妈只得起身引潘红玉来里面，推开骆志英房门。骆志英见了，做梦一般，吓得手足都冷了。潘红玉见骆志英并不落发，心下一转，一把抱住，大哭起来，说道："不想今生今世还见得小姐面。"

骆志英被她哭得也心酸了，两个呜呜地对哭，半晌始已。潘红玉方如此这般说她自己心正行正，身苦心苦，种种软话，说得志英泪不可仰。潘红玉便要请老尼与她剃度修行。志英哪知就里，即叫王妈去请。老尼拜莲出来，潘红玉道个万福，说明来由。

拜莲笑道："娘子尘缘未满，着实要领取人世富贵，修行一件事，如今还早。"

一句话说得潘红玉面皮通红，半晌答道："想是我来意不诚，师太也不知我的苦境呢。"

拜莲微微点头，潘红玉诉了一大篇鬼话。拜莲一言不发，只是点头。潘红玉说罢，与骆志英道："师太不肯收留，过日诚心诚意再来拜恳，小姐与我也恳求则个。"一面又与拜莲应酬些话，当下起身告别。

拜莲、志英都送至山门，潘红玉一溜烟出来，回头看看没人跟随，便取原路走至吕祖庵。早见高升与道人立在天灯旁谈话，潘红玉咳嗽一声，高升回过头来，说道："内人去菩提庵烧香回来了。"

相别道人，来接潘红玉，两个取路走回家来。高升问："见到那人吗？"

潘红玉道："回家去再说。"

二人回至家中，秋月接着，潘红玉细说一遍。高升、秋月都诧异道："真有这等巧事？早知是如此时，二老爷这条命也不断送了。"

潘红玉道："你道我便甘休了吗？今日若不是我把言语勾引她，王妈那个老货哪里肯说出来？我这一家人便被这小娼妇害尽了，如今遇到老娘手，休想放过。"

高升道："怎么办呢？"

潘红玉道："我早想在肚里了，你与我去雇一乘轿来，我自与端福隆去说话。一来替二爷报仇，二来好使你得个好差使，定要叫那小娼妇变个样儿与我看。"

高升道："好一条计，我去通报是了。"

潘红玉道："蠢材，你与我究竟是私的，场面上说不响，我去自有我的话。你快与我雇轿来。"

高升见说见了端福隆可得好差使，也就舒舒服服，立时去市上雇了轿子。潘红玉一面敷粉点脂，换上三分素衣，打扮得水清月白，袅袅婷婷地上轿，投向端福隆家来。在门下轿，门子出来相问。

潘红玉道："奴家骆太成妻子潘氏，有事求见相公，烦哥们通报，不可误事。"

门子道："总管老公在贝勒府公事未完，还未回家。娘子停一会儿再来便是。"

潘红玉道："不知何时便回来也？"

门子道："平日这时也回来了，若是有事须迟些，也快来了。"

潘红玉道："如此奴家暂在门旁等一时也好。"

门子看潘红玉很细巧模样，生怕与端福隆有什么别事，不敢亏待，说道："娘子，里面坐吧。"

潘红玉道："谢哥们。"

门子引潘红玉来屏门内，去里面掇了一条凳子，叫在门房口坐了。约过了半个时辰，只听得叫道："老公回来了！"门子慌忙打开中门，只见一个胖子大摇大摆入来。潘红玉随即站起，端福隆看了，问："这人是谁？"

门子禀道："这位娘子求见老公。"

潘红玉便道了万福，说道："奴家骆太成妻子潘氏，有话上禀相公。"

端福隆听得是骆太成妻子，吃了一惊，及见潘红玉这般水样伶俐模样，又是欢喜，问道："娘子有何话说？"

潘红玉道："敢请相公借一步说话。"

端福隆道："好，请里面坐。"

端福隆与潘红玉同入来。小厮打起帘子，二人来至厅旁耳房会下，小厮端上茶。

潘红玉道："奴家今日去南坪菩提庵烧香，不料遇了旧日用人王妈，把话盘问，谁知奴家侄小姐志英正逃在那庵中带发修行，被奴家撞见了，以此急急前来禀报相公。"

端福隆大喜道："果真？多谢娘子盛情。"

潘红玉笑道："自是相公洪福。"

端福隆见潘红玉异常缠绵，看她却生得出水荷花一般，不由得嘻嘻地只把眼睃着。端福隆一面吩咐小厮安排酒来，与娘子吃。

潘红玉起身道："不劳相公管待，奴家轿在门前，生怕家中有事，须速回去。"

端福隆拦住道："娘子，既承好意，还有话说，且叫打发轿夫走了，我自着人送娘子去。"说着，叫小厮，"吩咐门子打发轿夫，速速备酒来！"小厮答应自去。

潘红玉见端福隆情景，已猜知八九分，也不多逊，依旧坐下，自寻思道："老娘须不怕你。"

端福隆问长问短，说了一会儿，婆子们端上酒菜。不多时，张上灯来，二人浅斟低酌，重把菩提庵事细谈一番。潘红玉已有醉意，支持不住了。端福隆叫婆子扶去里面安歇，入来看时，好一所精雅内室，但凡妇女用品，件件都备。潘红玉解下裙子，就床上懒懒躺下，婆子拽上门自去了。潘红玉睡了一睨儿，只觉遍身发软，下体奇痒，一颗心跳动不止，转来翻去只睡不熟。

原来端福隆与潘红玉吃的酒中放了一种春药，名唤逗春药，此药一吃，任凭铁汉烈女，幽火上腾，都会变性。这潘红玉何等浪漫的人，哪禁得火上加油，再也熬不住，正没奈何时，只听得门响处，有人入来。潘红玉半醒不醒的当儿，早觉得身上起了重量，睁眼看时，还有兀谁，正是那端福隆面对面合作一处。潘红玉羞愧无奈，但闭目听他轻薄。端福隆有的诸般神药，体刚无比，几番狂风暴雨，可怜梨花片片无主。两个你怜我爱，无独有偶，从此落花流水喜相逢，沧海巫山各自夸，个中骚艳，言之难尽。

当下二人整顿衣裳，都起身来，重叙细情。端福隆哪里还肯放潘红玉回去，只叫在房中安歇，自己出来至厅上，叫寻向达善。一时向达善到来，问："老公有何吩咐？"

端福隆道："不为别的，便是那骆家姐儿如今寻着了，即在南坪菩提庵躲住，我先前花了许多心血，如何肯休，须得想法取来。你看如何？"

向达善道："谁见来？"

端福隆道："便是骆家娘子特来通报。"

向达善道："这个商量什么？最好请骆娘子接了她来，有何难哉？如今骆娘子在哪里？"

端福隆道："骆娘子我已留住在此了，她去不成，她先前与那姐儿有些言语不和，她去不见得便接得来。"

向达善道："这个容易，老公但备下一乘轿子，小人自去理会罢了。"

端福隆道："那姐儿身边有个王妈，须要防她。"

向达善道："理会得。"

正说着，只见云飞燕将入来，笑道："你们尽是打算人家的雌儿，我都听得了。"

原来云飞燕这时伤处早痊，每夜无事，便来端家说话饮酒。正走入来，见二人私下谈心，云飞燕叫端家用人不要作声，自在门外听了明白。

当时端福隆见云飞燕，便起立道："云老弟，你听得吗？谁知那雌儿即在菩提庵躲了，可要把人气死！"

云飞燕道："你们打算怎么取？"

端福隆道："我都交与达善办了。"

云飞燕道："我也陪你去看看，究是怎么样。"

端福隆待答不答，向达善会意，便道："云爷，人多去了不便，倘被外人言语，不是耍处。明日小弟接来时，在这里看新娘不好吗？"

云飞燕道："俺又不是看你的。"

端福隆知云飞燕不悦意，忙把话来岔开。三人说些闲话，云飞燕稍坐一会儿也就走了。向达善又与端福隆商量明日的事，不在话下。

且说高升送潘红玉去端家，等等不来，心内着急起来，只见空轿打回，说端相公留住了，还有话说，自会着人送来。高升只得闷闷不响，直到半夜过后，仍不见来，与秋月道："难道太太出事了吗？"

秋月也是着急，待到天明，高升起身，空肚跑到端府问时，门子回说："骆娘子不曾起来哩。"

高升催紧，门子只得进来通报。端福隆正与潘红玉睡得好温柔，听得说，便问潘红玉："这高升是谁？"潘红玉红了脸，说不出话。端福隆道："你的丈夫死了，谁好管你？这厮没来由干什么？"

潘红玉早是一心服帖在端福隆身上，哪管得高升不高升，当下哭诉道："这厮原是二爷当差的，见我守寡，常把言语调笑我，要我嫁他。"

端福隆大怒道："岂有奴才强奸主母的？"叫过丫鬟，吩咐门子，"快把这厮诱入里面，休要放走，待我收拾他！"

门子答应一声，当引高升入至厅后下房歇了，又来通报。

端福隆随即起来，在后堂坐下，喝叫左右："把高升带进来！"

当有三四个汉子齐应一声，闯入下房，一把抓住高升头发，倒拖入来。

欲知高升性命如何，且听下回分解。

由吕祖殿一边写来，叙至菩提庵，已令人目眩心飞；由菩提庵忽转至端府，而事变又生，不独高升所不料，即亦非读者初意之所及也。

高升恶贯满盈，今假手于端福隆而杀之，盖奴才杀奴才，理之最当。若此等人而使剑侠除之，岂不污剑而辱侠？此书立识下笔，诸如此类，皆有分寸，此其笔端洵有天道也。

插下云飞燕一语在此，为下文夺艳张本。

第十五回

云飞燕夺艳归骆家
禛贝勒蓄意谋皇位

话说端福隆喝叫众人将高升拿到后堂，吓得高升瑟瑟发抖，口称大王饶命。端福隆越发愤怒，喝道："你是什么人，胆敢来此催逼骆太太回去？"

高升磕头道："太太昨日出来，一夜不回去，小人不放心，以此前一探看。"

端福隆道："这厮不怀好意，且与我架起来，结果了他。"

高升还待恳求时，众汉早把他拖翻，捆了结实，取出白布，将高升没头没脑一层层扎得铁桶相似，扛去后园，掘开土坑，把高升死活埋在地下，不消一个时辰，都舒齐了。端福隆看土坑不深，生怕尸首烂了有臭气，又叫把旁边那座假山移了过来，造在高升活埋去处，人多手快，自是容易。从此高升似妖怪一般盘镇在山下，永远不得超生。一言表过不提。

且说潘红玉在内听得活埋高升，心中惊吓，不好作声，想道："这厮合是数尽，自来投死。我连日梦见二老爷，原来是讨他的命的，只是秋月那丫头如今怎好？"正想着，只见端福隆入来道："这厮一脸邪相，几曾见做奴才的打扮得如此阔绰？我今送他入地狱去了。"

潘红玉道："阿弥陀佛，多谢相公除了一害。"

端福隆道："你家还有甚人？"

潘红玉道："只有一个丫头名唤秋月的，她也服侍我多年了。"

端福隆问："还有兀谁？"

潘红玉道："还有一个老婆子，是雇来用的。"

端福隆道："好了，我与你唤了秋月来，仍服侍你。那老婆子打发她走，你也用不着开门户了。"

潘红玉道："奴家还有些衣服、首饰、家用器具之类，须去收拾方好。"

端福隆道："却再理会，此刻我有事去。"

端福隆出来，叫过向达善，叫去菩提庵小心行事，把话吩咐一遍，自己便投贝勒府值差去了。

向达善领了端福隆之命，带了一名干人，雇了轿子，干人扮作伴当，向达善乘坐轿子，径奔南坪菩提庵来烧香。香火接进，报知拜莲，拜莲出来，依礼相见罢。向达善不多说话，就命干人取出香烛，去大殿三世佛前点了，礼拜毕，与拜莲道："宝庵房屋也还不少，里面可有佛殿，且请师太指示，俺们游逛一遭如何？"

拜莲不知是计，合十道："老尼谨当引路。"

向达善随拜莲行来，干人在后紧随，绕过右廊，来至大悲楼后面。向达善见一式五间净房，窗户都关上了，想道："原来却在这里。"便问拜莲："这是何处？"

拜莲道："此是信佛好善的人来这里修行的。"

向达善道："师太也引俺们去玩玩。"

拜莲道："现有女眷在内，不可造次，容老尼先去告说，相公稍待。"

拜莲推门入去，向达善一脚跟入来，只见老尼向左房叫王妈。向达善听得是了，王妈开门出来，见是拜莲，骆志英也就起身相迎。向达善忙闪过身来，打一看时，叫声哎呀，喝道："这不是志英吗？你这小娼妇，却逃来这里躲了，天幸今日撞见我！"一面与拜莲道，"此是逃妾，你如何收留在庵？"喝叫干人，"快与我拿下！"

那干人应一声，跳入房内，抱起志英，挟了便走。王妈见不是路数，大叫救命。向达善一脚踢翻王妈，排开拜莲，窜将出来，口里乱骂，吓得拜莲目瞪口呆。庵中都是些年轻尼姑，便有香火，哪敢抵挡？向达善与那干人早把志英劫出庵外，纳在轿中，喝令轿班快走。两个押住轿子，泼风也似径奔端福隆家来。直进大门，至厅上放下轿子，取去志英，打发轿班自去，一面即着人去贝勒府通知端福隆。

向达善方把话来安慰志英。早有端府婆子、丫鬟们端茶舀水，忙着服侍。骆志英魂飞天外，泪满粉颊，也不知身在天堂抑或地狱，早吓得昏了。众人忙作一堆，端福隆家内两妾和那潘红玉都来屏门缝里张看，指指说说，嚷作一片。正闹着，人报端老公到，大家方静了声。

端福隆大踏步走入，满面笑容，便问向达善："庵里没有什么动静吗？"

只问得一句，便过来瞧骆志英，果然是那日吊孝所见的人。但看她素衣淡妆，益发娇艳，端福隆心花怒开。向达善在旁说如何进庵如何取庵的话。端福隆一句也不听得，但叫道："快服侍小姐去上房安歇，好生管待……"

一言未了，忽觉肩上有人拍着道："端哥，前日承你许下，把这雌儿送与小弟，今日应归小弟带去。"

端福隆一看，却是云飞燕。原来云飞燕自听得端福隆说起骆志英后，心中便念念不忘，及知向达善去菩提庵劫取，云飞燕早就在路等候，跟来看觑，众人闹得正忙，不曾留心。云飞燕在旁看了骆志英，想道："世间果然有这般可喜娘，直生得如此齐整。"一时间看得呆了，自寻思道："端福隆这厮横一个、竖一个，现养着好多婆娘在家里，还不够玩儿，却去劫了人来。今日可对不住，且等这厮到来，与他说话，好便好，不好便叫这厮吃一刀。"当下云飞燕拍着端福隆肩膊忽说那话，端福隆听得似冷水灌顶，忙赔笑道："云老弟请坐，却再说。"

云飞燕道："说什么？大丈夫一言已出，驷马难追。须知小弟不是好欺骗的。"

端福隆默默无言，向达善插嘴道："云爷，这是端老公明媒正娶的人，小人便与云爷另去寻一个好的，不怕天下没好娇娘。"

云飞燕大怒，托地起身，向那向达善厚面皮上猛一巴掌。喝道："你那厮，动不动插嘴乱言，眼见得你们去庵中抢劫人来，说什么明媒正娶？我便砍了你这狗头再打话。"说着，又赶过身来。

端福隆看了不对，忙拦住道："云老弟且看端某面上，饶了这厮。"

向达善哪里禁得云飞燕使劲一巴掌，早被打得天昏地黑，吓得发怔，趁势摸着面庞，一溜烟逃退了。端福隆搀住云飞燕坐下，一面把话来劝，一面寻思道："这厮是个杀人不眨眼的魔头，又是贝勒爷看觑的人，如何可得罪他？我且顺他的意，点恋他，再做计较。"当下赔笑道："云老弟，你不知我老端的意思，却错会了。并不是我不把前言作准，我实是与你打算，这姐儿自然是归老弟的，难道我还有二话吗？便是前回骆太成的妻子来我家，现在这里住了，她在王府大街有一处住宅，家生都全，并有一个丫鬟、婆子在那里。我想云老弟既要娶这姐儿时，就在那里有现成住家，拣个好日并亲，岂不两便？以此与老弟打算。"

云飞燕大喜道："多得端哥如此顾恋小弟，俺们便去是了。"

端福隆道："且住，我去与骆娘子说一回，叫她陪去，越发稳便，也是理所应当。"

云飞燕道："说得的。"

端福隆口里虽说，心下思计，入来与潘红玉道："今日老大晦气，遇了这个魔头，诸事尚在你的身上。"

潘红玉吃惊道："相公却说什么？"

端福隆把适才云飞燕闹事的话讲过，又道："我现已允他接去你家安置，你陪同你侄女儿去，好生看顾她，休要使那厮近身，须把言语劝她欣慰。若还保得你侄女儿安全无事，日后重来我家，但凡你要什么都问我，这事全在你的身上。"

潘红玉会意，说道："奴家理会得，且待慢慢设计赚她。"

端福隆道："我的娘子，便是这话。"

端福隆叫潘红玉打扮舒齐，出来与云飞燕相见。骆志英望见是潘红玉，方知着了道儿，哭道："婶娘，你害得我苦也！"

潘红玉走近身来道："小姐，我是特来接你的，都与端老公说好了。"

骆志英早拼出一死，也不畏葸，说道："婶娘，任凭你做主是了。"

二人说些话，端福隆叫备下轿子，接过潘红玉、骆志英，打头先走，自己与云飞燕也在后同行。四人到得王府大街骆家，秋月接进，潘红玉叫过秋月，说了情由。秋月当陪引骆志英自上楼去歇。这里潘红玉、端福隆与云飞燕在厅堂上商量后事，云飞燕巴不得即日并亲，潘红玉却把话来延宕了。

正商量着，只见端家伴当气喘喘地来道："回老公、云爷的话，贝勒爷有要事，须得快去。"

云飞燕老大不高兴，说道："干鸟吗？早不来，迟不来，正是我们有事时来了。"

端福隆肚里暗暗好笑，二人只得立时起身，一径奔投四皇子府来。入至仪门，早见王都管、薛干办与内差侍卫在回廊下说话，见二人入来，都向前道："总管、布库哪里出来？爷传唤几次了，现在齐云阁休息，快去快去！"

二人捏把汗，作声不得，慌忙来至齐云阁。只见禛贝勒端坐在雕龙软椅上，手把鼻烟壶玩着，二人趋前跪下，叩头谢罪。

禛贝勒道："养兵千日，用在一旦，咱如今正待用你们，休得在外胡行乱走。"

二人哪里敢抬头，只伏着地下，连声应是。

禛贝勒问云飞燕道："咱府里现有多少布库？哪几个武艺略好？"

云飞燕回道："奴才所管三十六人，内中十二名最有武艺。"

禛贝勒道："你下去，都把名单开上来。"

云飞燕答应是。禛贝勒又与端福隆道："你也去与都管、干办将府里内外人等一概开具姓名上去。自后去入，须有对牌；如无对牌，不准通行。倘有徇情放行等事，一经查出，唯你两人是问。"

二人只有唯唯应是。

禛贝勒道："下去吧！"

二人叩头退出，已吓得满身出白汗。来至下处，告知王都管、薛干办与众人。云飞燕寻思道："难道爷知得俺们在外的事了，却叫行对牌？"

端福隆道："不然，定是别有缘故。"

当下二人分头各出办理。

且说禛贝勒为何有此一举？原来清康熙帝在位已久，性好女色，宫妃最多，生下皇子共有三十五人，内中十一人幼年早死，却得二十四人，便是皇长子允禔、皇次子允礽、皇三子允祉、皇四子禛贝勒，以下五允祺、六允祚、七允祐、八允禩、九允禟、十允䄉、十一允禌、十二允祹、十三允祥、十四允禵、十五允禑、十六允禄、十七允礼、十八允祄、十九允禝、二十允祎、二十一允禧、二十二允祜、二十三允祁、二十四允祕。这二十四个皇子当中，八阿哥允禩最有才干，允禔、允祺、允禟、允禵都与连同一气。当初康熙帝生皇次子允礽，年当二岁，已册立为太子。到这时诸皇子年长，允禩便想谋夺大位，陷害太子。禛贝勒看在眼里，计在心里，也巴望允禩害了太子，就中设计再收渔人之利。情知父皇康熙帝是个独断独行的人，不喜旁人言语，禛贝勒外面却做出安分守己、端正不二的行径，内骨子探听诸皇子动静，刻刻算计，因此上把端福隆、云飞燕一行人当作心腹，养为爪牙，不止一日。今见皇室纷纭动闹，须速使计，故叫端福隆、云飞燕开具府里众人姓名，要待检点使用。

当下端、云二人奉了钧旨，详查内外人等，不多时，都把姓名开来，上呈禛贝勒观看。

不知禛贝勒怎的安排，且听下回分解。

胤禛以阴险残害兄弟，图快一己，不惜以端、云奸诈小人为爪牙，鱼肉良民，淫劫妇女。嗟乎！此清朝雄才大略之主也。

此回大书特书，痛下针砭，盖作者深慨夫从古到今无是非，虽曰稗官，岂魏收秽史所能及哉？

向达善为奴才之奴才，而气焰逼人，不可响迩。此处假手云飞燕而掴其颊，非美云飞燕也，特此等小人，不屑污正人之手，正唯小人打之得当耳，是犹端福隆之杀高升，同一以毒攻毒之道。

端福隆之惧云飞燕亦然，天下唯有强权，更无公理，剑侠诸公所以不得不出而问世。

第十六回

禛贝勒亲统血滴子
直郡王延纳喇嘛僧

话说端福隆、云飞燕将贝勒府里众人姓名开上，禛贝勒接取看罢，问道："这一行人都在府里，不少一个吗？"

二人回道："是。"

禛贝勒道："除了内差使女，所有众人，都叫齐集在精武厅，听候检点。"

二人应声是，退出传谕内外。不消多时，都在精武厅站班伺候。二人又入来禀报。

禛贝勒踱至精武厅，叫端福隆依次点名，着内差取出对牌，交与云飞燕，按名给发罢，问云飞燕道："哪十二个布库武艺略好？"

云飞燕一一指明，禀与禛贝勒知道。禛贝勒亲自拿笔圈了出来看时，是张小杰、蔡赖、谭存虎、蒋进斗、何彪、陈得海、孔有金、冯灯照、孙狼、孙虎、宋多福、吴天棍，共是十二人。禛贝勒命众人都散去，只留端、云与这十二人在厅内，自去平台上交椅坐下。端、云二人站在两旁，禛贝勒吩咐张小杰等个个演武艺来看。张小杰等听令，使出浑身本事，果然好一派拳技，轻柔无比。

十二人中，只有吴天棍差些，禛贝勒便问云飞燕："这吴天棍如何也开列在内？"

云飞燕道："此人会得走高，也有些长处。"

禛贝勒叫他使来看。吴天棍叩头道："禛贝勒在上，小人不敢。"

禛贝勒看着云飞燕道："却说什么？"

云飞燕道："这吴天棍，他会得飞檐走瓦、跳墙钻洞。因爷在上，不敢逞手。"

禛贝勒笑道："这是精武厅上，但有本事，尽使出来何妨。"

吴天棍磕头起来，扎紧衣裤，使个猴子偷桃，蹲下身，只一跳，跳上雕梁，翻个身，由东边闪到西边。只见他似燕去燕来，影形不分，禛贝勒暗暗喝彩。多时下来，看他气不喘，面不转色，禛贝勒甚是欢喜，遂问云飞燕："他们都会这玩意儿吗？"

云飞燕道："都会得。只是他最轻便，使得好脚手。"

禛贝勒道："好，既是他们都会，正有用处。且取你那血滴子来，也教了他们。"

云飞燕道："向日小人也曾把血滴子与他们使，只是人多，使不过来，须得多造几个方好。"

禛贝勒道："这个容易，便造一百个也不难。"

云飞燕道："有一件难处，这口袋里藏的三把交口霜锋钢刀，一时间无觅处，便叫铁匠打磨起来，也怕不合用。"

禛贝勒道："你且取来，咱仔细瞧瞧。"

云飞燕应声是，顷刻去下处自己房中，把血滴子取来。禛贝勒使开袋口，内外瞧了一遍，说道："不难，咱这里比先时承父皇所赐，有日本国进贡来的倭刀，看来正合所用。"

即叫端福隆去军器库取来，果然大小恰合，却是为数不多，只够造得两三个。

端福隆道："这倭刀小人却有觅处。上年直郡王府李都管出差回家时，曾托小人与他售卖，小人见得他有大小多种，但与些价钱，都买了来，也够用了。"

原来直郡王便是皇长子允禔，那李都管因事出差，自把倭刀偷出来变卖。禛贝勒亦是明白，说道："你去与他说也好，但要谨慎，不可露风。"

端福隆回道："小人理会得。"

禛贝勒当命云飞燕先造起三两个，一面着端福隆外面时收买倭刀。一时吩咐已毕，众皆散去，端福隆自去李都管处购求倭刀，尽皆买来，交与云飞燕。云飞燕便依法制造起来。内中蒋进斗最机巧，看了云飞燕制法，也就明白，帮同去制。不多几日，却得造好十一个，和云飞燕原有一个，共是十二个，正合张小杰等一行人数。

禛贝勒吩咐云飞燕在精武厅点拨那十二人，须要使得手快眼熟，每日教练不断，亲自在旁监看。

匆匆已来半个月上，都使得精了，禛贝勒又叫另外挑选十二人来学，也学得一般快熟。共是二十四人，编作一队，命云飞燕为队长，亲自带领，并教了别种武艺。不止一日，云飞燕却是每日走不开，心中只念骆志英，要待偷空出去，碍着禛贝勒时时在旁监率，也想夜来踏瓦越墙走一遭，又被端福隆稳住。

原来端福隆只怕云飞燕去那里打熬，却喜连日因事牵缠，正合心意，便做好做歹，不叫出去，自己也住在府里不回家，因此倒宽过了骆志英眼前磨难。

忽一日，禛贝勒传令云飞燕、端福隆两人入来，至霄云阁上，屏绝随从，拽上门户，说道："咱今日需有用你们处，休得在外胡言乱行。"

云飞燕着去大阿哥、八阿哥、十四阿哥与那东宫及其他亲王府探听消息，派下张小杰等随时更换察查。端福隆着带领众人在本府守夜，谨防门户墙屋，不得有失，如若虚谎走漏，重办不贷。若还探得紧密消息，重重有赏。

原来满洲言语，叫皇子称作阿哥。云飞燕、端福隆听说，叩头回道："小人承爷恩典，累次提拔，若还有不尽心处，天地诛灭。"

禛贝勒道："好！"

又吩咐云飞燕，叫传知张小杰、蒋进斗等，但等二更过后，方可出行，须从西便门出入，不得惊动余人。一面叫端福隆把守西便门，好生伺候。

二人领命退出，来至下处，端福隆道："云老弟，你知道贝勒爷的主意吗？"

云飞燕道："却是不明。"

端福隆附耳说道:"如今大阿哥、八阿哥想谋皇位呢,你要小心去。他那府里也有的是好汉。"

云飞燕道:"谢端哥盛意,不知端哥如何知道?"

端福隆道:"便是卖倭刀的那李都管与我说了。"

二人说些话,见有人来,当下闭口不言。云飞燕自去与张小杰等策划刺探消息情事。当晚二更过后,云飞燕、张小杰、蒋进斗三人打扮夜行衣靠,暗藏血滴子,走从西便门出来。只见端福隆在西便门下房坐地,与云飞燕道:"云弟,休要误时,无事早回。"

云飞燕点头,叫张小杰去八贝勒府里,蒋进斗去十四贝勒府里,自向大阿哥直郡王府去。

不说别人,单说云飞燕来至直郡王府,打从四处转一看时,周遭街巷人都静了。云飞燕跳入后花园,先驱至假山旁躲了,悄悄地一听时,寂无声息,便闪出来,转过假山,星光下,却见一座六角茅亭就在面前。云飞燕跳上茅亭,四处打一望时,只见花园尽处,叠阁重楼,灯光四射,却不知从哪里入去方好。只见亭旁有一带板桥,走过桥来,一座土丘,侧边一条小路,夹道皆是竹篱。云飞燕寻路曲曲行来,忽见当前一座小庭院兀自凌空造着,想道:"今日冒失,这后花园如此宽广,看看距正厅着实还远,不合由此入来,倘被察得,哪里去走?"正设想间,耳边听得呢喃之声,云飞燕想道:"作怪,难道这屋里有人?"走近几步,侧翻身,把右耳贴地,听了一会儿,果然是这屋内的响动。当下跳起身,来四面看时,只见前面关得静默默的,打门缝里张时,也看不出什么,只得跳上旁墙,劈面对壁厢却见一颗灯火映在窗上。云飞燕道:"是了,这里有人呢。"便跳入里面,悄悄向灯火处行来。就外面贴耳听时,好似有人在内念经。云飞燕瞧那窗户,关得密不通风,又都是明瓦的,张望不着。摸了好几处窗槅子,看得有一处明瓦却坏了一角,便从这空缝里张时,不觉吓了一跳。

原来屋内只见一个喇嘛僧,生得八九尺来高大,身披一件重领吊袖袈裟,手执雌雄宝剑,口中喃喃念咒。这屋内正中设下一个香案,案上供着一个两尺多高草稿人,贴上一张黄纸,纸上写得有字,焚一炉檀香,点两支净白蜡烛,四壁挂着无数奇怪鬼像,地下铺的灰也似的泥土。那喇嘛僧一壁念咒，一壁把剑向空中乱挥一阵，随即对那草稿人礼拜，起来又把剑指东击西、掉神掉鬼模样。

云飞燕看得呆了半晌。忽见那喇嘛僧收住剑，向窗外一望，对准云飞燕站处，隔窗斩来。云飞燕叫声哎呀，慌忙跳上屋瓦，早见得门响处，那喇嘛僧挥剑追了出来。云飞燕吓得满身白汗，死命奔逃，飞也似的窜向花木深处乱走。看看那喇嘛僧不即追赶，喘息方定，寻了原路，跳出墙外，一径回至贝勒府，走入西便门。只见张小杰、蒋进斗都已回来，与端福隆坐在门房里说话。

端福隆道："云弟，这许多时才回来？"

云飞燕道："小弟险些今夜不得相见。"说着坐下，把话说了一遍。遂问张、蒋二人："你们去了好多时，可曾见得什么？"

二人道："八阿哥、十四阿哥都不在府里，只怕在直郡王府。俺二人探听的却是一般。"

云飞燕道："我今日错了道路，不合由后花园入去，撞了这个没头神，却不曾听得半星儿消息。"

端福隆道："这个喇嘛僧也许有道理，今夜爷已安歇了，明儿早上可去回话。"

四人闲谈一会儿，端福隆吩咐守宅的好生看管，俱各宿歇。

次日，云飞燕把话回了禛贝勒。贝勒心内纳罕，却要探出诸皇子暗中做的手脚，仍叮嘱一番，着他再探，不在话下。

却说直郡王府那喇嘛僧，名唤巴汉格隆，原是蒙古人氏，会得咒诅镇魇道术，是由直郡王允禔与八阿哥允禩要想谋害皇太子允礽，听得这喇嘛僧最有道术，能摄引魂灵，但把人的生辰八字开下，忏念礼拜，镇魇地中，那人就会癫狂毙命，因此允禔把他唤来，特在后花园消夏精舍设起香案，供上草人，开具皇太子生辰八字，写在黄纸上，粘贴草人正身。喇嘛僧作起法来，忏拜九九八十一日，将草人埋在地下，可使太子发狂自死。一面禁止诸色人等不准入去，将精舍四面关锁，十分严密。众人只道是请他来安宅礼佛，哪知就里，不料被云飞燕撞见，在窗外觑得亲切。

当是云飞燕因带得血滴子在身边，这血滴子已是摘杀多人，积成凶煞，巴汉格隆见得有隐隐血光之气扬在窗外，知道着魔，随手将剑斩去，不料乃是一个生人。巴汉格隆便夺出门来看时，云飞燕已逃上外墙。当下也不追逐，退入里面，静坐一会儿，待至天明，直去郡王处告密。内差通报，直郡王出来，巴汉格隆打个问讯，告道："昨夜三更时分，有飞贼前来刺探道场，虽经小僧逐走，却被那厮探看明白。这贼来得蹊跷，倘被皇上察觉，此祸非同小可。"

直郡王听说大惊，不知如何回答，且听下回分解。

  写贝勒府鸡鸣狗盗之雄杂出其门，而奸淫小人竟为上客，无非摧残骨肉，妄蓄阴谋，伦常之变，至于如此。后日登大室，临万民，又安见其能独善耶？清之亡也，实发端于此。

  云飞燕一行人，其技艺非不精也，其武器非不奇巧也，而为虎作伥，蝇营狗苟，是曰飞贼，名称其实。

  《东华录》亦曾载喇嘛僧镇魇太子事，然历来史册多为皇家冠冕纪事，安敢直书？此则畅快言之。

第十七回

发狂疾行宫废太子
蓄阴谋巧言激父皇

话说直郡王允禔，喇嘛僧巴汉格隆说有飞贼刺探，不由大惊，急问是何情形。巴汉格隆告说一遍。

直郡王道："如今只得将道场移至别处，你且暂歇，却再理会。"

巴汉格隆道："回王爷的话，小僧这法术既是施行，中断不得，若还中断三天，接下再做，那便前做功德都归无用。如今小僧已做得二十九天了，亦且是头道功德最难。"

直郡王道："咱知道了，且请回步，今日便与你安排妥当处。"

巴汉格隆退出。直郡王传李总管入来，叫去请八阿哥、十四阿哥到府商话。总管奉命自去，不多时，八贝勒允禩、十四贝勒允禵先后都到，直郡王接入里面议事阁坐下。弟兄三个各叙礼罢，直郡王将夜来道场遇贼的话与二人说了，二人也吃了一惊，说道："别的不打紧，只怕是父皇跟前的人，那就糟了。父皇现收得许多好汉在宫，每在深夜出巡，王兄须仔细些个。"

直郡王道："便是为此，这功德又不可中断，目今只得移了别处。二位贤弟在外好生留心，但有消息，飞捷回报。"

三人商议一会儿，查看府中书院后面藏经室是个暗藏去处，便叫收拾干净，铺排道场，将消夏精舍一应仪物尽数移将过来，向晚完毕。当夜，喇嘛僧巴汉格隆依旧在藏经室作法礼拜，一面派下好汉多人轮流值夜，把守门户。允禩、允禵相别自去。

过了数日，传说东宫害病，白日闹鬼。原来皇太子允礽本来性子暴躁，凡事一不如意便发雷霆，自被咒诅之后，益发凶悍，镇日乱跳乱打，不论诸王贝勒、满汉大臣，触着他半言一语，喝叫拷掠，人人怨恨。允禩、允祀心内明白。禛贝勒便知其中有缘故，口里说着焦愁，心中自是畅快。只有父皇康熙帝听说得了这样怪病，十分担忧，一连下谕太医诊治，哪里见效？

这时巴汉格隆八十一天咒诅礼拜已完，即将草稿人埋葬地下，依法镇魇。允禩看了实有灵验，将出金银珠宝赏发了巴汉格隆自去，只待皇太子癫狂病死，再图谋位。果然允礽害病一天重一天，日日发狂，刻刻打闹，闹得宫中昼夜不安。宫人太监吃苦不过，也有逃走的，也有寻死的，诸王贝勒被拷打的都来康熙帝跟前哭诉。康熙帝无可奈何，寻思允礽宫人所居那撷芳殿，地本阴暗，说不定那里有鬼魅，因此允礽着了邪魔，便令与他移居别处，也不见好。不久御驾出巡，下旨着直郡王允禔与皇太子允礽随驾同行。康熙帝沿路察看太子情状，委实太没体统，自此决心要废太子。及到布尔哈苏台地方，召诸王、大臣、侍卫、文武官员等齐集行宫前，命皇太子允礽跪下，康熙帝流泪下谕。道是：

朕承太祖太宗世祖宏业，四十八年，于兹兢兢业业，轸恤臣工，惠养百姓，唯以治天下为务。今观允礽，不法祖德，不遵朕训，唯肆恶虐众，暴戾淫乱，难出诸口。朕包容二十年矣，乃其恶愈张。谬辱在廷诸王、贝勒、大臣、官员，专擅威权，鸠聚党羽，窥伺朕躬，起居动作，无不探听。朕思国唯仁主，允礽何得将诸王、贝勒、大臣、官员任意凌虐，恣行捶挞耶？如平郡王纳尔素、贝勒海善、公普奇，俱被伊殴打，大臣、官员以至兵丁，鲜不遭其荼毒，朕深悉此情。因诸臣有言及伊之行事者，伊即仇视其人，横加鞭笞，故朕未将伊之行事一询及于诸臣。

朕巡幸陕西、江南、浙江等处，或驻庐舍，或御舟航，未尝跬步妄出，未尝一事扰民，乃允礽同伊属下人等恣行乖戾，无所不至，令朕赧于启齿。又遣使邀截外藩入贡之人，将进御马匹任意攘取，以致蒙古俱不心服，种种恶端，不可枚举。朕尚冀其悔过自新，故隐忍优容，至于今日。

又朕知允礽赋性奢侈，着伊乳母之夫陵普为内务府总管，俾伊便于取用。孰意陵普更为贪婪，致使包衣下人，无不怨恨。

朕自允礽幼时，谆谆教训，凡所用物，皆系庶民脂膏，应从节俭，乃不遵朕旨，穷奢极欲，逞其凶恶。今更滋甚，有将朕诸子不遗噍类之势。十八阿哥患病，众皆以朕年高，无不为朕忧虑，伊系亲兄，毫无友爱之意，因朕加责让，伊反愤然发怒。更可异者，伊每夜逼近布城裂缝，向内窃视。从前索额图助伊僭谋大事，朕悉知其情，将索额图处死。今允礽欲为索额图复仇，结成党羽，令朕未卜今日鸩鸩，明白遇害，昼夜戒慎不宁。似此之人，岂可付以祖宗宏业？

且允礽生而克母，此等之人，古称不孝。朕即位以来，诸事节俭，身御旧褥，足用布袜。允礽所用，一切远过于朕，伊犹以为不足，恣取国帑，干预政事，必至败坏我国家，戕贼我万民而后已。若以此不孝不仁之人为君，其如祖业何？太祖太宗世业之缔造勤劳，与朕治平之天下，断不可以付此人。俟还京昭告于天地宗庙，将允礽废斥。

朕前命直郡王允禔善护朕躬，并无欲立允禔为皇太子之意。允禔秉性躁急愚顽，岂可册立？其允禔党羽，凡系畏威附和者，皆从宽不究外，将索额图之子格尔芬、阿尔吉善暨二格苏尔特、哈什太、萨尔邦阿俱立行正法，杜默臣、阿进泰、苏赫、陈倪、雅汉着充发盛京。此事关系天下万民，甚属紧要，乘朕身体康健，定此大事，着将允礽即行拘执，尔诸王、大臣、官员、兵民等，以允礽所行之事，为虚为实？可秉公陈奏。

康熙帝谕毕，诸王大臣尽皆失色，流泪奏道："皇上圣明无比，皇太子之事，一一皆确，臣等实无言语陈奏。"

自此，康熙帝回銮，监押废太子允礽，一路上都交直郡王允禔看守。

回到京城，命在上驷院旁设下毡帷，拘留废太子，宣谕皇四子禛贝勒与直郡王允禔二人看守，二人心中俱各暗喜。康熙帝把斥废太子事禀告皇太后后，又在午门内宣谕道：

皇太子名分关系重大，朕熟观史册，岂有轻举之理？当允礽幼时，朕亲教以读书，继令大学士张英教之，又令熊赐履教以性理诸书，又令志成翰林官随从，朝夕纳诲，彼不可谓不知义理矣。且其骑射言辞文学无不及人之处，今忽为鬼魅所凭，蔽其本性，忽起忽坐，言动失常，时见鬼魅，不安寝处，屡迁其居。啖饭七八碗，尚不知饱，饮酒二三十觚，亦不见醉。匪特此也，细加询问，更有种种骇异之事，至其近侍人员亦为不少，其中岂无一二受伊恩遇者？而竟不能得一二人之心。以此观之，非狂疾何以致是？

朕初意俟进京后，告祭奉先殿，始行废斥，乃势不可待，故于行在拘执之，应即告祭天地太庙社稷，废斥皇太子，着行出禁。

众王公、大臣、官员等听了上谕，都跪奏称是。当日康熙帝一面昭告天地宗庙，将废太子允礽拘禁，一面宣示天下。

直郡王允禔见父皇如此动作，正合心中打算，便与八贝勒允禩密商，策划大事。这日，二人正在密谈之际，门吏入报，顺承郡王布穆巴来拜。直郡王忙起身出来相迎，接至里面坐下，与八贝勒也相见了。叙礼罢，直郡王置酒相待，说些闲话。顺承郡王说起门下长吏阿禄，新近荐来一个看相的，名唤张明德，甚是灵验。

直郡王最信三教九流的人，忙道："快唤他来与咱们弟兄瞧瞧。"

顺承郡王含笑答应，一时酒罢，顺承郡王回府。次日，直郡王正待去回拜，顺承郡王果着都管陪同张明德来。直郡王唤入里面，叫他看相，三言两语，却是奇中。及看到八贝勒，张明德赞慕不已，说："这位贝勒爷龙章凤姿，自古唯有唐太宗可以相比。"直郡王心内虽不悦意，向是深信此类言语，向日也佩服允祀，听到此语，思量将来大业十九是允祀无疑。允祀自然是益发自命不凡，当时这话提过也罢。

不料禛贝勒血滴子队员朝晚派在诸太子府中密探，早将此言报知禛贝勒。禛贝勒自从皇太子废斥，奉旨在上驷院帐幕内看守太子时，眼见太子发的狂疾十分厉害，寻思："这样发狂的人如何还能够继承大业？"倒不把他放在心里，只虑的是允禔、允祀二人所为。及听此语，益发着急，思量怎生安排他，却没计较。

哪知事有凑巧，直郡王府有一个管事太监，名唤叶品，与端福隆素相厮熟。此人虽是个太监，生性好淫，虽不能做男子之事，却是性发时，抱着使女、妃嫔乱忡蛮跳，发泄淫汗，不顾死活。但凡太监嫖院，都称作发汗，与近日女性相交大同小异。这叶品天生他这副劣性，做出事来却被直郡王知道。那直郡王是何等骄贵的人，又且性子暴躁，听得如此，登时大怒，将叶品打得血淋满头，即命斩断脚筋。这脚筋一断，便是使不得那发汗勾当。

叶品恨毒在心，无可奈何。忽一日，在路遇了端福隆，端福隆见他行路一颠一倒，便问："叶哥如何跛了？"

叶品叹气，诉出苦来。端福隆有意兜揽叶品，思量道听王府私事。那叶品也有心想托端福隆去四贝勒跟前讨个好，换个门户。二人谈得正事，便来酒店里叙些契阔。那叶品酒入肚里，旧恨提心，不由得把喇嘛僧阴害太子一事和盘托了出来。端福隆得了这个机密，喜出望外，使劲点恋叶品。

当下酒罢，各别回府，端福隆即将叶品言语密告禛贝勒。禛贝勒大喜道："咱早知云飞燕所见的那喇嘛僧有缘故，原来如此。"自肚里寻思："目今正苦无计安排，天幸这叶品送得这玩意儿来也，不怕允禔、允祀逃哪里去。"禛贝勒想罢，打算在心。

次日，早朝退后，入畅春园，候见父皇，请安罢，打量左右无甚相干的人，便跪奏道："子臣万死，前奉父皇谕旨看守废太子时，子臣细察太子形状，分明着了鬼魅，其实是大阿哥与八阿哥延纳蒙古喇嘛僧咒诅镇魇所致。子臣以君父之恩、手足之情，不敢不冒死进言。"说罢，泪不可仰。

康熙帝听奏，登时脸色大变。

毕竟看康熙帝如何发落，且听下回分解。

　　此回叙东宫之变，雍正用心之险，为昔日纪书所不敢言，今日稗史所不能尽。笔笔生动，字字褒贬，令人有兴亡不堪回首之感。

　　康熙帝固有清一代之雄也，而困于诸子，可怜如此，卒为其四子颠倒播弄于不自觉。嗟乎！人生富贵甚，而伦常之变剧，几曾见田野乡村之子有欺其父者乎？

　　此回回目亦甚含蓄，有《春秋》诛心之义，以一云飞燕楔出如许文字，真如得尺寸之水，而掀万顷波涛焉。

第十八回

欧阳玉再拯孤女
白望天重走燕京

话说康熙帝听四皇子禛贝勒言语，面色大变，徐徐问道："你如何知得？"

禛贝勒回道："子臣前者探看太子发病时候，但见他提起喇嘛僧便自害怕，当时大阿哥府里正请得喇嘛僧拜忏。后来据大阿哥府里太监叶品说，曾把草人粘着太子年甲，镇魇在后园，并有相面人张明德与八阿哥看相，据说后当极顶富贵，以此子臣知道。"

康熙帝道："我明白了，你下去吧。"

禛贝勒下去，拭泪而退。当时康熙帝放在心里，也不发作。

数日之后，大阿哥允褆入朝，康熙帝说道："允礽如此荒谬，你是长兄，何故不早奏明？"

允褆回道："允礽蛮荒无理，皇儿劝他不转，又恐伤皇父之心，不敢具奏。现有相面人张明德曾与八阿哥看觑，后必大贵，八阿哥可付托宗庙大器。"

康熙帝大怒，喝令左右将允褆拿下，当即宣旨召允禩入来，一并锁拿，交与议政处审理。一面谕令查抄郡王府，果在后花园掘得喇嘛僧镇魇草人一具，并将张明德拿获，交与大学士温达等审讯。大学士与议政大臣奉旨会审此案，允褆、允禩抵赖不得，只得招供。

康熙帝据供，张明德系由顺承郡王荐来，当将顺承郡王布穆巴与长史阿禄一并拿到交审。会审大臣等审明后，取供具奏，上谕把皇子、议政大臣、大学士、九卿学士、侍卫等道："八阿哥允祀向来奸诈，妄蓄大志，闻张明德如此胡说竟不奏闻，允祀革去贝勒，为闲散宗室。大阿哥允提引用邪术残害兄弟，着令监禁。布穆巴、阿禄俱无罪，着释放。张明德情罪极为可恶，着凌迟处死。喇嘛僧巴汉格隆在逃，着令大小官员一体严缉，务获归案法办。此案清结。"

禛贝勒心中大快，只待父皇宾天，便可跃登大位。其余诸皇子都不在眼里，唯心畏父皇严明，只防察觉，益发安分守己，连诸王大臣都不招接。暗中只派血滴子队员随时探听消息，也就行得缓了。

且说云飞燕见贝勒府探查的事缓了，自寻思道："自从接了骆志英那姐儿，却被府里连日有事闹得没头神似的，片刻不得有暇。前虽去过一两遭，叵耐那姐儿不肯如我心愿，我又忙得紧。今朝得暇，且去与她厮缠着，不怕是生铁，也要烧她烊来。"

云飞燕吃了晚饭，取过对牌，推说探事，独自悄悄地出西便门来，一径奔至王府大街，敲门入去。潘红玉听得是云飞燕，连忙吩咐秋月提灯来接。少时，潘红玉也就下楼，让云飞燕坐下。

云飞燕且不坐，问道："如何不见骆小姐？"

潘红玉笑道："她有病，早便睡了。"

云飞燕道："待俺进去瞧瞧。"

秋月道："云爷且住，小姐睡了将息，只怕扰她，惹她烦恼，且坐一会儿。"

原来潘红玉、秋月都受端福隆嘱咐，特把言语来支吾，要他不见，一面却与骆志英说，又是好意看顾志英。志英虽有些疑心，见得多久不曾有事，也很放心，倒感激潘红玉的照顾。

当下云飞燕听得二人如此说，焦灼道："前日俺来时，要与她说些话，你们只把言语来推我。今日却又说她有病，我不瞧她病时，却谁瞧她？你们要说！"

潘红玉道："不是，云爷，我们也是好意，人是你的，早晚须服侍云爷的，不争在一时三刻。"

云飞燕哪里肯依，喝道："秋月，引我去她房中坐。"

潘红玉丢个眼色，秋月只得引上来。云飞燕入骆志英房内，只见志英歪在床上流泪，见云飞燕，吃了一惊。

云飞燕道："谁欺侮你，如此烦恼？今夜俺无事，便来陪你。"

骆志英见不是话，忙起身来。接着潘红玉也入来，骆志英见潘红玉，不由得呜呜哭泣。云飞燕看了不耐烦，骂道："你们做的什么勾当，却不是消遣我？"

潘红玉道："云爷息怒……"

一言未了，云飞燕指着喝道："眼见得你这娼妇挑是拨非，作弄俺们，你两个都与我滚出去！"说着，便来赶潘红玉、秋月。

骆志英挺身说道："你是什么人？要杀便杀，要剐便剐，休想做不仁不义没廉耻的事！"

云飞燕冷笑道："俺若是放你干净时，不是汉子。"一面说，一面把潘红玉、秋月赶出门外，把门拽上了。骆志英早拼着一死，倒没害怕。

云飞燕道："你跟得端福隆，便跟不得我？"

骆志英道："我被强人劫出庵来，你若有好心，把我送将去，不是时，把我杀了，休得多言！"

云飞燕见骆志英模样儿委实可爱，也消了气，转过脸道："谁舍得杀你？我现在贝勒府当队长，有的好吃穿，你要什么便什么。我又不似端福隆三妻四妾的，如今并无家小，跟了我落得快快受用，却怨什么？"

骆志英斥道："你这没廉耻的奴才，休做出禽兽之事害人！"

云飞燕大叫道："不见高山，难见平地，别说你这鸟女人，俺偏不杀你，偏要你这块肉。"

云飞燕赶过身来，一手挟住志英，一手伸下去拉裤子。正闹得乌烟瘴气，猛见得一道白光，嗖的一声，窗户开处，一人已在面前。云飞燕看了不对劲，忙撇下志英，翻身来战那人。不交一手，这云飞燕已是呆呆地站住，动弹不得，原来已被点了穴了。

骆志英定心打一看时，那人不是别人，正是欧阳大娘。骆志英做梦一般，方才抽一口气过来。只见欧阳玉握着手道："妹子，是我不当心，害了你，却才不曾被人欺负了吗？"

骆志英流泪道:"大娘迟来一步,也见不得小妹了。"

欧阳玉指着云飞燕道:"你这厮,仗着三分气力、七分霸道,却来欺负我娘们儿,砍了你这奴才倒污我手,权寄下你这颗脑袋,好叫你省得。"一面与骆志英道,"我们离了此间好说话,妹子有什么东西,快收拾起来。"

骆志英道:"这里都是人家的,与我无干。"

欧阳玉便扶起骆志英,驮在背上,对准云飞燕只一点,把他点回来,喝道:"去吧!"两个似鸟雀般,只一道光,飞向窗外去了。

云飞燕半晌醒来,遍身懒懒的只觉发酸,心内又气又恼。开出门来看时,与潘红玉、秋月正打个照面,两下都吓了一跳。

原来二人被云飞燕推出房外,只在门边细听,也听得房内闹动,又不敢入去。此刻见云飞燕出来,还道谋死了志英,说道:"飞爷哪里去?"

云飞燕骂道:"都是你两个娼妇东牵西缠的,如今闹得人也走了。"

二人半信不信,入至里面看时,哪里有人影儿,叫道:"作怪,怎的走了?"

云飞燕说了一遍,二人听了发怔。潘红玉肚里想道:"也罢,怎样的倒清爽了。"

当下云飞燕再无兴致留恋,匆匆出门,便去告知端福隆。端福隆闻知情形,也想道:"你倚仗有武艺,硬要夺我的,如今倒好!"口里不说,心里记恨。

云飞燕切齿道:"早晚撞到我手里,死活与她拼一拼,决不甘休。"

端福隆勉强把话来劝慰,二人谈不多时,也就散了不提。

再说欧阳飞天救得骆志英出脱了火坑,一直奔向南坪,仍到菩提庵,打从后门入来,放下志英。王妈接着,拖住大哭,便去报知老尼拜莲。拜莲相见惊喜,引欧阳玉等至净房坐下,方各细诉情由。

拜莲道:"自从那日小姐被强人劫去,我与王妈急得坐立不安,王妈便要来寻你,我只劝她住了。不多日大娘回来,我告知她一番缘由,大娘倒有见识,说道:'这必是那贝勒府总管唤什么端老公做的勾当。'王妈也就猜说,定是那天来的潘娘子捣的鬼。老尼不知端的,只怕小姐被人害

112

了。大娘哪里不寻你，今日却如何与大娘相遇来？"

欧阳玉道："皆因我大意，我当初寻访顾少爷不着，却遇了一个相识的，与他去山海关外走一趟，撇下骆家妹子在这里。原知道这里是个稳便所在，又有师太照顾着，谁曾料遇了那个潘红玉，做出这等勾当。我当日去西河沿骆府道问时，都说早搬了走了，再去道询那端福隆家，夜来连去多次，那厮却不曾在家，只听说在四皇子贝勒府住。我便入去贝勒府细探，也不闻有人提起骆家妹子。那处庭院宽大，房屋又多，一时间哪有寻处，探了五七夜，却不曾走遍，又转到端福隆家，候了多次。今夜方听得那厮家下一个厨娘说要送菜与王府大街骆家娘子去，我知道是了，但寻着骆家娘子，便有脚趾，以此便急急至王府大街。早在楼窗外听得多时，果然见骆家妹子在那里，正被那猴子似的泼贼厮缠，因此被我点上一穴，救得妹子回来。那厮却是什么样人？唤何名字？"

骆志英道："据说姓云，是贝勒府里一个队长。"

欧阳玉道："莫不是四皇子府里那血滴子队长云飞燕吗？"

骆志英道："正是这厮，大娘如何也知道？"

欧阳玉道："便是前回子禛贝勒府探你时，听得里面人说，却不曾见他。早知是他时，也不合放他走了。"

王妈道："这等杀才，定是端福隆一路的。"遂与骆志英道，"小姐，你消瘦了许多，毕竟如何吃苦？"

骆志英便说如何被劫入端府，如何在端府见了二婶娘，如何二婶娘与端福隆送我回王府大街骆家，如何二婶娘劝我不要嫁姓云的，只嫁与姓端的，如何秋月引了端福隆至二婶娘房中说话，细细叙了一遍。

拜莲道："阿弥陀佛，亏得大娘早到了，迟些还不害了小姐！"

王妈道："虽则如此，如今这庵中也住不得了。"

欧阳玉道："说得是，我也正自寻思，却往哪里稳便。"

拜莲道："南苑有一座观音阁，那庵里的老师太与我素相熟，要么是到她那里暂住一时？"

骆志英道："最好，多谢师太照顾。"

王妈道："究竟不知顾公子到哪里去了，叵耐寻不着他。"

欧阳玉道："可不是呢，前回我在京城时，哪里不寻过，只是没寻处。如今只得且到南苑观音阁暂住一时再理会。"

当夜四人议定就寝。次早，欧阳玉起身，自来市上问车子。出得庵来，走不到一箭多路，只见一个白面后生打斜刺里过来，只把眼看欧阳玉。欧阳玉也对他一望，那后生益发走近来，目不转瞬地只看着。欧阳玉打量着，自暗忖道："难道这厮不怀好意？看他却是纯正的人，只不与我相熟，为什么这般看？"正设想间，那后生开言道："娘子可认得盖关东那人吗？"

欧阳玉忽听得这一问，很以为奇，不觉一呆，忙道："却是相熟，想来客官也认得他，不知因何说起？"

那后生道："不敢拜问娘子姓氏？"

欧阳玉道："双姓欧阳。"

那后生道："可就是讳作一个玉字的欧阳大娘吗？"

欧阳玉道："奴家便是。"

那后生笑拱手道："果然名不虚传。"

欧阳玉便问："客官贵姓大名？"

那后生道："小可姓白，名望天。"

欧阳玉一惊道："可是兰州白望天先生，诨名唤作白日风雨的吗？"

那后生道："小可便是。"

欧阳玉忙道："失敬失敬，今日有幸拜见先生。"

白望天连说不敢。

欲知白望天因何重来京城，二人如何各知姓名，且听下回分解。

此回文字须与第一部中欧阳玉点死黑云龙一段对着，便知下笔有江河滔滔之势。

欧阳玉杀云龙而释云飞燕，非恶其父而恕其子也，盖向者玉少而云长，今则玉长而云少，性情有改易故也。

白望天传，至此方见得一二分，虽目光如欧阳玉几乎以流俗少年视之，此其所以为白日风雨，有令人不知阴晴之难也。

第十九回

飞天侠结伴访故知
小孟尝无端遭横祸

话说欧阳玉挈带骆志英将去南苑观音阁，出来雇车，路遇白望天，叫应一声，说起来各知姓名。

原来白望天本是血昆仑精一和尚徒弟，自小没了父母，倚靠祖父白暄抚养。这白暄是个讲程朱之学的寒儒，有气节的人。一自清兵掠甘肃，占下兰州，白暄哀痛前朝，不事异姓，投江而死，丢下孙儿白望天，那时只五岁，在兵乱之中，几次死去活来。却被血昆仑精一撞见，问明乃是白暄的孤孙，便收留他带在身边，直去昆仑山上陀罗寺后退居里住下。在那里，血昆仑先曾收下一个徒弟，便是陕西石门山人魏灵昏，比白望天年长十几岁。血昆仑便把白望天交了与他，叫他引作同伴，熬练筋骨，授习童拳。魏灵昏当作自己亲兄弟一般，抚养长成，默教十八般武艺，不止一年。二人在陀罗寺退居里都已学得拳技，再演内功，血昆仑便亲自传授剑术，提调成功，带引下山。

二人离了昆仑山，入到中原，游览名山大川。那时血昆仑早收得盖关东万化刚，已授剑术成就，住在徐州高井头，正传授吕豪、欧阳玉等四人也已出道。二人约伴前去拜访，都是一师相传，自是同门兄弟。论年，万化刚最长，魏灵昏居次，白望天最小，三人结下兄弟，时散时聚，常通消息。知道万化刚的门徒有吕豪、欧阳玉、吕四姑与他女儿万小化四人，四人亦且久闻魏、白声名，只因两下忽来忽去，从不相见。

当下欧阳玉闻知是白望天，急忙施礼，口称师叔，连道失敬失敬。其实欧阳玉年纪比白望天大得多，练成技艺时分也相上下。

白望天忙回礼，退在一旁，说道："小可不才，昔年多得师兄魏灵昏提教，俺们都是大师门下，不当大娘如此相称。"

欧阳玉道："吾师盖关东常时说道，师叔乃是年少英雄，端的了得。今日晚辈路经此处，师叔直看出吾师派下，足见法眼非凡，不知师叔因何见来？"

白望天道："小可早望见大娘出庵门时步法不比寻常，再看大娘精神内蓄，目光外射，很像大师兄盖关东气脉，故而冒问一声，不料果是。"

欧阳玉道："端的师叔非常人也，且问大师近在何处？师父盖关东不知仍在高井头住也否？难得师叔在此相遇，且请到那菩提庵中小坐一谈，如何？"

白望天道："最好，大娘认得那庵中师太吗？"

欧阳玉道："也是相识不久。"

欧阳玉回步，与白望天走向菩提庵来。入得大殿，早见王妈迎前道："大娘雇得车子也未？"

欧阳玉道："且住，为是遇了我这位师叔，请来有些话说。"

白望天道："大娘既有事，请便，小可暂别，改日再当拜候。"

欧阳玉道："不是，并不打紧，但坐何妨。"

欧阳玉与白望天入来客房坐下，香火端上茶来，白望天便将精一僧与万化刚的行踪略说一遍，遂问吕豪、吕四姑现在哪里。欧阳玉也将岣嵝峰罗三娘叙了一回，二人无非说些师门琐事。只见王妈探头探脑在门外张看。

原来王妈等得心急，只怕出事，早想去南苑观音阁避了，看看客人还不走。白望天会意，起身道："大娘有事，小可暂别，不知大娘今后去哪里，再当走候。"

欧阳玉道："不妨不妨，师叔且坐，只为陪人去南苑走一遭，这些不相干的事，说来好笑，一发叫师叔得知。这里有一河南人姓骆的，名唤骆二爷，起先住在西河沿上。有一位侄女儿小姐，向日许与华阴县顾家。去年顾家公子为家破人亡，来此投亲，当初骆二爷也十分管待他，后来被他一个姨太太撺掇得撺得去了，要把侄女儿小姐卖与他人做外宅。侄女儿小姐逃了出来，深夜撞着我，我把她接了来这庵中居住。今年却被四皇子府里一个奴才姓端的差人来劫了去，正值我因事去关外，回来四处探寻，昨日方救得她出来。因恐在这里不当稳便，打算今日去南苑观音阁暂住，因此出来雇车，不想遇了师叔。"

白望天听说罢，急问道："那骆二爷名唤什么？"

欧阳玉道："名唤骆太成。"

白望天道："那顾家公子名唤什么？"

欧阳玉道："名唤顾洪勋？"

白望天道："那骆家侄女儿小姐如今在这里也不在？"

欧阳玉道："便是在这里，打算送她南苑去。"

白望天仰天哈哈大笑。

欧阳玉道："师叔为何大笑？"

白望天道："踏破铁鞋无寻处，得来全不费功夫。小可便为此事而来。"

欧阳玉诧异道："师叔何故倒为此事而来？"

白望天道："你说的顾家少爷便在小可这里。"

欧阳玉大喜道："真的有此事？"

王妈在外听说，喜得直跳起来，连忙入内告知志英、拜莲去了。

白望天说道："那顾洪勋是个正直明白的人，自从被骆太成听信浑家之言撺他出来，带了家人顾福，来至王府大街迎宾馆投宿，正与小可住的所在一对面，中间只隔一带天井。次日，便与小可攀谈起来。小可看他胸中坦白，志量不凡，就此我二人订交做伴，一同出入，也有两个多月。向知道他家身世十分可叹，小可不时间把话劝他。

"忽一日，我二人去市上饮酒回来，有人在后跟着，我自觉得。夜来三更时分，只见斜面屋瓦上一人瘦小得似猴子一般，只管窥探顾兄。我知道有干碍，不叫下手，便打了一弹，中那厮臂膊，负痛去了。

"次日，我告顾兄迁移别处，却听得街上沸沸地讲，九门提督派下校尉，去迎宾馆捉拿乱党顾洪勋与姓白的二人，又听得说道，骆太成已被捉去。我夜来入骆家，暗地探听时，方知骆小姐被逼逃走，有四贝勒手下一个奴才名叫端福隆的，要勒逼成亲，我便知道那猴子似的瘦汉也是端福隆所差。我本待把话告知顾兄，只怕他伤心，不与他说。又恐他在客店不当稳便，兼看他单身做客无甚投处，本来小可也有些事，早待去铁岭关会我那师兄魏灵昏。因以伴同顾兄，挈带顾福，当日离京，投向铁岭关，打算引顾兄至铁岭关后，再来京城，与他探听骆小姐消息，完成他们一段好事。

"谁知我等到了易州涞水县，却遇到江州孟老儿，如今他在县城开设票号，名唤孟大有。这老儿虽是干买卖有经济的人，却是十分慷慨，江湖上颇颇有名，见我等路过，定要留住，推托不得。他也认得我那魏师兄，问我来由，我说与他听，他便道：'魏英兄前月路过此间，只怕下江南去了，绝不在铁岭关了。'益发留住我们，不放我走。后来问悉顾兄之事，这老儿是最有义气的，便与我私下说道：'顾先生若不嫌委屈时，便在我这里安心居住，老朽不争他一两个人，但要什么，只顾吩咐，休要见外。请你把我这意思与顾公子说了，何必东奔西跑？'我知道孟老儿的性情，不是有口无心的人，看顾兄与他也着实心合意投，反是去铁岭关时，我那师兄有些怪脾气，倒敢是顾兄过不惯，因此我劝顾兄在孟老儿票号里住了。放下他主仆在那里，我重来京城，正待探寻骆小姐消息，昨日方到，不料今日遇大娘，亦且与大娘素不相熟，无端相逢，岂非天幸？"

欧阳玉道："原来如此，亏得师叔眼快叫一声，蓦地相逢。若是迟片刻，我们走了，哪里会去？真是天幸！请问师叔，那孟老儿讳字唤作什么，却这般仗义？"

白望天道："他单名卓，字无量。"

欧阳玉不待说毕，便道："可就是江湖上称作小孟尝的那人吗？"

白望天道："正是。"

欧阳玉跳起身道："益发好了，这位孟爷，我一向认识，便是从前在普陀山创兴三合会的。他本来在南昌九江开设店铺，如何到北方来了？"

白望天道："是呀，就是为三合会事。自从那海岛延平郑王被清兵捉去，岛中英雄都去投他，因此闹动了远近，被官司得知，把他店面都封了。亏得他与衙门崽子一向都熟，又无凭据，以此脱罪，一径来到北方干买卖。所有他南昌九江一应家私，都被官中没收了，还有什么店铺？"

欧阳玉叹着气道："原来恁地，如此说来，那普陀山一伙豪杰也定在他处。不瞒师叔说，我与师弟吕豪比先曾在普陀山勾当。自从去高井头投师，与众豪杰失散，吕师弟也曾去走一遭，人都没了，目今正在道听众英雄下落。我们回去关外，也是为此事，奔走数千里，不曾投着一人，倒撇下骆小姐在此，出了乱事。今得师叔如此说，便不因顾、骆两家事，我也要去会会孟老英雄。"

白望天道："最好，俺们今日即可动身。"

二人说话间，只见王妈引拜莲走来。原来拜莲与王妈早在隔房听得分明。欧阳玉引白望天与拜莲相见，不免说些闲话，拜莲很是欢喜。王妈巴不得立刻起程，叫请香火去雇车。

欧阳玉道："只怕被那厮们省得，日后连累师太，还是我去。"

拜莲道："大娘也太细心了，先时去南苑，只怕言语不慎，被那厮探得去处。如今去涞水县，却怕什么？"

便叫香火雇了两辆车子，王妈自去请骆志英，也与白望天相见了。众人拜别拜莲，志英再三感谢，涕泣作别。拜莲送至山门外自回，白望天、欧阳玉、骆志英、王妈共是四人，取路投向涞水县来。在路无非是早行夜歇，按程雇车，皆由白望天照料，并无别话。不到一日，来到涞水县城，白望天先叫投下客店，与骆志英、王妈都安排停当了，自与欧阳玉来县街大街孟大有票号。走到门前看时，吃了一惊，只见店门紧闭，对中交叉贴着两道官书封皮，哪里还有什么店面？白望天只道投错了，再看上面时，明明横额招牌，写道"孟大有号"。二人看得呆了半晌，商议道："且去左右邻舍问一问。"只见贴邻一家市招写道"参茸燕耳，道地药材，大德堂"，却是一个生药铺，二人走入来。

白望天走近柜上，与那掌柜的老儿打个招呼，问道："老丈，隔壁孟大有票号怎么封闭了？"

那老儿架起玳瑁眼镜，起身来打量二人，答道："客官不是此间人，隔壁孟家店闹了天大的官司，还是不知？"

白望天道："小人正是远路来此，不知孟家店因何吃了天大官司？"

那老儿道："客官贵姓？"

白望天具告姓名，那老儿指欧阳玉道："这位？"

白望天道："是小人亲戚，一路来此，不敢拜问老丈尊姓？"

那老儿道："我姓庞，名唤作庞公，二位敢是来投孟爷的吗？"

白望天道："正是。"

庞公叫伴当把店堂里屏门开了，说道："里面请坐。"

二人入至店房，庞公吩咐点茶，让过二人，分宾主坐下。

庞公道："上月初上，本县老爷派下捕快士兵四五十人，把这孟家店团团围住，说孟卓是三合会头领，造反的人，家中藏有乱党，不由分说，将孟爷及店中老小伴当一并拿去，连小老儿这药铺也搜查好几次。左右街坊来看的人也被捉了好几个，直闹得天翻地覆，满城惊慌。客官，你道如何？这当中有个缘故。"

二人忙问："是什么缘故？"

庞公一口气说出来，直叫四海英雄齐震怒，五湖豪杰尽吞声。

欲知庞公说出什么话来，且听下回分解。

以白、欧阳一路话，补出白望天匆匆挈顾氏主仆起行之因，并表出欧阳玉所以撇下骆志英者，非其不周之故也，写剑侠不同凡常，岂以白、欧阳之才智，而不能保顾、骆哉？有此一段，文情饱满之至，而尤妙在楔出小孟尝。

小孟尝一登场，使读者回想第一部中众豪杰之行动，耿耿在前，所谓牵一发而撼全身，调动无数文情，皆作者笔以外，读者目光不及之事也。

第二十回

探牢狱慷慨说孟卓
通贿赂毒计使蔡横

话说庞公叙说小孟尝孟卓遭祸缘由，说道："这当中有个缘故。"

欧阳玉、白望天忙问是什么缘故。

庞公道："如今这易州知州姓金，名邦本，祖贯湖北孝感县人氏，此人前曾流落在南昌，是个浮荡子弟，一向与人帮闲打杂，逐赌赶饮，镇日价漂来流去，三分言语，四分气力，只在人家嘴边吃闲饭。后来一病卧倒在城隍庙里，求死不得，求生不能，早晚只留得一口气。那时孟爷在南昌设店，四处过往闲汉、江湖上朋友但有恳求时，无不发付。有人看了金邦本病倒待死，便与他指点孟爷一条门路，即时他带病来投孟家店。孟爷是个和气好义的，看他一番情形，哪有不依，留他在家，与他医治，后来病好，叫在家下管值细零事务，却与家人一般看待。不想这厮吃饱酒饭，倒去赶赌，赌得输了，兀那庄家赶上门来逼要钱，这厮寻思无计，便偷了孟爷内宅张妈妈一支金簪，将去兑换。却被孟爷家下一个主管章沧海查了出来，只得回了孟爷，将他辞歇，并将庄家赌钱也与他还了。

"这金邦本出得孟府，街上早有人都把话传讲知道了，赌场上嫌他手脚不好，不许他去，相熟人家看他在孟家出了事，都不敢收留他。这厮在南昌安身不下，怀恨在心，就此一溜烟去远了。那时老汉也曾在南昌干买卖，知得这人细底。后来听人说，这金邦本直去京师，遇了一个得力太监，提拔他们做了官了。我也半信不信，也不管他。过后孟爷在南昌被人所害，收店歇业，老汉本是此地人，回来开这生药铺，就请孟爷到这里干买卖，重设起这个孟大有票号，生意倒也不差，四处过往商贾都与孟爷向有交往，但有收货卸货，那北路买卖自然是来这孟大有号立折。两年以来，一向无事，谁知近日那金邦本却做了这易水直隶州知州，俺们初只道是同姓同名的人，后来听得说，果是这个癞痢头金邦本。

"自从这厮来这里，市上便兴了清洁捐，又说道要修官道大路，挨家逐户只捐钱。这厮听得孟大有票号即是孟爷所开，旧恨在心，又只怕人家晓得他从前的事，做下关本，唆通上司，立发公文，把孟爷断作三合会头领，谋反图乱的人。本县老爷是他所管，哪敢违拗，因此上将孟爷和店中老小尽行捉去，并要捉拿主管章沧海。哪知章沧海前年已死，却没拿去。这厮派下一个差头，好生凶险，见人便提，街坊上被连累的七八家，老汉险些也着了他手，亏煞本县捕快头领与我说开了。当下孟家票号立即发封，店中银钱都被劫去，便是遇了强人，也没这等凶险。还亏本县老爷是个明白的，情知孟卓的冤屈，争奈上司公文救他不得，便与那金邦本派下的干人商量，将店中老小客伙和街坊上人问明无罪，交保的交保，使钱的使钱，都释放了，如今只把孟爷押在死囚牢里。亏得孟爷家小都在江西兴安县原籍居住，要在这里时，哪里还有生路？老汉看这官司早晚只怕不吉利，正是眼看他，没法救他。客官既是来投孟爷时，可有什么法子救他一救？"

二人听说，不由得气愤填胸，捺住性子，又问道："如今孟爷在牢里，也得入去看他吗？"

庞公道："老汉连去五六遭，只见得一次。倘遇那牢子好说话时，也许与你去，少不得点恋些，方见得到。"

白望天道："再问老丈，孟爷家中有一个客人姓顾的，曾带老仆顾福住在他店后右壁厢，也有多日了，不知后来却去哪里，老丈也知道吗？"

庞公道："这个却不知道，他家下多少闲汉们住着，不止一个。日常老汉也只在店堂上与孟爷说些闲话，不多进去。出事那天，乱得慌了，有谁顾着那客人？老汉更其不知。"

二人起身道："多谢老丈指教，俺们便去，再当相会。"

白望天、欧阳玉拜别庞公，走出店来，商量道："那顾家主仆不知投往何处，如今只得慢慢寻访。且去牢里探看孟爷要紧。"

　　二人也不回店，一直走向县衙门来，径至大牢前。见着牢子，白望天招呼道："大哥方便，俺们是由江西兴安县来此，闻知孟大有票号出事，孟卓收禁在牢，相烦阿哥引进，与俺们见一见。"

　　那牢子打量二人一会儿，说道："这是该死的罪犯，本县相公钧旨，毋得引见。除非要有上司来文，方得入去。"

　　白望天听说，解开前胸，去里身衣服上摘下两粒金纽扣，大约也有一两多轻重，与牢子道："这些不成意思的话，权与哥们喝杯酒。大哥看觑俺们是外乡人，又是孟卓本身亲戚，相烦引进则个。"

　　那牢子一来看着金子眼红，二来打量白望天一表人才，那欧阳玉又是个温柔娘们儿，三来也知道孟卓是个很四海的人，上下都与他有情面，那牢子便接取金纽扣，说道："不是小人不肯方便，实是相公钧旨难以违拗。既是客官远路来投，又是犯人本家至亲，小人权且做一遭。"

　　白望天道："多谢大哥。"

　　那牢子拔开闸门，让二人入来，转弯抹角至大牢边。牢子走向单身房，与当案值管牢子周兴说些话，自去了。周兴取开门户，接引二人。原来孟卓下狱，每有他家下闲汉们有义气的与他买上嘱下，因此调得单身房来收禁。白望天、欧阳玉见开了牢门，随即入来。只见孟卓银纷一般头发，蜡黄焦瘦面庞，钉戴镣铐，坐在地铺上。白望天、欧阳玉近身便拜。

　　孟卓抬头吃一惊，说道："大娘几时与白小郎相会？"

　　二人略说些话，欧阳玉便去袋里取出十两银子，与周兴道："孟爷上了年纪的人，吃苦不得，烦哥们将去，早晚安排些酒食与他，不可亏待，日后当有重谢。"

　　周兴见发利市，答应着去了。

　　欧阳玉使开牢子，与白望天商量道："我们却得如何服侍孟爷？"

　　这话分明是提着劫牢的话。白望天生怕门外有人，只把头点着。

　　孟卓道："大娘、小郎听说，老朽年纪之上，风前残烛，何足惜哉？且喜家下尚有些薄田地，村野儿孙可以过得，老朽生当厄运，虽是冤屈，亦是命数。若还放得老朽出来，冤屈不明，也只一死。若是冤屈明了，老朽便死也到年纪。更兼本县相公十分管待，这里上下都与我照顾，承大娘、小郎的情，休说这一件，便是两件，老朽也只听天由命。"

二人听孟卓言语甚是坚决，也就不提。白望天便问顾洪勋下落。

孟卓道："出事那一天，他主仆二人正好先脚后步出去游逛，不曾在家，后来也就不知，只怕仍在这城中住，余外被捕来县的众人目今也都放还了。"

二人与孟卓简要说了些话，不便多谈，当下起身作别出来。

在路欧阳玉道："孟爷不肯便出来，我们且怎生救他？"

白望天道："他只怕连累了本县知县，无端被害，逃在江湖上，又不是他愿意的。如今只看官中如何动作，倘有意外之事，我便去易州除了金邦本那厮，倒是釜底抽薪之法。"

欧阳玉道："师叔说得是。"

二人商量着，一路行来，回到客店。王妈接着，二人入内坐下，欧阳玉备说孟家店出事情形。话未完毕，骆志英早禁不住泪流满面。

欧阳玉道："顾公子只是一时间失散，总在这县城近处，不怕难觅。小姐且宽怀，休惹烦恼。"

骆志英有话难说，但流泪点头。

白望天与欧阳玉又商量一会儿，二人一面探查顾洪勋下落，一面打听孟卓吃官司消息，不在话下。

且说孟卓在监，因向日接待江湖上朋友多有义气，一应衙门差役都把他另眼看待，却也免得十分挨苦。当案值管那牢子周兴，原系山东乐安县人氏，也因在本县犯案充发来此涞水县，前任县官看他小心能干，收留在衙，发下在牢供役。这周兴做了两年以上，积攒些钱，曾娶卖药王公的女儿为妻，住在县前横街小巷里。当日伺应完毕，把牢里事务嘱咐小牢子，散值回来，正打从县前横街待趱小巷里家去，只见县前开茶店的穆小三气喘喘地跑过来叫道："周大哥，我在这里等多时了，今日知道大哥不当公，却为何这般出来得晚呢？"

周兴道："便是有些事务交付未了，因此出来得迟了。小哥敢有甚事？"

穆小三道："一位官人在我店里候大哥候得好久好久了，只说道有话须与大哥当面说，叫小人特来横街口等，大哥快去。"

周兴道："却是什么样人，你认得吗？"

穆小三道："周大哥一伙朋友我都认得，这位官人好生疏，从来不曾见过，须不是此地人。"

周兴听说，自念道："兀谁？"

当下周兴随穆小三来茶店上，转个弯便到，只见一个汉子大约四十多年纪，穿得衣服整齐，站在店门口张望。

穆小三指说道："这位官人便是。"

周兴却待拜问，那人早满面堆下笑容，拱手道："可就是周兄吗？小弟恭候多时。"

说着，返身便引周兴来里面阁上让座。穆小三自去柜上坐地，料理店务去了。

周兴拜问道："官人贵姓？小人素昧生平，不知官人有何吩咐？"

那人道："小弟姓蔡名横，奉本州相公所差，有事相烦足下。"

周兴忙起身道："官人是奉本管上司公干，小人何等样人，岂敢对席？"

蔡横道："周兄少礼，有话相商，但坐何妨。前日拿获本县孟大有店东孟卓，收禁在牢，敢是周兄所管吗？"

周兴道："正是小人所管。"

蔡横道："小弟奉本州相公钧旨，特差前来，拜烦足下，非为别事，务将那犯人孟卓早晚在牢把他结果了，免致后患。现有白银三百两送与足下，聊表微意。"

说着，去腰里掏出那银子，放在桌上。周兴倒吃一惊，半晌说话不得。

蔡横道："足下不必三心两意，若有兜搭，都是由本州相公担待，不干足下之事，只报一个在牢病故便了。"

周兴道："小人是州公管下的人，但干差拨，如何不干？却是牢中人

125

杂眼多，只怕下手不得。若还能得下手时，小人随时随早从命。官人且将银子带回，等那时再来请赏未迟。"

蔡横道："不是，你听我说，此是相公钧旨，小弟衔命而来，足下推诿不得。"

周兴只得收了。

蔡横又道："此事全仗足下，三日之内，务见分晓，小弟专等好音。"

蔡横说罢起身，叫过茶博士，还了茶资，作别自去。周兴收拾银两在身，回至家来，肚里寻思，委决不下。到家坐定，兀自呆想。老婆问道："闲常时你回来好高兴，今日如何这般闷思？敢有什么事在心料理不得？"

周兴道："你妇人家不知。"

老婆道："做什么烦恼？你便说说也不妨。"

周兴道："为本县一个财主孟卓被上司作对，发落在牢。现有州官派来干人，赏发三百两白银，嘱我结果他。我当下把话推托，只想不收他银子，却是上官差下，推托不得。待要结果他，争奈这人是个好义的汉子，心下不忍，以此委决不下。"

他老婆道："有何难哉？常言道，要钱不要命。你既收了他银子，又是上司所差，还待何说？着实谋死了他，打什么紧？"

周兴道："呸！你妇人家好没分晓。"

周兴浑家笑将起来，说道："你道我这话是真的吗？我是本地人氏，怎么不知小孟尝孟大爷的好处？便是有三千两，也谋害不得。"

周兴道："可不是呢！"

周兴浑家叠两个指头说道："这事只除非请教我，倒有道理。"

周兴道："你且说是什么道理？"

周兴浑家不慌不忙说出来，直叫奸佞来无去，英雄死复生。

欲知周兴夫妻如何计议，且听下回分解。

以白、欧阳之才能，救一孟卓，绰绰有余，偏写孟卓不屑越狱而遁，一则表其人品之独超，二则生出周兴、蔡横一段事来，此所谓文情相生。

126

白、欧阳入狱，亦不免黄白以相赠，若蔡横辈，因以此物为生命者也，写此间只有金银无他物，虽剑侠亦无如之何。

淡淡一笔，插下周兴曾娶卖药王公的女儿为妻，引出下面奇文奇事，凡此等处，皆不可忽略读之。

第二十一回

孟卓假死出牢狱
周兴劈棺遇怪尸

话说牢子周兴，因易水州知州金邦本差下干人蔡横，赏发三百两白银，要他结果在牢孟卓，回到家委决不下。浑家王氏在旁问知缘由，说道："这事只除非请教我，倒有道理。"

周兴忙问："是什么道理？"

王氏道："我家世传卖药，当日我父亲在这涞水县卖膏药时，人人知名，都说道：'王公药到病除。'其实皆是家传秘制，不同寻常。内中有一种药粉，名唤荡魂药，但凡人吃下这药时，顷刻便死，待至三日三夜，药性一过，依旧活来，并不受伤。只是下药有分量，少则一日一夜时也使得，多到三昼夜为定，若再下得多了，那便身体吃不住，非有解药不救。如今你这管下的犯人孟卓，上司既着心腹人要你结果他，又且你已收下了银子，这事不做不成，做了又是于心不安。不若将这荡魂药把那犯人吃了，报个在牢病故。知县相公定叫尸亲具领，待他盛殓之后，看棺木停放所在，你便对准三昼夜时分，却去开了棺木，救他出来。一则对付了上司差拨，二则救得这孟卓出牢，岂不两便？此计如何？"

周兴大喜道："好一条计，你这荡魂药却在何处？快取来与我。"

王氏道："好叫你得知，妇人家没分晓，懂得什么？你这事非同小可，只怕这药也不灵，耽误了你，且请你自作主张，实为长便。"

周兴赔笑道："娘子，人命大事，休作耍处，快与了我，真的有也无？"

王氏道："有便有，只是不多，等过几日再与你。"

周兴拉住浑家道："别人急得没路走，你竟出玩笑做什么？快取得来。"

王氏笑道："可知你没用哩。我且问你，这等手脚，三日之内做得舒齐也不能？"

周兴想了道："使得，只是有一件，若还是知县相公派仵作来检验，能看得出服毒也无？"

王氏道："只有鼻孔里有白点儿，一时也留心不到，不是惯家验不出。如果检验得厉害时，你便发付些银两也罢。"

周兴道："这个不妨了。还有一件，倘有三昼夜时分，开棺出来，不活怎样？"

王氏道："不活便是死了，还有怎样呢？"

周兴道："人家正经与你说话，不是玩儿的。"

王氏道："早与你说了，对准三昼夜，定然活来。便是不活，我也有解药。"

周兴点头道："使得，使得。"

周兴想了一会儿，又道："你须小心配分量，不可错一钱。"

王氏道："别管我这药灵不灵，只打算你做得做不得。你若不信时，先与你吃着看。"

周兴自顾思量，只作不听得，又道："这药粉放在哪里最便？"

王氏道："你只把他搅在酒里，与他吃，休叫他吃茶。"

周兴道："是了，如今你可取出来了。"

王氏答应，打开衣箱，去箱内掏出一只小皮箧，取出药粉，仔细配了分量，交与丈夫周兴。周兴把药藏在身边，将那三百两白银都付与浑家收好了，方才放心。夫妻两个吃过晚饭宿歇，一夜无话。

次日，周兴入衙，来至牢里，看了一周，把些事务安排了。入至单身房，与孟卓道："前日那一位大娘丢下十两银子不曾使完，小人且打些酒与孟爷吃。"

孟卓道："大哥休要费心，连日也吃得多了，我又没什么孝敬你，不

129

可破钞。这等去处，有的吃饭菜也罢了，怎当得大哥多费心？"

周兴道："谁不知孟爷在家多舒服，落在这里挨苦挨饿，吃这冤屈官司，小人正苦得无计解救，但吃些酒食算什么？"

说罢出来，自至下处，打了一大壶酒，把荡魂药散在里面，搅得匀了。又取些干肉，堆作一盘，提入单身房来，与孟卓吃。孟卓不知是计，感谢多番，一饮而尽。周兴收拾盘壶，却待出门，只见孟卓一阵头晕，翻身倒地。周兴且不理会，自至外面，把盘壶都藏好了，与众牢子道："这囚徒孟卓，自从与他调得单身房来，只是挨饿不吃饭，也是有年纪的人，向来多病，怎生是好？"

众牢子道："阿哥便看觑他则个，买些酒食与他吃些个。"

周兴道："往常也曾买与他吃，他只不吃。"

周兴与众人说过话，兀自来至单身房里，见了孟卓，大惊小怪，只叫得苦，说道："不好了！囚徒孟卓死了！"

众牢子见说，都来张看，尽吃一惊。周兴只得去告牢头，牢头禀了知县，一同来单身房验看。

周兴禀道："这囚徒孟卓自因有病调得单身房来，一向不曾吃些菜饭，小人因他是该死的重犯，每日照管，只怕他寻死觅活。今早小人入来看时，见他气力全无，支持不住，小人叫他睡了。不料小人出来与牢里众人说些话，已是倒毙在地。"

知县听禀，叫过仵作来检验，仵作哪里验得鼻孔内白点儿，报系委实因病身亡。

知县想道："这孟卓多敢是年老气虚，吃不起苦，受了冤屈，积疾伤命。他是犯上的囚徒，早晚只是一死，今日死在牢里也罢，免得叫他吃一刀。"知县回入签押房，即时叠成文书，呈报上司，一面发下告示，着张贴已封孟大有票号门外，叙明孟卓在牢病亡，准与尸亲来衙领尸收殓。又着差役去孟大有左右，传示一切，招觅尸亲，不得有误。一切公事安发既下，当日差役领命来至孟大有左右传示。有人指说："贴邻大德堂生药铺庞公，向日与孟家店东来往。"差役走入大德堂来，报知庞公。

庞公见说，涕泣满面，说道："孟卓家族都在江西兴安县原籍，店中执事伴当尽皆走散，无从找寻。老汉与孟爷朋友一场，今日他既屈死在牢，老汉自当与他料理身后，再当着人去兴安县通知尸亲。"

那差役道："庞公说得是，事不宜迟，只今日速去具领。"

庞公叫柜上取些银两，赏发了差役先回，一面叫店伙去后街棺材店拣一副上好棺木，也叫办了一应收殓所用之物，再叫雇两名丁夫，急待入衙领尸。发付方已，只见一男一女捷足入店来，庞公看时，正是前回来店的白望天、欧阳玉二人。

庞公接入，流泪道："不想孟爷如此好人，这般收场。二位可知他今日一早在牢里病死了？"

二人叹息道："正是呢，俺们也看得官中告示，想他此间并无亲属，特来商告老丈，只待与他收殓。"

庞公道："最好，我已着人办理棺木去了，二位且坐。"

庞公引二人来至里面坐下，商量些话，只见店伙报说："有县里管牢哥哥名唤周兴的来会店东。"

庞公连忙起身，叫快请进来。原来周兴做下这事，心内发急，生怕收殓迟了惹出事来。只见传示的差役回报："孟卓亲族都在江西省原籍，现有大德堂生药铺东人庞公情愿具结领尸，通告尸亲领棺安葬。"周兴听得消息，因此赶来催促庞公。

当下庞公接入里面，周兴见在座白、欧阳二人曾在牢中见过，相见叙礼罢，周兴道："小人听知庞公好生义气，与孟家店东收殓，事不宜迟，便请速去为当。"

庞公道："老汉已自着人去买棺木了，但等那人回来，便自来衙具领。这二位也素与孟爷有旧，在此等候，一同老汉便去。"

周兴抱拳道："难得众位做此好事，庞公这里棺木到来时，须叫停在牢狱司署照墙后小校场上，这尸身须从大牢后墙打洞扛出，在那里收殓最便。再有一层，这里庞公须补一张领状，日后本身亲属到来，自有官中与他凭文结案。"

庞公道："大哥说得是，多承关嘱，老汉照办。"

当下由白望天写好一纸领状，周兴等了一会儿，不久，那伙计把棺木等项都办来了，歇在衙头。庞公吩咐丁夫扛去牢狱司署后面小校场上停放，并着店伙前去照料。这里周兴与庞公道："小人且陪引老丈入衙投递领状，早好领尸。"

庞公道："最好。"

周兴、庞公起身，白望天、欧阳玉也随后跟来。到得县衙，正值知县升厅，周兴取过领状，交与当案吏目呈上。知县阅罢，传唤庞公入来，当厅押下文书，着当案吏目与牢子周兴带领庞公入牢。认明已死囚犯孟卓本身无误，着将大牢后墙下壁拆开一段，把孟卓尸身除去刑具，扛出牢外，至小校场偏西地上平铺草席安放了，仍旧起好墙头。

白望天、欧阳玉早是出得县衙，绕至小校场，与那店伙、丁夫等照料棺木在那里等候。当案吏目呈报检验已罢，庞公等众人围住左右，亲自收殓。不多时事毕，周兴与庞公商量，叫把孟卓灵柩停厝在小校场极东僻静去处，那里本是乱冢丛堆，并无人家，多是被刑犯人埋骨土丘。庞公心下不忍，叫造起一所草棚殡舍，与他遮风避雨，连夜雇用多人动工，铺下地砖，向南安放灵柩，四角打起木桩，上覆草盖，周围编了篱笆，次日向晚已成。庞公看着流泪，祭了一番，只待通报兴安县孟氏家族，并图安葬。

且说周兴做下手脚，上下都被瞒过，看了收殓已罢，当夜回家，告知老婆。

次日，见庞公雇人造起殡舍，周兴想道："我正怕校场上有人来往，下不得手，如今有了这层遮蔽，益发稳便。"夜来回家，告知老婆，浑家王氏道："今日已过了两日一夜，明早便是两日两夜，须到后日早晨方合三昼夜时分。那早晨时候，人来人往，小校场又是一处空地，虽有殡舍遮蔽，你如何取得那尸首回来？这事日间不当稳便，只有趁夜早去。据我看来，明日后半夜，你须要下手，取得他回来，放在家中再解救，方免无事。"

周兴道："说得是，准定如此，赶先搭救。"

夫妻两口商量既定，一宿无话。

次日，周兴照常入衙管值，心内有事，未及散班，先便推故告了出来，去市上买了一把凿子、一把板斧，回至家中，说与浑家知道。

浑家王氏问道："你开棺得了尸首，却如何取回来？"

周兴道："只得背他回来。"

王氏道："是便是了，倘有撞着行人，可怎么处？我如今与你缝好一口布袋在此，你便把他放入袋中，背了回来。"

周兴大喜道："倒好见识。"

王氏取过布袋，交与周兴，当下吃些酒饭，周兴去床上睡了一�，早是半夜时分。周兴起来，剔亮碗灯，王氏浇了面汤与周兴洗了，周兴藏好凿子、斧头、火具之类，把布袋拦腰扎紧，闪出后门，直奔到小校场孟卓殡舍处。时值初冬，朔风正劲，淡月微光，惨凄凄映射乱冢荒丘，半明半灭。周兴兀自打寒噤，趁着月光走殡舍四面打量时，只见东边一段篱笆向外闪开，正好容人，周兴便钻入来，去身边掏出凿子，摸着那棺材合缝，四周凿来，取出板斧使劲只一劈，却不费力，那棺材盖登时揭起，倒在一边。周兴取出火具，提火把打一看时，哪里有什么孟卓，只是一个无头尸身歪在里面，直把周兴吓得毛发倒竖，魂魄丢散。

欲知周兴怎生遇了这怪尸，且听下回分解。

喇嘛僧镇魇太子有咒诅法，王氏解救孟卓有荡魂药，借夫妻口头对答，细细叙来，中间夹叙趣语，真是以文为戏。

服荡魂药而只言鼻孔有白点儿，则其不能检验也明矣。既服之后，一再声言有解药，而又先期以取之，则其能救孟卓也必矣。乃不意而为无头尸也，文情险绝。

细叙周兴夹带如许器具以往，意谓唾手而取之，实皆反跌下文，令读者吃惊不小。及阅后文，又不禁拍掌称快，以最不可思议之事，说来多纷入于情理，是则文情之至妙也。

第二十二回

涞水县白望天试刀
秀岩山小孟尝还魂

话说周兴半夜里来小校场取孟卓尸身，劈开棺材看时，却是一个没头脑的怪尸，登时吓得魂飞魄散，不觉手中火把翻落地上。周兴寻思："我今日是来救人，不是害人，便是有鬼怪，于心无愧，却怕什么？若不趁这时看他明白，还待何日？"

周兴定了定心，自己壮着胆，重又取出火具，把火把点起，要去棺材里细细一照。只见那无头尸身穿的衣衫好似在哪里见过，只记不起来。再看脚后，毛茸茸的一团，周兴放大胆子去凿柄只一拨，拨转身来，只见血淋淋的一颗人头，乱发蓬松，口眼不闭，嘴上有些带血须髭。周兴将火把提近，正面仔细一看，不由得怪叫起来。原来这尸身不是别人，便是前日在穆小三茶店里送银子的那蔡横。周兴看得浑身发怔，再看衣服、鞋袜丝毫不差，看得呆了，想道："这个除非是阎王老子做的事，天也没有这般快的报应。若被官中查出，这事非同小可。"当下周兴猛省过来，不敢延缓，慌忙将棺材盖合上，四面对缝，都按紧了，藏好凿子斧头，踏熄了火把，蹲身闪出篱笆来，也把篱笆扣紧了，急急离了小校场，趁着月色，取路走向家来。一路寻思道："兀谁做下这事？难道那孟卓活了不成？定是有人先来过，怪得篱笆也打开了，棺材盖又不扣紧，这是何来？"思量不透，回到家中，走从后门。这后门原虚掩着，一推进来。

王氏在内听得，连忙来接，却见周兴空手回来，心内疑惑，忙问怎的。周兴关上门户，与王氏来房内说知所见情景，王氏大惊，两个面面相

134

觑，不知高低，生怕此事穿破，被官中查出，倒是担忧起来。周兴摘下布袋，把凿子、斧头都撇在桌下，解衣便卧，自顾寻思。

转眼东方微白，只听得有人敲门，周兴道："谁来？敢是衙门里有什么事发作？"心内跳个不住，急忙穿衣起来。浑家王氏推开窗户，看看天明，把灯熄了，两个一前一后都出房来。王氏在草堂后厢立住，便不出去。周兴出至草堂檐前问谁，外面应道："周大哥在家吗？开一开门，俺们有话说。"

周兴听那人口音不熟，心中越疑，只得去大门拔了闩，却待开门，那人已推入来。周兴抬头看时，却是前回在牢探看孟卓，后来在庞公药店相遇的那后生。周兴不记姓名，兀自一呆，遂问："官人何事？"

那人道："俺姓白名望天，特来拜访，却有话说。"

周兴听说，闩好门户，慌忙请入草堂坐下，重又拜问姓氏来由。

白望天道："小可白望天，甘肃兰州人氏，来此探看小孟尝孟卓。不料孟卓被那赃官金邦本陷害在牢，着下奴才蔡横在县前茶店贿通足下，赏发三百两白银，要足下结果孟卓性命。足下不受他嘱咐又不可，受了嘱咐又不忍，多承大嫂设计下药，一力解救。小可深感足下有仁有义，大嫂多才多智，难得贤夫妇如此存心成全他人，岂是公门中那草料可比？且受小可一拜！"说罢，扑翻身便拜。

吓得周兴搀扶不迭，慌忙磕头还礼，早是听得一番话目瞪口呆，答话不出。

白望天起来又道："小可今日已在那小校场棺中取出孟卓，把那赃官奴才蔡横一刀杀了，丢在棺里。只是这孟卓至今未醒，闻得大嫂有解药，特来恳求，万望成全到底。若还官中要查究杀死蔡横凶手时，小可便是，就请捆缚，誓不皱眉。"

周兴听了，倒抽一口冷气，呆了半晌，说道："谅小人是何等样人，敢受官人如此看觑，既是孟爷服药未醒，小人待去取了解药便是……"

一言未毕，只见堂后转出浑家王氏。

白望天忙起身拜道："大嫂有礼！"

王氏道个万福，不慌不忙来周兴下首坐了，说道："这位官人所说，奴家都听得了，既是救得孟爷出来，不知目今安放在何处？"

白望天道："大嫂听说，小可在此客边居住，哪有稳便去处？昨夜二更时分取出孟爷，只把他安放在东门外秀岩山上六角亭中，那里更无行人来往，小可叫一个同门姊妹欧阳大娘看管了。只因孟爷久久未醒，小可心内挂虑，以此前来拜求大嫂，取些解药搭救。"

王氏道："不妨，敢是时分不到哩，这是大前天半早上下的药，对准三昼夜，也须今早晨巳初方得返魂，官人来得早了，还不到这时候。既是官人不放心时，便与些解药吃也好，只瞧瞧那孟爷神色便知了。"说着，与周兴道，"大哥，俺们便与这位官人且去那秀岩山上走一遭如何？"

周兴道："我也是这般想，只怕大嫂走不动。此去秀岩山下少说有十二三里路，又且在顶峰上，山路难走，迟了倒不是误了时刻？"

王氏道："大哥，你只道我走不得路吗？向昔我随父亲卖药时，深山冷湾都去得，这秀岩山从小也走过三五趟，有什么不可？"

原来卖药的王公就只有这王氏一个女儿，小名唤作药姑，生小当作儿子般看待，一应家传秘制药方都传与了她，向带随江湖上行走。自从王公死后，嫁得周兴，便不出道了，以此周兴倒不甚明白。

当下白望天听得王药姑如此说，连忙起身道谢。王药姑返身入至房内，打开箱笼，取了解药，与丈夫周兴陪同白望天走由后门出来，把门锁了，三个一径奔向秀岩山来。到得山下，早是旭日上升，已交辰初时分。周兴夫妻随着白望天上山，曲曲折折行来，约莫也有半个时辰光景，登到山顶。那六角亭已在前面，只见欧阳玉在亭外含笑相迎。周兴夫妻都见过，却不见孟卓尸身，三人心下纳罕。

白望天便问："大娘安顿孟爷何处？"

欧阳玉向东一指，众人随来，只见大树下一堆枯枝黄叶高高隆起。欧阳玉俯身拨开看时，那孟卓尸身直挺挺仰在地上，神色宛然，假睡一般。

白望天一连点头道："大娘真有见识，如此安顿，便是过人往来又何妨？"

王药姑看了孟卓，细向鼻孔一瞧，摸了胸口，说道："白点儿退尽，药性过了，登时便活。既然带得药粉在此，且与他闻一闻。"

王药姑取出解药，抹在指上，向孟卓鼻孔只一弹，不消片刻，那孟卓手脚一颤动，打个喷嚏，转过气来。众人惊喜，只见孟卓叫声哎呀，伸个懒腰，含糊说道："大哥，好酒，什么时候了？"张开眼来一看，托地吃了一惊，自去身上一摸，镣铐都除了，瞪着众人只吸气。王药姑叫周兴把他扶起来，白望天换在一边。

孟卓坐起，问："此是何处？"

白望天道："孟爷休问，且自养息再说。"

二人渐扶起孟卓，站在大树边。孟卓两脚发软，只站不住，重复坐下，四处回望，瞪着众人说道："这不是秀岩山上吗，如何来到这里？"

问欧阳玉道："这位娘子何人？"说着，手指王药姑。

欧阳玉道："此是周家娘子。"

孟卓道："我如今酒醒了，你且说什么缘故都来这里，你们且请坐下。"

众人见孟卓神志清了，依言都找地坐了。孟卓又问端的何故。

欧阳玉道："自从俺们在大牢里见得孟爷面，当时想把你劫出牢来，你只是不许。我与白师叔不时间上下打听你的消息，那日走从县前过，只见开茶店的穆小三寻这牢子哥周兴，只说道：'有人在店里等着待说话。'俺们悄悄地跟去细探时，那人取出大包白银与这周大哥，俺们料知有蹊跷，当时我两个商量，等得他出来时，我便暗下跟着这周大哥回家，白师叔却随着那人去了。夜来听得周大哥与大嫂说，果是易州赃官金邦本派下这蔡横，赏发三百两白银，要在牢里结果你。周大哥心下不忍，但不收他银子又怕惹祸，一时没做道理。却是大嫂说道：'向昔藏有家传秘制荡魂药，叫人吃下便死，却得三昼夜可以还魂。'叫把这药与你吃了，报个在牢病故，带出牢来，只待收殓了你，再来开棺取救。

"我探听得实了，回来告知白师叔。白师叔也查得蔡横那厮只在城西客店住，以此俺们谨等消息。果然第二天官中告示发下，说你在牢病故。俺们便告了大德堂生药铺庞公，欲要收殓你。那庞公端的是个好心人，早是听得消息，着人备棺木去了。这周大哥在后不久也到，俺们就此跟着庞公去县中告明原委，与你收殓，停厝在小校场旁。庞公并叫人连夜造起一所殡舍，俺们只等过三昼夜时分便来取你。谁知白师叔探得蔡横那厮，因你已死在牢，心满意足，急待回禀赃官，昨日一早起身。俺们如何肯放过他？我两个早在城外河口等他，果见那厮兀自一个行来，正待去乘船，被白师叔一把抓住，劫到僻静处，把他脑袋砍了。一时间死尸无放处，只在大树顶上挂了一日，夜来一更三点，带入城来，去小校场东边殡舍劈开棺木，取你来此，却把那厮在空棺内丢了。到得五更，不见你苏醒，白师叔心急，请得这周大哥并大嫂来此解救，果然起死回生，救活了你。皆是这周大哥、大嫂之力……"

欧阳玉说话未完，只见周兴、王氏翻身便拜，说道："白爷、大娘不是凡人，原来如此。小人若有偏心事，也便休了。"

二人慌忙回礼，周兴也备说夜来劈棺之事。白望天道："我知道你必去，只怕城内安顿，不当稳便，又因蔡横那尸身无放处，久后恐生惹事，以此赶早取出孟爷，来这山上安放了。"

孟卓听说罢，方知自己已死了三日，心内感激，不觉涕下，起身来团团拜谢了四人，说道："众位一片心救得老朽出来，老朽残暮之年，待报何日？事到如此，在这里万万安身不得。那蔡横虽则灭尸入棺，久后金邦本必然严查，倘有败露，须连累这周家兄嫂，如何是好？"

白望天道："不劳孟爷挂心，小可都寻思在心了。那庞公自从在县衙具结领尸，早要着人去兴安县孟爷家中报知，搬运灵柩，小可情知孟爷有救，却说道：'我不日要赴兴安县去，不必另行着人。'以此庞公只等我去。如今孟爷既是安全，不妨直言告知，也叫他放心。就此将计就计，只说道兴安县孟氏家族已到，领柩搬回原籍，却把那棺木抬至冷僻处埋葬了。蔡横那厮便是活鬼也超不得生来，还有何碍？若说那金邦本，小可自有法子消遣他，不会惹周兄嫂一丝一毫，孟爷休要挂心。只是孟爷如今却去哪里？还是回兴安县原籍也否？且请定计。"

孟卓道："我早把儿孙之计置之度外，回家也只是吃饭睡觉，正似死人一般，有何生趣？目今想起来，只有这一个地方可以去得，便是拒马河畔大树坡净光古寺，那里有个老僧，名唤清光法师，却是我们同道的人。且到他那里暂住一时，再做计较。"

欧阳玉听说，便问："这清光法师可是从前普陀山寺与李啸雄和尚创兴白莲宗的那人吗？"

孟卓道："便是他。"

欧阳玉大喜道："却是好也，我正待查访当日众英雄下落。"

孟卓道："旧时一班人，唯有他那里多通消息，我也为此要去。"

白望天与欧阳玉道："如此最好，俺们索性把那事也告知孟爷，正好一路同去。"

欧阳玉道："说得是。"

不知二人尚有何事，且听下回分解。

白望天者，侠之隐者也，故其名曰白望天，其诨名曰白日风雨，处处写其洒脱自然之妙，不同他侠。凡其所言行，素无痕迹，而此为营救孟卓，愤然于中，不得不诛蔡横，言大侠盖无故不妄杀一人也。故曰涞水县试刀，写得何等高洁。

篇中历写周兴夫妻，一言一行，无不入细，极写其为谨慎小心之人，乃不意午夜劈棺遇怪异，清晨开门招生客，偏有此细心不及之处，文情倍觉光彩。

孟卓自孟卓，白望天自白望天，欧阳玉自欧阳玉，周兴夫妻又是一等人，写秀岩山上，奇事奇情，只此一段陷害文字，如此曲折写来，俗笔何能臻此？

第二十三回

得消息庞公喜遇侠
失印信州官夜吞金

话说孟卓被众救苏，说起要投大树坡净光寺去，白望天与欧阳玉便提起那事来。孟卓问是甚事，白望天道："便是为顾兄在京中一事，如今骆小姐与俺们同来这里，本待投你处安歇，不料你自出事，顾兄走失不见，近日以无暇寻他，前在牢中未及细谈。目今骆小姐带了王妈在城内客店居住，俺们一走，无人照料，甚是不当。不如带她同去，不知大树坡那地方可有店市也无？"

孟卓道："尽管带她去，那里自有安排她处。"

白望天道："如此俺们可立即起程。"

欧阳玉道："孟爷不可进城，只寻小路去，却不知走哪里便捷？"

周兴指点道："由这山后下去，向西两三里路，有个村庄名唤消闲村。那里便是河埠，有船直通大树坡。"

白望天道："现是这样，大娘进城接了骆小姐，与她雇车至消闲村。我陪孟爷由这后山小路去，在消闲村等候，会齐下船。"

欧阳玉道："最好。"

周兴见众人议定，说道："小人告别，日后若得有缘，再当相会。"

孟卓拜谢道："多谢大哥活命之恩，老朽生死在心，大哥自有公干，快请回步。"

欧阳玉道："我与周兄嫂一路进城，师叔好生扶着孟爷下山。"

白望天见孟爷脚步不稳，走不得山路，便把他驮在背上，似架了小孩儿一般，相别周兴，飞也似下山去了，远远说道："我只在消闲村酒店里等你。"

欧阳玉应一声，与周兴夫妇取原路进城来。在路说些话，欧阳玉道："周大哥在县有公干，今日时候不早，却耽误了。"

周兴道："不是，小人昨夜为去小教场开棺取孟爷，恐防今日有事，昨日便自推故告了本管司狱，今日不去上差了。"

欧阳玉道："原来如此，大哥却恁地细心。"

王药姑道："大娘若得有便，再来县城时，千万请到我家住歇。"

欧阳玉道："谢大娘，来时定来相会。"

三个一路说着，早来到城内。

欧阳玉道："我走这边巷子近了，兄嫂再会。"

周兴夫妇作别自去。欧阳玉来至客店，王妈接进，骆志英忙问大娘昨夜在哪里。欧阳玉坐下，把搭救孟卓一事叙了一遍，并说："我等要都去大树坡净光寺，请小姐同行。白叔师已自陪同孟爷在消闲村酒店里等了。"

骆志英便吩咐王妈收拾包裹，与王妈道："我又要累你上远路了，只是害你。"

王妈道："小姐休这般说，我早已与小姐说了，我是一个孤独的丑婆子，我的表叔张老儿与我荐去骆二爷府里服侍，本想过一世的，不料闹出许多事来。我今日得跟同小姐，好歹作一处，小姐出头时，还怕丢了我这婆子不成？更兼大娘如此了得，我这丑婆子苦命有好运，小姐还说什么来？"

二人这边正说话，欧阳玉早付了店资，雇好骡车，随即扶了骆志英上车。王妈提了包裹，三人坐入车厢，取路出城，向消闲村来。不多时，来到村口，欧阳玉自在车上张望，早见街头酒店门前白望天站着等候。欧阳玉招呼停车，王妈取过包裹，扶了志英下来。孟卓也就至店门相迎，众人都入店来。骆志英与孟卓叙礼相见罢，欧阳玉便要发付骡车回去。

白望天道："且住，我要进城哩，正好送我去。"

欧阳玉道："你不一路走吧？"

白望天道："咦，你忘了吗？我要去大德堂与庞公说话，还要去易州，

141

一概言语都与孟爷说了，大娘好生照料上路，我不久便到。船也雇定了，就停在这酒店后门，只等你们到来，吃饭后便起身。"

欧阳玉一连点头应是，吩咐骡车夫把车停了，一面叫过酒保："快安排酒饭来！"酒保答应。不多时，酒菜端正舒齐，孟卓等五人依次坐下，随便吃些酒饭。骆志英因欧阳玉在座，走东奔西，也过惯了，并不拘束。大家吃个饱，付还酒资，孟卓、欧阳玉、骆志英、王妈四人就酒店后门河埠下船，白望天送至船上。

孟卓道："小郎进城，多多拜上庞公。"

白望天道："晓得了，大娘好生看顾。"

欧阳玉道："师叔事毕便来。"

大家说罢，白望天跳上岸。登时船开，孟卓一行人自投大树坡净光寺去了。白望天看得去远，回入酒店，来前门上车，吩咐进城至县前街，一径熟路，不消一个时辰，已回到涞水县城，驱至县前街大德堂生药铺下车，发付赶骡车的自去。白望天走入店来，庞公架上眼镜，正在写账，一见便起身相迎，问："白爷可几时动身去兴安？"

白望天走至柜内，说道："借一步说话。"

庞公会意，一引引到楼上后房坐下。

白望天道："不瞒老丈说，我实实不去兴安。孟爷并没死哩，已救活了。"

庞公听说道，一面除了眼镜，一面移近身来，抬头望着白望天道："怎么说？"

白望天便言如何在穆小三茶店里见蔡横送银子与周兴，要结果卓爷性命，如何听得周兴与浑家商量，把荡魂药与孟卓吃，带出牢来救他，如何在路拦杀了蔡横，昨夜二更换出孟卓尸首，如何在秀岩山上叫得周兴夫妇来救活孟卓，如何孟卓与欧阳玉投往大树坡净光寺，如何骆志英因寻顾洪勋来此，也一路同去，备细说了一回。

庞公见说罢，跳起身来道："白爷，天知地知，你知我知。你是好男子、大丈夫、一等英雄，替天行道，老汉敬佩敬佩！"

说着，一连作揖，喜得手脚都乱，冷不防手中捻着眼镜，去桌边只一

142

磕，磕下一块水晶来，扑通落地破了。庞公自念道："不打紧，便是磕破了老汉双目无光，也值得。"一面又问孟卓身体如何。

白望天道："与吃醉了酒一般，毫无损伤，只有手脚发软些，今日看他胃口亦好。孟爷本当前来拜谢，我劝他不要来。"

庞公道："哎哟，万万来不得，这一来还了得？城里谁不认识他？老汉自会去看他。"

白望天道："我也是这么说，但有两桩事要拜托老丈。"

庞公道："什么事？你只管吩咐我去做。"

白望天道："一桩便是那蔡横，虽则被俺们断送在这空棺中，当时棺盖不曾钉得好，亦且金邦本那厮早晚必来严查此人，倘有败露，须连累周兴夫妇。为今之计，不若说兴安县孟氏家属已到，早早将这棺木扛去冷僻所在入土埋葬，永远毁尸灭迹，断绝后患。如今兴安县自然不必去了，孟爷又不回去，也不必告知吃官司，免得他家人都伤心。这一桩，须烦老丈做一做。"

庞公点头拨脑地道："不差，不差，这个容易，包在老汉身上去做。还有何事？"

白望天道："还有一桩，须请老丈去隔壁孟大有票号门上贴一张字条，只说孟卓已死，官司已了，所有亲朋故友前来寻访的，请与隔壁庞公接洽。一面就要拜烦老丈代为留心招呼，若还来的人行径端正，不妨告知他净光寺清光法师去处；若是那人来得不明白，先叫他留下信息，带去孟爷看了再说；倘遇顾洪勋主仆前来，务必告知他一切细情，叫他速去大树坡净光寺相会。这一桩，须烦老丈随时致意。"

庞公道："这个分内之事，益发容易，更其不必说了。还有何事？"

白望天道："没了，小可告辞。"

庞公道："白爷哪里去？"

白望天道："实不相瞒，小可须去易州衙门走一趟，不除了金邦本那厮怎安心？"

庞公听说，连拜道："阿弥陀佛，白爷真个是天上人，宋朝包爷爷转世，这个功德不小。你去只去，来也不再来？"

143

白望天道："回来要去大树坡，须从这里过，自当拜访老丈。"

庞公道："老汉专等，那时也许与白爷同去。"

白望天道："最好。"

当下起身作别，庞公送出店外，眼看白望天去了，还只是出神一般站在店门，半晌方回柜上，写好未了账目，自照白望天所嘱，依次去做不提。

仍说白望天出得大德堂生药铺，问明路程，直向易水州来。于路无话，及到易水州城，正是晚餐时节，少不得投下客店，吃些酒饭，去城内大街小巷各处走了一转，方到州衙。四面看时，虽是个直隶州衙门，并不宽大，白望天心内想道："这等官舍，比不得大家庭院，探也容易。"等着黄昏人静，白望天就便望左墙一跳，跳入墙内，却是一所马房，斜觑灯影下，那后糟正在收拾草料。白望天打边闪将过来，似飞鸟一般掠上屋瓦，看去约是三进五间四沿齐房屋，五七处灯光照耀，只听得后进正屋内有人声，寻思："这厮定住在正座堂屋。"依着人声处，翻瓦过来，一个蜻蜓点水势，轻轻地翻下瓦檐，伸过脚来，踏上廊檐短梁，侧转身只一溜，溜到窗前。倒着势探下头来，舐破窗纸看时，只见炕榻上歪着一个瘦汉，年约四十以上，生得獐头鼠目，脑门上大半头发秃了，却有几处疙瘩。白望天记起庞公说话，曾唤他作瘌痢头，料是金邦本无疑。看他正在那里翻案卷，旁边站着一个亲随与他端茶装烟。

只听得金邦本道："涞水县公文到了几日了？这厮如今还不回来，今日船又到了，眼见得又不来了。这厮敢是去县里玩婆娘？"

亲随道："蔡先生闲常出差时不失时，多敢是路上遇了朋友耽搁一二日，也未可知。"

金邦本道："狗屁！这等紧要公事，早早应来销差。"

白望天听了明白，自暗笑道："大爷早晚要销你的差了，叫你这厮寻蔡横一条路去。"当下看了明白，仰起身，向外一溜，沿廊柱溜下地来，轻步悄声，寻至签押房，打窗槅子往内看时，只见一人靠窗伏案，在灯下抄公事。里面靠壁对中长案上分明放着那州官印信箱。白望天看在眼里，计在肚里，想道："便是要你这命根子，果然在这签押房里，碍着有人，且不动手。"退在黑暗里躲了。

约莫过了个把时辰，只听得呀的一声，签押房门关了，灯也熄了，那人早不知去处。白望天细听无声息，一道烟闪将过来，去门上一摸时，谁知门已加锁。白望天遂手裹着袖子，把那锁只一扭，便扭断了，轻轻丢在地下，趁势推入门来。早是记清部位，暗中挨到长案边，摸着印信箱，揭开箱盖，取出印信，去身边掏出火具，打着火来只一照，果然不差，便扯在怀里，闪出门外，跳上屋瓦，越出墙外，走经大街，飞也似的回到客店，关门睡了。

且说金邦本当夜哪里觉得，次日起来，亲随报道："签押房门已开了，锁也扭断了。"

金邦本大怒，喝叫："查来，有无失少公文？"

亲随查过，却来印信箱一看，空空如也，连声只叫得苦。金邦本听说丢了印信，直吓得眼珠翻白，肚肠倒流，这是砍头的勾当，如何得了？喝叫左右："快快与我查来！"只把衙役打得半死。

足足闹了一日，哪有什么影儿？金邦本急得茶饭都不入口，直到黄昏过后，在签押房闷坐，正胡思乱想、走投无路之际，只听得窗上嗖的一声，一条纸飞到眼前。金邦本拾取看时，上面写道：

> 与汝本无仇，何同陷死囚？
> 今朝夺印去，免汝多苛求。
> 奸心不自灭，尽杀丑虏头。

金邦本看了，魂飞魄散，手脚发抖，连连叫人去窗外查究时，风影儿也无。金邦本知大祸在前，逃不脱身，踱了一夜，只有死路。走入内房，暗地取些碎金，把在口中只一吞，吞下肚里。

欲知金邦本吞金寻死，毕竟性命如何，且听下回分解。

金邦本以偷金始，以吞金终，其姓金也，其行金，文字亦掷地有金声。

145

白望天能使庞公笑，而能使金邦本哭；能使孟卓生，而能使金邦本死。此诚替天行道，岂《水浒》宋江辈所谓替天行道者哉？

王妈荐头张老儿，亦必补写照应上文，此书下笔，往往细密如此。

第二十四回

易州城剑侠惊鬼神
大树坡豪杰论生死

话说金邦本丢失了易州官印，正急得神虚气散，夜来忽接得一纸字条，上面写着六句话，句句说到本身上心事。金邦本看罢，连连叫人查究，哪里有些风影？一时疑神疑鬼，捉摸不定，踱来踱去，坐立不稳，当时把些碎金暗地吞在肚里。这金子不吞下犹可，一吞下时，神志益发模糊了，不觉慌叫慌跳，闹得众人都不敢近。妻子在旁，哪里劝得过来，直闹了一个多时辰，气力完了，金邦本倒在床上，只顾喘气。妻子坐在床边，与他抚慰，只见金邦本睡不多时，忽地瞪着眼叫道："冤鬼来了！"便指手画脚似痴一般，吓得妻子浑身打寒噤，怕得非凡，只得叫过衙内胥吏后差七八人，都来房中挨紧坐了。又防房中有鬼怪，叫人把兵器在门守候，哪里有效，只见金邦本越闹起来，口里胡言乱语，忽叫道："哎呀，孟无量来讨命了，快逃快逃！"看他满头白汗，喘不过气来，刚刚有些稳定，忽又跳起身来，指着空中叫道，"蔡横这颗头，血淋淋挂在这里，吓死我了！"众人看了，都自害怕。

原来金邦本神志已散，向日做的亏心事到这时都现出形来，不是说冤鬼讨命，便是说心胆吓碎了。如此乱叫一阵，那肚里的金子发作，把肚肠绞将起来。金邦本捧着小肚，只在床上打滚。不多时，声嘶力竭，喘作一团，气息微了。只见他眼目红肿，不住地流下泪来，与妻子道："我要死了，皆因我作孽的多了，挣扎不起。你青春年少，能守时须守，不能守时也只随你，我又没个半男一女。"说着，咽住喉咙，只咯的一声，一缕幽

147

魂出窍，却寻那蔡横一路去了。妻子抚床大哭，众人也都忙了手脚。

转眼天明，乱手乱脚办理身后之事，一面衙内刑名钱谷老夫子在签押房商量，理合速备呈文，申报上宪，却没了印信，如何签发？大家急得搔头摸屁股，只恨自家不憋气，要谋这口衣饭，却害到这般田地。正怨苦叹气，没做理会时，只听得一个书记大叫起来道："这个不是印信？"众人忙赶着看时，只见印信箱开了，那印信打横搁在箱盖上，明晃晃耀着眼目。刑名老夫子取来看时，何曾损伤毫丝，连印泥也不曾退些个，连声叫道："冤哉！冤哉！这个神出鬼没的勾当，其中大有缘故。"众人见了印信，都转忧为喜，不去问他。

当下草起公文，申报上宪，无非说在任所暴病身亡，请迅派员接任云云。一面也去同等衙门与所属各县报了丧，都依次发出去了，只在衙门理值丧事不提。

且说这印信如何忽然发现？原来白望天来到易州时，早安下这计，只待把金邦本逼到自死，却不肯亲手杀他，若要杀他时，不论白日黑夜，一百个金邦本早也杀了。只因白望天心内寻思："如果剑取贼首，一来闹出大案，须要连累众多无辜的人；二来倒便宜了这金邦本，少不得说他为官刚正被刺。"因此上查看本人在衙之后，先便劫了印信，次后便掷下那一纸字条，分明说着是无仇成仇，报仇而来，要他心内明白，逼他自死。这是一道催命符，杀人不见血腥的勾当。次晚看他心病大发，命在顷刻，白望天哪曾离开州衙寸步，只在屋前屋后查听。等听他气绝死了，乘众人忙乱之际，一闪闪到签押房，却把印信依旧归了原处，特地搁在箱盖上，要人张见，便不叫再闹出事来，这都是白望天胸有成竹之计。

当时白望天看了金邦本已死，送还印信，离开州衙，回至店中，纳头便睡。一睡睡到午后方起，来市上吃些酒饭，只听得街上传说，知州相公暴病身亡，飞马报丧，不日又见新官来上任了。白望天听在心里，住了三五日，看看没甚动静，也就起身，仍走涞水县来。于路只听得说，涞水县知县升了易水州，走马上任去了。也有人说，前任州官是吞金死的，已经安葬。那州官太太是个年轻的娘们儿，跟了一个胥办走了。白望天都不理会，自投涞水县来。进城直到县前街，只见孟大有票号这所店屋已揭去封皮，张了门户，另是一家开了米店了，正在打扫装修未完，那孟大有横额市招也除了。白望天不由得打量一会儿，只见牌门上贴着一张纸条，上面写着几行字道：

孟大有票号主人孟卓，因事被逮，在狱身亡，现由家属领尸安葬，案已清结。所有孟大有票号与各家来往账目，人欠、欠人等项，亦曾由经手人当官理清，并无纠葛。其与孟卓生前相交诸亲旧友，如承垂询，请至隔壁大德堂药材号庞公处接洽便是。

下具："孟氏家属启。"

白望天看了点头，自忖："庞公这边事也完了，却做得很好。"刚待移步走向大德堂来，只听得背后一人拍着肩叫，回头看时，正是庞公。

那庞公一把抱住白望天，满面笑容，拖入自家店里来，口里说道："方才伙计说你在门前看字，果然是你，我打量着你也该来了。"

二人直至店堂后房坐下。

庞公笑道："你知道吗？这里知县相公升任易州去了。"

白望天道："我也听得路上说。"

庞公道："那厮却怎样死的？"

白望天打量无人，略说一回。庞公惊喜，叫："快安排酒食来，与白爷吃。"又道，"白爷吩咐的事情我都做完了，便是叫下几个体心的人，又叫周兴在衙内说了，称作江西兴安县孟氏家属，去县递了禀帖，把那棺木埋葬了，草棚也一把火化过了。你道埋葬在什么地方？便是秀岩山西边山下坟堆里，去那个冷僻所在葬了，已管无事。"

白望天道："这样便好，不知你那告白贴出以后，可有人来这里问吗？"

庞公道："没有。"

白望天皱眉道："那顾洪勋如何不见？我如今须往大树坡去。"

庞公道："我这告白新近贴出去，远地方还不知道这里的事呢。"

说着，伙计摆上酒来，二人就便对饮。

庞公又道："我本待陪你一同去大树坡，只是这几日，南边有伙药行客人来，倒走不开。"

白望天道："也好，请老丈在此与我招呼，倒有接应。倘有顾洪勋主仆到来，叫速去净光寺。"

二人一壁吃酒，一壁说话。当晚，白望天就在庞公店里下宿，次早起身，经由消闲村雇船往大树坡去了，不在话下。

且说孟卓、欧阳玉、骆志英、王妈等自消闲村酒店后河乘船启程，沿拒马河驶来。船行多日，来到大树坡下，孟卓等众人起岸，付还船钱，走向大树坡市上。欧阳玉留心看时，也有一百多户人家，就中一条街市，倒也热闹。欧阳玉左右照顾骆志英，随孟卓行来，穿过街市，至村边山下，早望见树林深处，黄墙一角，那净光寺已在眼前。四人走到寺前看时，一带清溪绕阶下，两边长松拥夹道，果然好一座丛林。孟卓等跨入山门，只见知客僧笑吟吟出来相迎。

孟卓道："求见清光法师，只说欧阳大娘与老朽孟卓拜访。"

知客僧打个问讯，应声是，引四人至左廊知客厅坐下，自入内通报。知客僧去了不多时，只见一个老头陀大踏步跳将出来。欧阳玉打一看时，却不是清光，只觉面熟，一时间又认不过来。

那老僧哈哈大笑，说道："做梦也想不到今日你们到来这里。"

欧阳玉听他口音，方知是那二郎神曹杰，便是在五台山与顺治皇帝一处出家，法名唤作慧修的那人。

欧阳玉连忙起身道："慧修师竟这般老了。"

曹杰道："老了吗？死也该早死了，只是不死。"

一言未绝，只见知客僧与行童扶着一个老僧，须发都白了，面上瘦得只留一层黄皮，一步步入来。孟卓看时，乃是清光。欧阳玉猜想是他，也认不得了。大家相见罢，清光回顾骆志英、王妈，问："这位小姐是谁？"

孟卓道："这骆小姐是大娘救得来此，正要拜烦师兄与她有个安身去处。"

清光道："不妨，本寺有的女客房，远来辛苦，且请去那里休息一会儿再理会。"

唤过行童，去开了门。行童打前引路，欧阳玉陪同骆志英、王妈随来，至西廊后面女客房，行童取钥匙开了便门，引入诸人来。自有一般床帐桌椅，甚是清净。行童退出，欧阳玉与骆志英说些话，仍回知客厅。只见清光、曹杰伴同孟卓正出东廊来。

清光叫道："大娘去方丈里坐。"

欧阳玉随后跟来，众人都到方丈内，依次坐下。

清光道："前月曹兄弟去市上，听得市上传说道，孟爷在涞水县吃了冤屈官司，我急得真没奈何，要想叫曹兄弟来看你，又怕他性躁，我又年迈走不动。好巧范小郎来这里，我与小郎说，小郎连忙投涞水县也去了。可曾相见也无？"

孟卓道："多承师兄挂心。原来范小郎也在这里，却不曾相见，不知是几时动身？"

清光道："也有多日了。"

曹杰道："作怪，小郎怎不便来看你？孟爷何时了结这官司？"

孟卓叹气道："我早算死了，便是如今也不是孟卓了。多亏欧阳大娘与兰州白望天、牢子周兴救得我出来。一言难尽，且请大娘说与二位师兄知道。"

欧阳玉把金邦本着蔡横陷害一节，周兴夫妇用蔡横取尸一节，在小校场换尸，秀岩山还魂各事都说了。

曹杰大怒道："金邦本那厮有几多脑袋？看老爷收拾他！"

孟卓道："师兄息怒，兰州白小郎已自去了，便有分晓。这厮委实有应死之道。"遂把金邦本前在南昌偷婆子金簪一事也说了一遍。

曹杰道："范豹也是不晓事，既是如此，何不早来通个信儿？看他几时才回来。"

孟卓道："难怪，他只道我死了，定去易州。"

欧阳玉道："范小郎怎生知道清光师在这里？"

清光道："自从在普陀山一散之后，我等众人死的死，走失的走失，回想前事，好不伤感。"

欧阳玉道："正是呢，我与师弟吕大器哪里不留心，只不曾遇得一人。

今听孟爷说，方知师父在这里。不知那掘地鼠李策、火焦鬼傅大福、黑林浪子林自建、飞刀王二、白壁虎卓秀、踏浪飞邬达、双鞭五毒孙奋，与那刘向臣、傅士坚、黄湘治，这众位英雄如今生死存亡，师父可尽知道吗?"

清光道："你说的这几位，一个也不在了。自从海岛事业失败，普陀山被军兵乱杀，李策、傅大福当日身死，我与黑林郎逃得出寺，在路遇了邬达，夺得一船，奔回镇海，在那里住不得身，一径逃至绍兴开元寺。俺们三个在寺躲了五七日，卓秀寻到，说孙奋、卫世昌都被清兵捉去，在海边被杀，尸首抛在海里。卓秀好幸逃得出来，同在开元寺住了一月光景。谁知清营又来开元寺搜寻，我等安身不住，便连夜奔向江西投孟爷。"

正说着，只见知客来报道："小郎回来了。"

早是一人走入方丈来。

欲知来者是哪个小郎，且听下回分解。

白望天劫印还印，罪及一人，不及无辜，非独不屑枭彼贼首，污我神剑，且能使奸人胆落，招承其恶，至于多行不义而自毙。异样笔墨，真乃惊动鬼神之文也。

欲起新英雄，先收旧英雄，此回追提前书侠义诸分，小作结束。此净光寺之会，实为本书枢纽。

写曹杰年虽老耄，依然旧性不改，仍是曹杰言语、曹杰行动，请与前传对看，笔墨一线到底。清光亦然。当时诸人以曹杰年最幼，清光性最静，故能鲁殿灵光，依然独存。

第二十五回

群英小聚净光寺
孤客漫留白水村

话说清光和尚在净光寺方丈正与欧阳玉说及普陀山之事，听得报道小郎回来，早见一人走入方丈来。众人看时，正是范豹。这范豹看了孟卓在座，睁着眼默不作声，却看得呆了。

曹杰跳起身道："小郎，怎么到今日才回来？"

范豹道："作怪，涞水县城里，哪一处不说孟爷屈死在牢中，却已来到这里，不知什么时候到来？"

孟卓、欧阳玉忙起身相迎。

孟卓笑道："多承小郎奔走相救，我其实早已死了。"握着范豹手，在一处坐了。

清光问道："小郎这多日敢是上易州去了来？"

范豹道："正是去易州。"

孟卓道："你看，我知小郎闻得我冤，必去易州了。"

范豹道："小人初到涞水县，便听得说孟爷被人陷害，是上司有意要把孟爷吃这官司。后来道听得，方知是易州金邦本那厮做的鬼，便把三合会名目来掀风作浪。我几次去大牢里探看孟爷，可恨那管牢的泼贼见我没钱，不放我入去。也有从前受过孟爷好处的人去牢里探看，被那厮挡了出来的，我亲眼看见几次，只是不得入去。我便一直奔至易州，待去杀了金邦本那厮方休。候了多日，不得下手。忽一日，听得市上传说，那厮在衙暴病身亡。小人因此又回到涞水县，再道听孟爷时，都说道在牢亡故，殡在小校场旁。小人身边无钱，只得急急赶回，正待报知两位师父，去与孟爷报仇搬枢，不料孟爷、大娘早来到此，端的何故？"

孟卓道："便是我自己也做梦一般，并不知道，都是欧阳大娘与兰州白小郎暗地救我出来。"便把换尸还魂一节说与范豹知了。

孟卓又问范豹道："你说金邦本那厮在衙暴病身亡，却是哪一日的事？"

范豹道："小人早夜赶程，在路十日，不曾停留，便是动身那天早晨，市上都这般说。"

孟卓捻指算了一算，与欧阳玉道："白小郎来得快了，俺们坐船，在路耽搁了。算来那天，白小郎也到得易州，只怕就是他干下的事，不日便有分晓。"

众人把孟卓的事说了一会儿，欧阳玉重问清光，提那年普陀山寺败走之事。清光接着前话，便道："在绍兴开元寺被清营打搅以后，我与林自建、邬达、卓秀三个径投至江西孟爷庄上，这曹兄弟倒先在孟爷家中安稳住了，因此我等五人又作一处打伙。"

欧阳玉道："原来慧修师早便出险了。"

曹杰道："被我杀了一条血路，挣出命来，不死也是天数。打寻他们，一个不见，又没安身处，因此投托在孟爷家中。不久他们却也来了。"

欧阳玉问："后来怎样呢？"

清光道："我等五人在孟爷庄上住了，住到三个月，被那就地泼皮传开来，说我们是在那里兴三合会，要图造反。官司立发下众多土兵来捉捕，连累了孟爷倾家荡产，店铺都被封闭。天幸我们逃出虎口，不巧邬达在路害病，一病身亡。卓秀一心要去找寻飞刀王二，自回南京西华门外紫金桥去了。我与林自建、曹兄弟三个便做了行脚僧，随缘投托，到处抄化，漫走天下丛林。不想来到此处，遇我旧日开元寺同门师兄正在这里住持，因此留下我们在此挂单，住有半年。林自建因忆他师父王二，放心不下，便去南京紫金桥访卓秀，好幸会得卓秀、王二都在一处，他两个仍然是干他本行勾当，一个捕蛇，一个在秦淮河畔卖膏药。毕竟王二年老，自海中迷奔时候，便害了病，在南京不到半年，一病不起。卓秀在紫金山下被毒蛇咬伤要脉，一时间找寻草药不及，也相继死了。林自建去了有六七月光景，与他两个料理了身后，方回寺来。那时我的师兄圆寂，要我在此住持，推却不得，以此管领这净光寺。去年秋间林自建在此病殁，只剩得我与曹兄弟两个了。我也只是风烛草霜，早晚的人了。说起前事，真个似梦，不知大娘这几年来可又如何？"

欧阳玉道："一言难尽。"

说话间，香火报说酒饭已在禅房内摆下。

曹杰道："你须要安排酒肉方好。"

香火道："早是长老吩咐知客师，一应酒肉都备了。"

清光问："西厢女客，可曾将酒饭去？"

香火答道："也一般送去了。"

清光陪引孟卓、欧阳玉、范豹都来禅房内，只见摆得满满一桌，都是鸡鸭鱼肉之类，只有清光吃素，把些豆腐青菜来吃，也喝酒相陪。曹杰便大碗价吃酒，大块价吃肉。饮酒中间，欧阳玉又问刘向臣、傅士澄、黄湘治那三位义士下落。

清光道："这三位先生我早先也不明生死，还是小郎到来，才知道的。"

范豹便道："大娘，说不得起，海岛被破那一天，死的人整千整万，不知其数。刘先生正在王府议事，嗣王还想他去整兵马，出至王府，劈面贼兵拥到，被乱刀杀死。傅先生自在房内上吊死了。黄先生死得最是可怜，被贼兵截去手脚，挂在王府门前石牌坊上，一昼夜死不去，后来有个部下小校去贼兵手里夺了弓箭，把他对心窝一箭射死。那个小校便替了黄先生，当被贼兵拿住，也截去了手脚挂在石牌坊上，一般受刑而死。还有那年轻娘们儿，被贼兵奸死的，到处见得，说不尽那等惨毒。我在老百姓家中躲了三日，出来看时，满街都是尸首。我那条海船早被劫去装载骡马去了，亏得水面上相熟的朋友把我带到厦门，在那里一无事做，安身不下。当年众多伙伴都失散了，也便无心做事，因此离开厦门，走向江南江北一带，找寻旧时同伴，竟是一个不曾遇得，倒落得身无半文，肚中挨饿，无计奈何，只在关口要道干些没本钱买卖，糊过这一身衣饭。今年荡到北方，一路上即是如此过活。前月初上来到这拒马河闸口，向晚时分，我正在岔路边等过往，只见一个和尚背着包裹，慌头慌脑走来，我不管是僧是道，但有衣饭都好，一地里跳出，劈面揪住那和尚，夺下包裹，打开看时，无非是些小衫裤碎银子，也不打紧，倒是里面有一封信，信面上写着'净光古寺清光法师收折'字样。我便有些心疑，拆开信来一看，却是保定府金刚寺长老写与清光法师的回信，内中且有提起静修师言语。当时我便醒过来，看那和尚逃得已远，一脚追上，把他叫回，细细问时，果然是他二位。原来那和尚便是清光师遣发去的人，却去保定府拿得金刚寺长老回信回来，由此路过。我问明了，还了他银信，跟他同来到这里，因此会得这两位师父，留我住下。"

欧阳玉道："原来恁地。"

欧阳玉也把自己与吕豪在高井头习技成功，浪走江湖，所遇所见的事与众人说知，更把骆志英来由细细叙了一遍。

清光道："这骆小姐也是一时命中驳杂，日后终得团圆。今日既来此处，大娘劝她安心居住，好在她带得王妈在身边，但要什么，只管叫王妈告知曹兄弟，须知俺们正是此中人，不是不知苦的。"

孟卓道："说得是，大娘把这话告知她却好。"

众人一面饮酒，一面诉说心中之事，至晚方罢。清光吩咐收拾一间净房，安下床帐，与孟卓下宿。范豹对榻相陪，欧阳玉自去女客房与骆志英一处歇宿。一连三五日，皆是宴饮取乐，谈心尽欢。

欧阳玉担着骆志英事在心，与众人道："我须寻得那顾公子方才了却心愿。"

孟卓道："且待白小郎到来，再做商量。"

说话间，知客僧来报，有一位官人姓白的，前来探看孟爷。

孟卓笑道："来了！"

正说曹操，曹操便到。随即与欧阳玉出来，只见白望天笑吟吟地立在知客前面，说道："干事已了。"

孟卓拱手道："老弟辛苦，且请里面坐说话。"

孟卓接住白望天手，来至方丈前。清光、曹杰、范豹三个正迎出来，两下相见，同入方丈。各叙礼罢，白望天把易州劫印还印、金邦本吞金自尽一事，与庞公领枢安葬、店前张贴告白等情都备细说了。众人听说，赞叹不已。

范豹道："怪得我在易州时，听说道暴病身亡，亏得我先不冒昧下手，不然哪里有这般妥帖的事？"

欧阳玉遂问顾洪勋主仆二人也曾去庞公处道询否，白望天大摇头道："不曾见去，去时还不带他一路来吗？"

欧阳玉道："作怪，倒是这件事却难办。"

清光道："万事有定数，缘法来时，不谋自合。没缘法时，凭你乖巧也成拙。"

孟卓道："这话我比先也不信，如今事事着意看起来，委实不差。"

众人这边说话，清光早吩咐设宴与白望天接风。大家畅饮一回，一宿无话。

次日，白望天、欧阳玉告辞，要去探寻顾洪勋。

清光道："白爷昨日方到，小住几日亦何妨？"

白望天道："俺们随来随去，不必拘礼。"

范豹起身道："干什么老在这里住，少不得要害出病来！我也去，寻着寻不着也走走。"

白望天道："最好。"

三人商量些话，相别出寺，分头各探寻顾洪勋去了，不在话下。

如今且说顾洪勋主仆，自出京之日，随同白望天在孟大有号票号居住，备承孟卓十分看觑，终日无事，闲游消闷。那日主仆二人正出去逛逛城外山水之处，回来已晚，径到孟大有店前一看，只叫得苦，早已闹得落花流水，店门也封了，店里伴当逃得无踪，左右邻舍也有被捉去的。

顾洪勋叹道："我直这般命穷！"

主仆二人哪敢作声，只得悄悄地回转，在城内小巷里投下客店，宿了一夜。

顾福道："公子时运不佳，老奴想起来，不若仍回家乡，暂且守候。富贵有命，只得待时而行。"

顾洪勋道："便回家乡，亦无生计。且我承孟爷十分看待，今见他有事，滑脚便走，又那白兄去京师未回，我如何去得？"

顾福不敢多说，主仆二人又住了一日，却是出来时，身边未曾多带得钱，眼见店门发封，衣服、银钱都没了。又听得说，孟卓是为三合会事惹了官司，并要捉拿余党，顾福听这消息，哪敢留延，只催着顾洪勋出走。顾洪勋寻思也是无奈，只得离了是非之场。主仆二人离开涞水县城，向西行来，不问是何地面，打算就近暂避一避，一面探听孟卓消息，却再理会。

行了一日，来至一处市镇，地名唤作白水村。天色已晚，肚中饥饿，思量买些酒饭吃投店，却打量身边钱不多，又不敢入去。主仆二人在市上彷徨一会儿，正没做道理处，忽见一人闯将过来，把顾洪勋拦腰抱住，口里叫道："今日倒被我撞见！"吓得二人面如土色，作声不得，睁眼看时，这人不是别人，乃是乌盖山上为首强人金毛狮金霸的便是。顾洪勋方才放下心。

金霸拖住道："公子，俺在这酒店里吃酒，早望见你，看看像你，想想你在京城，又不为来这里，再看你这老家人也在一处走，方晓得是了。公子端的为什么倒来这个鸟村庄？快吃酒说话。"

金霸拖住顾洪勋，直来酒店里，纳在上首坐了，喝叫酒保："快将好酒好肉都端来！"一面扯住顾福道，"休得讲礼，你也坐了。"

正是：

落日关山行不得，荒村歧路有故知。

要知金霸因何来这白水村，且听下回分解。

此回紧接前回，结束上五十回未了诸人，引起以下英雄喋血之事，为本书关键。

前海岛事业以普陀山为根据，普陀总言普度也，此则特书拒马河者，盖不叫胡马度阴山，拒之至也。凡本书人名地名，皆有所指，不当草草读之。

　　顾洪勋不容于骆太成、端福隆，而独知于金霸，极言为官者不如为盗之慷慨仗义也，而实则官皆盗也，范豹已口口言之，不遗余力，作者又秉笔书之矣。

第二十六回

顾洪勋落拓投肉店
蒋大秀见财起黑心

话说顾洪勋带同顾福出涞水县城，迤逦来至白水村市上，却遇金霸一把拖住，入至酒店中坐下。顾洪勋呆了半晌，心内寻思："天无绝人之路，不期遇了这救星。我生长诗礼之家，素习忠义之道，天不容我，无门可投，偏遇这绿林豪杰，多多义气相待。惭愧平生，无能无术，到今日穷途落拓，却得他佛眼相见，也不愧风尘知己。"设想之间，不由感激得几乎泪下。金霸哪里在意，只把酒大碗价筛在顾洪勋、顾福面前，一边夹肉夹鱼，只管劝吃。顾洪勋被劝不过，连饮了三杯。

金霸道："上年施兄弟送公子进京，回来说道，骆大爷在米脂县任所被害身亡，公子到京投亲，遇得那钱师爷，初时说大太太做不得主，自己也不过在叔伯家中暂住。后来钱师爷到客店相接，传二老爷好意，接你家去。但听说有什么内眷们心意不和，我只放心不下，一向想来京中探看，又走不开。近来山寨里光景不好，秋间来了一个捕盗李游击，带领兵马在山前孟家州地方驻扎，只与俺们作对，山前山后大路上都派下兵丁巡哨，好些买卖都被他截断了，又且扬言要踏灭这乌盖山。俺的兄弟们听了大怒，哪里却怕这厮撒泼，只因我的妹子小翠自从公子来山寨，便屡屡地劝我上京寻投公子，要我弃邪归正，与我吵闹。其实山寨内有无数粮草被那贼兵截住了来源，也难支撑，因此上俺们兄妹两个决计下山，与施兄弟商量，当日便散了伙，把些财物分作两担挑了，扮作行商下山。

"施兄弟本济州济宁人氏，自要回山东原籍走一遭，妹子一心要去京城探看公子，便与施兄弟一路，直往京城去了。我也想回徽州家乡看一看，自把担挑着上路，也已行了一月之上。今日来到此处，天色正晚，权且在此吃些酒饭，却待投宿。不想遇了公子，真个天幸。"

顾洪勋听说罢，心内想道："亏煞金小翠却去京城里寻我，只累她空走一遭。"

顾福听金霸言语，看他背后告酒座旁放着一担行李，内中两个大青布包裹一处束着，知便是山寨中财物，低声与金霸道："金爷说话轻些个，此是路旁酒店，不可不防。"

金霸点头，又问顾洪勋端的因何来这白水村。顾洪勋便言在骆太成家如何被潘红玉陷害出骆府，如何在迎宾馆中遇了白望天，如何夜来有人刺探被白兄打退，如何与白兄次日移居别寓，又次日出京投奔铁岭关，如何路过涞水县遇了小孟尝孟卓留住在家，如何孟大有票号出事，主仆二人安身不得，因来此白水村思量投宿。

金霸听罢，叹气道："我劝妹子与我回了家乡后再去京城，她只不肯，若是依我的话时，今日倒不是在此遇了公子？目今她只扑个空，且不知骆二爷家仍在西河沿住也否？"

顾洪勋道："白兄与我出京时，曾听得说，骆二爷牵连着官司，被九门提督派下巡检捉拿去了，也说道骆小姐早是被骆二太太虐待逃了无踪，本待送我到铁岭关，他自去再访查，后来遇了这涞水县孟大有票号东人孟无量老丈，承蒙他盛意留我在此。白兄也自往京去了，这早晚便已回来，也未见得。只是我如今飘散在此，正不知骆家情形如何，却累了令妹小姐枉劳玉步，皆因我故，徒使君家令妹两地分离，好生心内不安。"

金霸道："这个不妨，我自与她说回家乡，她寻不到时亦自会回家乡去。今日公子既是如此，不如且去俺家乡，过个一两年，小人现有些银钱带下山来，本待去家乡买些田地屋宅，过半世快活。小人自服侍公子一路同行，不知尊意如何？"

顾洪勋道："多承大哥情意，好便好了，只是一层，此去徽州路远，生怕白爷早晚来到。又且孟无量老丈犯下那案，不知消息，小弟心中只放心不下。"

金霸道："如此却再理会，公子多吃些酒肉。"金霸一面劝酒，一面叫过酒保，问哪里有干净的客店。

酒保指说道："这村上只有一个客店，也还清洁，东边小巷便是。"

金霸问明，只管筛酒夹肉，主仆二人吃个饱。金霸起身，还了酒资，取了行李，搁在肩上挑了，依言来至东边小巷口，三个入店投宿。金霸放下行李，店小二提上灯来，三人就灯下坐了，又细叙了一会儿。

金霸道："小人思量起来，只除是这正定府管下无极县有个相识，姓蒋，行二，名唤大秀，也曾是个猎户出身，与小人做一道营生。自从小人落草，一向不见。前年他因事路过乌盖山下，被小喽啰缚了上山，小人认得是他，好生酒肉管待，留住山中十数日，赍发了盘缠与他回家。这人祖籍无极县人氏，住在县城西门外鱼市街，曾在那里开设野味肉店。此去无极县也不甚远，既是公子如此说时，小人暂不回家乡，且去他那里居住，左右便有照顾。一面小人却来涞水县与公子上下打听消息，此计如何？"

顾洪勋眼看无路可走，不知孟卓官司何日得了，白望天何时方得回来，听金霸如此说，心中十分感激，说道："多亏英兄与我安插，却是令妹小姐在京城，日后回到家乡，遇不到你，怎生是好？"

金霸道："她自会寻找，亦且有施兄弟在一处。我若有暇，便去施兄弟处通个信儿，也是不难。"

顾洪勋道："如此最好。"与顾福道，"你意如何？"

顾福虽有些不放心金霸所为，生怕担了冒失，却见金霸一片心诚，又看小主人顾洪勋实受苦不得，无话可说，只问道："金爷所说那位蒋大秀英雄，相别多年，如今金爷带了我们同去，他不会有什么心思吗？"

金霸道："老儿放心，他是我多年的朋友，从前做一道营生时，也曾着实抬举他，在山寨里时候，不曾亏待他。今日俺们过去，又不是靠赖他，只为顾公子单身出来，人地生疏，在他那里，不过就近好照应。便是我要出门去打听消息时，有这蒋大秀可以服侍，以此投他处安身，不为别的，又有什么不便？"

顾福听说点头，也无言语。当夜宿歇无话。

次日，三人起身，金霸挑了行李，领头上路，主仆二人在后跟来，打算去大镇市上雇车换步。走了半早晨，看看离前面市镇尚远，顾福道："金爷，你这行李，我与你也挑一程，换歇肩。"

金霸道："不消生受。"顾福便来接取。金霸笑道："你与我挑也好，只怕挑不动。"

顾福不信，取过担杖，搭在肩上，走不到半里多路，汗白如流，脊梁骨也压得要歪了，只是喘气儿，却走不动。

金霸笑道："我说呢，休要害你这条老命。"便抢过去挑了。

顾福方才直了直身，口里念道："人老了，竟这般没用。"心内寻思："这担也不知有多少金银在内，直这般吃重。"当下也不言语。

三人走到正午，来一处市镇上吃些酒饭，雇了骡车，按程指向无极县来。不则一日，来到县城，径至西门城楼前问时，有人指说道："这鱼市街朝西门面蒋秀记野味肉店，便是蒋二哥的铺子。"三人依言行至蒋秀记店前，只见蒋大秀正坐在柜上开剥野味。金霸叫声二哥，蒋大秀回过头来，厮认一认，连忙起身，满面笑容，说道："金大哥，甚风吹得到此？快请里面坐！"一面叫伙计取过面汤，洗了血手，迎将出来。金霸挑着担入至店堂，顾洪勋、顾福在后跟入。蒋大秀打量顾氏主仆，因问："这两位贵姓大名？"

金霸放下担杖道："这是顾公子，这老儿是他家人。"

蒋大秀抱拳说道："真个难得，金大哥，俺们里面坐好说话。"

金霸挑起行李，让顾氏主仆在前，跟蒋大秀穿至店后，却是小小巧巧几间平屋。蒋大秀接取金霸行李，随手一提，倒提不动，吃了一惊，也不作声。来草堂上安放坐下，备问来由。

金霸道："我近来在山寨安不下身，已自散了伙，待去家乡置些田宅，改业营生。路过涞水县管下白水村，遇这位顾公子，乃是小人的恩公之子，与小人亦曾在山寨中见过。为是他上京赶考，投亲不遇，有涞水县孟大有票号东人留他在家。不料近日那票号遭了官司，店铺发封，顾公子挈带家人也正行至白水村，不期与我相遇。我便想起二哥在此开店立业，因此拉着顾公子前来，要与他有个安身所在。他尚有一个朋友在京未回，如得那人回来，孟大有官司了结时，顾公子自有他的去处，我也必须回家乡

163

走一遭。我知二哥在此，极有手面，拜烦二哥与俺们赁所房屋居住，也敢备些家生，一应动用，我自都有。烦二哥与我做主。"

蒋大秀笑道："大爷，你这话可不合是这般说，小弟向昔蒙大爷挈带营生，不止一日，前年路过乌盖山，又多承大爷义气，十分管待，小弟一向想念。天幸今日大爷到此，顾公子是大爷的恩人，便似小弟的一般，小弟虽是开些小店度日，也不争三五个人闲住。大爷只管陪侍顾公子住下，便住个三年两年，我这里也有多的房屋，大爷何消另外居住，却不是把小弟当外人？"

金霸笑道："我原也是如此说，二哥是我多年的朋友，只因顾公子心下不便打搅二哥处，以此只得把话告了。"

蒋大秀道："公子休怪，小人是个粗鲁的人，公子但看觑着大秀面上，胡乱在寒家住着，也好叫小人服侍。"

顾洪勋连忙欠身答道："好说好说，承蒋兄如此义重心长，在下感激不尽。"

当时蒋大秀叫过伙计，去市上买些鱼虾，家里有的是菜，吩咐浑家把新鲜的野味开剥几件，好生烹调了，只将陈的去店上卖。又叫取出旧藏陈酒，开了泥头，又把左边厢房叫收拾干净，安设床帐，与三人下榻。都安排了，一时酒肴整备，蒋大秀陪三人吃酒叙话。

顾氏主仆看他十分殷勤，倒过意不去。当日酒罢，三人就左厢房宿歇。金霸提了行李，把两个大青布包裹在床底下安放了，取出被褥铺下。顾氏主仆自有蒋家铺盖安置。一宿无话。

次日起来，蒋大秀与金霸道："这无极县北门外有一座太极山，山上有座花神庙，年年残冬，香火极盛，那山风景也好。今日小弟若无事时，且陪同大爷与公子游逛一回。"

金霸道："你店里有事，只管值事项，休要为俺们耽误。路在口边，俺们自去便了，何消你陪得？"

蒋大秀道："路倒不难走，一直大路。既是这样，大爷与我好生陪侍公子。"

金霸道："是了，你休管。"

金霸与顾氏主仆吃过早饭，便向北门外太极山花神庙逛去了。蒋大秀看得三人去远，心想道："金霸这厮打家劫舍，今日这一担行李可不轻，我且看一看是什么东西。"蒋大秀便悄悄独自走入左厢房，掩上门户，去金霸床底下取出大青布包裹，打开看时，不由吃了一大吓。原来都是整条的黄金、整块的白银，还有踏扁的金银酒器，零碎的珍珠宝玉、妇女首饰，不知其数。再把第二个包裹打开看时，都是整匹的绸缎绫罗，夹着一大叠金叶子。蒋大秀看得呆了半晌，仍把它依旧归好，自肚里想道："金霸这厮如此得了横财，前年我过乌盖山时，被他一伙强徒吓得半死不活，今日撞到我手里，眼见得这个姓顾的也是同党，多敢是被官司捕捉奔逃无路的人，我若留他们在家，日后定然遭祸。这厮自送横财来与我，我若不取，有违天理。"蒋大秀一壁想，一壁走出店来。只见店堂上站着一人，正与伙计打话。蒋大秀想道："却巧，合是运数，今日正待要用你。"

不知这来者究是何人，且听下回分解。

写金霸行动声口，宛然别是一人，盖盗而好义者也。带叙金小翠一边事，藏过无数文情，遥接初二三回文字，有柳暗花明又一村之妙。

蒋大秀一言一动，处处见其尖刻，虽与金霸言语，多少好声口，读来只觉其胸中有物，骤读之，又不知所怀为何物也。按其实际，果不出顾福虑之所及，下笔处松动机巧，奏刀耆然。

蒋大秀遣发金霸等三人，凭空出一太极山花神庙，以为私自窃看金银之地，灵心妙笔，此固金霸所不知，亦顾福所不及料也。

第二十七回

金霸激怒闹公堂
吕豪闻信走荒寺

话说蒋大秀见金霸等三人突然来店投托，当日接取金霸行李时，觉得笨重非凡，情知有黄白物在内，特说起太极山上花神庙风景，撺掇得三人都出去了，自己却又推故不去，暗地来三人所宿房内取看金霸包裹。果然金堆银积，非同小可。

当下蒋大秀便起了黑心，却待计较怎生安排时，走出店来，只见一人站在店堂上，正与伙计打话。蒋大秀抬头看这人时，却是本县老爷的亲信家人闵寿，想道："来得巧，今日正少不得你。"蒋大秀连忙堆下笑来，抱拳说道："我道是谁，原来却是寿爷，敢是要什么好野味？今儿倒有新鲜的。"说着，掇过一条凳子，请闵寿坐了。

闵寿道："本县老爷吩咐，要两只野鸭、两对斑鸠，都要雄的。"

蒋大秀连应道："有有。"

闵静道："再有角鸡，也与我开剥一只。"

蒋大秀道："寿爷，这倒不备，昨儿原有半只都卖了，还不到这时节，山上猎户们都赶趁不多。一到大雪天便多了。"

闵寿道："没有也罢，再与我另外切两斤里脊肉，要拣好的。"

蒋大秀道："晓得了，你老请过来，不好的哪肯与你？不瞒寿爷说，小人说开这肉店，其实肉上倒不趁钱，也卖不多少，但有卖的，都是宰的上好肥猪，不好的，小人向不售卖，也是小店的牌子。倒是这些野味，猎户们拿上来，有的等钱用的，便宜了卖价，因此趁些钱是有的。"

蒋大秀一面说，一面去走到架上拣了一对野鸭、四只斑鸠，交与店伙煺毛，又走过这厢肉铺前，吩咐切两斤里脊肉，都亲自点看了，与闵寿道："难得你老来此，小人今日却有暇，便与你老去城楼前吃碗茶如何？"

闵寿道："不必了，闲常吃你的多了，蒋二哥何必客气？我坐一坐，等了煺毛，也就回去。"

蒋大秀道："还有一时咧，小人也有些话说，且去那里消遣一回。"

蒋大秀让过闵寿出店来，吩咐伴当："只把那六件货物、两斤精肉缚作一处，都送到城楼前茶店里便是。"

蒋大秀与闵寿直来西门对街茶店内，直至里面靠河阁坐了，茶博士点上两碗泡茶放在面前，二人喝着。

闵寿问道："蒋二哥又是说玩话，敢有什么事相告？"

蒋大秀道："不是玩话，正经有事与闵爷说。小人前者在陕西、山西一带打猎为生，有猎户金霸，诨名金毛狮，曾与小人作一处，后来小人回这无极县原籍，一别七八年，不曾相见。谁知金霸这厮在陕西乌盖山聚集众多泼男女，打家劫舍，闹得无法无天，行旅商贾被害者不知其数。小人有一次去榆林，打从那山下过，也被劫掠上山，亏得小人从小学些拳棒，当时打翻了几个盗伙，脱逃出险。不料昨日小人在店撞见这厮，带了两个姓顾的同党，走经这鱼市街。小人当时把他赚到家中，留住他们三个，都在我家住了，问他来由，说道那乌盖山如今官司捉捕得紧，安身不得，各处发贴告示，出信赏钱拿他。小人本意想报官，又怕误了我店中事务，待不报官，这是大盗，如何可放？因此与闵爷商量，怎生计较方好？"

闵寿问道："他身边可带得有什么东西？须要搜得他的赃证便好。"

蒋大秀道："有一件铺盖、一个包裹。那包裹看来不轻，定是打劫的赃物无疑。"

闵寿道："这个容易，我回去禀明知县老爷，把你这话说了，明日一早，发下捕差，来你店里捉拿。你可要稳住他们，不可走漏一个。"

蒋大秀道："据我看来，在店里时多惊动街坊邻舍，又且他们三个人做伴，小人一时要把他都稳住也难。不若把他三个赚来这茶店里，明日巳正时分，我陪他们在此吃茶，你便告禀知县相公，须要多派捕差，也在这店里吃茶埋伏了。看得当口，一地里发作，把三个都拿住，倒是容易，一面便去我家搜查那厮包裹，如此不怕他走漏半个。"

闵寿道："恁地时，益发稳便，准定如此。"

二人议定，又叙些别话。蒋家店伙早把那野味和肉作一包包了，送在茶店柜上。茶博士取来，交与闵寿，闵寿提了出门，说道："蒋二哥，这多少钱？与我入了账。"

蒋大秀道："是了，说什么？"

闵寿作别，自回衙去了。大秀交代茶博士，茶资一起结算，也就回至店中。

时已傍午，金霸等去花神庙尚未回店。蒋大秀入至内房，与浑家私下商议，把金霸等行李内所藏金银与闵寿一番话都说了备细。浑家听说，大吃一惊。

蒋大秀道："我与你说的话不是别的，想我们在此开肉店，能挣得多少钱？一辈子也不出头。目今这厮送上这笔横财来，不取有祸。我今日与闵寿商议，我自寻思，若使捕差来我店里捉拿时，这一块肥羊肉落了狗嘴里，休想挖出来，我因此特地约在茶店里发作。明日我陪他们出去时，你自在这里动手，只把两个大青布包裹都打开来，将那条金块、银块、珍宝、首饰、金叶子之类都藏过了，只留一个包裹，剩下绸缎绫罗和踏扁的金银酒器在内，好与做公的作赃证，也见得我们不是谋财。休要错失。"

蒋大秀与老婆切嘱了数遍，方来柜上，坐地一般照管店务，不动声色。

看看过午，金霸等三人不见回来。蒋大秀也不等他，管自开饭吃了。直至向晚，三人方才回店。

蒋大秀笑迎道："金大哥怎不与顾公子回来吃饭？小人等了多时。"

金霸道："俺们自在山上买些吃了，那里好风景，上上下下多少烧香的人，也有酒馆，也有茶店，以此游逛得晚了。"

金霸说着，与顾氏主仆至店后草堂。蒋大秀相陪坐下，说些闲话，早是晚饭时候，无非饮酒取乐。当晚无事。

次日清早，蒋大秀起来，与三个在草堂吃早饭罢，蒋大秀道："今日小人有暇，陪公子与大哥却去城内城外逛逛，也去市上吃碗茶，喝杯酒。"

金霸道："二哥，你有事时，不必客气。"

蒋大秀道："今日无事，老住在家里也闷得慌，逛逛也好。"

金霸道："如此我请二位喝酒。"

蒋大秀道："哪里话？"

当下蒋大秀入内，与浑家又嘱咐几句话，看看已到时候，便与金霸、顾洪勋、顾福一同出店来。走至城门口，蒋大秀道："这里一家好茶店，我们且吃碗茶再进城。"三个不知是计，只凭蒋大秀东道做主。

蒋大秀把三人一引，引入茶店里面靠河阁内坐下。茶博士点上茶，四人闲叙一会儿。蒋大秀暗自留心，向外看时，只见东边座头那闵寿与三个做公的在一处吃茶，四边座头先有两个坐着，接着又有五个人款步入来，刚刚坐下。那公人都把眼看着闵寿，闵寿只望着蒋大秀。蒋大秀看得是个模样了，但把右手伸三个指头，去面上只一摸，即听得闵寿咳嗽一声，那十个公差托地跳起身，飞也似闯入阁来。金霸见不是头路，立起待走，后面一个公差拦腰抱住，当前一个疾去身边掏出锁链，往金霸头上只一兜，早锁个住。顾洪勋、顾福已吓得两脚似钉住一般，休想动一步。说时迟，那时疾，三个都上了刑具，一串地锁着，前拖后推，捉向县里去了。

蒋大秀趁势溜至街心，公差带了两个做公的随即跟来，都到蒋家肉店里。蒋大秀当即引至里面左厢房金霸下处，看包裹时，只剩得一个，情知浑家已把手脚做好了，心下方安，便指与闵寿道："床上被铺、床下包裹都是这厮带来的。"

两个做公的取出包裹，打开看时，只见好些金银酒器与缎匹之类，心下暗喜，随即把被铺打叠起，连同包裹，走出店来。

蒋大秀送闵寿等三人出店，自入里面，与浑家盘算那谋下的金银珍宝去了。

这里闵寿与两个做公的走向县衙，才入城来，两个做公的发科道："这赃物多着呢，当官呈验，留得一二件也够了。烦闵爷做主，如何分派，小人这里僻静些，便好下手。"

闵寿道："可把金器都拿出来，留两三件银的在内，绸缎也留一两匹。"

两个做公的答应一声，就在街头小巷里拣好的都提将出来，分作两包，把私下的一包交与闵寿。三人径奔至县衙，正值知县早衙未散，早是那八个做公的把金霸、顾洪勋、顾福三人拿到在厅，知县正在喝问，两个做公的把赃物呈上。闵寿提了私包，打从厅边一溜烟闪入后堂去了。只听得知县喝道："该死的泼贼，历年在乌盖山打家劫舍，杀害商贾，今日赃证俱在，还有何说？"

金霸告道："小人求生不得，没奈何在山上做些没本钱买卖。目今已散伙了，只图弃邪归正。这顾公子乃是小人恩公之子，生在诗礼之家。那顾福是他家下老奴，却是小人逼他来此。老爷要杀小人时，便千刀万剐也休，只求放了这顾公子与顾福，小人便死也不忘恩。"

知县大喝道："胡说！眼见得是你同党，既是好人，如何与你作一处？这泼贼，不打哪里肯招？"喝叫左右，"与我用刑！"两边值差齐应一声，把金霸、顾洪勋、顾福都拖翻在地，下力拷打。金霸倒不在意，只这顾洪勋、顾福怎禁得如此痛打，早是上气不接下气。金霸看了大怒，一把无明业火直透顶心，再按捺不住，大吼一声，使劲打个滚，劈开那执刑差役，金霸便着地滚来，对准那公案只一脚，即听得暴雷价响。堂上公案倒在一边，案上签筒印信朱墨笔砚满堂飞起。知县吓得三魂出窍，六魄离身，慌忙退避。

这金霸却已卷在地下，差役死命地把锁链牵住，按在地上。知县气急败坏地喝叫："打打打！与我打死这泼贼！"差役都有些担心，不敢便动手，只将金霸夹架起来，一面整理公案，半晌方始就绪。知县怒不可遏，一连喝打，把三人打得皮开肉绽，血流满地。顾洪勋吃苦不过，只得招作是乌盖山强人，与金霸同党。顾福也就一般招供了。知县命将三人推入死囚牢里收禁，一面移文陕西省下乌盖山就近官府，并报上峰，少不得历叙原委，显自己干才，自有一番官场勾当，不必细表。

从此顾洪勋主仆与金毛狮金霸陷在无极县大牢里。这时正是白望天、欧阳玉、范豹等出来寻访之际，三人分道扬镳，各路探听，哪料得

170

顾洪勋落在这一步，便是江湖上有传说的，也无非说的是乌盖山为首强人金霸，再提不到顾洪勋。以此三人忽来忽去，探了三五个月，只是不得消息。

匆匆半年之上，却又是炎炎天烈日盛夏时节，白望天、欧阳玉先后都回至大树坡净光寺歇下，只有范豹不曾回来。当日清光、孟卓、曹杰等见白、欧阳二人回寺，问知查无踪影，看看骆志英、王妈在寺中已及半载，每日闭门闷坐。骆志英又时时害病，王妈唉声叹气，只是不乐。众人俱各担忧。

这夜晚，清光等五人在大雄宝殿前石坪上纳凉，正说些人生聚散之事，只听得山门处有敲门声。门子拔闩开了，早是一人推将入来，黑地里与门子打话，先问清光法师，继问孟卓。众人听着，吃了一惊。独是欧阳玉耳尖，听出这人口音，忙起身叫道："来者敢是吕大器师弟吗？"

那人道："在下正是吕豪。"

众人皆大惊喜。孟卓连叫快请，众人都起身迎将出来。吕豪大踏步跳入二门，正在檐下相遇。星光下，吕豪厮认一认，欧阳玉忙指说诸人名姓，吕豪见清光、曹杰、孟卓都老了，与白望天但知其名，不曾相见。吕豪先便与白望天施礼，口称师叔。白望天慌忙还礼，握住吕豪手，半晌不放。

清光道："休要讲礼，快请里面坐说话。"

众人引吕豪都入至方丈，剔亮灯盏，重复叙礼坐下。

清光道："吕小哥远来辛苦，敢未打火，速速安排酒饭。"

吕豪道："别忙，我不饿，且说话要紧。"

众人忙问吕豪是哪里来，何因至此，莫非遇了范小郎，吕豪摇头说不是。

毕竟吕豪说出甚话，且听下回分解。

    顾洪勋以漂流失所，不慎遇金霸之友，而致身陷死囚，虽非其罪，亦自有惭，是以君子慎交于初，写来有不得不然之势。

    中叙金霸性直，蒋大秀恶毒，闵寿贪鄙，知县混沌，色色俱有。而尤妙在一边喝贼问赃，一边已将赃物送至后堂，以盗治盗，今古一例，作者痛乎其言之也。

由顾洪勋陷入大牢，一笔转至净光寺，叙出吕豪，引起下文，皆得从容自然之妙，行文必如此，方可无恨。

自上面至此，夹叙残冬花神庙、大雪天猎户，此复明叙净光寺盛夏之凉，一路点明时节。

第二十八回

血滴子黑夜捣鬼
铁拐巷白日飞头

话说吕豪因清光等众人问起来由，吕豪说道："我自从与大娘别散之后，走南走北，奔东奔西，一向探访普陀山众英兄，竟是不遇。上年至江西孟爷店铺问时，邻近说道，孟爷把店铺关了，已自投北方去。再问去哪里，回说都不知。我顺道至许家万年店，问许小三、雪桃花时，哪里有影踪，那店早已关了，只是另一家姓冯的开了柴行。据说，雪桃花自被黑云龙那厮作践之后，生了一个孽子，名唤云飞燕，却害了县中一个富户，逃至江湖上去了。许小三好容易买上嘱下，免吃了官司，当日客店被封，兄妹两个也不知去向……"

欧阳玉不待说完，忙道："云飞燕吗？如今京城里有一个奴才，名唤云飞燕的，那厮年纪也轻，难道便是他这孽子？"

吕豪道："可不是他！这厮从小被他娘雪桃花点教了削器，又有一个做贼的张禄教了他挖壁掘洞的能耐，本是黑云龙的贼种，舅舅许小三少不得又教了他江湖上软行的勾当。这厮倒学了一身贼本事，造了一个什么血滴子出来，在家乡遭了人命，逃去北方，不知怎的被他入了四贝勒府里，做了个近信奴才，直闹得乌烟瘴气。"

欧阳玉猛省道："原来恁地，怪得这厮似猴儿精一般，被你说破，我回想起来，这厮活像是黑云龙不差。"

吕豪道："这且不论，你听我说，我在万年店探查许小三兄妹无着，便想起孟爷原籍兴安县定是有老小住着，少不得去那里问一声。正是启程向兴安县行来，不料在路遇了师妹吕四姑，她因父亲耐可大师（即吕留良，见第一部）在先霞岭广化寺圆寂，正奔丧回家。得着师妹万小化消息，欲要跟随师父盖关东去昆仑山，参谒师公精一大师，因此邀我同去。这是师门孝悌勾当，我如何不去？当日便与吕师妹一路赶程，径奔徐州，及到徐州高井头问时，谁知师父盖关东早已起身，只留师妹万小化在家等候吕师妹。她两个商议，便要即日动身，邀我同去，我告知她们寻访众英兄之事不能舍弃，只托她们多多拜上师公和师父，她两个兀自往昆仑山去了。我依旧回至江西，至兴安县孟爷家乡访问，方知孟爷在涞水县，及到涞水县，早听得江湖上说道，孟爷吃了冤屈官司，在牢病故。后来入城至县前街，探得隔壁大德堂生药店东人庞公，承他实言相告，方知在这里，因此我急急赶来。方才听清光师说范小郎，难道范豹也在这里吗？"

欧阳玉道："一言难尽，吕师弟且吃些酒饭，却再细谈。"

这时火工道人和香火早把酒饭都安排好了，听得说，早就在禅房摆下。众人过来，都陪同吕豪吃酒，大家叙话，把普陀山众英雄下落之事，孟卓出死入生之事，顾洪勋、骆志英失散之事——都讲与吕豪听了。吕豪听说，叹道："人事如此，岂非天数？"

白望天因问吕豪："方才所说云飞燕，如何在京城闹得乌烟瘴气？"

吕豪道："那四皇子派云飞燕为首，编了血滴子一队，专事暗探谋刺。晚生在京时候，曾听说闹得厉害，但他闹的当初只是皇家事务，也不与百姓相干，如今却闹到南边来了。"

白望天、欧阳玉都吃惊道："怎么闹到南边来了？这还了得？"

吕豪道："可不是，晚生一路过来，常听得省城都会、督抚衙门竟闹出无头大案，凭空一个脑袋飞了去不见，这不是血滴子所为却有兀谁？"

白望天道："如此少不得去京城走一遭。"

吕豪道："正合晚生之意，晚生本待探看那厮虚实。"

白望天道："最好，俺们兄弟同行，这里且拜托大娘照管。"

欧阳玉道："师叔放心，料得范小郎也快回来了。顾公子事只得随缘找寻，徒劳无益。"

众人畅叙一会儿，天已大明，方各安睡。

次日，饮酒叙话，重谈未及之事。清光留住吕豪并白望天，叫再叙数日且走。二人住了五日，每日畅饮细谈，至第六日，白望天、吕豪作别众人，取路赴京，探看血滴子行动去了。

且说血滴子缘何在京大闹，直闹到南边？原来康熙帝自行宫斥废太子之后，禛贝勒密告系喇嘛僧镇魇所致，当时发掘直郡王府后园镇魇草人，奉旨烧毁。说也奇怪，这废太子狂疾从此便渐渐大愈了。康熙帝察看太子病状已除，情知前被陷害，心有不忍，到次年三月，仍复册立为太子。这一来，倒害得禛贝勒寝食不安，懊悔不及，自肚里想道："原是要害了大阿哥、八阿哥，方把话奏知父皇，不料目今依旧便宜了允礽。"心内焦灼得万分，又不好略露声色，便想出一条计来，当时召集云飞燕、张小杰、蒋进斗、吴天棍、蔡赖、谭存虎、何彪、陈得海、孔有金、冯灯照、孙狼、孙虎、宋多福等十三个血滴子头目，在齐云阁传见，着端福隆守候门户，禁止诸色人等，不得回事。

禛贝勒亲与云飞燕等十三人斟酒赐饮，一面含笑说道："今儿要你们与我出死力。"

云飞燕等十三人个个汗透皮骨，不知所对，一齐跪下磕头道："爷有什么吩咐，奴才粉身碎骨，变灰也去干。"

禛贝勒亲扶十三人起来，都叫坐了。云飞燕等哪里敢坐。

禛贝勒笑道："坐了好说话。"十三个人只得打边斜签着坐了。

禛贝勒道："隔墙须防有耳，谁与我走高望一望？"

吴天棍道："小人便去。"说着，闪出门外，跳上屋瓦，自东绕西只一转，跳入门来，打千儿回道，"四无人影，但有风声。"

禛贝勒点头，叫吴天棍去原位坐了。禛贝勒低声说道："目今东宫复立，此事非同小可，咱已奏明父皇，明日便要出京巡游，着你们去东宫随机行事，并去御前探听消息。须待咱出京之后方可按次行动，不得有误。"

说话之间，禛贝勒又做手势指示要人，更不打话，众人尽都会意。

原来禛贝勒蓄意要谋害太子，着这血滴子去东宫捣乱，能刺杀太子时便好，不能刺杀太子时，任凭东宫中谁人，但摘下他脑袋，要使东宫自乱。一面却奏明父皇康熙帝，推言出京游逛山水，察访官吏，避免耳目，须使父皇不疑。

当下禛贝勒把隐言密语吩咐了众血滴子，但等自家出京之后，即令随机行事。吩咐已毕，命各散去。

次日，禛贝勒起身，改换家常便衣，带领蒋进斗、冯灯照、吴天棍三人随驾出发。

这三人各有长技，那蒋进斗是个俊俏小子，生得眉目秀丽、皮肤细白，也不知是哪里人氏，从小在京都一个冷庙里出家。那庙住持和尚会得诸般异术，看他似妇女般娇柔，把他爱上，一面点教他武艺，一面却把他后庭细玩。后来那住持和尚被人记仇，死于非命，这蒋进斗也就逃了出来，东奔西投，却投到这贝勒府。也是他合当发迹，禛贝勒一见欢喜，怜他多才多艺，因此把他当作亲信人，只叫他守夜看门，叠床铺被。今有远行，少不得把他跟随一处。

再看那冯灯照，也不明是哪里人氏，生有异相，最奇怪的是他一副眼睛与众不同，名唤狗眼，黑夜中望去，与白日一般，一丝一毫，不会错失。且能见神见鬼，便睡时也不闭眼，因此起名唤作灯照。

再有吴天棍，看看是个笨人，谁知跑路如飞，行动如鼠，转身如风，众人都不及他。因此上禛贝勒特地选这三个长才带在身边，命冯灯照先行一程，打头开路，吴天棍留后一程，往来通消息，自己带了蒋进斗近身服侍。

京中事务都密切吩咐了云飞燕、端福隆、张小杰等，如此这般行去，当日启程出京来，却不走远，只慢慢按程游逛。经由南苑，至东安武清一带歇了，有客店处投客店，无客店处即就寺院庙宇落宿，静听京中消息，使却吴天棍频频探来，飞捷禀报。

不上十日，那东宫里面便大闹起来，一到黑夜，不拘太监侍卫，但单身走一步，脖子上的脑袋便飞得不知去向。一连死了八九个，宫中都着起慌来，少不得嚷着鬼怪。每到上灯时候，关窗闭户，吓得不敢单身行走。大好宫闱，竟变了阴宅一般，个个心里害怕。

皇太子允礽甚是忧虑，只得奏明康熙帝。康熙帝又道是什么邪术作祟，没奈何，只得谕令皇太子迁居别宫。谁知不迁也罢，迁了以后，便两处都闹出飞头怪事。原来东宫多少动用的人，少不得都有事务值身，哪里会个个提防得没事。

这血滴子队员领着禛贝勒密旨，原不拣男女老小，只要是这宫里人，便摘下他脑袋，意在捣乱东宫，逼吓太子，真是防贼千日难，做贼一朝易。不是这个，便是那个，以此死得多了。

禛贝勒歇在京外，每日接听消息，生怕父皇动疑，又着云飞燕等密探御前消息。

一日，吴天棍接传蔡赖密报，探得康熙帝为东宫发现飞头鬼怪，连日不断，他处不曾听见，必是内中有皇子谋位，须要彻查。禛贝勒据报，立发下密旨，着去大阿哥、八阿哥、十四阿哥，并其他诸王贝勒府中，依样行事。这一来，便闹得亲王、贝勒，以及侍卫、大臣府中都嚷飞头鬼怪，个个心惊肉跳。禛贝勒又着探听御前消息，只报道："龙颜不悦，并无他举。"禛贝勒方才安心，料知父皇不曾怀疑，就此带了蒋进斗、冯灯照二人南下，着吴天棍率领多人往来传递消息。一面探听各省督抚大员，但凡与太子同党的，或有奏奉恭维太子复位的，禛贝勒便差饬蒋、冯等一般行事，以此江南各省督抚衙门也闹了飞头怪案。却是身当其位，又不敢明白查究，多半闷着不作声。怎禁得吕豪天边地角无处不走的人，因此早知了这事。

不说禛贝勒如何摆布血滴子杀闹皇室，且说白望天、吕豪自大树坡净光寺起身，搭拒马河航船，取路走向燕京来，在路无非晓行夜宿，随兴叙谈，倒不寂寞。白望天一来为探看血滴子行动；二来心内也只防顾洪勋仍到京城，不免留心察访。二人到得京城，就便在正阳门外投下客店，正值午牌时分，安顿已罢，二人来至市上吃酒饭。只见一家新开京馆，门前张红结绿，车马甚盛。

白望天道："就此小酌如何？"

吕豪道："最好。"

二人走入店中，酒保接进，只见楼下七八张桌子都坐满了人。

白望天道："哪里拣个僻静些座头也好。"

酒保道："有有，楼上雅座去。"

酒保引二人上楼，直至里进阁，果是一个清净所在，后面有窗，正对一条街。酒保打开窗子，一阵凉风。

吕豪解开胸襟，喝彩道："好风!"自念道，"这条后街，敢是横腰胡同吗?"

酒保笑道："不是，这街名唤李铁拐巷，横腰胡同在那边呢。"

白望在点头道："不差，俺们适才走远了。"

二人靠窗坐下，酒保笑问："二位大爷吃什么?"

白望天道："本京馆有什么? 这夏天无非是醉熘、醋熘鱼片儿、鸡片儿、烧鸭子片儿，你竟拣好的来是了，不够多少，加麻辣好汤下饭。"

酒保答应是，去了。不多时，按上酒菜。二人卸下长衫，浅斟慢酌，叙些闲话，对饮多时。

吕豪道："晚生吃不多，罢了，师叔款饮数杯。"

白望天道："我也够了，叫饭来。"

酒保端上汤和饭，白望天正拿起瓢待呷汤，忽闻得一阵血腥，忙按住，叫声作怪，探头向窗外看。吕豪也跳起来，往后街看时，只见一条人影斜刺里打从平屋瓦上过，掠向横腰胡同那边去了，登时不见。

吕豪道："咳咳! 青天白日做什么闹?"

一言未毕，只听得铁拐巷一片声嚷，远望去多少人都赶向市稍头一家平屋去。吕豪便要跳下楼去看。

白望天道："且叫酒保来问。"

说话间，只听得酒楼下人声嘈杂，连叫酒保不应。原来酒店里人都出后门看去了。多时，酒保人来，叫道："怪事怪事!"

二人问："是怎么了?"

酒保道："便是这铁拐巷口开豆腐店的陈老儿，方才好好地与他女儿说话，忽然有一个人入来，叫声陈老儿，陈老儿回过头去，一霎时颈子上的脑袋飞了去，那人也不见了。岂非怪事?"

白望天、吕豪听了，心内明白，说道："敢有这事?"

酒保向后窗指说道："客官你瞧，多少人围着，那便是陈老儿豆腐店，现在报官去了。"

不知白望天、吕豪如何回答，且听下回分解。

　　血滴子之闹皇室，有此原委，入情入理，云飞燕、蒋进斗之徒，其身世盖不可问，其为功狗，以谋天下也，足令人齿冷。人之无良，一至于此，然而必如此，方可大有为，倘所谓英雄豪杰者非耶？

　　白、吕一饮之间，写得与寻常宴饮迥然不同，读者至此，亦当为浮大白。

　　倒插下铁拐巷、横腰胡同，随手掀起。试思一面饮酒，一面杀人，一面惊怪，一面看事，四五面情事，何等复杂，看他写来，却何等清飘！

第二十九回

吕大器拳取血滴子
禛贝勒误入哥老会

话说白望天、吕豪在酒楼上听酒保指说，后面李铁拐巷闹了飞头案，情知是血滴子所为，少不得称奇呐怪，遮掩酒保，问酒保道："这陈老儿向日做人如何？家中还有甚人？只怕是与人结了怨仇吗？"

酒保答道："说起这人，虽是个穷老汉，倒是个端正人，若在别个，与人结下怨仇犹且可，他却不会。他本有一子一女，儿子前年闯了祸，收禁在牢里，至今不曾出来。家里只有一个女儿，雇一个小厮，磨豆腐为业。向日待人和气，不伤脸，便有些不是处，也不致犯这一桩，却不是前世冤孽？"

二人相顾道："可是作怪！"

当下取过饭来吃了，发付酒饭钱。二人下楼，走出店来，向左转弯，穿过一巷，便是李铁拐巷口。早见前面黑压压的，看事的众人截了去路，听得一声叫，官里验尸的来了，众人方向后退，让出些路来。

白望天、吕豪也看不见什么，不便挤上去，商量道："且去走一转再来。"

二人返身退出巷子，兜了一圈儿，仍来李铁拐巷口，看时那豆腐店门口已是放着一口棺木，官里验尸的已去了，街上看的人依旧拥挤挤的。只见一个二十来岁的小娘们儿，一壁哭着，一壁叠衣安衾，正理值陈老儿的无头尸首，欲待入殓。旁边一个小厮帮着，还有一个婆子与一个中年妇人，在一处照料，料知是邻舍过来相帮的。二人看那小娘们儿时，粗服乱头，两眼哭肿，却显得神情娇婉，体态轻盈。二人肚里各想道："这必是陈老儿的女儿了，多敢是为这小娘们儿，却引得那恶贼见色害命，也未可知。"

二人看了一会儿，见她移动棺木，已去盛殓，也就走开，当下取路回到客店，商量些话。

吕豪道："这陈老儿眼见得是被血滴子摘去脑袋，他女儿生得模样苗条，敢又被那贼起了邪心？夜来我去探看一遭，若有此事，与她除了一害也好。"

白望天道："正合我意，你去那里伺候，我便去贝勒府看那厮们行动。"

二人议定，早是上灯时候，仍来市上吃些酒饭，也不回店，便来左街右巷走了一遭。白望天相别吕豪，自入城往贝勒府去了。吕豪只在李铁拐巷口近处暗地候了一会儿，看看夜静，转身来陈老儿豆腐店，只一跳，这店屋原是平屋，吕豪早掠过屋脊，跳入里面，却是一所小小天井。吕豪在黑地里躲了，只听得耳边呜呜地啜泣，闪过身来一看时，原来堂屋内已设起灵位，正中搁着棺木，一条板桌，点上一对残烛，结得烛花有二寸来长。陈家女儿便靠在板桌旁，俯着头，只呜呜地哭。

吕豪正看之间，忽听得一声瓦响，只见一人跳将下来。吕豪一闪，闪在背后，看那人时，却是一个矮胖汉子，果然背上拴着血滴子皮袋，早一溜烟窜入堂屋。吕豪在门旁张时，只见陈家女儿吓得跳起来，说道："你……你……你……白日里便是你这个！"

那汉道："姑娘，不是我，你家老头儿出口伤人，被人害了是有的。姑娘别怕，俺们正好做一对儿。"

那汉便涎皮赖脸地走过来搂抱陈家女儿，陈家女儿顺手抓起蜡烛台向那汉劈面打来。那汉躲开身，大怒喝道："小娼妇，不知好歹，我便斩草除根，砍了你的！"说着，去背上摘下血滴子，却待发作。

吕豪大叫一声，闯将入来。那汉见有暗算，返身便走，跳出屋瓦。吕豪一脚跟上，紧随后面，两个一前一后，走高走下，泼风也似奔来，早跳入城中，踏瓦上乱走。正追逃间，那汉忽地返身，只把这血滴子向吕豪头

181

上摘来，吕豪觑得亲切，伸着拳头，望上只一顶，不端不正，这拳头正陷入血滴子袋中。那汉使劲收勒，欲待摘下，怎禁得吕豪铜身铁骨，动也不动。吕豪便把拳头打横只一劈，那汉支持不住，撇下血滴子便逃。吕豪摘下血滴子，立即追上，转东转西，看看贝勒府在前，吕豪想道："若把你在路杀了，倒害了人家，便是要送你这尸首来这里，好叫那厮们知道。"吕豪看那汉刚跳入贝勒府时，便聚精会神使出那素练神剑，只一道寒光到处，那汉脑袋早抛起一丈来高，连尸首都滚入贝勒府去了。吕豪方抽身便回，遂听得里面一片热闹，吕豪不敢延留，一径回客店去了。

且说这被杀的矮胖汉子，便是血滴子队员孙狼。原来兄弟狼、虎两个最喜私人肆淫，当日孙狼见了陈家女儿娇艳，一心要嫖她，白日里上店打趣儿，馋涎不堪，被陈老儿撞见，斥骂一顿。孙狼怀恨在心，次日便带了血滴子摘取陈老儿，当晚入去，只图与他女儿成奸，不想撞着这吕豪，当下死在屋瓦之上，尸首滚入贝勒府里，刚好落在西便门仓库房窗下。府里守夜的把灯来照时，认得是孙狼，一迭连声叫起。这夜里乃是宋多福、蔡赖、何彪、陈得海四人值管，其余云飞燕、张小杰、孔有金、孙虎、谭存虎等五人都出差去了。宋多福等见孙狼回府横死，又丢了血滴子，情知遇强手，连忙至屋上四周察看，不见有人影儿。少时，孙虎、孔有金回来，闻知情形，孙虎大哭，接着谭存虎、张小杰、云飞燕也到。

只见云飞燕垂头丧气，听得孙狼横死，益发吃惊，说道："俺们只得罢手了，再动不得了。"

众人忙问何故，云飞燕道："今夜出门去，便觉背后有人跟着，回头瞧瞧又不见，却是背上冷滗滗的，好似刀风刮着一般，谁知把我这劳什子都割破了，这不是有怪？"

众人走近，看云飞燕手中血滴子时，却已四分五裂，连三把交口利刃都拆散了，惊得大家作声不得。

原来这都是白望天所为，特把飞剑斩碎那血滴子警戒他，是叫他不要妄为。但凡剑侠，不肯无故杀一人。云飞燕等哪里知道，见孙狼已死，即在下处商议，一面请总管端福隆来，与孙狼收尸。天明买棺盛殓，一面着孙虎飞捷南下，传报吴天棍，上禀禛贝勒去了。

再说吕豪除了孙狼，夺得血滴子回店，推入门来，只见白望天早已归来安卧。吕豪把话说过，白望天也把自己追随云飞燕、斩毁血滴子一事说了。二人取过血滴子，就灯下仔细看了一会儿，方同榻而卧。一宿无话。

　　次日，又去刺探时，果然云飞燕等一个也不敢出门，只在府中守候，等待禛贝勒复命。白、吕二人见无动静，自去闲逛，并随时留心顾洪勋行踪不提。

　　如今且说禛贝勒，自带了蒋进斗、冯灯照南下，一路游山玩水，随时察访各处军政大员，自己扮作行商，改名唤作赵天一。因赵为百家姓之首，天为万物之首，一为众数之首，禛贝勒以此自命其名。当日按程行来，不一日，到了江南金陵地方，此是前朝立国建都之处，禛贝勒用心观看，果然龙盘虎踞，好生气象，便不住地喝彩。

　　主仆三人入城来，至秦淮河畔，投下客店，吃些酒饭，不免走河畔游玩一遭。但见歌楼舞馆、画舫香舟栉比皆是，太觉热闹繁华。客店中也是人来客往，通宵不息。禛贝勒看了不耐烦，又恐城中官员太多，不免其中有认识的，便吩咐蒋进斗，找寻寺院庙宇等稳便去处居住。蒋进斗奉命去了多时，回禀："这秦淮河相距不远，前朝中山王旧花园旁边，地名唤作白鹭洲，有一座大觉寺，寺内住持和尚法名唤作宏泰的，奴才已将爷的意旨转了。那和尚一口应允，只叫奴才早晚移去，有得净室可以下榻。"

　　禛贝勒听说甚喜，在客店宿了一夜，次日，命蒋、冯收拾行李，径向白鹭洲大觉寺来。住持宏泰接进，在客堂拜茶叙礼罢，备问姓名来由。

　　禛贝勒道："在下姓赵，名天一，祖贯盛京锦州府人氏，向在燕京经营珠宝业。近日南下办些货物，也带便游览江南风景。因在下性质好静，客店多觉繁杂，以故拜恳上人方便，留与一榻之地。所有房金，理当奉纳。"

　　宏泰道："相公好说，敝寺多承四方施主护持，出家人随缘为法，相公远来不易，若不嫌委屈时，尽管住下。且请相公这里瞧瞧，这房屋可也将就住得吗？"

　　宏泰起身，引禛贝勒绕殿后行来。蒋进斗在后跟着，冯灯照自在客堂照看行李。禛贝勒随宏泰至一处，推门入来，只见小小三间净室，一带天井，窗明几净，字画陈设都全。祺贝勒连说道："最好，最好。"

宏泰推开屏门，又指说道："这里是下房，有后门可通街道，相公若是自家打火，要吃荤腥时，只从这后门进出最便。"

祺贝勒道："就是，就是。"

当命蒋进斗取行李进来，蒋、冯二人便打扫房间，安排床榻。宏泰见有事，起身道："小僧失陪，相公但缺什么动用，只着哥们吩咐小僧便是。"

祺贝勒道："感谢，感谢！"

祺贝勒送宏泰出门，寻思："这和尚倒是不俗，约莫也有四十多年纪。"祺贝勒入来坐地，叫过冯灯照，着即将这大觉寺地点传知各站，打通消息。

原来祺贝勒出京，早派下吴天棍带领府中布库、侍卫等一站站守候，都有线索暗通，吴天棍来往察看，以此每日传递消息不断。当下冯灯照奉命立即出城，赶至前站传话去了。

这里蒋进斗向和尚借了砂锅火炉之类，自打火造饭，有不备的，自去市上置配了，向晚都已舒齐。

只见宏泰入来笑道："相公今日何必急急自打火？小僧已略备些斋饭，寺里现成有酒，暂吃些蔬菜如何？"

祺贝勒道："最好，只是又累扰了上人。"

宏泰道："相公休如此说。"

二人分次坐下，说些江南风俗、北地景物。

不多时，只见一个小沙弥入来问道："师父，斋饭供哪里吃？"

宏泰道："你就叫他们搬来这里吃了是了。赵相公既住在此，不是外人，也省得相公多走了。"

小沙弥答应退出，不多时，香火端上斋饭来，整整排了一桌，另外一壶酒。蒋进斗早去行箧内取出一副盅筷放在祺贝勒面前。这盅筷好像是玉制的，色泽不黄不白，似蜜色一般。原来是两件稀世之宝，但遇酒菜中有毒质，登时会现出黑纹来，因此祺贝勒带在身边，以防不测。宏泰曾听说是做珠宝生意的，这等玉器，也不在意，当下亲自与祺贝勒斟满了酒，自

184

己也喝一杯相陪。二人谈起世故人情，便渐谈到文字武艺上，谁知这宏泰也会诗文，也会拳棒，也会弹琴舞剑，颇读佛经，深明禅机。禛贝勒本来各事都领略过，虽不见长，亦且内行，听宏泰所说，暗暗钦服，想道："毕竟南边多人才。"宏泰见禛贝勒堂堂仪表，凛凛七尺，吐属风雅，气概不凡，又识得诸般事务，也不像是买卖中人。二人一夕话，便谈得十分投契。

一时饭罢，宏泰稍坐一会儿，起身道："相公鞍马劳苦，请早安置。"说着，作别自去。

次日，冯灯照传话已回，将京中口递消息也禀告了。禛贝勒听说京中无甚别事，也不理会，闲闲踱出门来，走至方丈，回拜宏泰。宏泰起迎，请入里面坐下，谈了多时，方才出来。自此禛贝勒除了安排秘事，出寺游逛之外，闲着便与宏泰谈心，不是宏泰过来，便是禛贝勒过去，渐渐熟了，也不拘礼。如此多日，二人倒像不相见时便寂寞。

忽有两日，不见宏泰，禛贝勒自忖道："昨儿咱有事，不曾过去，今日却暇，且找他说些闲话。"禛贝勒兀自悄悄地走向方丈来，只见方丈的门关了，把门一推，推将入来。禛贝勒吃了一惊，只见上坐着三四个须发雪白的老儿，旁边五七个大汉，宏泰坐在右边下首，正在低声儿商量要事一般。禛贝勒连忙退出。

宏泰起迎道："赵相公不妨。"

禛贝勒道："咱没事，你有客，停刻再见。"

禛贝勒返身便走，想道："今日冒失。"遂听得把门插关上了。

禛贝勒走向自己处来，正遇着小沙弥。禛贝勒叫住，问道："你那当家师父今日敢是请檀越吗？"

小沙弥道："不是檀越，是哥老。"

禛贝勒问："什么是哥老？"

小沙弥道："那些老头儿都是哥老，他们有一个会，今昌会期，唤作哥老会。"

禛贝勒道："这个会却做什么用的？"

小沙弥摇头道："不知。客官，你休要入去，回头老师父又要说我们的不是了。”

禛贝勒听说，便越发吃紧起来。

欲知禛贝勒如何道听哥老会，且听下回分解。

　　此回独传吕豪，写吕豪另是一样人物，与白望天不同。

　　血滴子杀闹皇室，不有白、吕为之警诫，何日得了？如许文情，一笔收转，却转到禛贝勒南下，光彩奕奕，直透纸背。

　　禛贝勒以赵天一易其名，作者特书大书曰自命其名，盖深恶其无父无君，徒为蝇营狗苟以诈天下也。故其有蒋、冯之徒，宜也。

　　哥老会如此插入，遥接前集文字，笔力夭矫之至。

第三十回

血滴子奉命探哥老
哥老会拆帮分清洪

话说禛贝勒听小沙弥说，越发吃紧起来，想道："这哥老会却在这个寺里开会，今日咱冒失撞个不是，倘或是犯了他的，还有大祸。"忙问小沙弥道："你既晓得这个会，难道不知它做什么的？"

小沙弥道："稀奇，我又不是哥老，怎知道它做什么的？只听得说敬神敬祖敬菩萨。"

禛贝勒见小沙弥语不入港，也不与多缠，回至房中，暗地里吩咐蒋、冯二人好生防备，自己也不出去，且待探得宏泰口气再说。

次日一早，宏泰便过来说话，禛贝勒延入里面坐下，说道："多日不见，好生系念，昨儿本待寻师父闲谈，不知师父有事，冒犯尊严，尚乞恕宥。"

宏泰笑道："相公好说，并无甚事，这又何妨。"

禛贝勒道："敢是那几位老丈都是宝寺檀越相公吗？却生得好仪表，看来也有七八十年纪了。"

宏泰道："相公好眼光，这几位老丈不但是敝寺檀越，亦是一等英雄。"

禛贝勒惊喜道："俺虽是个买卖中人，生在关外贫苦之地，平生最喜欢结识豪杰，不知这几位老英雄是哪里人氏，也可叫俺拜识吗？"

宏泰道："小僧看相公举止豪爽，气概不凡，多日承教，甚是敬佩。不瞒相公说，这都是哥老会的主子，不是等闲的人。"

祺贝勒忙问："什么是哥老会？"

宏泰道："相公昨儿不见吗？那四个老头子，年纪顶大的一个已是九十多岁，江南常熟人氏，姓钱名继棠，诨名唤作陆地仙；第二个姓许，排行第三，江湖上唤作圣手许小三，现在正是六十岁；第三个唤作冷地蛇苟浩，表字生荣；第四个姓张，名禄，都是五十以上年纪。还有五个汉子，是会中子弟，江南江北的干办。当初这陆地仙钱继棠因被新朝官吏陷害，充发远恶军州，好多年逃得回来，因此设下一个洪门，是推崇洪武太祖皇帝，要与新朝皇帝作对，江湖上称作洪帮的便是。会中子弟着实不少，后来被官司得知，把他严禁了，行使不得，因此上洪帮事务便渐渐搁起。再那圣手许小三，是个江湖上有名的大爷，本是三合会的头儿，因三合会的正主子小孟尝在江西出了事，官司把三合会禁止了，这许三爷又在家乡被他一个外甥遭了人命官司，因此与张禄两个在江湖上行走，遇了陆地仙钱继棠，留住在家。两个都是手头阔绰的人，因此合作一处，兴这哥老会，专收洪门子弟与三爷旧日徒弟也有多年，为是官司无中生有地杀害人家性命，称作自己功劳，不便出面兴会，因借敝寺商量些事务。四方英雄子弟只着人各处通知，却不叫前来聚会，方免得官司敲诈。其实这哥老会正大光明，行善仗义，劫富济贫，同福同祸，并无作歹为非之事。因昨儿是个会期，有些事务商量，相公撞将入来，当时哥老们问起相公，小僧把话告知。哥老们说，既是远路投止的人，理当照顾，小僧生恐相公多疑，因此把原行告明。"

祺贝勒听说罢，拱手道："原来如此，多谢上人指教，不敢拜问师父，这哥老会中如今有多少子弟？"

宏泰道："昨儿正为此事合算起来，共有一万一千三百零一人。"

祺贝勒听说，吃了一惊，便问："这许多人如何管待过来？"

宏泰道："相公昨儿所见那五个汉子，一个是许三爷的养子许卜明，两个是钱老头子手下的伴当赵天保、李勇，一个是苟生荣的本家侄子苟金林，还有一个是张禄的徒弟薛包，单单这五个人收下的子弟已经有六千多人。此外河北有一个哥老，陕甘有一个哥老，各管各的，并无难处。"

祺贝勒又问道："这许多子弟散在四方，个个能见面吗？"

宏泰道："自然见过，并有一般礼数交往，不认得如何算得子弟？从前洪帮本是有大会，四方豪杰到期取齐，一个不少，目今大会难集，只是一批批接见，倒是稳便。"

禛贝勒心内暗暗称奇，想："我何妨收罗这些人，说不定也有用处。"便道："这样说来，真是英雄了得。俺巧遇在此，却是有缘，师父也可领俺见见这几位哥老吗？"

宏泰道："不巧，昨儿说起便好了，今日却都走了，只怕苟爷还未动身。本来钱老头子、许三爷都住在这金陵城内的，为避官司耳目，早前搬去乡下住了。今日一早，钱老头子已渡江至溪下村去了。许三爷也回镇江城外宝盖山，与张禄一路走了。那许卜明、李勇、赵天保、苟金林、薛包都有事务，向各处传话去了。只有苟爷还未回江北。他原是江北人氏，如今却去市上，也不在寺里，不知可来也不来。"

禛贝勒道："既是如此，也罢了。"

说话间，只见小沙弥报道："苟爷回来了，有话与师父说呢。"

宏泰道："好好，正说起他，他倒来了。赵相公且坐。"

宏泰说着，跑出门来，至方丈前，正遇苟浩。

苟浩道："师父哪里去来？"

宏泰道："便是与那北方客人赵天一说些话呢。"

苟浩道："你别把我们的事告知他了？"

宏泰道："正是与他说会里的话，他并要和你谈谈。"

苟浩道："这人靠得住吗？"

宏泰道："不妨，是个端正的人，不像是个刁钻的。"

苟浩点头，也不理会，携住宏泰来方丈内坐下，说道："一桩大笑话，许三爷的姨太太跟了他家下小厮逃走了。"

宏泰道："岂有此理？"

苟浩道："今日一早，他家派人到来，我送许三爷下船，正好遇着，气得许三爷胡子直竖。"

宏泰道："这不是该死？"

苟浩道："皆因三爷年纪老了，那姐儿却是水一般后生。那小厮你也知道的，是个混账小子。"

宏泰道："咳！前会子一个也是逃走的，真是三爷的命里注定了。"

苟浩道："可不是！"

正说着，只见蒋进斗悄悄地入来。

宏泰忙问："蒋哥何事？"

蒋进斗回道："咱大爷吩咐，请师父留着苟大爷，若有空儿，咱大爷过来请安。"

苟浩道："不敢当。师父，你与他说，还是俺们过去吧。"

宏泰与蒋进斗道："你回大爷说，小僧陪苟爷便来，请大爷稍候。"

蒋进斗答应是，退出。苟浩便问："这是他的家人不是？"

宏泰道："他常有两个听差的，这个姓蒋，那个姓冯。"

苟浩道："你怎么认得？"

宏泰把赵天一来寺借宿的话重叙一遍。

苟浩点头道："俺过去瞧瞧。"

于是宏泰与苟浩款步走向祺贝勒这边来，蒋进斗早在门前伺候，立即返身通报。祺贝勒出来，笑迎二人入内，与苟浩初见，少不得叙礼通问一遍，依次坐下。冯灯照泡上茶来，极细清茶，各呷了一口。祺贝勒远远说到哥老会份上，苟浩知道宏泰已曾说过，自然也照实对说，略叙些会中情形。祺贝勒不由得满口称赞。

转眼已是晌午，祺贝勒吩咐蒋、冯安排酒肉管待。

宏泰忙道："小僧已叫端正了斋饭，赵爷休要费心。"

祺贝勒笑道："那不是一样？你香积厨中但有上珍佳肴，都取来一处吃是了。"

宏泰笑说："遵命遵命。"

苟浩道："一客不扰二主，今日偏生打搅了二位。"

祺贝勒道："哪里话，万事随缘为当。"

于是荤素酒菜都搬来小客堂摆下。祺贝勒早坐了主位，宏泰只得打横坐了，苟浩推不过，坐了客席。蒋、冯二人轮流把盏。苟浩打量祺贝勒，哪里像个做买卖的？

饮酒中间，苟浩问道："赵兄在京多年，贵业中人多与王公大臣有来往，小弟久欲查问一人，不知赵兄也晓得吗？"

禛贝勒问："是兀谁？"

苟浩道："说起此人，也不过是个浑小子，姓云，名飞燕，诨名云小郎。"

禛贝勒听这话，大吃一惊，连连镇定，支吾道："此人姓名好熟，也好像听人说过，倒不知道。此人是谁？尊兄为何问起？"

苟浩道："这云飞燕便是许三爷的外甥，是个孽障。从前许三爷在万年县城外开客店，这小子杀害城中一个富户，弄得家破人亡，这小子便一溜烟逃去，一向不见。现在听得江湖上说，他倒在京结识了一个王爷，着实得意。他娘许小妹，诨名唤作雪桃花，是个极顶聪明的娘子，会造诸般削器，这小子跟了他娘学着这门技术，造了一个血滴子，因此遭了一命官司，反害得他娘安身不住。前年他娘死了，吩咐下只要寻他。许三爷本待去北京探访，只因上了年纪，也吃不起苦，常托着我们打听。今知赵兄在京，故敢冒昧动问。"

禛贝勒听得说，方才明白云飞燕来历，一面说道："如果有这人在亲王府直差，在下回京，托人探访，这个不难。"

苟浩道："如此拜托。"

宏泰便问："这云小郎，大约武艺也就不差。"

苟浩道："嘿！说什么，他便是张禄的徒弟，从小儿学得这副能耐。"

宏泰道："原来他还是张禄的徒弟，倒是不知。"

禛贝勒趁势又问张禄来历。苟浩便倚老卖老，信口直说。禛贝勒都听在肚里。

一时饭罢，苟浩要搭夜船回江北，略坐一会儿，自作别去了。禛贝勒寻思："既有云飞燕这等干系，这哥老会不难收罗，只待回京之后，即着云飞燕南下，寻他舅舅便了。"当下计议在心，一夜无话。

次日，禛贝勒看看金陵游览已遍，想再往扬州、苏州等处逛逛，只见冯灯照接得吴天棍到来，说："云队长、端总管着队员蔡赖飞递消息，备说孙狼横死、血滴子被毁之事。近日守候府中，只等钧旨。"

禛贝勒大惊，只疑是康熙帝御前好汉所为，一时急得坐立不安，立命起身。辞别宏泰，当日出金陵城，渡江北上，昼夜兼程，赶向北京。到得府中，至齐云阁坐下，即刻召集云飞燕、端福隆等盘问情形。

　　禛贝勒不敢怠慢，当下命驾入宫，朝见父皇，奏明南游之事。只见父皇怡颜悦色，毫无其事，禛贝勒方才放心。

　　回府之后，宣谕密召云飞燕，查问许小三万年店之事。云飞燕吓得面无人色，只得实告，伏地请罪。

　　禛贝勒安慰道："今不办你，正要你去探舅舅许小三。如今他们创兴哥老会，甚是兴盛，但有好汉，尽管收来。"

　　云飞燕大喜，谢恩退出。禛贝勒生怕血滴子杀闹皇室一事发觉，召集众队员，却叫跟随云飞燕南下，探听各省军政要务，混入哥老会，收罗好汉，只留蒋进斗、张小杰两名在府侍卫。吴天棍仍着带领众布库，往来传递消息。发付已罢，云飞燕等十人自收拾包裹，南下探听哥老会并各事去了，暂且慢表。

　　却说许小三，自从被外甥云飞燕遭了人命官司，封闭客店，带了妹子雪桃花与伴当张禄仍走江湖，干他旧日勾当为生。后来在南京遇了陆地仙钱继棠，因三合会与洪门都被官司严禁，大家商量，创设这哥老会，各住乡间，暗下集会。历年以来，倒是安稳无事。只因这许小三向无家室，只讨一个小妾在跟前服侍，前年妹子雪桃花一死，重又讨了一个，不想这回来南京赴会，那婆娘竟跟了家下小厮逃走了。许小三回到宝盖山家中，一气之下，便害了病，不到十日，圣手许小三去世。养子许卜明依例治丧，自有一类子弟们与他捧场，不消细说。只因这一来，哥老会倒分了家。

　　原来钱继棠与许小三虽合作一处，向来有些不对劲儿。钱继棠一边一个苟浩，许小三一边一个张禄，两人屡次争权夺利，却是钱、许二人还顾大局，护持门面不倒。如今许小三一死，张禄寻思："这哥老会目今还不是苟浩的吗？"便与许卜明商量，叫徒弟薛包邀结近派党徒，另兴了一个清帮。苟浩早是料到张禄要变卦，听得消息，也在江北一带与本家侄子苟金林四处张罗，仍兴起一个洪帮。自此哥老会又分作清、洪两帮，争似水火一般，不久便大闹起来。

欲知清、洪帮如何大闹，且听下回分解。

　　此回结叙五浪人，又生出许多浪人，了结许氏兄妹，楔出张禄师徒，而又有苟浩叔侄，此风之张，于今为烈。

　　禩贝勒在大觉寺寓所，应酬进退，毫不染皇家习气，此其所以能与江湖之士接近而不厌。其才其术，有足多者，惜乎不正用之，终至于兔死狗烹而已，亦且首领不保，良可慨哉。

　　僧宏泰仍见于《东华录》，特不详其与雍正初识时耳。此书取材均有所本，即叙清、洪帮源流，亦有所见而云然，文势迤逦而来，处处有山明水秀之妙。

第三十一回

冷地蛇植党谒盐贩
独眼枭见机创青帮

话说哥老会自圣手许小三一死，张禄素与苟浩心中不和，知钱继棠年老，管不了诸般事务，今后哥老会少不得是苟生荣掌权，因此上与许卜明、薛包商议，召集近派徒党，结了一个清帮。

原来这清帮比先也有人创过，那时陆地仙钱继棠的洪门势盛，有些人附官托势的，知洪门是崇洪武，与清朝作对，因兴了一个清帮，便是尊崇清朝，抵敌洪门的勾当。偏是那时的人心坚正，不懂这话也罢，懂得这话也罢，都不愿入清帮，只愿做洪门子弟，倒替洪门招了一类徒子徒孙，越发势盛。清帮这边人哪里肯息，就此造谣生事，闹动官司，把洪门严禁了。但查出是洪门子弟，轻则收禁一年两年，重则送配远恶军州，以此洪门中人与清帮结成冤仇，暗下把清帮头目都杀了。清帮人少，便站不住，就此无形中消灭。过后哥老会成立，钱继棠、许小三意在收罗众多，不拘清帮、洪门，以及江湖上诸色人等，但有愿意入会拜门的，并无限制，闹得里面三教九流人物，无色不备。

目今张禄拆出帮来，情知苟浩跟钱继棠撑持洪门多年，各处徒子徒孙极多，若另兴一帮，不是对手，不如将势恢复清帮，自然有一类人与洪门子弟不和的，都归到张禄这边。不消数日，已收罗徒党足有两三千人。当日杀猪宰羊，在宝盖山许小三家宴请各处大小头目，重订规例，制下清字方旗一面，颁行切口，另成一帮。

这张禄如此排场，江湖上人杂口多，早把话传到苟浩这边。苟浩听了大怒，不暇与钱继棠商量，便叫本家侄儿苟金林招收旧日洪门子弟，有与清帮不和者，益发邀结过来。苟浩自是熟手，各处花名册都在手边，分头招致，三五日都把近处头目召集来江北，一般酒肉管待，制旗订例，重兴洪帮，也自成了一党。钱继棠在溪下村得知拆帮，连夜着赵天保来江北，叫苟浩前去说话。苟浩只得依言，与赵天保来钱继棠家中，先把张禄背信负义、拆散哥老会的话讲过。

钱继棠道："你何不早与我商量？这洪门比先犯了禁讳，江湖上叫不响。如今你又来倡洪帮，却不是作成了张禄，正有话可说？你若仍是撑持哥老会，会中自有规例。张禄虽属有心拆帮，须于江湖上面皮不好看，这般计较，你就大错。"苟浩也深悔措置失当。钱继棠道："如今木已成舟，不消说了，我且问你，江北那一伙盐枭，你可收罗了不曾？"

苟浩道："不瞒你老说，便是从前那盐贩子与我们哥老会不和，不肯入帮，我如今改了名目，正待招收他。"

钱继棠道："比先我曾与你说，你要在江北邀结子弟们，这伙盐贩却少不得他，目今这盐贩头领可仍是独眼枭张多兰不是？"

苟浩道："还有谁？就只是他。这厮就为从前哥老会不肖子弟们截了他一批私盐，至今记恨在心。"

钱继棠道："你须得好生与他勾搭，不可强过他。如今你们既拆了帮，我也上了年纪，百般事务都在你身上，休要使性。"

苟浩听了在意，当下相别钱继棠，出溪下村，回至江北，叫过苟金林，道听张多兰现在何处。

原来这张多兰，祖籍扬州府宝应县人氏，生下一副铜皮铁骨，眼圆面削，鼻管翻天，两道浓眉并作一字儿，乱发生在头顶上，有看相的说他五岳朝天，富贵极顶，只因他祖传贩卖私盐，少小便挑盐出道，专事打架闯祸。但有不如他性子时，凭你是爹娘叔伯，翻过脸来不认人。一时贩伙恨毒在心，候在冷路上，把他打得半死。却是他起身来，调养一两日便好，如此不止一次，遍身刀伤十七八处，依然他旧性不改。后来被人戳瞎了一只左眼，只剩得右目有光，他便越发闹得凶了。近处盐贩无个不吃他的苦头，大家怕事，都亲顺他。二十年来，都被他打伏，听他示下，因此起他一个诨名，叫作独眼枭。

这时官中严禁私盐，独眼枭张多兰仗着一派势头，勾结众多盐贩，抵敌官差，但凡盐贩，只许穿青布衫、青布裤，不许穿别的颜色。各人身上都须备青布大巾，平常缠腰作带，搭肩揩汗；晚来行路，不拘深山冷弯，三五成群，各把青布大巾解下，接住一处，当作篷帐，随路打尖，名唤青纱帐。如遇有缉私巡兵，或他项官差，大家一声吆喝，抽出扁担，迎头便打，都有一路拳脚用法，无人敢近。这扁担名唤齐眉棍。若遇单帮巡兵公差，狭路相逢，休想逃过，那贩伙便掣出齐眉棍，一齐扎下，打翻之后，即将此人身首勒开，大块小块地藏在盐袋底下，挑至海边，向白浪中只一抛，那人便死得无影无踪，这名儿唤作抛盐肉。这都是独眼枭张多兰创兴的勾当，因此江北盐贩子声势极盛。那些缉私官兵生怕日后抛盐肉，哪敢正眼相觑，便被上司公事逼紧时，也胡乱捉拿几个不相干的老百姓，随手办一办是了。到后来，张多兰一股贩子眼见手差别容易，便不论是仇非仇，但遇单帮客人，打量有油水的，夺下财物，一般把他抛盐肉，倒是稳便道路，益发比贩盐来利市，以此一伙盐贩都兼做没本钱买卖。但在要津去处，搭下青纱帐，专等过往。行旅商贾听得青纱帐、齐眉棍，便魂胆荡摇。

张多兰在江北横行多年，官司也奈何他不得。钱继棠初兴哥老会时候，即想收留他，连派干人与张多兰说话。张多兰惯使强凶霸道，怎甘听人的拘束，只是不应。后来哥老会里子弟们为青纱帐拦路杀人，截了私盐，打散败伙，就此与张多兰结了仇，哥老会子弟们着实吃过他的亏，内中抛盐肉失踪的不计其数。苟浩在扬州府管下结帮行事，早便想联络他，却因结仇在前，说不上话。今乘拆帮当儿，即叫苟金林前去打听张多兰住处。苟金林去了一日回来，说张多兰现在东台县城外小鸭子家中玩歇。

苟浩问："小鸭子是什么人？他姓什么？"

苟金林说："也是盐贩子，姓王行五，出名小鸭子，人人知道。"

苟浩听说，当日起身，取路投东台县来。及到东台县城外，问小鸭子王五家，十有九说道："客官莫不是寻张大爷？他在小鸭子家住哩。"

苟浩道："正是，相烦哥们指示。"

有人引至小鸭子家看时，只见一座大庄院，周遭一带花墙，墙外密接绿树，一崿齐抱转全院，正似个仕宦之家，哪里像盐贩子的门户？苟浩入至门房旁，有伴当出来相接，问明姓名，入内通报。少时，伴当引苟浩至草堂上，只见独眼枭张多兰侧着脖子，已在堂中等候。二人本曾见过数面，虽素无结交，亦且厮熟，相让坐下。小鸭子王五也就出来。苟浩打量王五，五十上下年纪，倒比张多兰生得轩昂魁大。大家寒暄数语，依次坐下。

苟浩道："向日江湖上多闻二位好名声，只因缘分浅薄，素少亲近。今日小人亲自过来，便是为俺们哥老会。自从许三爷亡故，兀那张禄背信负义，拆帮分派，小弟不与他一般见识。为江湖上兄弟们义气，现今恢复洪门，特来拜请二位帮忙。"

张多兰歪着头道："也听得说哥老会分了家，苟兄远来不易，且请后堂饮酒，再理会。"

王五忙叫伴当在后堂排酒伺候。三人入至后堂坐下，张多兰便问陆地仙钱老头儿怎样，苟浩备说钱继棠本当亲自来请张兄入伙，只因他年老多病，不便远出。话中也就提起从前会中子弟打闹青纱帐一事，苟浩赔了小心。

张多兰道："旧事不提，且请苟兄款饮数杯。"

其时王五伴当已安顿酒肴，三副盅筷，陆续搬上菜来。三人入座，饮酒中间，苟浩又提起合伙之事。张多兰只把话岔开，并不一口接应。苟浩不便说下，酒罢，起身作别。

张多兰道："苟兄此去，可回扬州府城不是？"

苟浩道："小弟在瓜洲，有孩儿们开店立业，常在瓜洲居住。"

张多兰道："改日再当回拜，苟兄嘱咐的话，待我商量了复命。"

苟浩诺诺应是，相别自去。张多兰、王五退出门外，回入后堂坐地。

王五问道："张爷如何不允他？"

张多兰冷笑道："这厮过河拆桥，下井投石，一面孔仁义道德，一肚皮男盗女娼，有名冷地蛇，踏着脚边毒攻心，打伙不得。"

王五道："原来就是冷地蛇的苟生荣？"

张多兰道："可不是？陆地仙钱老头儿倒是通得世故的，可惜都被这厮坏了门户。便是哥老会分家，还不是为他？比先我兄弟们在突石头林子里着实吃他们的亏，若依我前日的性气，今日少不得把这厮抛盐肉，休想放他回去。"

说话间，只听伴当报说，有姓薛名包的前来投见。

张多兰哈哈大笑道："我早猜着八九分，少不得张禄派他来了。"

王五也笑道："可不是张禄的徒弟薛包？"

张多兰一面点头，一面吩咐伴当把他唤进来。伴当去了不多时，带薛包入来，拜见张、王二人，口称晚辈。原来这薛包祖籍安庆府人氏，从小偷鸡摸狗，挖壁掘洞，会得梁上君子勾当，曾在安庆志清道院充当香火，为的毛手毛脚，安身不住，落在江湖上行走。也曾在江北做过盐贩，却认得独眼枭、小鸭子一伙人。因后遇了苟浩，叙起本行勾当，拜作师父，益发功夫老到。张禄便挈带他入哥老会，又得许圣手点教他江湖上软行勾当，以此薛包识得好几路稳善本领。自张禄拆帮，竖起清帮旗帜，知这薛包与盐贩相熟，特派他前来勾结。当下薛包见过张多兰与王五，相让坐下。

薛包道："小人奉师父之命前来拜请张爷，闻知张爷在王爷家，小人连夜赶来，有话告禀。"

张多兰道："不必说了，你的来意我已知道。方才苟浩到来，刚刚出门，还去得不远哩。"

薛包吃了一惊，问："张爷可答应他了吗？"

张多兰道："哼！休说一个苟浩，睬他娘的！"

薛包方才放心，便把创兴清帮的话从头至尾叙了一遍，末后说上张禄邀请合伙的意思。

张多兰歪着头道："你们这个清帮，先前就有人兴过，却被洪门子弟闹翻了，这等不成才的名目，用它什么？俺们要来，便要来一个新的。"

薛包道："张爷看来，怎样好就怎样。"

张多兰道："依我，须把这三点水除去了，光来一个青的，俺们就来玩一会儿。"

王五听说，跳起身道："大妙大妙！"

薛包道："这个容易，小人回去，禀明师父，再来邀请。"

张多兰道："若是张爷对劲儿，俺们就在扬州府相会。"

薛包道："最好。"

薛包当下辞别，急急回至镇江宝盖山，尽把话告知了张禄。张禄听说罢，与许卜明道："这张多兰无非为他的青纱帐要改青帮，我们当初也胡乱起这个名目，便依他除了三点水又何妨。况且苟浩早去倒不成，也难得他一片好意。"

当时张禄、许卜明、薛包三人立即起身投扬州，薛包直去东台县，邀了张多兰、王五，并带了两个伴当，都来扬州相会。当日宴饮商议，遂将清帮改为青帮。张禄与张多兰同姓通谱，结为兄弟，张禄年长为兄，张多兰为弟，张禄为青帮头领，张多兰为总管。即日着人通知原在帮各处紧要头目及各地老盐贩，在扬州集议，重制方旗，别订法规，订出帮法三等、帮规十条。

不知是哪三等帮法、十条帮规，且听下回分解。

钱继棠之兴洪门也，尚自有其宗旨，然其为人趋附声势，徒以充军逃归，激而反清，亦非其本旨了。及为清帮，失之已远，乃更沿为青帮，则自刽以下，诚无足讥矣。本书叙其源流，当使读者洞明其故。

苟浩、张禄、苟金林、薛包、张多兰、王五之徒，虽为一流，而各别其性，写来奕奕如生，江湖以此等人为多，而以此等人个性为难写。

前于许小三万年客店，有意无意插一张禄，而于钱继棠秦淮舟中，又有意无意插一苟浩，读者莫不以为随手起灭，一时点缀之文，而不知有如此大用。此书下笔处，不可轻易读过如此。此回为张多兰、薛包、苟浩合传，三传行文疏密不同，而熨帖如一篇，不知文者，哪得知其故。

第三十二回

甘兄弟运河行凶
苟叔侄瓜洲寻衅

话说张禄、张多兰合议青帮法规，订出三等帮法、十条帮规。哪三等帮法？头等驼牙、二等开除、三等戒板。哪十条帮规？第一，不准以大压小；第二，不准帮外吃内；第三，不准昧心瞒计；第四，不准横行霸道；第五，不准搬是弄非；第六，不准爬灰倒弄；第七，不准吃龙放水；第八，不准合穿绣鞋；第九，不准口角并争；第十，不准破坏清规。这三法十规既定，又序齿论班，按照天地元黄字数编号，张禄、张多兰、王五天字一辈，许卜明、薛包等地字一辈，以下元黄各字分辈，原在帮的同道与老盐贩年在六十以上者，都归天字一辈。当日就府城内关帝庙设三牲祭礼，焚香昭告，立誓为盟。张禄以下，大小头目凡六十余人，都到场结盟罢，拜见头领与总管。头领张禄与总管张多兰吩咐将三等帮法、十条帮规与天地元黄辈分字号，以及暗礼切口，都叫抄下，去各地传发，依样结盟，并叫各地同帮都悬挂关爷爷神像，供奉为始祖，然后设宴取乐，尽欢而散。众头目领命，各归乡土，自去邀集同帮结盟去了。这里张禄、张多兰等又住了一两日，商量些后事，也就各自归家不提。

且说苟浩，自去东台勾结独眼枭，虽承酒肉管待，只是言语之间有问无答，不得头绪，胸中闷闷，甚是没趣。回至瓜洲，正安排不下，不多日，早听得江湖上人传说，张禄、张多兰在扬州府关帝庙结义立青帮，如此这般情形。苟浩听了大怒，寻思道："张多兰那厮不成抬举，却与劫贼张禄去打伙，我亲自去邀结，倒不睬我，那厮明明是剥我面皮。"心中又羞又怒，怎肯甘休？只是张多兰手下青纱帐齐眉棍杀人不眨眼的勾当，又值洪帮新设，内部事务不尽妥帖，不敢发作。思来想去，没做理会。

苟金林在旁插嘴道："叔叔不要闷慌，侄儿倒有一计，管叫那厮头尾不接。"

苟浩抬头道："你有何计？"

苟金林道："目今运河上莫良发正闹得厉害，叔叔难道不知？他与盐贩子素有积气，除非与他结作一处，包管敌得过那厮。"

苟浩道："亏你倒提醒了我，只是这莫良发也是不好打伙的，只怕他不肯。"

苟金林道："小侄前在桃源县当差役时，这莫良发为被官司捕捉，逃在城外农家，被县里捕快头儿得知，遣发小侄等前去捉拿。小侄入门，看他也是一筹好汉，当时使开同伙，把他放了，以此他感激小侄。前年小侄去宝应县招接同帮时，在路相遇，多承他酒肉管顾，小侄早便想邀他入伙，为是钱继老说他干私商，闹得太厉害，不肯邀他。如今看来，只有去劝他入伙，倒敢敌得下那张多兰。"

苟浩道："这样最好，你便早晚动身。"

原来莫良发祖籍北通州人氏，向在运河内掌船，历在船中引诱过客，以赌博为业，后来兼做私商，出没在高邮湖、宝应湖一带。那时运河是一条南北要路，京中王公大臣、江南督抚大员常有官船来往，打从运河经过。莫良发勾结众多不成才的船户等在冷口子，但见得油水便下手，商客在路断送的不计其数。过后胆壮，少不得打劫官船，以此把案闹大，官司叠成海捕文书捉拿。争奈这莫良发处处有船，路路通水，江北捉得紧了，他便掉船走洪泽湖，沿淮河至焦冈湖一躲。再不然，转舵南下，穿入大江上游，直向四川一溜，到处都有他同伙伴当，随路包庇，官司哪里去捉他？他却依旧在运河上干买卖，多年不曾破案。江湖上起他一个绰号，唤作海底鳅。

当时苟浩听得苟金林说，比先与他有一番搭救之情，料知此去不空，即叫立时动身。

苟金林道："别的不难，倒是寻他不容易。他一无老小，二无住去，只在船上，又无一定，须得慢慢寻去。我早寻到便早回，叔叔休要急等。"

苟金林拜别苟浩，背上包裹，出门走至船埠，雇了一船。

船伙问道："客官去哪里？"

苟金林道："休得相问，我要去高邮湖、宝应湖，你只把船沿运河走，多多给钱。若走不了远路时，路上换船也好。"

船伙道："小人正是走远路的，哪里不去？"

苟金林道："这样便好。"

苟金林下船，放下包裹，只见艄公在船尾劈柴烧饭，苟金林取些碎银交与船伙道："你也与我籴数升米，买些盐鱼腌肉，夜来与我造饭吃。"

船伙答应，问道："要酒吗？"

苟金林道："我不吃酒。"

船伙藏了银两，自去岸上买鱼肉米，不多时便回，解了船索，提撑竿荡开船，艄公把舵，船伙摇起橹来，驶向河心。正值顺风，船行极快，船伙一面摇橹，一面口里唱着曲子。

苟金林与艄公说些闲话，问道："近来路上平稳吗？"

艄公道："向来平静，这运河比不得黄河。"

苟金林道："听说海底鳅在这里闹，这人现在哪里？"

艄公道："客官如何问他？他早死了。有人说佘长江溜到四川去了。"

苟金林吃了一惊，忙问："这话可真？"

艄公道："也听得这般说呢，我们虽说在水面上，与他们消息不通，他们又最是忌克的。"

苟金林听说，想道："这莫良发行踪极秘，也许艄公不知，且到前面路上道听。"

艄公又道："客官要去高邮湖，为的甚事？可是道听这海底鳅？"

苟金林道："不是，我自有事。"

二人说些话，也不在意。到晚，苟金林在船上吃过饭，斜在篷窗口看江景，只见明月当头，微风拂面，净荡荡一片水光，四望无船只。正看得出神，忽地背后一人拦腰抱住，回头看时，却是艄公。苟金林欲待挣扎，早见那船伙去舱下提着板刀在手，跳将过来，喝道："你这厮，强一强，老爷板刀便劈下。"

苟金林情知挣扎不得，央告道："好汉，小人有些银两，都在包裹里，好汉都取去，但留小人一命。"

那船伙道："老爷要钱兼要命，休得胡说。"

那船伙早取过一条绳索，把苟金林套头络脚先打个结，艄公转过手，放翻苟金林，缚住两手，两个一搭一档，把苟金林扎扎实实捆得铁桶相似，丢在舱中。二人跳起身，一个把舵，一个依旧摇起橹，咿咿呀呀，唱起五更杂腔驶将来。

苟金林只叫得苦，寻思："今日撞在横死神手里，好死得没分晓。"正设想间，只听得船伙停着唱，呼哨两声，艄公悄悄道："来了来了！"只听得江面上有人声，有船驶过来。

那船上有人问道："又是什么交易，你两个直这般起劲？"

艄公道："说来好笑，今日瓜洲埠上接得一头行货，下船来便有些蹊跷，问他去哪里，只说道把船向运河直上，多多给钱，又说道要去高邮湖、宝应湖。后来在船中又问海底鳅，说长话短。这厮看来是个做公的，也有些油水。我两个把他放翻在舱中，你过来瞧瞧。"

那人道："瞧什么？既是怎样，把他种了荷花完了，做什么牵牵扯扯的？"

船伙道："不是，我们还没问他的话哩，敢怕另有同党。"

那人道："怎地说时，我叫老大自来看。老大吃醉酒，正在船板下睡觉，还没醒哩。"

艄公、船伙道："好好，请你大爷过来瞧瞧。"

那人说完话，噔的一声，跳那船里去了。少时，只见两人跳过船来，提着船灯，往舱下照看，只听得一人叫道："作怪，这不是苟兄弟？"

苟金林直着脖子，打一看时，大呼："莫兄救命！"

原来这人正是海底鳅莫良发。莫良发忙去那人手中接过船灯，叫："快与他松了缚！"

艄公、船伙听得说，都拢来替苟金林解除绳索。莫良发道："兄弟如何来这里？"

苟金林半晌载过气来，说道："便是为寻你。"

莫良发道："兄弟休怪！"指着那艄公、船伙道，"这两个兄弟，甘大、甘二。"指着旁边那人道，"这是我多年伴当邱用，都是自己人。因我在这运河上，历年闹的案多了，官司迭次派下干人巡拿，众兄弟都为我防护，但遇有行踪可疑的人撞在手里，少不得要委屈了他。我白日里只在船板底下睡觉，夜来等些过往，只在这河边荡船。方才甘家兄弟道你是做公的，把你捆来，他们不相识，难怪。"

莫良发叫甘大、甘二、邱用都与苟金林相见，说道："昔年在桃源县，亏得这兄弟放了我生路。这个苟兄弟先曾在县里做公，如今也在江湖上多年了。你们因何错怪他？"

甘大、甘二把苟金林下船道听的话重说一遍，各赔了小心。

莫良发道："不必说了，有酒拿来，与苟兄弟压惊。"

甘大、甘二取过酒肉，烧起饭来。邱用把两只船接在一处，荡在河心，照看水面。

莫良发自陪苟金林吃酒，说道："兄弟缘何寻我？"

苟金林道："便是为我们这哥老会被劫贼张禄拆散了，我的叔叔与钱老头子商议，仍兴了洪帮。不料张禄勾结那独眼枭张多兰在扬州关帝庙结义，立了一个青帮，都是那些青纱帐泼贼做主，要与我们作对。因此我叔叔着我前来寻你，务要请你入伙，与我们做些场面。"

莫良发道："原来为此。兄弟，不是我不肯，这个事情倒难。一来江湖上各有道儿，东家不惹西家，虽则独眼枭从前与我也有怨嫌，俺们桥是桥、路是路，也早罢了；二来我是犯下该死的罪，走得水路，走不得旱路，夜来好出面，白日里出面不得，不是怕官司，倒是怕连累了你；三来你那洪帮先前早被官司严禁，如今虽重开门户，也只怕行不开。兄弟，你是明白人，这个委实有难处。"

苟金林道："莫兄，你听我说，江湖上虽有规矩，道上不赚和尚钱不错，今是他起祸与我闹，不是我与他寻事，若说犯罪的话，哪个不是犯该死的罪？青纱帐抛盐肉不消说得，被害的人千千万万；劫贼张禄、薛包，谁不是谋财害命的？就如当今皇帝，若不是夺大明江山，哪来做皇帝，还不是杀人放火的勾当，有什么连累不连累？至于洪帮的名目，我的叔叔当初无非是为老帮人容易勾结，如今看来，也觉不妥，只要你去时，改个名目还不容易？"

莫良发听说罢，心想道："我如今藏头露尾也是不了，不若趁此闹一闹，好歹只一场，也罢。"说道："兄弟，既是你担了烽燹来寻我，我不去时，倒说我没义气，我去只去，可是这个名目少不得要改一改才好。"

苟金林大喜道："莫兄，只要你去，凭你做主。"

二人议定，尽兴饮酒。莫良发吩咐甘大等三人把船仍驶向瓜洲来，邱用自去管一船，甘大仍在这船把舵，甘二摇橹，两只船前后驶行。次日晌午，已到瓜洲埠头。

莫良发道："兄弟，我不上岸了，恐有意外，反多不便，我只在船上等候。"

苟金林点头，提了包裹，飞也似的上岸来，报知苟浩。苟浩大喜，当下与苟金林来船上，与莫良发相会，诉说张禄负义，张多兰逞泼，因此着苟金林邀请合伙之事。

莫良发道："我的话都与金林兄说了。"

苟金林便说莫良发要改换名目的话。

苟浩道："可以，可以。我当初胡乱用这个老帮名门，目今正要换个新鲜的，莫兄看怎样妥当便怎样。"

莫良发道："据我看来，他们既把清帮改作青帮，俺们也不妨改名不改音。但凡水路上的规矩，第一分红，第二做东，赌博场中也是一样，俺们便来一个红帮如何？"

苟浩大喜道："好个名目，先便是我们僭了颜色。莫兄，这个彩可了不得。如今商议后事要紧，你在船上，不当稳便，且到我家去。"

莫良发道："不瞒你老说，我其实热闹处不便乱走。"

苟浩道："这个容易。"

当叫苟金林着两个体己的打一乘轿子，把莫良发接至岸上。那两条船仍交甘大、甘二、邱用三人看管。苟浩叔侄与莫良发来至家中后堂深处坐地，商议新结红帮之事。少不得重又制旗订例，一面着苟金林通知远近老帮头目，一面着邱用通知水路上好汉，都来相会。二人分头行事，四处遣发去了。

不多日，苟金林回来，苟浩问："都舒齐了吗?"

苟金林道："前帮伙友得信都来了，只有一件不好。"

苟浩忙问哪一件不好。

不知苟金林如何回答，且听下回分解。

　　海底鳅莫良发，其行动声口，自成一人，与张多兰不同，与苟氏叔侄更不同，虽为水盗，盗亦有道，所以名红帮者，由于向日赌博为业，惯为此套也。

　　苟金林之访莫良发，与薛包之访独眼枭等耳，前后紧接两篇同类文字，写来异样神情，虽四人性情之表现各不同，而薛包之疾接而入，与莫良发之意外而遇，皆为事所不料，而理所必有，故觉斐然成章。末后归到红帮本题，与上青帮作同样结束，俾两两对映，行文有双管齐下之势。

　　此书一类人物，还他一类声口，同类人物，还他各类性情，如此下笔，不必事奇情奇，而文已奇矣。

第三十三回

血滴子密约大觉寺
青红帮大闹宝盖山

话说苟浩问苟金林哪一件不好，苟金林道："前帮老伙友听得我们重兴这个红帮，都是欢喜，各地派人，已自动身来了。只有那几个年老的哥老，但说道早青帮，晚红帮，我们不管青红皂白，只认得哥老会，再也不肯来。因此上，也有好些伙友慢了脚了。"

苟浩听说，骂道："这一辈老贼，料得有什么用处，我们只是寻他年老了，又不是靠他立门户，管他娘的，休要理他！只要兄弟们齐力一处就是了。"

原来这哥老们都是六七十以上年纪，眼见明清兴亡之恨，胸中自有一般主意，看张禄、苟浩闹得太不像样，哪里便肯入伙，还是信得钱继棠，毕竟是推崇洪武，正经有主张的，因此仍与钱继棠打伙，认定哥老会，不肯拆散。可是这哥老们人数不多，也不比张禄、苟浩会张罗，无非收几个徒弟，传会中衣钵。后来年老的渐死，年轻的继起，把哥老会又改名唤作哥弟会，这是后话，暂且不提。

仍说苟浩听得苟金林说，哥老会们不肯改帮，苟浩破口骂了一顿，也就不理，自与莫良发商量红帮事务，细问水路上一应勾当，一面也将前帮花名册检与莫良发观看。不数日，远近在帮头目及水路上好汉一批批到来，自有苟金林、邱用、甘大、甘二等依次招接，水陆两面歇宿。等得各方到齐，就在瓜洲关帝庙神座前供香设祭，立誓结盟，大开筵宴，颁发法规。苟浩为红帮头领，莫良发为副手，也定了辈分字数，抄下帮谱，交与

207

各地头目带回散发。

当日宴饮已罢，苟浩与莫良发道："如今大事已定，第一，须除了张禄那厮方安心。"

莫良发道："哥哥且住，俺们这帮新立，诸般事务须待料理，且得众心安定之后再与他打搅未迟。"

苟浩道："你不知，张禄现与张多兰分住两处，除了张禄，张多兰那伙贼男女自然离散，从前在帮伴当必来归我。若不早除，日后他两个结成一气，倒难下手。"

莫良发道："既是哥哥决心要动他的手，我有一计，不消哥哥费心。他那厮既住在宝盖山下，离江不远，小弟先派下船只在江边埋伏，夜来一闯上岸，围住那厮房屋，直如瓮中捉鳖，再没逃去。"

苟浩道："我也是这般打算，事不宜迟，早行为当。"

莫良发叫将邱用唤来，嘱咐去扬州就近找好船只，放下江口来，一面由苟金林去邀集体己伙友，各去安排，约日行事，不在话下。

如今且说云飞燕一行人，奉禛贝勒之命南下，扮作行商，分次启程。因禛贝勒临行时嘱咐，只叫散走，不叫聚行，众人各取路，先后行来，随时探访当境官府行动。大家约在金陵城内白鹭洲大觉寺相会。

不说别人，单说云飞燕，一心要道听舅舅许小三下落，于路不多勾留，按站趱行，不则一日，早来到金陵城。寻至白鹭洲大觉寺，敲门入来，求见住持。知客僧入报，住持宏泰出来。

云飞燕施礼道："小人云飞燕，多年离乡背井，一向在京中王府勾当。上月有京城珠宝铺东人赵天一大爷由南边办货回京，说道在宝寺住了多时，有姓苟的老丈说起舅舅许小三记挂小人，托他寻访。赵大爷回京，转托王府都管，唤小人至店，把话告知，以此小人星夜南下，寻投宝寺。拜问长老，如今舅舅许小三可在哪里居住？"

宏泰听说，合十答道："原来就是云小郎，你舅舅许三爷常时提你，前日赵爷在敝寺借宿，也是苟爷顺口说起，不想赵爷却这般在心，快请云爷这厢拜茶。"

宏泰引云飞燕至客堂，云飞燕解下包裹，叙礼坐下。

宏泰又道："云爷若早到一个月，还见得着你舅舅三爷，不幸上月初上，一病去世。"

云飞燕听说，大惊道："我直这般命薄，从小儿离了爷娘，听得赵大爷说，前年我娘已死，好幸探得舅舅消息，又不防不得相见。"说着，不由得泪下。

宏泰劝慰道："死生有命，小郎只得且宽怀。"

云飞燕道："舅舅家中尚有何人？"

宏泰道："有个儿子，名唤卜明，虽不是亲生的，也和亲生一般。还有那张爷，单名一个禄字的，也在他家居住。"

云飞燕道："那是小人的师父，不知舅舅家在何处？"

宏泰道："他住镇江城外宝盖山下，去那里一问便知。"

云飞燕起身道："如此小人便去。"

宏泰道："小郎，今日晚了，外江无市船，这条旱路夜来不好走，权在敝寺宿一宵，明日一早至外江搭船未迟。"

云飞燕受禛贝勒嘱咐，凡事不敢躁急，也就住下。宏泰叫铺设床帐，就在前禛贝勒住处与云飞燕宿歇，一面安排酒饭管待。夜来宏泰略说哥老会分家的事，也问云飞燕在哪个王府做事，值的何差，赵大爷生意如何，前日为何忽然回京。云飞燕一口胡诌，哪有一句真话？宏泰看他是许小三外甥，却一番诚心相待。

次日黑早，云飞燕起身，作别宏泰，与宏泰道："小人出京时候，曾有几个朋友问小人住处，小人因不知舅舅家住哪里，都约在宝寺相会。只怕不日有人来宝寺访问小人，拜托长老方便，代为招呼。只说我往宝盖山去了，多谢长老费心。"

宏泰道："这个何消得小郎关照，贵友前来，小僧自会接待，小郎但放心去，好生上路。"

云飞燕背了包裹，拜别宏泰，出大觉寺，径奔城外江边来。正出得金陵城，晓光初透，一路上但听得乌雀声噪，只见前面两个汉子背着包裹说话行来。云飞燕定睛一看，叫声作怪，原来是何彪、孙虎两个。

云飞燕叫道："大清早进城干什么？"

两个抬头，见是云飞燕，说道："好巧！你到了几日？"

云飞燕道："我也昨日方到，你们倒快呢！"

何彪道："你现在去哪里？"

云飞燕告说舅舅许小三病故，哥老会分家，现去宝盖山探看张禄，又问他们那几个在何处分路。

孙虎道："蔡赖、孔有金去济南府，陈得海转保定府，谭存虎他们多敢是这几日也到。"

云飞燕道："既是他们快到，我们一路去镇江是了。"

何彪、孙虎听说，取回原路，跟云飞燕一同来江边，道听开船还早，三个就来沿江小店吃些点心，方才下船。一时乘客纷纷来船上坐定，催船伙开船，径向镇江驶来。于路无话。

将到镇江，云飞燕探问宝盖山所在，船上人指说，就在眼前。三个背上包裹，付清船资，跳上岸来。只见面江背山一座市镇，约有三五百户人家。云飞燕道询舅舅许小三家，有人指与去路。三人依言行来，到庄院前，通问张禄，管门小厮入报，张禄出来，两下都不认得。

云飞燕道："小人名云飞燕的便是。"

张禄一把拖住，说道："小郎，做梦也想不到是你，你看我老得这样，也只怕认不得了。"

张禄直拖云飞燕至草堂上，何彪、孙虎跟入来。

云飞燕道："真个认不得师父，小人久违。"说罢便拜。

张禄连忙扶起来，与云飞燕解下包裹，问何彪、孙虎，这两位可是同来。

云飞燕引二人与张禄相见，依次坐下。张禄忙叫小厮请许少爷出来，少时，许卜明、薛包自内跑出，与云飞燕、何彪、孙虎都相见罢。

张禄道："你舅舅哪一天不说你？你若早来两个月便好了。"

云飞燕道："可不是，小人命穷。"

张禄道："你怎么寻得到此？"

云飞燕便把与宏泰说的一番话重叙了一遍，因到大觉寺遇宏泰，方知这里的地名，遂问舅舅许小三害的什么病。许卜明少不得从头至尾诉说一遍。

张禄忙得吩咐杀鸡宰羊，安排筵席，与三人接风。一面问道："听说小郎在京甚是得意，究是哪一个王府里？"

云飞燕随口便说顺承郡王府当布库。张禄听得在王府里当差，眉花眼笑，一天之喜，想："今日得了这个徒弟，也不枉了。"遂问何彪、孙虎是何贵业。

云飞燕说："也曾在顺承郡王府当差，一路同来的。"

张禄越发心满意足。当日摆酒聚宴，云飞燕诉说在万年店别后之事。张禄诉说哥老会缘由，目下拆帮，与张多兰合伙，创兴青帮各节。大家畅谈畅饮，多时方罢。

云飞燕在舅舅许小三灵前点香哭拜，去他娘雪桃花坟上也祭扫了一番。张禄吩咐打扫房间，安排床帐，与云飞燕、何彪、孙虎三人下宿，十分优礼相待。一住三日，皆是宴饮，张禄叫薛包引了青帮头目，都来拜见云飞燕，各有表礼赠送。取了血滴子，与众人观看，一面邀请云飞燕等三人入伙。三人本为探访哥老会，奉命招致好汉而来，自不推让，当下依例入帮。因云飞燕系张禄徒弟，三人都在地字一辈，与同辈众弟兄叙齿相见，少不得又饮酒欢聚。张禄一面并差人去请张多兰，要他来证明，显得自己有如此奢遮徒弟，差人去了未回。

这晚，张禄与云飞燕、何彪、孙虎、许卜明及众人在草堂聚话，正夸张自家现有同帮弟兄几千人，这处那处多少，却说得入港，只见薛包慌忙跑入来，说道："师父，今夜里只怕有烽火。"

张禄忙问什么，薛包道："近日苟浩与运河上强人海底鳅莫良发勾结一起，兴了红帮，在瓜洲关帝庙聚议。"

张禄道："这个我早知道了，眼见得海底鳅是犯下该死大罪的，料他也出不得面。"

薛包道："不是，晚饭时江船上跛脚王小木来说，江边有四五条船只到来，内中两条是运河上的市船，从不在这条水路驶行，凭空来得稀奇。我方才去江边察看了，那船上人鬼头鬼脑似的，也不像过路商客，又不是装载货物的，只怕是莫良发的伙伴。当中苟浩有诡计，也未见得。"

张禄听说，吃惊道："这话倒有七八分着，那是个魔头，须要提防。"

当下差人去江边密探，随时报来，一面安排下众人，好生看守门户，大家都着慌起来。

云飞燕道："不要忙，那厮来一个杀一个，来两个杀一双，若是海底鳅来，索性把他活捉了，拿去官中请赏。"

众人被云飞燕一说，也壮了胆。云飞燕、何彪、孙虎三人打开包裹，都把血滴子取出，放在手边，大家在内喝酒守候。二更过后，差人密探回报，那船只都开向下江走了，并不是什么红帮。张禄又叫薛包亲自去看了一周，果然江面肃清，不留一船，众人方才放心，各去安歇。

原来这四条船本是苟浩、莫良发带来攻打张禄，因见江边来来往往的人不断，苟浩与莫良发在船板底下躲着，听得这话，只怕张禄派人探了虚实，不敢停留，却把船开向下江，着众人起岸，身边都藏了军器。分作两路，一路由宝盖山后面进袭，一路走山下林子里四处伏着，以放火为号，前后包抄。这里船上留少数人看管，但见火起，急把船赶至宝盖山下接应。派拨已定，分头行事。

且说张禄与众人听得船向下驶，只道是上江装货的回头船，俱各不疑，安必睡觉。谁知睡下不到两个时辰，猛听得山后发喊，屋后火起。张禄等众人自梦中惊醒，忙披衣衫起来看时，四下里火光耀同白昼。却待开出前门脱逃，只听得门外怪叫怪喊，似奔马般杀来，也不知有多少人。张禄慌忙跳上墙，云飞燕、何彪、孙虎都手提血滴子跃上屋瓦，薛包、许卜明急得推倒一座横墙，救出老小众人逃命。张禄看不是对手，早一溜烟跳出墙外，躲向山上去了，只这云飞燕、何彪、孙虎三人施展血滴子，迎头杀来。苟浩、莫良发哪里肯休，喝叫众人捉拿张禄，拼命杀入。那众人慌乱之际，怎防头上有血滴子，早是七八个汉子凭空飞了脑袋。只见烈焰冲天，血光满地，刮杂杂火崩庭院，乱慌慌刀飞血肉，闹得山下数百户人家尽都挈妻携子，落荒逃命。一时大哭大号之声震山拔地，直闹到天色大明。

苟浩、莫良发现捉拿张禄不着，只得急忙退至江边，跳入江中，飞也似的冲风夺浪去了。

欲知青红帮大闹之后，毕竟谁胜谁负，且听下回分解。

　　一泼皮争权夺利事耳，偏叙得行军使计、夹攻、包围，十分声势。苟浩有苟浩策略，张禄有张禄计算，一边火起，一边血溅，真可谓大闹宝盖山。常见官军乱打暴跳，以祸人民为能事者，直泼皮小丑之不如耳。

　　云飞燕如此挨入青帮，如此退敌，皆由前插下张禄为师一语而来，是知文情紧凑，下笔处天衣无缝。

　　大觉寺宏泰以一片心优遇云飞燕，云飞燕以随口胡诌诳宏泰，此非云飞燕之故也，禛贝勒有以使之也。

第三十四回

张头领劫火避异地
禛贝勒风雪遇英雄

话说苟浩、莫良发等夜打宝盖山，直闹到天明，跳下江船，扬帆而去。张禄在山上远远看得红帮众人都走了，方才下山，到自家门前看时只叫得苦，一座庄院早变作白地，贴邻一家照墙也被烧坍了，尚有余火，兀自未熄。张禄咬牙嚼齿，大骂苟浩。抬头只见三五个无头尸首倒在一边，张禄大吃一惊，细看衣服，又不认得。

正没奈何，只见云飞燕提着血滴子跳将过来，叫道："师父，我哪里不寻你，你身上可安好？"

张禄道："我倒没事，只是这几个尸首是谁？"

云飞燕道："这些泼贼也不知是谁，夜来把血滴子摘杀了的。"

张禄方知是红帮的人，问他们几个脑袋哪里去了。

云飞燕道："一时间都丢散了，这里还有一个。"说着，把血滴子袋口只一松，一颗人头滚将出来。张禄打边一看，叫声："哎呀！这不是苟金林？"

说话间，薛包、许卜明带着两三人气喘喘跑来。薛包问师父安好。张禄道："我好，你们众人都没有什么吗？"说着，手指那颗人头道，"你们看，这可是苟金林？"

薛包、许卜明侧面向地上一瞧道："怎么不是？这厮也死得不冤枉了。"

接着，何彪、孙虎与几个伴当也都赶到。张禄便问许卜明浑家许娘子怎么不见。

许卜明说："我挈她去曹保成家歇了。"

张禄问："那婆子呢？"

众人都说不知。张禄叫快查点人数，众人四下里出去寻检，却不见婆子、小厮和厨下打杂的王九、后堂看门的郑老儿，还有两个伴当，共是六人。原来都被火烧死了。街头无头尸首东倒西歪的，一共有十五口，那脑袋也有在人家屋瓦上的，也有落在粪坑里的，也有在路边田畈的。搜寻了半日，方得一十三个，却少两个，不知抛向何处。后来在人家烟囱内拨出一个来，还有一个，到底不知下落，也不知是什么人。张禄等众人哪有工夫去理会头多头少，要紧料理后事，连忙召集市镇上在帮头目商议。

这宝盖山下市镇虽有住户三五百家，倒是十有七八都在帮的，向日只听许小三示下。如今许小三一死，张禄顶起，自然听张禄点拨。镇上多半是姓马的，这一族最大，山下有一所祠堂，甚是宽宏，马姓族长见许家庭院烧作白地，就请张禄等去马氏宗祠暂住。张禄等所有众人来马氏宗祠歇下，山下在帮人家早把酒饭搬来，与众人吃了。张禄叫写了一纸文状，具说苟浩通同海盗莫良发诨名海底鳅的，夜来放火打劫宝盖山市镇，杀死人口数名，抢劫财物无数，洗劫之后，扬帆而去等情，少不得添上几多门面言语，着两个干人去丹徒县衙门呈报。县官据报，当即命驾前来踏勘验尸，传张禄与镇上各姓族长都问过了，见有盗众被杀在镇上的，着备棺盛殓。问毕回衙，叠成海捕文书，捉拿苟浩、莫良发一行凶人，自去办理公事勾当。

这里张禄与许卜明等商议盖造宅院，雇用工匠，择日动工，并叫裁缝与云飞燕、何彪、孙虎等配做衣衫，赔偿所失包裹等物。正商话间，只听报说总管张大爷到来。

原来张禄差人去请独眼枭张多兰证盟，因路上延搁了，这时方到。张禄慌忙接进，引与云飞燕等三人相见。

张多兰道："怎么闹到这步田地？"

张禄诉说苟浩勾结莫良发，由水路拨船，夜来打劫各情。

张多兰道："我在宝应也早听得人说了，他们在瓜洲关帝庙结义，分明要与俺们作对。莫良发那厮犯下弥天大罪，不想竟这般胆大妄为。如今你们却怎么处？"

张禄道："正待和你商量。我这里已报了官了，如今被烧了房屋，须得赶速起造。"

张多兰道："这倒不妨，你们在这祠堂里住着，不是道理，便造起房屋来，最快也要半年五个月，你们尽管到我家去住。再不然，小鸭子家中房屋多着呢，他那里倒比我家宽敞，便去他家也好。这里尽管慢慢起造，着什么急？"

张禄道："也说得是，老弟且坐，我这里还有好些事务安插未了。"

张禄一面吩咐伴当理值各事，一面与张多兰说云飞燕等三人来历，少不得一口夸张。取过血滴子，与张多兰看了，并道："不是他三个在这里时，我这老命也休了。目今苟浩那厮也折了锐气，苟金林这脑袋也就是这位云老弟把他留下在这里了。不日官司捕捉文书行开，眼见得苟浩也住不了这瓜洲。"

张多兰道："如此便好，你快把这里事务打叠了，我们早去东台王五家为是。"

张禄当下与许卜明、薛包等商议，只留许卜明夫妻两口儿在此监造房屋，接洽各事，余者都去东台县居住。众人议定，许卜明自去曹保成家取了浑家，租屋住下。张多兰与众人在马氏宗祠住了两日，张禄安排事务已了，与张多兰、薛包、云飞燕、何彪、孙虎等众人一同起身，径投东台县王五家来。王五接入，备问来由，当下收拾庭院，与众人居住，商量后事。

云飞燕等三人见张禄等居处既定，本来奉命南下，要探访各省官员行动，推说公事，分头各去苏州、常州、杭州一带闲逛，只把王五家与大觉寺两处为约会之所，不时间来往探听江湖上勾当。在路有吴天棍派人传递消息，拣紧要的自传到京中，密报禳贝勒知悉，不在话下。

再说苟浩、莫良发等夜来攻打宝盖山，捉拿张禄不得，却被血滴子摘杀多人，受伤不下三四十人。当时天明，跟跟跄跄逃至船上，急急开船行来，检点人数，却不见苟金林。有与苟金林在一处的，说道："被一个猴

216

子似的后生把手中皮袋只一掷，摘了头去了。"

苟浩不解其故，再问旁人，方省悟过来，料是血滴子。苟浩、莫良发懊悔不迭，回到瓜洲，早听得传说，本管官府贴发告示，出信赏钱捉拿莫良发、苟浩等众人。苟浩不敢上岸，只得叫伴当上去，取些银钱在身，随同莫良发把船驶入运河内躲避了。听得风声稍平，却是溪下村钱继棠家中住了一时，心中怎肯甘休，只与莫良发暗中来往，随时邀结同帮，必要报仇。争奈这些同帮弟兄一来深知苟浩不是爽利的人；二来官司现有捕捉公事；三来猪倒吃猪头，羊倒吃羊头，眼见红帮势落，青帮势盛，又听得说有什么王府里当布库的人也入了青帮，不只是不敢与青帮作对，多半还改了心肠，反入到青帮去了。只有莫良发一伙水上伴当倒是红帮到底，此外便是哥老会，不问青红帮闹到怎样，只认得哥老，不认得什么头领。张禄曾再三派人去勾结，只是不济。

看官记清，自此江湖上有哥老会、青帮、红帮三路，那三合会、白莲社与洪门都完结了，一言表过不提。

且说禛贝勒自被白望天、吕豪毁了血滴子，杀死孙狼，心内怀着鬼胎，连忙遣发血滴子云飞燕等南下，以避耳目。且喜康熙帝与众皇子并不知有血滴子其事，禛贝勒方才放心。只命云飞燕等切实察访各省疆吏大臣动静，以明谁可用，谁不可用，放在心里，好作主张。一面又叫随时收罗英俊，自己却改名易服，不时间在京城内外闲游漫逛，暗地留心时务。

忽一日，禛贝勒兴起，叫过端福隆备车，不带多人，只带蒋进斗做亲随，略整行装，主仆二人驾车出都门，渡卢沟桥，取官道行来，意欲探太行孟门之险，窥秦晋形势，以消胸中块垒。时当冬月，北风正紧，去卢沟桥走不上一站多路，早是暖靆云堆，横抛着乱琼碎玉，弥漫地落下一天大雪来。

蒋进斗道："爷，这般天气，须走不得远路，生怕爷身上寒冷，却去前面村店早便歇了。"

禛贝勒笑道："咱正要栉风沐雨，与天下吏民同甘苦，此是瑞雪，天公好意为咱清道，怎说得驻车不进？你自冷了自加衣。"

蒋进斗道："小人不冷。"

正说话间，只听得右面林子里嗖的一声，一支响箭劈空飞过，正着那天上飞鹰。那鹰负痛，嘎啦一声，带箭飞向野外，远远落下。早见林子里两骑马泼风也似赶来，当先马上那人八尺来身材，二十七八年纪，身披风衣，手执雕弓，腰围如虎，目光似剑。后面马上一个老儿，似家人模样，也显得精神矍铄。两个在马上问话，意思是寻那飞鹰。

禛贝勒在车上指点那鹰落处，那人回过头来，一拱手，笑答一声谢，鞭梢指处，两骑马飞也似的去了。禛贝勒暗暗喝彩，想道："这人也生得好气概。"再回头看去，树林荫蔽，路途迂折，早望不见影儿。

此时雪下得愈大，车行迟缓。

赶骡车的道："爷们，今日只得在斜塘镇打尖，再过镇去，也赶不上宿头了。"

禛贝勒道："你只慢慢行去，凭你到哪里都好，咱们又不是赶路的。"

赶骡车的道："这位爷才知得小人们的苦哩。"

禛贝勒的车缓缓冲雪行来，及到斜塘镇，已是薄暮时候，天早黑了。主仆二人投下镇店，走入店门，只见廊下两匹马系着，正卸鞍饲草料。禛贝勒寻思："这马好像在那林子里射鹰的两骑，难道他们也在这里？"当下也无心推究。店小二早把行李接入，引主仆二人来里进耳房歇下，舀了茶水，生上炉火，问："客官吃什么？"

禛贝勒道："停忽儿再说。"

当时解下风斗，换了家常袍套，就炉火边坐下，叫蒋进斗打开窗子，观玩雪景。抬头只见侧厢对窗一人正靠着窗独酌，禛贝勒一看时，不由得叫声好巧，正是在路射飞鹰的那人。那人一见禛贝勒，忙起身，笑着点头。禛贝勒便踱出门来，那人也在门边相候。

禛贝勒笑道："可曾寻得那鹰也未？"

那人拱手回道："多谢指示，寻得了，只为取回那支箭。足下方才到吗？正是独酌无相亲，且请移步，喝几杯如何？"

说着，迎近身，拉了禛贝勒便走。禛贝勒也不推让，与那人同入门来。只见那马后跟随的老家人打起帘子，端正了客位，取过杯箸伺候。那人让禛贝勒上首坐下，禛贝勒打量那人广颡隆准，浓眉剑目，长方脸儿，紫糖皮色，身穿青绸白狐袍子，上罩青缎草上霜出锋马褂，头戴青缎帽子，脚下酱紫绉绸套裤，玄色摹本缎快靴，声音洪亮，语言清亮，果然好表人物。二人拜问姓名。

原来那人姓年，名羹尧，字双峰，盛京锦州府广宁县人氏，父亲年遐龄，官拜总兵，向在京城居住。这年羹尧从小好掣枪使棒，列阵演战，读百家诸书，过目不忘，二十岁上中了举人，十八般武艺件件都会，亦且弓马娴熟，兵法尽晓。如今正点了新科进士，端的是文武全才。但凡熟识他家家世的，谁不交口称赞！却是他看得这功名并不在意，胸中自有韬略，不屑雕虫小技，常带了老仆年富在外熬练筋骨，结识豪杰。不图与这禛贝勒相遇，两个正气味相投。

当下禛贝勒问明年羹尧家世，肚里明白，便一心要结识他。年羹尧转问禛贝勒，禛贝勒无非说出他假名赵天一，亦是盛京人氏，在京居住。年羹尧信而不疑，见禛贝勒人物轩昂，气宇不凡，先有五分敬爱。及饮酒中间，谈文论武，凡年羹尧所知，禛贝勒无一件不知，心中便十分钦服。二人轮觥对酌，极意畅谈，直至二更时分，方才罢饮。

欲知禛贝勒如何结交年羹尧，且听下回分解。

此回重提白莲社、三合会、洪帮，叙出哥老会、青帮、红帮作一结束。回想刘向臣、李策兴白莲宗以来，中间几经变化，留得青、红在江湖，使读者洞明渊源，灼知月旦，妙在不明言，而诸帮之优劣悉见。

叙年羹尧作两番描写，雪天射鹰是一身份，客邸留饮是一身份，皆自禛贝勒眼中看出。俗言灯下观美人，今则雪窗观英雄，而先于雪地已惊其艳，窗下更细评其妍，真令人有观之不足、敬爱之不已之概也。

白望天之遇顾洪勋也，邂逅于宾馆而留饮之，今禛、年之相遇也亦然，其事虽同，其情则大不同，此大不同之处，岂非作者笔墨之夭矫有以致之？故能文者百事无一同。

第三十五回

年羹尧狭路收女豪
金小翠僻巷遇伙伴

话说禛贝勒与年羹尧不期相遇于斜塘镇客店，二人你敬我爱，相见恨晚。酒饮中夜，话不断头，直至二更过后，方才罢饮。

禛贝勒起身道："时候不早，咱们且歇息吧，小弟明儿尚须西行，不知年兄还往何处？"

年羹尧道："咱也随兴所至，并无一定去处。既是赵兄西行，明儿小弟陪送一程。"

禛贝勒道："这又何必呢？咱们相交在心，好在年兄贵府又在京城，小弟回京之后，即当拜访。"说罢，拱手作别。

走出门外，看屋瓦上积雪已有一尺多高，禛贝勒喝声彩。年羹尧探头一看，喝道："好大雪！"大家一笑而别，各自宿歇。

次日，禛贝勒起来，仰看天色，早是雪霁，只见淡日初露，倒觉天气更冷。盥漱罢，吃些早餐，吩咐店小二雇车，蒋进斗收拾行装，准备西行。

只见年羹尧踱将过来，笑道："赵兄一定要走吗？小弟伴送一程如何？"

禛贝勒忙道："不敢不敢，回京定当拜访。"

年羹尧道："赵兄贵寓何处？小弟可趋府探候。"

禛贝勒道："不是，咱此去虽不久回京，却是难定时日，不敢枉驾。小弟一到，自当走候。"

年羹尧见他行色匆忙，想必有什么要事，也不便多问。二人说些闲话，一时车备，安置行装已毕，禛贝勒相别年羹尧，取路径投山西去了。

年羹尧回入店房，叫年富安排早饭来吃了，收拾弓箭衣物，也就离店。

年富问道："公子今去哪里？"

年羹尧笑道："你倒问我，咱们出京来，不原是来玩的吗？住在这村店干什么？还不是走近处逛逛呢。"

年富也笑着点头，就廊下取过那两匹马来。年羹尧披上风衣，一脚上马，年富把弓箭包裹去背上扣紧了，也跨上马，主仆两骑驰向野外，随意行来。但见千树万山一片白，日光到处水流深。年羹尧贪看雪景，观之不足。晌午寻问至村店吃些酒饭，夜来道讯宿头下宿。如此两三日，方拨马取路回京。

这日向晚，主仆二人前后行来，看看去京不远，那峇巍帝城依稀在望，年羹尧回顾年富道："天黑难行，咱们就快些进城，早好安歇。"

年富答应一声，二人疾去一鞭，把缰带上，紧紧只一勒，那马似箭一般驰来。年羹尧在前，年富在后，两骑马正驰得兴高，忽见大路边林子里闪出一人，挡住去路，大喝一声休走。那马忽然间被一吓，吓得怪跳起来，险些把年羹尧翻落马下。

只见那人喝道："晓事的，解下买路钱！"

年羹尧把马勒住，打前一见，不觉哈哈大笑，原来那剪径的强人却是个女的。只见她黑布包头，缠带束腰，身穿青布棉袄，下系裤裆扎腿裤子，空手并无一枪一棒，兀自站在马前，估量也只不过二十多年纪。

年羹尧道："你那小女子，什么事不好做？便是缺少盘缠，若还软求人时也使得。这般时，如何肯给你？"

那女的双蛾怒触，拍胸挺腰，喝道："说什么闲话？你等赃官还不是抢劫人的？老娘不结果你，已是让你五分，还说何来？"

年羹尧大怒，却待发作。

年富早抢过身来，说道："不消公子闪手，待老奴捉了这小贼。"

年富滚下马来，直奔那女的。那女的退后两步，年富踏上，把右拳向上虚晃一晃，却用左手劈向那女的下身。那女的一脚闪开，方旋过身来，年富照她背上猛使个黑虎偷心，那女的托地蹲下，扑翻身，只把两脚伸向年富胯下，只一滚，年富不防这一着，连忙跳起身，却被那女的脚尖儿向外一勾，正勾住年富脚跟，足有百数十斤气力。年富再站不住，不由得向前一扑，遭了个狗吃屎。那女的疾转身，轻悄搭上年富背心，只一掀，掀翻在地，早骑在年富背上，一面笑向年羹尧道："来来来！"

年羹尧又恼又气，忙摘去风衣，跳下马。那女的撇下年富来斗年羹尧。两个斗了十四五合，年羹尧暗暗纳罕，寻思："江湖上竟有能耐的，却欺不得这年轻女子。我若伤了她，也不为勇。"年羹尧只把门户使紧，却不下毒手。只见那女的忽地跳出圈子，叫声住。年羹尧忙收回拳势，站在一边。那女的走近来，扑翻身便拜。

年羹尧只防有计，退开一步，问道："你又不输，缘何便服了？"

那女的道："相公高奴十倍，相公好心不下紧手，奴如何不知好歹？"

年羹尧点头，想："这女的真能知己知彼。"便叫年富扶起来。

年羹尧问道："如你这般看家本领，汉子中也就不多，何故倒在这里为非作歹？难道竟没个容身处？"

那女的道："相公怎知奴家心事？有道是好汉不求人，烈女不转心。奴家没奈何只落得如此，说也枉然。"

年羹尧道："年某一片心，想天地生才，必有用处，姑娘有此技艺，不应流落如此。年某别无他意，姑娘休多心，若因穷途无归，且不妨去我家暂歇，诸可商量。不敢动问姑娘姓氏，因何至此？"

那女的道："奴家金氏，小名小翠，为投一人，来此京城，完了盘缠，归家不得，没奈何在这里等些利市。"

年羹尧道："原来恁地，这有何难，可请姑娘即去我家，再做理会。"

看官听说，原来这女的便是金毛狮金霸的妹子擦天飞金小翠。自从在乌盖山散伙下山，与施良来至京城，探访顾洪勋。直到西河沿骆府问时，不料骆家一人也无，只换了一家别姓居住，问他又是后来赁屋的，不明前因。金小翠、施良没法，只得在街上一路探听，后来遇了一人，与骆家先有来往的，问明方知是遭了官司，家破人散。那人并说骆二太太移居在王府大街。金小翠、施良甚喜，急急赶至王府大街问时，谁知潘红玉因欧阳玉救了骆志英半夜出走之后，便吓得不敢再住，当时告知端福隆。端福隆也觉不妥，因将潘红玉与秋月一同接至家中住了，把王府大街房屋回绝了，有些家具杂物之类，拣好的移入端福隆家去了，用不着的都托人拆卖了。因此一家烟消云散，却只剩得一座空屋，还贴上招租字样，并无一人，问讯邻舍，也是不知。

二人寻思无计，只得从缓寻访。却因施良急于要回济宁州老乡，金小翠知他心意，便说："你先回家，我在这里慢慢探听，倘得寻着了，自来你家，再回徽州去。"

施良回说："也好，我先走了。"

施良挑了担，相别金小翠，取路自回山东去了。

金小翠独自在京，左探右探，终抓不着一点儿消息。当初带得好些金银在身，并不在意，随时赏发贫苦，逞性挥霍，到后来连自家盘缠无着，客店里安身不下，便要走也走不了。思量无路，只得再干老本行，因这京城外有座山林，地方冷落，却是通卢沟桥一条要路，常有官府商客富来富往，故此金小翠拦等利市。

当日向晚，见年羹尧主仆两骑来得慌张，料定是有好油水，因夜赶路的，不问皂白，闪出路上拦阻。及与年羹尧一交手，看他十分本领，又不全使，时时手下留情，心中甚感，又听他言语光明正大，倒是一等英雄，不由得翻身便拜。再听他好意要把自己收留家去，金小翠想道："何不趁此住下，再探顾公子消息？"当下拜谢年羹尧，深感拯济之恩。

年羹尧见金小翠心诚意服，眼看年富，叫让马，年富答应，牵过自己马来，说道："姑娘请上马。"

金小翠抱拳道："休说这里距京城也不远了，便是五百里、一千里，相公只管跨马前驰，奴家自会跟着。"

年羹尧道："既这么着，请姑娘前行。"

年羹尧披上风衣，主仆二人各上马。金小翠喝一声走，把年羹尧的马头只一拍，便似飞一般前奔。两匹马逞起精神，走阵也似驰来，终赶不上金小翠一步，望去只见一条黑影，荡着引路。年羹尧也看得呆了，想道："这步法多敢是幼龄所学，便是蒙古骑女，也不见得有这般飞步。须知山林草泽着实不乏奇才异能之士，可惜她是个女的。"设想之间，早望见万家灯火，已来到京师正阳门外。

只见金小翠在前面住步，说道："相公请前。"

年羹尧点头，揽辔缓缓行来。年富跳下马，赶前照料。金小翠接过年富那马，在后跟着。

一时到了年府大门，年羹尧下马，与年富道："且带姑娘去你那屋子，好生管待。"一面与金小翠道，"姑娘见谅，男女有别，不是咱接待不周，家有父母兄弟，生恐多不便处。"

金小翠会意，连说公子自便。年羹尧自入家门去了，当有小厮出来照料牲口，带去后院厩中饲料。

这里年富引金小翠走右巷边门来，另是小小一座院子，原来即是年富家中。因这年富从幼在年家长大，还是年总兵之父年太爷身边用下的小厮，也曾学过诸般武艺，年总兵读书时节，曾值书房内差拨，后来升作管家。年太爷看他诚实，与他娶了一房妻子，将前院旁轩厅分拨与他居住。如今已有儿子、媳妇，多得年府老少主人荫庇，倒自端端立了门户，着实比寻常小户人家舒齐。

当下年富奉小主人之命，引金小翠来家，叫老婆出来相见。金小翠依礼拜见年婆子，又与年富的儿媳妇相见了，婆媳二人自引小翠至内房说话，一面安排酒饭管待。年富又把话告托了老婆，自开出后门，绕转甬道，原来就是年府大厅。正是府中上下晚饭时候，年富问厅上当差的，知年羹尧在上房与老太太请安，年总兵在衙未回。年富入至后堂，只见年羹尧自屏后出来，正与兄弟年希尧说话，无非说些出门行景，在哪里投宿，在哪里游逛。当差的已摆下晚饭伺候，弟兄两个就便坐下吃饭。饭后，年羹尧起身，走向书房来，年富在后跟着。

年羹尧回头说道："你把那姓金的姑娘安置了吗？"

年富回说是。

年羹尧道："你回去问她，她要回乡，要多少盘缠，多多与她。她若不愿回去时，叫安心住着，好生管待。这人不是等闲的人。"年富答应是。

年羹尧道："趁此刻无事，你去吧。一会儿老爷回来，须要服侍，倒难抽身。"

年富应着，转身去了。

年羹尧入书面房内坐定，书童舀上茶来。不多时，年富入来，回道："老奴适去问她，她说道，有恩人顾公子流落在此京城，寻访不得，须寻得他方才回去。老奴便把公子意思告知，叫她安心居住，但有使用，老奴自去发付她。"

年羹尧一面看书，一面点头。年富见没事，方退了出来。一会儿，门上传说老爷回府，众家人提着风灯伺候。年羹尧忙起身，整了衣冠，来见父亲。父子说些闲话不提。

且说金小翠无端来年富家住下，多承年婆子十分礼貌相待，方明白年羹尧家世，心内感激，自不必说。只因顾洪勋下落不明，又不知哥哥金霸，回到家乡，怎生度日？又那施良一去之后，消息全无，这几件事挂在心中，每日念念不忘。幸喜今日有这安身之处，且竭心尽力，满城访探一遭，再没有着落时，也只得回去了。金小翠心内如此计算，每日便去城内城外闲逛，到晚方回。

这一日，早出巷口，只见一人打横走过，金小翠探头一看，好生面善，复眼再看时，活像乌盖山上的伙伴阿猛。心想奇了，不由得赶出巷口，觑个亲切，看他却向年府大门入去了。金小翠呆了半晌，欲待进去，只怕府里的规矩不便，也许世间有面貌相同的人，不一定是他不是。金小翠站着想了一会儿，自寻思道："有了，且在这里等一等，要不是府里的人，既得入去，终得出来，逃不过这大门。"

欲知金小翠等的究是何人，且听下回分解。

年羹尧身份与众不同，写来自有其言语行动，与众不同。其为人也，大家公子，少年科甲，允文允武，色色俱全，故为活年羹尧。年羹尧留小翠，试思安置于何处？今忽夹叙年富身世，而

225

使其居于年富家，一则表年家门第之盛，一则虽留得小翠，而年府仍无其人，此作者踌躇满志之文也。

金小翠诨名曰擦天飞，至此实写其技能口吻，观于先马而驰，已足见名副其实，以下入金小翠正传，又引出两人。

第三十六回

骆知县捕盗出塞
年进士结义入彀

话说金小翠在年府右巷口瞥眼瞧见一人，活像是山上伙伴名唤童猛，绰号唤作穿山甲阿猛的那人，心下寻思："这阿猛，原是施良手下一个老伴当，他不过比先在山寨上把风通信的人，一向在山寨中勾当，不曾见有什么远亲近戚，如今散了伙，却来到这年府大宅走动，岂不可怪？想必是府里有什么打杂厮们与他相熟。"

金小翠在巷口站了好一会儿，只见年府大门前三三五五来往的人不知其数，只不见童猛出来，心内疑惑。路过的人回头都把金小翠打量，一似见了她纳罕似的。金小翠倒不好意思，一个念头，便不等他，轻悄闪出巷子来，转右便走，一路无精打采地思量。猛听得有人叫金大姐，金小翠回过头来看时，那不是童猛是谁？

金小翠道："果然是你吗？"

童猛也不听见，走前来说道："大姐，怎么你倒在这里？"

金小翠道："我在这里等候你多时，方才见你入年府去，侧面看得正像是你，你又走得快，叫应不及，等你又不即出来。这会子你来这里做什么？如何却熟得年府？"

童猛道："大姐哪里知道？我原是此地人，自从散伙来，一向无事，回至本乡土，又无半田半地。却待另去投寨入伙，在路遇了孟大哥，亏煞他挈带来此，与这年府年大公子有来往，因此小人常来这年府走动。"

金小翠道："是哪个孟大哥挈带你来？"

童猛道："大姐不知吗？便是枭嘴山的孟大哥呢。"

金小翠道："莫不是绰号唤作野雄鸡的孟必扑那人吗？"

童猛道："可不是他！"

金小翠道："俺们休在这当口站着，且走过去。"

金小翠、童猛一路走来。金小翠又问道："你曾见施良吗？"

童猛道："下山之后，一向不见，前会子不是与大哥、大姐一同下山的吗？听说回济宁老乡去了。"

金小翠道："这个我原知道，你说的孟必扑，先前在枭嘴山闹得怪厉害，官司倒不捉他。你如何与他厮熟？"

童猛道："小人本在他的寨里起头儿做好汉，后来投了施大哥，他虽是性躁的人，着实有义气。"

金小翠道："他如何与年大公子厮熟？"

童猛道："年大公子虽是个官家子弟、进士相公，却是一等武艺，十分豪爽，着实瞧得起江湖上人。听说孟大哥与他在南山打猎相熟，倒是打伙做了朋友。小人多承孟大哥挈带，拜见了年大公子，却蒙他银钱相济，不止一日。今日孟大哥因有黄河上一伙好汉到京，叫我去年府通个信儿，不料遇了大姐。大姐端的无事，我与你去孟大哥处说说闲话如何？"

金小翠道："他如今在哪里？"

童猛回说："此去不远，只在一家关西人开的客店居住。"

金小翠道："最好，我也有话要问他。"

童猛不知就里，直引金小翠来孟必扑住的客店。二人入至店房，只见一汉八尺身材，满脸横肉，一部络腮胡子，两道蜻蜓眉，圆睁虎眼，不端不正坐在那里。童猛指说道："这便是孟大哥。"

孟必扑见金小翠入来，便起身问谁。

童猛道："即是小人的主子，乌盖山上金大姐。"

孟必扑抱拳笑道："多闻大姐好英雄，今日得见，不知童小哥哪里遇来？"一面让座。

金小翠不慌不忙坐下，与孟必扑道："你是江湖上前辈哥儿，不怪奴家直说，你枉自称作好汉，好不知害羞。"

孟必扑睁着眼道："大姐说什么？"

金小翠冷笑道："就是这话，只问你在枭嘴山做些什么？"

孟必扑听着这话，不由得火烧头顶，跳起身道："大姐，俺与你无冤无仇，没来由说这些浑话，却不是特来消遣我？"

金小翠道："消遣你也罢，倒是要问你一个好歹。"

孟必扑大怒道："泼妇怎敢撩拨我？俺们在山上杀人放火是本分，有什么得罪你处，直这般怄人？不看你哥哥面上，撕开你作两片！"说着，摩拳擦掌，怒吼吼地赶来。

金小翠也跳起身，指着说道："你不要命，你来！"

童猛吓得没头没脑，不知端的，跳转身去二人中间一隔，说道："都是我的不是，有话尽说，休要伤义。"

孟必扑叫道："你看，没来由入来便是这等屁话，不知谁得罪她处？"

金小翠道："我问你，俺们做好汉，须杀得好，救得好。米脂县知县骆亿成为官清正，一不贪赃，二不行势，你在枭嘴山却把他毁尸灭迹，害得他家破人散，这个可是江湖好汉做的勾当？倒敢怪我撩拨你！"

孟必扑听说，方知是这么一回事，又好气又好笑，登时转脸笑道："大姐，你怎么知道？却是哪里传言？"

金小翠道："走江湖不知江湖勾当可使得？这是施良哥哥送骆知县的亲戚去米脂县打听得实在，又不是什么闲人口传的话，你还问我吗？"

孟必扑笑道："怪道大姐不知呢，谁曾把骆知县杀了？"

金小翠听话中有因，便问："这话怎讲？"

孟必扑道："你且坐下，若是为这件事，大姐错怪，却听俺说。"

三人依次坐了，孟必扑倒平心静气，开口说道："当初俺们在枭嘴山虽则打家劫舍，掠夺粮草，曾不闹动官府。那官府也不曾派兵遣将与俺们作对，便是地方上百姓去告发时，官府也只出发几张告示，劝慰百姓罢了。自从这骆亿成到米脂县，默声不响地只探听俺们行踪，但有俺们伴当去县里买些衣食等事，没一个不被他抓住，休想走脱一个。初还是近县城左右，那些小寨里晦气，后来便调兵遣将，益发闹到枭嘴山、霸王山、青枫岭来了，把路上好些买卖都拦断了。俺们伙伴有去山前山后走动的，不时间被县里公差捉了去，也不知他哪里探得的消息，这般灵便。后来便知道他老人家时常私行察访，众公差都被他带领得十分凶了。俺们好几处山寨都被截断了粮草，安身不得，因此上大家商量，只得把他来除了。

"那一日，正值他出衙门来，至北乡崔家村验尸，是俺领头把他劫到山上。他哪里有半星儿害怕，只说道，要砍便砍，直着头颈，只顾冷笑。俺知他向来做官好，端的是个爽直的人，理性上他做官压治俺们也是应当，以此俺决心不杀他，却又放不得他回去，又在山寨中藏匿住，只得把他来发配远恶去处。俺那枭嘴山山寨倒为他散了伙。当日俺带了十个伙伴，押他上路，径奔甘肃境界，至长城外，直到贺兰山下，方把他放了，也曾发付他的盘缠，叫他自回。再后俺们也就至关东来了。这一件事，俺倒是打蛇陪送，枉费了好些心力，江湖上还只道俺杀害了好汉，其实俺为霸王山、青枫岭一伙朋友的义气，不由你不做了。大姐编派的话头也是，只是错怪了俺。"

金小翠听说罢，叫声："哎呀！原来骆知县不曾死，少不得这早晚也回到京城了。"

孟必扑见金小翠问得紧，便说："大姐与他有何瓜葛？"

金小翠只得把从前顾有光搭救金霸一节、顾洪勋路过被劫上山一节、施良伴送顾公子投亲一节，与自己今来寻访骆家各事，说了备细。二人方才明白情由。

童猛道："孟大哥虽把骆知县放了，但那贺兰山是个险恶之处，骆知县文绉绉的人，隔着如此远路，只怕回不来。"

孟必扑道："不会，他虽是个文官，着实强健，俺临走时，送他的盘缠也不少，他又是小心谨意的人，不会走不得路。若是横遭了什么，那就难说。如今金大姐既与他有关，大家留心着探听是了。"

童猛道："说得是。"

金小翠又问孟大哥如何与年大公子厮熟，孟必扑笑道："这一件事说来也奇，便是俺从寨外回来，一路上玩玩歇歇，有些银钱都把那伴当分散去了，到了这直隶省，完了盘缠。那一日，路经南山，思量等些买卖，却是没处开交。正值年大公子带了老管家来山上打猎，俺便想下手，只见他弓马娴熟，箭无虚发，不敢造次。待进不进当儿，他已瞧见，故意与老管家说道：'咱要射前面那客官头上的松树枯枝。'说罢便射。俺知他特意卖弄本事，少不得还他一着。大姐是知道的，这是俺们的脚边路，看他箭来时，侧过身，觑得亲切，撩上只一绰，绰在手中，他喝声好，便过来与俺施礼。问起来由，俺只把实告了他，承他一番情，留俺来此，并说道：'但有江湖好汉，须烦拜请。'后来遇这童小哥，俺就把他引见了。近日又到了一伙黄河上好汉，都是水上称雄的哥儿，一发邀了去投他，因叫童小哥通个信儿，不知童小哥这会子见了大公子也未？"

童猛道："我们要紧说别事，倒一时忘了。大公子说，请孟大哥引去府中相见，并不碍事。若要大公子出来相会的话也好，如要使用，只管拿去。"

孟必扑道："晓得了，俺明儿一早，引他们入府拜见便是。且问大姐因何至此？可也认得大公子吗？"

金小翠也把在路拦斗，留至年富家中居住的话说了。

孟必扑道："你看吧，端的是个英雄了得有义气的公子。"

童猛听说，益发起劲，大家称赞年羹尧不止。当时三人置酒欢饮，畅叙江湖上事务，至晚金小翠向别自回。

次日，孟必扑自引那黄河上一伙英雄去见年羹尧，无非较量枪棒，诉说各路勾当，送发盘缠使用。众人尽皆悦服。自此金小翠也时与孟必扑来往。不久年羹尧也知道了，益发安心。

忽一日，年羹尧在书房内休息，只见门子递入一张拜片，书童呈上看时，原来却是赵天一。年羹尧忙起身叫快请，一面整衣服出来迎接。走至大厅前，只见赵天一已笑吟吟入来。年羹尧上前拉住手，一直走向书房内，连路说道："咱们一见如故，不拘俗礼，请里面宽坐，好细谈。"赵天一连说最好最好。

年羹尧问："几时到京？路上可好？咱正盼望你，想去找你，又不知尊府何处。"

赵天一笑说："昨日方到，时候晚了，不便过来。今日什么事不问，先来拜访，正记挂得很哩。"

说话间，来至书房内，分宾主坐下。书童端上茶来，二人促膝谈心，如遇旧雨。年羹尧吩咐备酒饭伺候，赵天一也不推让，浅斟低酌，尽兴方已。赵天一看看年羹尧所阅何书，也问问近习何事，至日落方起身告别。

年羹尧道："明儿小弟准至尊府拜访，不知尊府究在何处？"

赵天一道："这几日因舍下有些事不便，明日小弟仍来候教，改日当陪年兄同去。"

年羹尧听说，不便再问，只得应是，相送作别自回。

次日，赵天一果然又来，二人越谈越投契，至晚方别。自此赵天一几乎每日来临，至多隔一两日，年羹尧也便盼候了。二人谈着古今中外、天下国家、文学武艺，以至于江湖下流勾当，无一不尽。年羹尧来往的一伙山野好汉、流落英雄渐便与赵天一都相见了。

忽一日，赵天一与年羹尧道："年兄交游广天下，奇才异能兼收并蓄，当年孟尝不如也。"

年羹尧道："不然，天生万物，各不其用，用之得当，虽废材为栋梁，用不得当，虽珠玉满前，徒糟蹋耳。"

赵天一连连点头说道："年兄此言，先得我心，小弟与年兄志同道合，不揣冒昧，愿结为异姓兄弟，始终如一，不知年兄意下如何？"

年羹尧道："正合吾意。"

当时二人序年论齿，赵天一为长，年羹尧居幼，就书房内焚香设誓，结拜兄弟。

礼罢，赵天一道："从今后咱们弟兄益发视同手足，愚兄有肺腑之言相告，连日不曾邀至寓所，情知老弟胸中闷闷，今日且请至兄家一叙，凡事不可见外，须要手足相看。"

年羹尧道："那则自然，大丈夫一言而已。"

赵天一点头道："如此便好。"

当下年羹尧吩咐备车，遂同赵天一径投他家来。

不知年羹尧入得赵家，怎生形景，且听下回分解。

因金小翠而引童猛，因童猛而引孟必扑，因孟必扑兜转第三回文字，叙出骆亿成行踪，相隔已三十余回，始恍然悟孟必扑之陷骆令，盖别有故。妙在又不明言骆亿成之生死，皆为下文生色。

金小翠之遇孟必扑也，声色俱厉，虽以孟必扑之暴蛮，竟无如之何。一则表小翠之技能，一则见天下公理，虽巨盗亦不能不屈也。世有不屈于理者，诚盗之不如。

赵天一与年羹尧应对进退，别为文章，与金、孟之对答，判然文野，合为一回，烨烨见色彩。分言之，一则以理，一则以情也，文字不外乎两端。

第三十七回

年羹尧驰效召异人
端福隆奸淫逢石女

话说年羹尧与赵天一结义为弟兄，随同赵天一投他家来。不一时，来至禁城，年羹尧依例当下车换步，却见赵天一身也不欠，大模大样坐入城内去了。年羹尧心下疑猜，早瞧科了四五分。

不多时，车到一处，年羹尧遂同赵天一下车，抬头看时，门亭上横额道"多罗贝勒府"，年羹尧肚里明白。只见赵天一把他手携了，并肩走入门来，早见大门边沿阶直至二门，雁翅般站着亲丁侍差，个个垂手恭立，看他却都有职品的。入二门，经涵和殿，走回廊，入至花园，迤逦行经天香榭、二余斋，绕过精武厅，直登齐云阁，净荡荡地一路只见侍立的人，却是鸦雀无声。二人来至齐云阁楼下，只见洞房复室，绣幕绮帏，观之不尽。四壁榜书覆额字画，上款都恭缮正楷"贝勒四爷"字样。

年羹尧正色道："不图殿下乃是贝勒爷，谅羹尧何等草莽，敢与贝勒爷称兄道弟？"说罢，便要行国礼下去。

禛贝勒忙托住笑道："才在老弟府中，却怎么说？大丈夫一言而已。咱们既是弟兄，休得见外。"

年羹尧只得应是。禛贝勒一面说，一面推年羹尧向上分宾主坐。

年羹尧道："既是贝勒大兄在上，草莽小弟，何敢僭位？却不是大兄先见外吗？"

禛贝勒笑道："也说得是，不拘什么，咱们随便坐吧。"

年羹尧不卑不亢，去右边第二位坐下。禛贝勒也就陪坐，叫过两个人

234

来，嘱道："这位年爷是咱的把弟，以后但有机密，须着你们去时，可知道了？"

那两人一齐请了安。禛贝勒又与年羹尧道："这是愚兄家中总管端福隆，这是亲随蒋进斗，老弟曾见过的。老弟若有差拨，随时呼唤便是。"

年羹尧点头。禛贝勒命安排酒菜，金樽银盘，佳肴美酒，自不必说。

二人饮酒中间，禛贝勒诉说心中之事，叫蒋进斗取过血滴子与年羹尧看了。年羹尧端详一会儿，说道："好精巧的器械。"问，"府里会使此器的现有若干人？"

禛贝勒道："先是十三个头目，死了一个，只剩十二个，此外皆是府中布库，约有三四十人。为前次折了血滴子，咱恐在京惹是非，特把他们遣发各省探事去了。"

年羹尧道："可惜人太少了，便是派发各省，也不是数十人可办。"

禛贝勒道："可不是呢，实缘此种人才难得，又是机密事务，以此展托不开。老弟交满天下，可能相助一臂吗？"

年羹尧道："这个容易，小弟虽幽居京师，各省英雄结交已非一日，不论云贵蜀中，都有可使的人。"

禛贝勒听说，大喜道："如此拜烦老弟做主，全仗大力提调。"

年羹尧道："大兄且把遣发在外的血滴子头目召回，小弟自着人招呼各路英雄来京取齐，须合总编练，方可提调。"

禛贝勒道："说得是。"

登时叫蒋进斗传令在路吴天棍，将云飞燕一行人都召回京师，令出立刻去了。

年羹尧又道："众英雄来京相会，先须要有招接处，大兄府里与小弟家中多有不便，哪里觅个稳便所在方好。"

禛贝勒道："有何难哉？只叫在管家端福隆家居住便安。"

年羹尧道："如此最好，小弟现有着多人在京中客店勾当……"

禛贝勒不待说完，便道："一发先收留了他们。"

着端福隆领去，一面吩咐端福隆去家中收拾房屋伺候。端福隆领命去了，不多时便回。禛、年二人浅斟慢酌，又磋商了一会儿，年羹尧起身告

235

别。禛贝勒命端福隆跟年羹尧同行，二人拜别禛贝勒出门，驱车回至年府。年羹尧即命年富至客店，将孟必扑、童猛与黄河上一伙好汉，并金小翠尽数唤来，都叫相见，略说缘由，交与端福隆领去安置。端福隆领了孟必扑、童猛、金小翠等众人，拜别年羹尧，来至自己家中，早由向达善等就东边院子收拾了五间楼房，与众居住，一般酒肉管待，各分发使用零钱。众人自是欢喜。因金小翠是个女的，不便混在一处，端福隆便亲自引来内院，叫与四姨太太对房居住。这四姨太太不是别人，便是上回说的潘红玉，如今娶来在家，排来已值第四。秋月仍在跟前，端福隆并把她做一堆儿睡了，早是不分大小。

当时端福隆安置众人，将金小翠交与潘红玉，自去贝勒府回事。

这里潘红玉与金小翠相见，看她打扮得似卖技姐儿一般，心下纳罕。细看倒也身材苗条，眉目秀丽，虽皮色不白，却是十分恬静，并不似江湖流落的人，因问金小翠来由。金小翠少不得说年公子交这端长公带来这里居住。

潘红玉不明缘故，又问："哪里人氏？为何来京？是哪个年公子叫你来？你如何认得他？"

金小翠不知就里，便一一直说，说到来京寻骆太成家的话。潘红玉便吃一大惊，问："你怎么认得骆太成？"

金小翠将如此这般来由都告知了潘红玉。潘红玉见说，想道："天理有报应，只在时短长。我今日正没做理会，却遇这个好本领的姑娘，倒敢是这里有条出路，也未见得。只不知她的性情怎样，不便造次。"

原来潘红玉自被接至端府居住，端福隆先还与她热来热往，夜夜不虚。向后玩得厌了，家里有着两三房媳妇，外面见好爱好，随兴儿取快寻乐，毕竟是一个人，凭你强煞，能得有多少精神？一来厌性发作，二来忙得也转不过身来，以此把潘红玉丢了冷落。谁知这潘红玉水性似的流动，眼前秋月又是个把柴引火的，两个夜深人静，空房只熬得苦。虽有看中的小厮们，却是端福隆自己做贼防人紧，休想过一道门户，又惧他杀人不眨眼的凶性，也怕敢做。待要出去，叵耐笼中之鸟，哪里有脱身处？以此潘红玉、秋月虽则饱暖舒泰，越是心内一把无明怨火安排不得，直苦得无处

236

可诉。今见金小翠一身武艺，又听说是为寻顾洪勋而来，要探骆家虚实，心内早安下一计。

当时不动声色，便十分点恋她，看她与秋月身材相似，即叫秋月取出绫罗绸缎衣裙与她穿换。金小翠哪里肯穿，经不得潘红玉、秋月横劝竖劝，只得换了。潘红玉又亲自与她梳洗妆扮，登时换了一个样儿，出落得似堤边杨柳、岭上梅花一般，别样风神可人怜。潘红玉、秋月甚是欢喜。金小翠见她两个如此相待，自是感激。

夜来端福隆回家，走至潘红玉房前，待进不进，猛可见金小翠如此模样，看得呆了半晌，涎着脸入来，问潘红玉道：“这可是你与金大姐妆扮了？”

潘红玉笑着点头。

端福隆道：“端的好苗条。”

金小翠听得不好意思，搭讪着走自己房内去了。端福隆自肚里寻思：“哪里的雌儿不见过，只不曾过一个有本领的，若得这姐儿与我作一处，不怕云飞燕再奚落我。我正待要与她妆扮，却才看来，我家里哪一个比得上她？”端福隆一面想，一面懒懒地坐下，早是一缕心魂随着金小翠影儿去了。

潘红玉笑着，伸两个指，把端福隆肩上只一推，说道：“喂，你想什么？”

端福隆也笑道：“四娘猜一猜看。”

潘红玉就耳边低声说道：“你有什么好心肠，还不是算计她咧！”

端福隆哈哈笑道：“猜个正着，四娘与我做主。”

潘红玉道：“这不是玩的，她可不比我们，搭上枪时，须杀得你马翻人落。”

端福隆一把抱住潘红玉，掀在床上，说道：“你说这些疯话，多敢是发了骚，且叫你马翻人落！”

潘红玉带笑啐道：“你看看房门也不带上，做什么这般混闹？被人见了没好意思的。”

端福隆哪里理会，只顾乱抓乱捻，闹得潘红玉喘作一团，半晌方休。

端福隆道："正经与你说话，你便与我打她主意也罢。"

潘红玉道："人家新入门来，黑白也不知，你便要动手，也忒急了。且待等过数日，探了她口气再说。"

端福隆道："依你的话，就是如此，却不可耽误了。"

潘红玉面上只笑，肚里寻思："今番要你知得好歹。"

当晚端福隆即在潘红玉处歇下，秋月作一床睡。次日，潘红玉来金小翠房内，说些闲话，一面留心金小翠究是怎样性情。

入夜，端福隆早来问道："今日如何？"

潘红玉道："着实不到火候。"

端福隆笑了不语。如此等了三五日，端福隆每夜在潘红玉处宿歇听回话，等得不耐烦了，说道："明儿好歹你与我备酒请她，把这药粉搅在酒内，先叫她尝着味儿，我自服侍她。"

潘红玉诺诺应声，接取药粉，自肚里寻思道："你又把蒙我的来蒙她了。今日须不是你差拨处，我自有道理计较。"

一宿无话。次日晚饭时候，秋月与婆子们在房下摆下酒席，潘红玉邀金小翠过来吃酒。金小翠坦然不疑，饮酒中间，只见潘红玉下泪。

金小翠问道："四娘为何烦恼？"

潘红玉哭着道："今日只得与大姐说了，大姐说的骆太成，便是奴家先头的丈夫。"

金小翠吃惊道："四娘怎么说？"

潘红玉便如此这般叙了一回，少不得把自己的不是都遮盖了。

金小翠道："既然四娘是二爷的人，难道不知顾公子、骆小姐的去处？"

潘红玉道："顾公子早便走了，志英姑娘前曾在南坪菩提庵拜莲老尼处寄住，如今不知在也不在。"

金小翠道："四娘毕竟因何来此？"

潘红玉竖着大拇指道："便是被他关在这里，用春迷药把我蒙住了，玷污了我，以此只得从他。"

金小翠大怒，跳起身来却待发作，潘红玉拉住道："大姐息怒，不瞒大姐说，今日他叫我请你吃酒，便是要蒙你。我却把迷药除掉了，你只装作醉了，他必然来扰你，那时仔细他便是。此刻大姐却作声不得，大姐一闹，我的性命休了。"

金小翠点头答应。潘红玉指着秋月道："我和她如今落了火坑，大姐可怜些个搭救一救……"

一言未了，只听得门外脚步声，潘红玉连忙揩泪，早见端福隆笑吟吟走将入来。

金小翠起身相迎。潘红玉忙与金小翠斟酒劝饮。端福隆嬉皮赖脸地坐在一边，口里说多饮几杯，两只眼只睃着金小翠。金小翠低下头，满饮了两杯，装作醉晕，伏在桌上。端福隆使个眼色与潘红玉，潘红玉便叫秋月："姑娘醉了，我与你扶去她房内歇了，休使冒风。"说着，两个搀扶金小翠，走对面房内与她安置下，拽上房门，仍回这边房来。

端福隆道："药都上足了？"

潘红玉点头。端福隆一心只在金小翠身上，再坐不住，挨了半个时辰，一溜烟抽身来至对面房内。春台上灯盏半明，只见金小翠把被蒙头睡着。端福隆悄步近床前，细听无声息，知药性行入心府，便把被轻轻揭开，却见金小翠和衣仰卧，两手交叉放在小肚上，两脚尖勾作一堆，软软地睡稳。只觉一阵暖香，看她满面春风，端福隆欲火上冒，怎忍得住，弯着腰伏在床上，伸手去褪中衣。待想把金小翠两手放开来，谁知扳了不动，用足气力，只是扳不开，再往下拉两脚时，却如铁石一般。若是晓事的，早也可罢手了，谁知端福隆越是性发。有道是色胆大如天，怎肯便休，端福隆急得伸手向金小翠两股之间抄去。冷不防金小翠一扭身，趁手掀住端福隆脑袋，跳起身，不端不正，一屁股坐在端福隆脑后，使劲只一坐，那端福隆脑袋便似陷了地洞一般，面庞贴紧床褥，七窍不通，口里呜里呜哑叫不出声来，只剩得两脚乱跳，双手乱爬，顷刻间便要一命归阴。金小翠寻思："我承年公子陌路留来，叫在这端福隆家居住，今若害杀了这厮，须连累了年公子，不是待人之道。"想罢，跳起只一脚，把端福隆踢开。

端福隆半死不活，倒在地上，有声没气地叫了几声。金小翠怕人入来，反致不好说话，便一溜烟闪出房外，翻上屋瓦，飞也似的跳出宅外去了。

欲知端福隆性命如何，且听下回分解。

年羹尧以进士游京师，生当盛世，正大有为之日，乃不惜为禛贝勒作伥，招致绿林好汉以为雄，是其后之取祸也，亦宜。

金小翠于盛怒之际，除端福隆于指顾之间，而能回思年羹尧之留己而来，应洁己而去，此则霍海、魏博、傅大福、曹杰，以及乃兄金霸等俱不可及也。

潘红玉至此，当亦深悔其前之失矣，乃变本加厉，其邪愈甚，谁实为之，始终不悟。然不因此，则金小翠又焉知菩提庵之事耶？此书叙现世报，皆在不言中，而至情至理，含蓄无遗。

第三十八回

浪妇毒鸩端总管
女盗义访骆志英

话说端福隆被金小翠坐得半死，踢倒在地，有声没气地叫喊。对房潘红玉听得分明，情知是发作了，只得与秋月过来，提灯向地上看时，只见端福隆七窍流血，鼻子歪在半边。看床上时，早不见金小翠影儿，不由得连声叫苦，慌忙叫起上房服侍的婆子、丫鬟们，把端福隆一扶一拖，扛到潘红玉床上安歇。

众人看端福隆如此行景，都吃一惊，纷纷请医买药，登时嚷得内外都知。向达善等一伙近身伴当都上楼来看觑道讯，为甚闹到如此。端福隆只得说："金小翠存了不良之心，偷了四娘房内的金银器，被我撞见了拦阻她，把我打得不得动弹，她却兀自逃走了。"

众人都说知人知面不知心，权且用好言劝慰。一会儿，东院子住的孟必扑等众人也都知道了，派人来问，为的何事。向达善下去与众人具说缘由，众人听说，尽都愕然。

童猛便道："金大姐最是端正的，不至于此。"

向达善连说人心难测，大家议论一阵，也就罢了。

只是这潘红玉，原把话告知了金小翠，是想金小翠知了见情，然后求她挈带出门，脱了端福隆羁束，不料饮酒中间，话未说完，被端福隆闯了进来。当时金小翠便装醉。潘红玉早是不安心，今见端福隆闹得不死不活，金小翠兀自走失，不知去向，潘红玉深悔失计，也就无可如何，只得顺着端福隆，耐心服侍。端福隆受了这委屈，越发恨毒潘红玉，怒眼骂道："小娼妇，定是你这药粉搅得不好，被她惺忪走了，若是下得有分寸时，不拘她铜筋铁骨，也要瘫软。待我病好时，慢慢收拾你这娼妇。"

潘红玉见说，吓得哑口无言。彼时大娘、二娘、三娘都闻惊来潘红玉房中看觑端福隆，见这般形景，由不得你怨我责，一句句都是生刺的言语。这三个婆娘，虽则顺序分次，其实没一个不是邪路上缠来的，都是一类货色，哪肯让过半分，把个潘红玉奚落得坐立不是。端福隆益发火上加油，不要看她，吩咐移至三姨太房中安歇。众人依言，把端福隆扛入三娘房内去了。

潘红玉没趣，兀自坐在床上，不觉流下泪来，想起从前骆太成的好处，高升的听从，在妓院里时的快活，目今比火坑还难受。秋月见潘红玉哭，也在旁边呜咽。潘红玉左思右想，自忖道："我安心投在这刀剑地狱里，一辈子也不出头，眼见得他病好时，便要收拾我。现下还不知是我放了口风，若被知道，说不得要五马分尸，这性命早晚须害在他手里。一不做，二不休，我也得与骆二爷、高升报个仇。"

想到这里，将心一横，叫过秋月，低声问道："我前日交与你的那包药放在哪里？"

秋月道："就在壁橱里。"

潘红玉叫："取来我看。"

秋月去壁橱寻出一个纸包，交与潘红玉。潘红玉打开一看，叫声阿弥陀佛。原来里面有包砒霜，此外是春药之类。这砒霜还是端福隆与云飞燕争夺骆志英时候，端福隆在贝勒府药库里偷出来，交与潘红玉，初心是要毒杀云飞燕的，因潘红玉不敢下手，不曾用。今见事急想起，正好用在端福隆身上。当下潘红玉取出砒霜，藏在贴身衣袋里，将那些春药仍包好了，交与秋月收藏起来。二人私下商量些话。

次日清早，潘红玉过来三娘房中探问端福隆病状。

三娘淡淡说道："天亮时吐了一口血，方才睡去了，已叫老向去张大夫那里转方去了。"

潘红玉恐讨没趣，也不多问，便退出来。回至自己房中，暗下吩咐秋月，留心煎药时却去下手。一会儿，秋月来说，婆子生炭火，在三娘套房后走马檐下煎药。潘红玉又过来问病，留心走马檐下，见那婆子眼睁睁管着药炉，急切不得下手，只得返身回转。午后，须服第二剂药时，潘红玉寸步不离，只在左右伺候。只见婆子拿大包药来，一味味正待和入药罐，潘红玉暗下取出砒霜，走近与婆子道："仔细脏了药料，不是耍处。"一面说，一面顺手去拆药包，却将砒霜包儿只一夹，夹在当中。婆子哪里留心，自顾拆药包，看她却早把砒霜送入药罐内去了，潘红玉方才放心。等她搁上炉子，自回房中。婆子把药煎好，捧至端福隆床前，三娘接取，送入端福隆口中。不消一个时辰，端福隆大撞大跳，乱叫乱喊，口眼耳鼻尽皆流血，慌忙着人去请张大夫来复诊。及张大夫赶到，正好端福隆起身上路，登时四个婆娘连秋月五个，叫天叫地，吱吱喳喳大哭起来。

端家并无一个当正主场的人，看端福隆七窍流血而死，都道是夜来受伤的缘故，大家不疑。一时忙得办理身后之事，闹乱得翻天一般，就只是向达善一人做主，与大娘、二娘商量些话，将端福隆盛殓安葬，请了僧道拜忏超度。忙了两个多月，方舒齐了。谁知向达善早与大娘、二娘两个缠上，丧事完毕，明当当做了夫妻。

潘红玉不待终丧，早与秋月两个拴束些细软，袅袅地出门，别寻路数去了。

余下就是三娘，一时未得落局，不料却与蒋进斗有缘。原来端福隆一死，禛贝勒念他父子都在府中多年，甚是得力，心下倒是很为惋惜，曾送了五百两银子与他治丧。所遗总管职务，着蒋进斗接替，并命照料端福隆宅内招接各处江湖好汉之事，因此蒋进斗不时间来端福隆家，与三娘眉来眼去，不止一日。两心喜悦，好事现成，也就与端福隆做了替身。三娘素不满大娘、二娘，今识得蒋进斗，便撺掇将她两个都撵走了。蒋进斗依言，命向达善即日带了两个出宅。向达善眼见蒋进斗声势正盛，哪敢说个不字，只得拖泥带水上路，投别处去了。自此端福隆一家家私都变了姓蒋的，不在话下。

却说年羹尧着人招呼各路好汉，数月之间，都赶来京城取齐，由蒋进斗逐日招接。云飞燕一行人早得了禛贝勒之命，趱程回京已到，于是年羹尧亲自至招接处点名，自云飞燕以下，阖贝勒府中布库与各路水陆好汉，共得一百七十人。除蒋进斗为贝勒府总管不算外，净得一百六十九人，分作十三队，却好每队十三人，各设队长一人，由云飞燕、张小杰、蔡赖、谭存虎、何彪、陈得海、孔有金、冯灯照、孙虎、宋多福、吴天棍、孟必扑、童猛等十三人带领。内中吴天棍一队为传递司，童猛一队为接应司，其余十一队以各省地名分司，每队管值两省事务，就本省人熟悉情形者编派。年羹尧自为统领，另制小印，按月发饷支粮，但有紧急机密事务，飞速报来，不得有误。一面又添置血滴子，分拨使用，众队奉命按次出发去了。

自此禛贝勒将血滴子事务都委在年羹尧身上。年羹尧一心规划，赏罚严明，治理得法，不论边省机密事务，朝中莫名其妙，年羹尧、禛贝勒早已尽知，进言行事，极其便宜。只因禛贝勒身为皇子，须避诸阿哥耳目，有许多地方不便出面处，遂将年羹尧引见舅舅隆科多，与鄂尔泰、张廷玉，以及其他朝中得力诸王贝勒大臣，极力夸赞年羹尧才堪大用。不久，年羹尧便以进士擢内阁大学士，后来出任外省，调四川巡抚，升川陕总督，到底辅助了雍正谋皇得位。权力之大，加于诸王贝勒之上，此是后话，暂且不提。

如今仍说金小翠，当夜跳出端福隆宅外，曳开脚步，自肚里寻思："原来年大公子叫我投这般去处，这厮不知羞耻，我不给他一点儿厉害，他只不让。今日虽留得他性命，只怕明儿也有是非，且去年府通个信儿再走。"想罢，一径来会年富。

时已一更多天气，人皆睡静，金小翠敲开年富家门。年富开出门来，蓦见金小翠，吃了一惊，问："姑娘何来？"

金小翠道："烦你老上复公子，那处可不是娘们儿得住之所，奴家特来告别。"说罢便走。

年富摸不着头脑，说："姑娘且等，待我回了公子。"

金小翠道："不必了，就是这话儿，请烦上复公子。"一面说，一面早跑出巷口去了。

年富只得关上门，自后门绕至年府正院，把话禀告了年羹尧。年羹尧听说，心内明白，想："这端福隆是贝勒府总管，便有不是处，也难说起。"当下一言不发。次日，听得端福隆吐血而死，又传说金小翠偷了金银器逃走，益发明白了此事，也不怎么理会，由她去了。

当夜金小翠在客店胡乱宿了一夜，心内踌躇："多得四娘子好意通知，我满心想带了她出来，苦得转身不及，目下却怎生救她？她既说骆小姐先在菩提庵，明儿且去庵中走一遭，问个实在，再做道理。"

次日，金小翠寻问至南坪菩提庵，入门求见老尼拜莲。拜莲出来，金小翠便问骆志英下落。拜莲一口回说不知。

金小翠叹道："天可怜见，这骆家人口四散，哪里去寻她？"

拜莲原恐生事，不敢直说出来，今见金小翠如此切心，又疑是骆家的人，少不得盘问她，从头至尾问了备细。问得实了，拜莲方道："不瞒姑娘说，老尼只怕闲人播是非，不敢说，既是姑娘一片好心，不由老尼不说。那潘红玉只是花言巧语，你休听她，这骆小姐就是害在她的手上。"

拜莲便一情一节都告知了金小翠，说骆小姐带了王妈，与欧阳大娘、白望天大爷都投涞水县孟大有票号去了，听说顾公子也在那里。金小翠闻言大喜，已知潘红玉的为人，诸事撇了不提。当时拜别老尼拜莲，径奔至涞水县，投问孟大有票号，谁知早已封闭。金小翠想道："我直这般倒运。"道讯邻舍，访得大德堂生药铺庞公，具告来由。庞公方指点大树坡净光寺，说出骆小姐一行人都在那里。金小翠大喜，连夜起身，径消闲村搭船至大树坡，来净光寺，投问清光法师。清光、慧修、孟卓、欧阳玉都在寺中，听说有陌生女子来投，心内疑惑，即由欧阳玉出来招接，问明方知是为寻访顾、骆而来。

欧阳玉道："骆小姐曾在这里，只不见顾公子。"

当下引见清光、慧修、孟卓三人。大家说起白望天、吕豪赴京，范豹也曾出去寻访，他三人至今未回，想必是不得顾公子下落。既是金大姐远路而来，且见了骆小姐，在这里宽住数日，却再理会。

欧阳玉便引金小翠至骆志英处相见，患难偏逢情义人，自是亲爱如姊妹，两下一见如故。金小翠告说在端福隆家巧遇潘红玉之事，并孟必扑所说骆亿成各节。骆志英大惊，诉说自家遭难各事，不由得唏嘘悲叹，再三拜托留心父亲行踪。欧阳玉留金小翠与骆志英一处住下，置酒款待，自有王妈服侍，诉说一切不尽。

金小翠住了八九日，心中思念哥哥，与欧阳玉、骆志英道："我自从下山别了哥哥，不知他回家怎样。这里自有大娘与众英雄寻访顾公子，我待去家乡走一遭，再来相会。"

二人见说是回家探兄，也不坚留。金小翠因又告别了清光、慧修、孟卓三人。正待动身，只听得说道："白大爷、吕大爷到来！"众人见白望天、吕豪回寺，都出来听消息。

二人走入寺内，欧阳玉便道："这多时去了方回，定有好消息！"

吕豪道："什么好消息？范小郎回来否？可寻得顾公子也未？"

孟卓道："哪曾见回来？这位金大姐也正探问顾公子哩。"

金小翠与白、吕二人也相见了。

白望天道："俺们本待去五台山，因恐你们盼望，又不知顾兄消息，以此回来打一转，立刻就要走的。"

欧阳玉道："师叔如何要去五台山？"

白望天道："北朝皇帝不日要巡幸五台，俺们探听得有人趁此要谋弑篡位，少不得去看看动静。"

孟卓忙问："这个消息确吗？"

白望天点头道："多半是确。"

不知白望天说出谁篡位来，且听下回分解。

端福隆杀骆太成，活埋高升，而夺潘红玉为妾，斯人不死，如天道何？今死于红玉之手，虽非红玉报仇之初心，而实端福隆一言有以激之，狠妇之狠可畏，报应之道，亦殊令人快心，写得细密含蓄之至。

端福隆一死，妾党咸散，妙在亲近伴当向达善，淫其妻妾于前，蒋进斗搂之于后。世事沧桑，类皆如此，可发一叹。

金小翠由此辗转而遇骆志英，读者试掩卷忆二十五回文字，再看三十五回金小翠剪径一段，万不料其来净光寺也，文情如游丝，近在咫尺之间，转眼不知所止，是为妙境。

第三十九回

净光寺孟无量认女
黑枫岭金小翠打虎

　　话说白望天说康熙帝将巡幸五台山，有人谋弑篡位的话，众人忙问哪里得着这个消息。头一是曹慧修，说起本身出家所在，越问得紧。金小翠听说这件新闻，也不走了，大家坐下。

　　白望天道："上年康熙帝在布尔哈苏台行宫斥废太子之后，将大阿哥、八阿哥锁拿监禁，现在因太子复立，这二人也已释放。俺们在京，先探得四贝勒府血滴子云飞燕一行人居然白昼行劫，被吕兄夺取血滴子，杀了一个队员名唤孙狼的。"说着，把铁拐巷事叙了一遍。

　　吕豪去包裹内取出那夺下的血滴子来与众人看。

　　白望天又道："自此以后，四贝勒府中倒平静了，那些血滴子队员也就不见，俺们重入贝勒府探时，方知遣发去南边勾当。有一夜，府中总管端福隆与四贝勒说，八阿哥、大阿哥将有非常举动。四贝勒点头，甚是得意，也不言语。次夜，吕兄去八阿哥府中探听，有三个皇子在那里密商，也不知是谁，只听得说道：'父皇车驾不日又要巡幸五台山，趁此行事，最为稳便。'一个道：'父皇不叫咱们随行，却如何？'先一个道：'路上自着人行事，又不是咱们亲自去了。'这话分明是要行刺了。俺们知道康熙帝那几个阿哥早晚只在算计父皇，也不只是八阿哥苦得不能近身，便是四贝勒那些血滴子，何尝不是为杀夺而设，巴望皇父早日晏驾呢？这宫中的事早已闹得稀烂。"

　　孟卓道："是便是了，可是这康熙帝老奸巨猾，只怕那些小子挣扎不过。"

慧修跳起身道："要他杀爹杀娘的，越杀得凶越好，这些狗不吃的东西，倒想做皇帝，活把俺大明江山糟蹋尽了。俺却去五台山清凉寺等候，杀他一个草木不留。"

清光道："曹兄弟还是这般性子，谅他车驾巡幸，何等严密，休说你一个，便百十个也近不得身。且听白爷说，毕竟康熙帝何时逛五台去呢？"

白望天道："当初吕兄听得这话来说，俺们也有些疑惑。目今康熙帝果然择日要出巡，着内务府办理巡幸时一路使用，并有密札与山西巡抚，叫去五台山准备行宫。我们都打听得实了，以此回来走一遭，便要去那里看看。"

清光道："你们可知康熙帝巡幸五台，这是第四次了，就是为顺治帝在清凉寺出家，人人都说，千真万确。曹兄弟是本山剃度的人，如何不知？"

慧修道："俺不是早先与你说了吗？要么就是那慧真，那厮行景好阔绰，长老圆智十分看觑他，俺便为打他，被圆长老遣发到普陀山。"

孟卓道："那人毕竟如何模样？"

慧修道："与俺上下年纪，是个白面书生，身边带一个亲随，一同出家。那亲随也不过二十左右年纪，如今算来，都是八旬以上了。"

孟卓道："你如何打他？"

慧修道："还不是怄气？"

白望天笑问："打伤也无？"

慧修道："哪里打着？却被圆智长老喝开了。那时若打死他，倒也罢了。"说得众人都笑将起来。

欧阳玉道："正经这一回的事，去见识见识也好，我与你们同去。"说着，指金小翠道，"你们说的什么总管瑞福隆，这金大姐就是从那里来的。"

吕豪问道："金大姐因何来此？"

金小翠少不得把来由略说一遍。说起年羹尧，白、吕二人道："这姓年的是个有文有武的人，可惜官心太热，俺们也约略知道。"

248

众人说些闲话，无非谈论京中所见所闻各事。

欧阳玉与金小翠道："大姐索性再宽住几天，我也要与白师叔、吕师兄去五台逛逛，俺们一同出门，岂不好？"

金小翠道："大娘向西行，我是走东门，出门就要分路的。"

欧阳玉道："虽然如此，大姐多的日子过去了，稍住几日何妨？说不定范小郎回来，也听听什么消息。"

金小翠被众人款留，只得且住了。吕豪便问："范小郎一去无消息，正不知怎样？"

慧修道："谁知他呢？俺正要问你们，当初与他出去，却把他丢了。"

孟卓道："别的不打紧，只怕小郎性急，在外闯祸。"

众人听说这话，也是担心。说话间，王妈趱来，请欧阳玉过去。原来骆志英听得白、吕自京回来，又知金小翠不走了，急得要听消息，故叫王妈来请。欧阳玉便邀了金小翠来骆志英处传说白、吕所言各事，及自己也要去五台山游逛的话。骆志英听说欧阳玉也要走，思量单身住在这寺院里，如何是了，口虽不言，心中着急，不由得泪下，只再三拜托二人留心父亲骆亿成行踪。二人满口答应。欧阳玉体会骆志英心思，别无言语可解，想了一会儿，附着骆志英耳边说了好些话，骆志英含泪点头，十分感激。欧阳玉说毕起身，与金小翠道："大姐且坐，我去一去便来。"

欧阳玉趱向殿后，至方丈上，见孟卓等众人都在那里闲话，欧阳玉入来，便道："孟爷，我要求请你一件事。"

孟卓道："大娘倒生疏了，说什么求请？有话只管吩咐。"

欧阳玉道："我不日要出门，便不是去五台山时，也要时常走动。这骆小姐在此，虽多承清光师、慧修师照看，到底她是女孩儿，这是法门净地，多有不便之处。我的意思，要请孟爷收了骆小姐做义女，她也可以服侍您老人家，您也可以照看她……"

一言未完，白望天、吕豪拍手道："妙极！妙极！"

慧修跌脚道："大娘怎么不作荐我收个女儿，倒作成了他？"说得众人大笑。

孟卓笑道："大娘去了，小姐在此，难道俺们便当她是外人？既是大娘如此细心，骆小姐她有小姐们的心思，老朽现成做个老子，有何不可？只是老朽也是个粗鲁的人，没有大娘那么细心，生恐照看不周。"

吕豪道："这个也值得说吗？要做便做得快，俺们叨光吃喜酒。"

欧阳玉笑着起身，当下把话告知骆志英，大家欢喜不迭。

次日早起，就三世佛前燃烛拈香，行寄拜义父之礼。左边白望天、吕豪搀扶孟卓，右边欧阳玉、金小翠搀扶骆志英，当中清光、慧修披袈裟念佛祷神毕，请孟卓居中坐了。骆志英跪下，拜了四拜。众人团团道喜。王妈入来，叩见老爷。礼罢，都入后堂饮酒。自此孟卓与骆志英情同骨肉，当日把床帐移至女客房，就骆志英对面房内住下，白发红颜，异乡聚首，佛门香火，天伦之乐，自是一大快事，倒减了骆志英许多忧愁。

谁知喜事方过，悲景忽来，这清光便害起病来。清光年登大耋，历经患难，早是体虚气弱，一旦病倒，遂成不起。当日请医投药，慌得寺中众人昼夜不安，毕竟油尽灯灭，如何再能挽救，不上十日，竟跨鹤归西去了。阖寺僧众尽皆挥泪伤感。孟卓等自不必说，当日遵三宝法例，择后园吉地，盘坐入缸，埋入净土，起造塔院，设水陆道场安奠。所有净光寺事务都告托了慧修、白、吕等四人，因清光圆寂帮忙照料，自难起身。

过了半月有余，看看康熙帝巡幸五台之日已近，白望天、吕豪、欧阳玉、金小翠各拴束了包裹，辞别慧修与孟卓父女出寺，取路行了半日，至岔道。欧阳玉与金小翠道："大姐去徽州家乡，须从这条道路走了，俺们须要投西去，就此分路，日后再会。若有空便，务必至净光寺逛逛，俺们不拘去哪里，终有相见之日。"

金小翠道："大娘请便，我自去家乡，看了哥哥，再来相会。"

金小翠相别白、吕并欧阳玉，分道自行。

话分两头，却说金小翠取路向徽州家乡而来，在路行了多日，时当初秋，正值淫雨，路上泥泞难走。一日午后，走得乏力，路经一处市镇，见有酒店，入来买些酒饭吃了，看看时候尚早，急要赶程，吃罢便走。刚走出店来，行不上十几步，只听得背后有人叫道："姑娘且住！"

金小翠回头见是酒保，问道："又不曾少你的，做什么叫我？"说着，回过步来。

酒保道："姑娘若是向东路走，前面有宿头，若是向西走这条路，却走不得了。"

金小翠道："又来作怪，青天白日，为什么走不得了？"

酒保道："此去七十里之内无宿头，中间却有一座猛恶山林，唤作黑枫岭，那山上下足有二十多里路，险得非凡。近来山上有一只大虫，时时伤人，来往客商被害得不知其数。姑娘单身无伴，这等时候，如何去得？眼见得到山上天便黑了，却不是白白丢了性命？但凡来路客人，俺们少不得把话告知。姑娘且在这里宿一夜，明儿一早起身便好。"

金小翠道听说，自肚里寻思："我哪里不去过？不曾见有大虫害人的，分明是这个黑店欺人诈财罢了。"金小翠笑道："酒保哥休要取笑，奴家是个走江湖的，身边不带金与银，从来也不怕什么大虫。"

酒保道："姑娘，不是诳你，其实去不得。"

金小翠哪里理会，返身便走。酒保摇头自念道："命里要遭横死的，没话说了，我好意劝她，还只道是我作弄她呢，眼见得今夜又是一命。"一面说，一面踅入店内去了。

金小翠只顾自己行来，约走了十来里路，果然见一座猛恶高山，四面尽是荆棘怪石，只中间通一条小道。经由小道上来，迤逦行了三五里路光景，天渐黑了。这山势越走越峻，看看距山顶尚远，望去只是黑压压树木参天，但听得怪鸟乱鸣，金小翠有些担心起来，想道："今番冒失，却苦得我身边无寸铁，便遇着野兽，如何抵挡？"正疑思间，忽听得豁刺刺一声，只见松树后抢出一只吊睛白额大虫来。金小翠叫声哎呀，疾转身便走。那大虫吼一声，望金小翠扑来。金小翠去大树后只一闪，闪在一边。那大虫抢过来，金小翠看得势急，拔出拳头，尽平生气力，对准那大虫额下只一拳，只听得那大虫叫声哎哟，肚皮下钻出一个人来，伏在地上，口叫："女英雄饶命！"

金小翠倒吃一吓，慌忙跳开，喝问："你是做什么的？"

那人道："俺是人，不是大虫。"

金小翠睁眼一看，那大虫却只剩得一张皮，倒在一边，原来是个假的。

金小翠喝道："你那厮，直这般恶赖害人，今日不结果你，还待何日？"那人一连叩头叫饶命。金小翠道："你且说，做什么来这里扮假老虎害人？"

那人告道："小人名唤阎小黄，兄弟二人，向系打猎为生，哥哥大黄前年一病死了，小人无计奈何，只在此山中搭一所茅棚居住。因家中向有开剥下的兽皮，小人只拣这一张锦毛虎皮把来扮作大虫，在这里等候往来客商，吓夺财物过活。近来多时不见有人路过，候得姑娘到来，只图挣些油水，谁知姑娘是个神人，姑娘可怜小人些个，饶了这一命。"

金小翠道："怪道那市镇上酒店里人说道，黑枫岭有大虫，来往客商被害的不计其数，原来是你这厮捣鬼，也不知被你害了多少人。亏得我今日身边无刀杖，若有时，把你戳了十七八个透明窟窿，也只当大虫杀了。我今若救你，想好汉杀硬不杀软，我待不杀你，又是留下害行人，权且饶你这一遭，只不准在这黑枫岭住。"

阎小黄磕头道："一应听命，姑娘且住，小人有话告禀。此去五十里之内无人家，姑娘便走到天明，也没打火处。小人家有的野肉虎酒，且请姑娘至小人茅棚内暂歇，天明上路未迟。"

金小翠道："你莫不是来计算我？"

阎小黄道："谅小人有几颗脑袋？"

金小翠道："也好。"自寻思："却怕他甚的？"

阎小黄爬将起来，拾取虎皮，卷作一团，缚在背上，说道："姑娘不熟山路，天黑难走，俺这里藏有火把，且点起来。"

阎小黄转身来树林深处，取出火把，开着火石来点了，照着金小翠，踏乱草，攀藤葛，打从山弯行来，一边说话。

阎小黄问："姑娘却去哪里？"

金小翠道："我正回徽州家乡去，问这里是什么州县？"

阎小黄道："这里是祁州境界，姑娘要去徽州，着实远哩。"

说话间，已来到阎小黄茅棚。

不知阎小黄如何对付金小翠，且听下回分解。

孟无量认骆志英为义女，何不认于入寺时，而独认于此时者，盖初望顾洪勋之早获，正不必有孟卓其父也。今以如许人四方探访，卒不得顾氏其人，而留一弱女于群僧杂沓之古寺中，深为不便，故有此一举。文情为之一变，而亦极写欧阳玉之为人，细切周致。

　　读者须着眼净光寺中，清光圆寂，只有慧修与孟卓父女而已。金小翠于酒保之言以为谎，于虎之出必信以为真，不图其虎亦为假也，是并酒保之言亦假矣。奇文奇情，固在假虎之足奇，而在"猎户"二字之可骇也。读下文，方知此段文字之妙。

第四十回

小黄举火烧茅棚
范豹带伤闹酒店

话说阎小黄接引金小翠来茅棚内，打火点起油灯，随手将火把熄了，让金小翠坐下。金小翠看时，只见是内外两间茅屋，凭着山势块石，全用活树枝叶编成，笆壁都是荆棘葛藤之类，只有上面覆着些竹椽白茅，与那活树枝条结作一处，甚是别致。四壁挂的各种野兽之皮，虎豹狮象都有，此外便是弓箭刀叉枪戟之类，都是猎户们用的家生，却都锈坏了。

阎小黄去肩上解下虎皮，趁手挂起，一面生火炙野肉，将出一坛酒来，放板桌上，自己先斟了一碗喝了，笑道："生恐姑娘多疑，我先喝一碗。"遂把酒与金小翠斟下。

金小翠打量阎小黄时，四十上下年纪，虬髯碧眼，两颧高耸，身长不满六尺，活似野人一般，心内寻思："倒亏他想得出，扮大虫来唬人，便是这副尊容，也着实唬得人了。"不觉暗自好笑。只见阎小黄炙好了野肉，把在盘子上，一壁炙，一壁端上来，只管劝金小翠吃。金小翠看他十分诚心，也不推让，大碗价喝酒吃肉。不一时，阎小黄把肉都炙了，也陪着吃。

金小翠问道："你在这深山里住，真的却不怕大虫？"

阎小黄道："姑娘不知，这黑枫岭本是祁州要道，千千万万的人来人往，便是近年来稍冷落些，哪里有什么大虫？即使有些野兽，俺们当猎户的，怕它时还济事吗？"

金小翠道："原来如此，可是以后你做不得这勾当了，到底不是大丈夫做的事。"

阎小黄道："姑娘说得是，俺打定主意不干了，只望姑娘挈带俺去，凭哪里挣些饭吃。姑娘不信时，俺立刻烧了这茅棚。"

金小翠道："我哪里能挈带你？我也是流落在江湖的人，这会子是由北方来，要回家去寻我哥哥。"

阎小黄道："俺知道姑娘的能耐了，方才那一拳的力量，便是真的大虫也吃打倒了，若不是小人向日会些拳棒，早便命休。姑娘好歹挈带俺去，休要见疑。"

金小翠寻思："我哥哥现在挣下些钱财，回乡治产，也不争他一个人，他又是个猎户，若留他在此，益发害人。"想罢，说道："要么你和我同去徽州，托我哥哥与你作荐，也还使得。"

阎小黄听说大喜，便道："不是俺夸口，俺只认得强似我的，却不理会那些蠢牛一般的人，便是现成有衣饭处，俺也不去。今承姑娘挈带可就好了。"

金小翠道："你是哪里人氏？"

阎小黄道："俺祖籍原是这里。"

金小翠道："我倒想起来，你们猎户中有一个名唤蒋大秀的，也敢是这里人氏，你可相识吗？"

阎小黄道："他哪里是祁州人？他是正定府无极县人氏，如今发了财了。"

金小翠道："不差，他是在无极县城外开肉店的，原来他那店生意这般兴旺。"

阎小黄道："哪里是什么开店发的财，他那肉店却早关了。如今也不在无极县城外住了，只住在正定府城内，造起好大屋宅，置买田地，哪里还像从前蝎蝎螯螯的样子？"

金小翠道："原来他转了运了，既不是开店发的财，却是哪里发来的财？"

阎小黄道："姑娘不知，他如今发了一笔横财。有一日，有三个客人到他店里，身边带着金银珠宝不计其数，也不知是哪里和他相识的。那三个人却是乌盖山为首的强人，他便去官中一告，因此吞没了这批金银珠宝，那不是发了大财？"

金小翠听得说"乌盖山"三字，不由得吃一大吓，急急问道："哪里的乌盖山强人？"

阎小黄道："便是陕西的乌盖山。"

金小翠道："那强人叫甚名姓？"

阎小黄道："名姓倒不知，只听说那三个强人一老、一少、一个中年的，都是山中的大王。"

金小翠寻思："这又奇了，又不像是我哥哥金霸，我哥哥下山时，只是一人，敢怕是山中的伴当被蒋大秀识破了告官，也未见得。既是乌盖山的伙伴，少不得探听他一个实在。"

金小翠又问道："蒋大秀告发了那三个强人，后来怎样呢？"

阎小黄道："还不是被做公的一齐拿去，收禁在那无极县大牢里？蒋大秀不久便歇了肉店，说往正定府开店去了。后来猎户们见他在那里买田起屋，肉店里的伙计也有在外传说的，方知是他在那三个人身上发了横财。"

金小翠道："此去无极县有多少路程？"

阎小黄道："也不远了，姑娘去徽州，便走无极县这条路也使得，若走正定府，那就远了。姑娘可要去会那蒋二哥吗？"

金小翠道："我和他一面之交，我不会他，既他现下发了横财，你两个素来熟识，何不投他去？"

阎小黄道："姑娘原来不知，蒋大秀那厮是个势利小人，俺若投他时，倒不如在这里干买卖。这厮有口无心，他心最毒，不是这般时，哪里便能够发了横财？"

金小翠听着点头，打量阎小黄，倒是个直爽汉子，说道："阎大哥，端的你要跟我去徽州？"

阎小黄道："去定了。"

金小翠道："若是委屈了大哥时，别说坏了大哥衣饭，休要见怪。"

阎小黄道："姑娘说哪里话？俺这里又不是做官做府，有什么舍不得？

向后也是不了。"

金小翠道："如此便好，我也不喝酒了，肉也吃饱了，暂且歇息。"

阎小黄道："姑娘歇一会儿，俺且把物事收拾起来，天明好上路。"

阎小黄去壁上摘下兽皮，把来作一包儿包了，将衣服之类打撰了一个大包裹。将那些旧刀枪拣好的藏了一把，余者去了柄杆，就地下掘了一洞，都把来埋了。

转眼天明，阎小黄烧了面汤，二人取过洗了，又炙了鹿肉獐肉，尽将酒来喝完。二人吃个饱，阎小黄背上包裹，与金小翠走出门外，现成一把火，把这茅棚放个着，登时刮刮杂杂地烧起。

金小翠道："大哥做什么烧了它？"

阎小黄道："俺跟姑娘走了，待留它做什么？"

金小翠想："倒是个说得做得的人。"与阎小黄道："俺们便打那无极县城走，烦大哥引路。"

阎小黄道："小人这条路最熟。"

二人等着茅棚烧尽，曳开脚步，翻过山来，望无极县而行。在路说些闲话，金小翠不明无极县惹祸的是谁，也不直说。阎小黄夜来见金小翠问得紧，今去无极县，料得是有事务，见她不说，也就不问。二人前后行来，走了一早晨，于路并不见有村坊，直至午后申牌时分，方见得一山村，入来村店吃些酒饭又行。到晚，赶上宿头宿了。

次日一早起身，傍午来至一个市镇，名唤葛家庄。

阎小黄道："好了，此去一路皆有村坊，俺们且这市上款饮数杯。"

二人入至酒店，择个干净座头坐下，金小翠去身边取出些碎银，交与酒保，吩咐只把酒肉蔬菜拣好的安排来。酒保答应，去了不多时，端上几式时鲜鱼肉下酒。二人各饮五七杯，说些闲话，只见一个跛脚汉子跟跟跄跄趔将入来，上穿一件青布大衫，遍身都是泥浆，下半截却已撕作两片了，右肩上搭一条青布，套过身来，络着左手，面皮一搭青一搭肿的，额上染着好几处血迹。金小翠看了，想道："这人不知为什么，却被人打得这般厉害？看他眉目之间，倒是十分俊俏，估量去也不过四十里外年纪。"

那汉垂头丧气地入来，去金小翠斜对座头坐下，叫道："主人家买些酒来吃，也切些肉来，有饭也拿来。"

酒保打量一会儿，过来问道："客官吃酒还吃饭？"

那汉道："不吃酒饭做甚的？"

酒保将一大壶酒、一大碗肉和一大盘馒头放在那汉面前。那汉狼吞虎咽，一霎时都把酒肉和馒头吃光，再叫添来。酒保照样添上，那汉不多时又吃得一空，问有大米饭没有，叫把饭来，再添一壶酒、一盘青菜、一碗汤。酒保只得答应，不多时，按数端上。那汉连吃了五七碗饭，把酒菜和汤尽都吃了，点滴不留。金小翠、阎小黄都看得呆了，那汉更不打话，起身便走。

酒保跳将出来，拦住道："客人休走，酒饭钱放在哪里？"

那汉横着眼道："老爷不带钱来，权与我记账，有时自会还你。"

酒保道："什么话？谁认得你是甚人？这里千人上万人落的，哪里记得账来？没钱时休想出店！"

那汉怒道："老爷吃便吃了，只是没钱，看你怎的奈何我？"

酒保叫道："这厮酒饭吃得翻天，肚皮一搭便走了，眼见得是个不成材的下流，倒来这里吃白食。你们快来！"

一声叫时，店堂内四五个汉子跳将出来，喝道："什么话？打折了这厮狗腿，休叫他动一步！"

那汉大怒，一脚踢翻桌子，骂道："泼贼，别欺负老爷没气力，都把你们来砍了。"

那四五个人早赶上围住那汉，纷纷动手。阎小黄一脚跳起，转过身来，撇开众人，说道："有话好说。"

金小翠起身叫道："这汉子吃的酒食都归俺们算还，休要动手！"

众人见他两个出来和事，也就放手。那汉还只睁着眼破骂。

阎小黄道："汉子，你且坐下，休得动怒，若缺少些钱使用，俺这里有十几张野兽皮，你便将去卖了。"

金小翠道："阎大哥，我这里有钱。"便取出一两银子交与酒保，叫把那汉吃的酒食都算了，问："可够了吗？"

酒保连声应道："有多有多。"

258

那汉见众人散开，拱手作谢道："小人流落在途，多承两位看觑，今日小人有事，急要赶程，不能赔话。日后有缘相会，再当图报。"说罢，返身便走。

阎小黄拖住道："汉子，你直这般要紧，却去哪里，也带些盘缠在身。俺这里有，分些将去。"

那汉道："不便生受，适才已是累扰了。"

金小翠道："俺们都是江湖上飘荡的人，谁不知路上的艰难？汉子，你去哪里？"

那汉道："小人要去拒马河大树坡，为是两脚行动不便，只得赶紧上路。"

金小翠道："汉子原来是大树坡人，可知道那里有个净光寺吗？"

那汉诧异道："姑娘怎的知道？小人正投净光寺去。"

金小翠道："汉子可认得清光师？"

那汉道："怎么不识？我便是寺里的人。"

一语提醒了金小翠，猛可省悟，忙道："汉子莫非是范小郎吗？"

那汉睁着眼望道："小人范豹的便是。"

金小翠听得果是范豹，大喜道："奴家正从净光寺来，孟爷、白爷、吕爷、欧阳大娘正记挂范小哥，不想在此相会。不知范小哥为何这等模样？"

范豹听说，走近身来道："姑娘到底是谁？"

金小翠告知姓氏，范豹叫声："天哪！真个有此事？"

范豹欲待说话，却又止住，回头问阎小黄道："这位阿哥大名？"

阎小黄也通了姓名。

范豹道："这里不是讲话之所，快离了这个鸟店，却再细谈。"

当下小翠忙叫过酒保，把账来算了，三人匆匆出店。直至葛家庄市梢头僻静处，来路边树荫下坐地。

范豹道："姑娘既是金小翠时，你的哥哥金霸现在无极县大牢里，并有顾洪勋公子和老家人顾福，他三个都被城外蒋大秀那厮害了，早晚性命不保……"

一言未毕，金小翠跳起身大叫："蒋贼，我把你这姓蒋的满门抄斩，真的却害了我哥哥！既是如此，小郎还在这里说什么？俺们快走便是。"

范豹道："姑娘，你听我说，却不可造次。"

阎小黄道："姑娘且听范豹说了再商量。"

金小翠只得坐下，忙问："怎的又连累了顾公子？"

范豹道："可不是！皆因蒋大秀那厮谋财害命，小人都打听得实了。自从小人出得大树坡净光寺，为寻顾公子下落，哪一处不投访？忽一日，路经那正定府管下一处市镇，在镇店下宿，夜来有两个防送公人押解一名犯人过境，也在店中宿了，好巧住在隔壁房中，听他两个兀自说些公事勾当。一个道：'乌盖山这件盗案，蒋二那厮吞没了不少金银，那顾洪勋原是个读书人，哪里像个绿林好汉，分明是蒋二捣鬼。'一个道：'那厮如今在正定府，好生自在，俺们这会子把公事安顿了，却去找那厮说话，好便好，不好，俺们回到无极县，只叫金霸一并攀了他，敢怕那厮不服！'二人如此商量着，我都听在肚里，只待次日问个明白。及至次日起来，问店小二时，谁想他两个公人和那因犯趁五更天色未明，早押上正定府去了。"

阎小黄失色道："直这般不巧！"

范豹道："所以这当儿，我就错了呢。"

不知范豹再有什么话来，且听下回分解。

假虎阎小黄之为人，见小翠而屡请随行，焚茅棚以示其决心，不怿于蒋二，而赠兽皮于素不相识之范豹，其为人也，可思过半矣。

范豹一钱莫名，入酒店而大嚼，叙英雄落拓，可怜可笑，然以带伤之身，承累债之后，始终不屈于酒奴，极见范豹之轰烈，盖不失乃祖遗风，是其心固坦荡无所愧怍不？觉其性之发于天真也有自，然而近世以无赖猎酒食者，又何多耶！

第四十一回

范小郎个中说冤情
薛老师局外辞良策

话说范豹与金小翠、阎小黄诉说镇店内那两个公差押犯人黑早上路，不能相见。

范豹道："我本待赶上去问他，转想他两个是私下商议的话，哪肯便与我计较？再则我已知道顾公子下落，心内着急，哪里还有心思去赶他？便一直奔到无极县，去衙门里道听时，果然是金霸、顾洪勋、顾福三人押在死囚牢里。我待要送饭与他，那些恶贼牢子却不放我入去，我只得将所有的银钱并衣服之类都质卖了，点恋他们，方得见了他三人一面。顾公子也别无话说，倒是金大哥说道：'有妹子金小翠与施良去京中探访骆府，若得江湖上有便人，千万寄个信儿，叫她速来救我一救。'我只得把话答应，直是哪里去寻姑娘？后来在大牢里遇到了一个好人，你道是谁？就是涞水县牢狱里管单身房的牢子周兴，如今调来这无极县做牢头。"

金、阎二人听说，都迟疑道："不曾知得这人。"

范豹道："这周兴虽是个老公差，却有好义气。从前孟爷在涞水县吃冤屈官司，还是州官要谋杀他，多亏他一力维持，想尽法子，救他出来。这人崇善欺恶，着实有良心，那些不成材的衙门鬼都惧他，起他一个绰号，唤作活蚰蜒。为他心平气和，做事不动声色，专会计算恶霸，好比蚰蜒吃蜈蚣，一毒解一毒，是个软中有刚的汉子。向在涞水县衙门当差，目今那涞水县知县调任这无极县正堂，因他能干，把他带来，参作本县管牢头领。我闻知他的名姓，与他备说前情，他便谨心在意，与我说道：'这件案是前任知县相公办下，如今本县相公也审过两堂，你说的那顾公子委实是个文静的人，哪里会做强盗？本县相公也知他的冤枉了，亦且金霸死也不认顾洪勋是同党，倒攀了蒋大秀。那蒋大秀上下使钱，因是原告，被犯人诬攀也是有的，因此无事。据我看来，顾公子与顾福两个倒敢有救，只是这金霸，口供都招实了，委实在乌盖山闹得厉害，十有九是要坐罪的了。更兼近日蒋大秀买上嘱下，一力要断送他三人，据金霸说来，包裹内有一千三百两金子、二千五百两纹银，并那珍珠首饰之类，都被蒋大秀吞没了，为此蒋大秀生怕他三人出来，只要害他。衙门里的人现在都知此事，一面空口答应蒋大秀，无非是骗他拿钱来孝敬。这个倒不妨，我自与他早晚维持，你只放心，也不必多来探看。但是这官司拖累得已久了，生怕公事上不日要发落，那就难说了。范兄既与孟爷、白爷、欧阳大娘都是一起，我岂有不尽心的道理？只望范兄早早设法为妙。'

"我听周兴的话十分有理，看来就是这蒋大秀恶贼作怪，不害命不休，若不除他时，官司不了。因此上我一直赶到正定府，问到那厮住处，只等他出来下手。等了三日，那一日早晨，他出门来，被我一把揪住，那厮挣扎不得，只诈道：'蒋二哥在家住哩，小人是他的管家，你不信时，只问左右邻舍。'我一时没见识，倒被他瞒过，那厮兀自闪入宅内去了，暗下却使人截断了我的出路。共有十二个泼贼男女，把我围在路中，我单身抵挡不得，活活地被打得遍身青肿，手脚都伤了，上气不接下气，只得装作了假死。那泼贼却将我横拖倒拽，走了约有二三里路，黑夜里，也不知是什么去处，猛把我向江中只一抛，这倒是放了我的生路。我从小儿在海里长大，什么风浪不经过，哪怕得这等小江河？

"当时我沉在江心，歇了一会儿，听得人声静了，跳出水面看时，那班贼都已去远，我便悄悄地由江心泅将过来，至隔江登岸，就林子里宿了一夜，一心只待去净光寺告知众人，巴不得立刻就到。叵耐两脚受伤走不动路来，身边又无半文，肚中饥饿，难觅食宿去处，只是一路行乞而来。到了这葛家庄地方，听说前面五七十里路无人家，我寻思无计，只得饱了肚皮再说话，不想在酒店遇了姑娘和阎兄，端的是天公有眼，不叫我绝路。"

二人听罢，心头冒火，气得呆了半晌。

金小翠道："皆因我哥哥粗鲁，连累了顾公子，又害范小哥吃这般苦。事到如此，不宜缓慢，俺们速即动身。"

范豹道："你们二位可即动身，我自回大树坡，告知了白、吕二兄并欧阳大娘，邀他三人速来搭救。"

金小翠道："不必了，他三人与我同日出门，已去五台山游逛探事，兼且范小哥身受重伤，千里迢迢，不当稳便。"

阎小黄道："姑娘说得是，如今这事，小人都已明白，蒋大秀那厮向日进出门路小人最熟，且到无极县探了监中消息，却再理会。"

范豹听说白、吕诸人都不在寺，也就回心转意。三人立时起身，阎小黄打包裹中取出衣服，与范豹换了一件新的。金小翠见范豹不便行走，便雇了一辆骡车，晓夜趱程前进，于路重叙细情，商量各事。金小翠将清光圆寂、孟卓认女，及黑枫岭遇阎小黄各节都与范豹说了。不止一日，来到无极县投下客店，金小翠便要去探监。

范豹道："使不得，蒋大秀告发状内曾有姑娘名字，倘被做公的闹出事来，不是耍处，待我去衙门里找了周兴再说。"

阎小黄道："范哥去只去，却要小心，这里也自有蒋大秀的狗党，小人陪范哥同去如何？"

范豹道："最好。"

范豹、阎小黄出店来，一径来县里，寻问周兴。周兴出来，打量二人，问道："范兄多时来这里？"

范豹道："大哥，借一步说话。"

周兴道："范兄住哪里？少时小人安拨了事务，来范兄处聆教，这里不是说话处。"

范豹道："如此更好，我在县横街客店里住，专等大哥。"

周兴又问明了客店所在，范豹、阎小黄相别周兴，回至客店，告知金小翠。三人商议一会儿，欲待劫监，却有三个人在一处，难以下手。欲单取出金霸来，便救不得顾洪勋，欲救出顾洪勋来，定是结果了金霸，又且是周兴所管，亦怕连累了他。三人私议多时，委决不下。

263

傍晚时分，周兴来店，范豹接入，与阎小黄、金小翠都相见罢，依次坐地。

周兴道："范兄如何这般狼狈？"

范豹道："不瞒大哥说，当日与大哥别后，我到正定府，一心想除了蒋大秀那厮，却被那厮暗算，把我打折了手脚，抛在江中，亏得我自小识水性，逃了出来。在路遇了这金大姐与阎兄，因此来探大哥的。"

周兴未答。

金小翠道："早闻得大哥好义气，哥哥金霸犯该死之罪，多承大哥照料，毕竟这官司如何得了？"

周兴听说，答道："令兄被蒋大秀告发，一应实情都招了，陕西那里亦有公文到来，这犯案已是坐实，只怕难以周旋。"

金小翠道："如此怎生奈何？"

范豹道："大哥与俺们想一个什么法子方好？"

周兴半晌答不出话。

范豹道："到底顾洪勋主仆没来由被陷在牢，金霸比先虽在乌盖山勾当，如今早是散伙，却待归乡种田，又不是眼前犯下的事。大哥没奈何，只得救一救。"

周兴道："话虽如此，范兄也是明白的，一入公门事便难，小人不合值的管牢事务，真个有此心，无此力。这件事，除非与这个人商量，或者有救，也未可知。"

范豹忙问："这是何人？"

周兴道："是小人先前在涞水县时，一位刑名老师爷，向日多蒙他提拔小人，好生看觑。此人姓薛，名桦，表字延寿，祖籍浙江绍兴府会稽县人氏，熟读诗书，也会拳棒，医卜星相，无件不晓，亦且义重如山，情淡似水。如今住在正定府城内半边街，开设一爿小酒店，卖酒度日，人人唤作薛老师便是。小人且写一封信，作荐三位前去面恳，若还他肯应许时，这事便有解救，他若不肯，小人也就没法，只得休了。"

范豹道："恁地说时，大哥便写信与俺们去。"

阎小黄道："只怕要备些礼物使得。"

周兴笑道："阎兄不知，他与别的师爷不同，若把钱去买动他时，倒恼了他的性子，反弄得一事不济。只看他的高兴，他肯管时，万事皆休，不肯管时，水也泼不入去。只是一层，他有什么言语，你们只顾答应着，不可违拗。"

范豹等三人听了点头。

周兴道："小人回家去一去便来。"

范豹道："大哥须快来。"

周兴道："理会得。"

周兴相别三人，取路回家。原来这周兴把浑家王药姑带来在这无极县城内，租下房屋住了。

当下周兴回至家中。王药姑问道："做什么今儿倒来得早了？"

周兴道："便是为金霸那一件事，现有范豹一行人在客店找我说话，因此早安排了事务出来了。我打算写一封信，叫他们去正定府见薛老师。"

王药姑道："不知薛老师肯承手也未？"

周兴道："这件事比孟大爷那事更难，我若不与他们周旋，撇不过面皮，只得叫他去薛老师那里试一试，倘有不济，却再理会。"

王药姑笑道："只要救得他们便好。"

周兴道："大娘，还有一件事，倒要请你办一办。便是这范豹被人打折了手脚，遍体青肿，你有什么膏药末粉接济他些。"

王药姑问怎样被打的缘由，周兴把范豹的话说了一遍。

王药姑道："这个容易，只是打伤以后，抛入水中，少不得受了寒温，生怕日后要溃烂起来，须叫他外敷内服方好。"

王药姑自去配药，周兴取过笔砚，写好了信。王药姑把药交与周兴，叫如何内服，如何按敷，如何把膏药贴上，都告明了。周兴把药和信藏着，来至客店。范豹接入来坐。

周兴取出药来，说道："我看范兄伤重，今就家内配得膏药末粉在此。"随即将浑家嘱咐的话说了一遍，范豹再三称谢。

周兴取出信来，交与范豹道："今日时候不早，范兄把药敷上了，将息一夜，明日起行未迟。"

金、阎二人道："都亏得周大哥如此细心。"

当下说些闲话，金小翠再三拜托周兴，通个信儿与哥哥金霸并顾公子。周兴答应，作别自去了。

这里金、阎二人服侍范豹服药按敷睡下，阎小黄把随身带的十数件兽皮却去市上发卖。当夜无话。

次日，范豹起来，果觉轻松了许多，脚胫肿痛都除了，面上伤处已是结了痂，只觉左手拗不过来，身上有几处水泡，仍把膏药末粉依言敷贴上。三人算清店资，直望正定府而来。于路无话，到得府城，来城内半边街，问薛老师时，有人指说道："前面绍兴酒店便是。"三人过来，抬眼看时，只见单间门面一家小酒店，柜上直匾写道"鉴湖风月"，柜身外吊角放着三条板桌，有几个汉子向外坐着喝酒。柜内坐着一个老儿，六十以上年纪，须发斑白，面目黄瘦，穿一领细布长夹衫，拿着一管旱烟袋，正在敲烟。范豹抢入来，叫声："老丈，敢问薛老师在这里吗?"

那老儿道："何来?"

范豹料知即是薛桦，施礼道："老先生敢是薛老师吗?"

那老儿道："薛延寿便是我，有什么话说?"

金小翠、阎小黄忙过来施礼。范豹取出周兴书信呈上。薛延寿一面打量这三人，一面接信来看罢，说道："老朽在这里卖酒度日，连自己衣饭也难撑，甚是不济，有负三位盛意，另请设法。"说罢，一连拱手，也不让座，却自向账桌旁坐下，写账去了。

三人面面相觑，呆了半晌。

金小翠道："周大哥叫来这里投教，定然不欺俺们，范兄且将缘由说与这薛老师听。"

范豹道："也说得是。"

范豹只得走近来，备说金霸、顾洪勋三人被蒋大秀陷害，如此这般情由说了半日，谁知薛延寿却是没事人一般，头也不回，只管翻看账簿，偏架起眼镜，算起账来。范豹一肚子气，要待发作，想想大远的路程来，回去也是没法，只得按捺住性子，硬着喉咙说软话。金小翠生怕范豹动火，也挨近来，连说带求诉好话。只见薛延寿忽地把算盘一丢，怒道："你们说些什么？金霸草寇打家劫舍，理应正法。顾洪勋认盗为友，罪有应得。这等事也来与我勾缠？"一句话说得三人面面相觑，作声不得。

不知三人如何对付薛延寿，且听下回分解。

范豹与蒋大秀一边事，只用虚写，盖此为金小翠、阎小黄合传，故下笔有轻重之别。中叙范豹投江逃生，照顾前文，定是范豹，不是他人也。

接入周兴夫妇，文情加倍生色，读者又疑其用荡魂药引，然此绝不能再用，何也？一由于人数之不一，二盖周兴之救人，听其自然而然，不如范豹诸人之非达目的不止也，情理有宾主之分，故行事有缓急之不同。

第四十二回

薛延寿诈病救罪犯
龚恂斋闻命谒恩师

话说范豹、金小翠见薛延寿一番言语，被他说得哑口无言，半晌没做理会。

阎小黄着急起来，插嘴道："可恨蒋大秀那厮如此谋财害命，那瘟官兀自信他，便路见也不平，俺们怎肯甘休？薛老师好歹与俺们想个法子。"

薛延寿正眼也不觑，别转头说道："这个你与蒋大秀说去，与我说什么？"

范豹气得紫涨面皮，少不得要老拳奉敬。金小翠连连丢眼色，叫不可造次，自肚里寻思："周兴有言嘱咐，这老儿有话，须不可违拗，谅来他是这般脾气，看他言直气壮，定有道理。"金小翠平心静气，低声说道："薛老师说的是理，俺们今来这里恳求老师的话是情义。奴家哥哥不合在山上做强人，今日正法，果然理所应当。若说那顾洪勋公子，满腹经纶，他祖上顾亭林太爷何等有道学的人！若不因他家门风，不做清朝官府，莫说什么正定府无极县，便是直隶巡抚也做得了。如今倒跟强盗做朋友，落得这一身污秽，投了黄河洗不清。这个冤枉，天理也不容，怎见得是他自作自受？"

薛延寿听说，掉过头来问道："你怎知道他是顾亭林先生的后代呢？"

金小翠道："顾公子的父亲顾有光老爷便是顾亭林太爷的侄儿子，祖籍江南昆山人氏，后迁陕西华阴县居住。奴家兄妹曾受顾有光老爷的恩德，满心想报答这顾公子，谁曾料今日却累他坐牢。"

金小翠说着，不由得流下泪来。

薛延寿道："你是金霸的亲妹子，向日也在山上居住？"

金小翠点头道："正是。"

薛延寿道："为什么要做强盗？"

金小翠道："哥哥金霸有气力没处卖，有本事没处使，无衣得穿，无饭得吃，无田得种，无屋得住。他是个粗鲁不懂道理的人，末了只得做强盗。且如薛老师，通文达理，无事不晓，若得圣明天子在上，怎容得你在这冷街上开酒店，兀自埋没了白发苍苍……"

金小翠话未说完，只见薛延寿一连点头笑道："看不出你这小娘子倒是个通世故的人，今年几岁了？"

金小翠回说："二十一岁。"

薛延寿问："许了人家也未？"

金小翠飞红了脸，只摇头。

薛延寿又道："家中还有何人？"

金小翠回说："父母早亡，只有这哥哥金霸。"

薛延寿点头道："也罢，老朽年纪之上，生下一男两女，都不中用，现在绍兴乡下种田。老朽的婆子早年死了，这酒店里只雇用一个小厮走动。老朽自己上灶当炉，甚是忙不过来，既是如此，姑娘肯做我的女儿吗？"

金小翠不防薛延寿说出这话，倒兀自一呆，猛可省悟，连忙答道："若得父亲教训，孩儿一辈子的造化。"说着跪下，插烛也似拜了四拜。范、阎二人惊喜不迭。

薛延寿哈哈大笑，说道："她如今是我的女儿，你们也休客气，只管在我这酒店里住，也帮我走动走动，上下与我招呼着。"二人诺诺连声。

薛延寿叫过小厮，吩咐道："这两个哥儿晚上要宿歇，你去店堂后安设床铺。这小姐住在我的房内，把我的床铺移至外间。"小厮答应去了。

薛延寿与金小翠道："你去厨下与两个阿哥先安排些酒饭吃。"

薛延寿引三人入至里面，便说哪里是柴，哪里是米，哪处的酒是卖的，都指点了，自去柜上坐地。三个在厨下便动手打火造饭，背后私议道："这老儿方才水也滴不入去，忽地里却把俺们都留住了，这般相待，是什么道理？敢是真的收了金大姐做女儿？这件事便拿得稳了，且看他与俺们怎生计议。"

当下三人在厨下造饭已毕，金小翠出至柜上，回了薛延寿。

薛延寿道："你们自吃去，不要问我，我有话时，自会叫你。"

金小翠入来，与范、阎二人吃罢饭，自在厨下收拾碗盏。范、阎二人帮同小厮照料店面。到晚，不见薛延寿有甚言语询问。当夜宿歇，各自肚里猜疑。

次日起来，大家帮同做事，自早至夜，并无话说。范豹着急，一连催着金小翠去问。

金小翠道："且等一等。"

如此过了七八日，只见薛延寿清早起来坐柜上，到夜睡觉，不是看书，便是算账，闲着只敲旱烟筒。

阎小黄道："见鬼也耶？人家在火里，他却在水里，恁地时怎生得了？眼见得他三个性命悬悬，说不定蒋大秀那厮早晚下毒手，难道等人死光了去救不成？"

金小翠道："阎兄别急，他既留我们在此，自有道理，且由他去。"

当晚，薛延寿早早安歇，只说心口痛，身体欠安。三人越发不敢提这事。

次日，薛延寿病倒在床，不能起来，众人大惊。金小翠想："我直这般命穷，好容易得他老人家看觑，把我留作自家人一般，却待要商量些事，怎的害起病来？"

当下金小翠与范豹、阎小黄都来床前问病。

薛延寿道："我这病不妨，过三二日便好，今日必有远客来到，好生伺候。若有人问我这病时，只说害了多日了，休得胡言。"

三个诺诺答应，心中各自疑惑不定。未及晌午，只见一辆车来至店前停下，车中走下一位先生，约莫三十多年纪，生得文静大方，带一个当差的，入至店内，递上名帖，投拜薛老师。范豹接着，看那名帖时，上写道"门下弟子龚玮拜"。范豹接取名帖，入内呈与薛延寿，薛延寿连叫快请。

范豹返身，引那龚玮入来，薛延寿略略欠身。

龚玮走至床前，忙说："恩师今日身体如何，可瘥些吗？曾吃什么药？"

薛延寿道："今日倒好得多了，恂斋且坐。"一面叫范豹管待龚玮跟来的人，一面问龚玮，"近日贵署公事忙否？"

原来这龚玮，字恂斋，祖籍绍兴府山阴县人氏，向曾在薛延寿门下学院幕，现正充当无极县刑职老夫子。薛延寿特诈称病重，写信把他唤来。

当下龚恂斋问病已，说道："恩师手谕却被驿站上误了时刻，迟到了半日。门生接到之后，立即告明东家前来，在路并无停留，若不因驿站误事，昨夜晚也得到了。"

薛延寿点头道："我也算得老弟今早该到了，着实累了老弟路上辛苦。愚兄请老弟来此，不为别的，自从与你别后，差不多两年了，愚兄时时有病。"

龚恂斋道："可不是与恩师一别，转眼已是两年了，门生也每每思念，想来拜访一遭。只是公事麻烦走不开，又因东家由涞水县调任到无极县未久，益发比平常忙些了。"

薛延寿道："这个我也知道，你听我说。愚兄风烛残年，去家数千里，儿子媳妇向在绍兴，屡屡写信来要我回去，我在这北方多年，也惯了，倒舍不得北方朋友好爽快，以此耽误下。家中略可粗过，也不管他。只我向日在这里收下一个姑娘，养作自家女儿一般，她也十分体贴我，能尽孝心。我万一有不测，这小妮子只好拜托老弟照顾她些。"

龚恂斋道："老师也是太想得周到，谅老师龙马精神，何至于此？但有吩咐，门生定当遵办。"

薛延寿点头，便叫："我儿在哪里？"

金小翠听得叫，隔壁应道："父亲有甚吩咐？"

薛延寿道："你来，见见这位师兄。"

金小翠入来，见龚恂斋品貌堂堂，骨骼英挺，料是读书中人，便温温静静福了三福。龚恂斋忙让过身，回了三揖，二人叙些客套。金小翠留心薛延寿眼色，也就退出。

薛延寿又道："这是一件，须托老弟照管。其二，愚兄有一个门生，是陕西华阴县人，乃是昆山顾亭林先生的侄孙，名唤顾洪勋。此人品学兼优，秉承祖风，不就举业，现听得家破人散，漫游四方。愚兄一向想见他，只是探访不着，务望老弟与我留心。"

龚恂斋听说，吃了一惊，自肚里寻思："分明金霸案中有顾洪勋、顾福二人，亦是华阴县人，亦是祖贯昆山。原来还是薛老师的门生！"却不敢便说，只一面唯唯答应。

龚恂斋随又问道："杨秋帆师兄在这里，常到老师这边来吗？"

薛延寿道："不曾。"

龚恂斋诧异道："他如今正在这正定府当首席刑幕，难道不知老师在这里？"

薛延寿道："不是他不勤，是我嘱他不要来。老弟要晓得，这幕友最忌在外应酬，我又是开这个酒店，免不得良莠不齐，若是本府衙内刑名老夫子时来这酒店里走动，在不知细情的看来，成何说话？于尔我面子都有不好，以此我再三嘱他不要来，便是我目下虽有些病痛，他也不知。"

龚恂斋道："老师真是守身如玉，今日门生到此，老师身体欠安，如何可以不通知他？门生也有些公事，本来要去，我去他那里走一遭，老师且安心歇一会儿。"

薛延寿道："也好，你去须把我的意思达到，并不是疏远他，委实是求全之道。"

龚恂斋道："门生理会得。"

龚恂斋相别薛延寿，带了当差的，直来正定府衙门投见杨秋帆。

这杨秋帆，名炳，也是绍兴府人氏，原与龚恂斋同乡又同学。当时门吏入报，杨秋帆只道是无极县有甚重要公事，忙叫请入。至书房内坐下，寒暄罢，杨秋帆问："何公干来此？"

龚恂斋道："薛老师病重，特唤小弟来府城，有话嘱咐。"

杨秋帆诧异道："小弟近在咫尺，倒是不知，老师有甚言语嘱咐？"

龚恂斋把薛延寿所托两事说了。

杨秋帆吃惊道："前会子你来的捕盗公事内，有乌盖山金霸、顾洪勋等三人，可是这顾洪勋不是？"

龚恂斋道："还有谁呢？年甲都符，据他口供又合，定然无疑。"

杨秋帆道："如此怎生奈何？你与老师明说不曾？"

龚恂斋道："他在病中，此系公事，不便直说。小弟特来与吾兄商量。"

杨秋帆道："毕竟案情如何？"

龚恂斋道："据案情而论，顾某实不相类。"

杨秋帆道："如此只得想法开释他，却是把金霸也要减等拟罪了。"

龚恂斋道："金霸是乌盖山历犯多案的盗首，倘有县司指驳下来，如何分说？"

杨秋帆道："这个不妨，现在县台衙门当案的幕友闻人龙，表字子超，也是薛老师提拔的人，与小弟相熟。且原告误告顾某两人，指鹿为马，这金霸自然也有话可说。师兄只管照此拟罪，小弟这边自好与他周旋。这是薛老师嘱咐的事，不会有失。"

龚恂斋方才放心。原来这都是薛延寿算定之事。那时绍兴师爷最盛，直操各省衙门生杀之权，原为明末以来浙江文风甲于天下，文人大多当参军书记等职。清初，满人分发各省做官的往往因不识字，不通时务，延请江南人为师，再后弄得做官的非请老夫子不可，一切事务都委在老夫子身上，做官的只担待出钱买爵，赚钱图升，现成受享完事。这一来，倒把老夫子闹上了，便有许多人专事拜门学幕，熟读大清律例，结识官府，钻谋西席，极会得圆文滑字，敲骨剥髓，渐渐弄出帮头来。内中却是绍兴老夫子帮头最紧，虽有苏州帮、常州帮，都不及他。为何他的帮头最紧？当中有两道门槛：头一，绍兴师爷不说官话，只说绍兴话，不拘督抚大员要请他时，只好你去迁就绍兴话，他不迁就你，因此要冒充绍兴师爷就难了；第二，绍兴帮有个护法，大家照应，假如府里请的绍兴师爷，县里的是别帮师爷，这县里的师爷公事就难办了，动不动便驳下来，要驳得你自己没趣，只好走路。换一个绍兴师爷到来，那就百事有商量，紧慢都有照应，这是上压下的话。倒过来，省里请的是别帮师爷，府里的是绍兴师爷，这府里的绍兴师爷便想尽法子，抢出道理来，与你刁难，你便压着他，也只是阳奉阴违，临了还是说不过他的道理，也必然弄得没趣走路，这又是下攻上的话。因此上，绍兴师爷天下闻名。且如这薛延寿，历在北方多年，有拜他门的，有曾在他处学习的，有被他提拔的，各省各府都有他的门徒。又且本身是个端正有本事的人，那龚玮、杨炳、闻人龙一行人，但得他示下，如何敢违拗，自然是薛延寿得定拿得稳的事。只因当时官场最忌的是请托，因此薛延寿诈病召龚玮，特把话兜圆来说，须使他不落痕迹，也是师爷的手法。

毕竟看龚玮、杨炳如何解救金霸等罪犯，且听下回分解。

　　此回叙薛延寿、龚恂斋一流人，另是一副笔墨，别有身份口吻，妙在托出"节言谨事"四字，以表狱中幕友之能。

　　金小翠传，至此畅快叙之，以见山林之间有佳人，巾帼之中有丈夫，映以范豹之勇，阖小黄之走险，益觉小翠之能忍体物也。夹叙绍兴师爷原委，言简意深，别生奇趣，此则文人之在江湖者，自应为之列传。薛家酒店额之曰"鉴湖风月"，盖尽得之矣。

第四十三回

龚恂斋义释顾洪勋
阎小黄计赚蒋二哥

话说龚恂斋听薛延寿托付两事，当日与杨秋帆商议，一心要把顾洪勋出罪。二人商议既定，又叙些无极县应兴应办各项公事，都接洽了。

杨秋帆道："老师如此病重，小弟不能不去瞧瞧，虽则薛老师一番好意，嘱我少去，毕竟于礼不合。"

于是龚、杨二人步出府衙，龚恂斋的当差自在门吏房等候，一同来至薛延寿酒店。二人入内，看视病状。

杨秋帆道："老师委实太把细，何不早着人唤门生过来，俾早晚服侍。这会子可清爽些吗？"

薛延寿道："近日略好些。老弟见谅，不是愚兄舍近就远，你那贵东最是多心的，这正定府的人情不好，愚兄在此多年，岂有不知？横竖恂斋都是自己人，累他走一遭也不妨。"

杨秋帆道："恩师与恂斋说的话，门生都知道了，自当随时遵办。"

薛延寿道："最好，拜托两位老弟。"

三人都不提顾洪勋之事，当下说些闲话，薛延寿叫备酒食伺候。

杨秋帆道："恩师不劳操心，恂斋兄便在门生处宿歇为当。"

二人只恐累烦了薛延寿，便辞出来。龚恂斋吩咐当差的在酒店住，自与杨秋帆来府衙下榻。当日二人置酒款饮，诉说一切。

次日，龚恂斋要回无极县，来薛延寿处辞行，见薛延寿神气比昨健朗，心内甚慰。师生二人叙些琐事，不一会儿，杨秋帆赶来送行。

275

龚恂斋道："秋帆兄何必如此？小弟早经告明了。"

杨秋帆道："也要瞧瞧恩师今日如何。"

薛延寿道："多劳挂念，今日更瘥些。"

龚、杨二人坐谈一会儿，见薛延寿撑起身来，有说有笑，自是欢喜，情知年老人饮食不调，寒冷不宜，也是常有的，都各不疑。无多时，恂斋拜别起身，带了当差的自回无极县了。杨秋帆也就回衙。这里薛延寿见二人去后，自照常起来料理店务不提。

且说龚恂斋回至无极县衙门，晤见东家，把杨秋帆要周旋顾洪勋的话说了一遍，不提薛延寿托付之事。

无极县知县听了说道："求其生而不得，则吾与死者皆无恨，今有可生之道，如何不救？就请老夫子做主，任从末减，只要上头不指驳便好。"

龚恂斋道："晚生自当酌情核办。"

龚恂斋退至书斋，传牢头周兴入来，嘱咐道："乌盖山盗犯三人内，顾洪勋、顾福委系被冤连累，现本县相公业已查明，你与他好生看顾。"

周兴喏喏应命，自肚里寻思："薛老头儿的力量到了。"当下来至牢中，暗地把话告知了顾氏主仆并金霸，三人多得周兴上下照料，不甚吃苦，自是感激不尽。周兴自此益发送汤送饭与三人吃，也叫他们把衣服换了，拿去浆洗，将龚师爷的嘱咐告知了众牢子，大家都当心在意，格外看觑三人。虽有蒋大秀着人屡屡要谋害，这牢子们只是白收了银子，推说牢头管得紧，不能下手。蒋大秀看看难以如愿，情知是案关劫盗，又是有名的抢犯，到底也挣扎不得性命，以此行得慢了。

且说龚恂斋与无极县知县商议，将金霸减轻罪名，改为被逼从盗，畏罪逃乡，在路擒获。顾洪勋、顾福系在客店结识金霸，前后不知虚实等情，断金霸罪应徒流，顾洪勋、顾福皆拟无罪。当日备文申详上司去讫，转眼一月有余，复文到来，金霸着遣发黑龙江充军役，顾洪勋、顾福着该县谕令觅保开释。

当日龚恂斋写了一信，传周兴入来，把话告知，嘱将此信交与顾洪勋，待开释后，前去正定府投见薛老师。周兴应命，接取书信，出来无多时，早是知县升厅，命大牢里提出金霸、顾洪勋、顾福三人，当厅宣谕。

把金霸断了二十脊杖，取一具铁叶护身大枷钉了，押下文书，着两个健壮公差防送金霸，限日起身。那两个公差领了公文，押解金霸，去下处打叠包裹，自理会动身去了。这里知县又将顾洪勋、顾福提问一遍，着押下单身房，自觅妥人具结保释。衙役押二人来至单身房收禁，只见周兴早在门口等候，把话知照了，自出衙来，就近觅了保人呈上知县查核，准予开释。

周兴领了公文，来单身房带出顾洪勋、顾福，一径回至家中，未及坐定，顾氏主仆扑翻身便拜。周兴忙扶起，叫老婆王氏取出两件夹衫与二人换了，一面置酒管待。周兴取出恂斋书信，交与顾洪勋，托带与薛老师收察。这信并不封口，顾洪勋抽出信上看时，无非说嘱查顾师兄，实因被累在县，现已得申，一切情形，问顾是便知云云。此外是问病请安的话。顾洪勋看了不懂。

周兴道："大约薛老师推说公子是他门生，有话与龚师爷说了，上回龚师爷匆忙赴正定府，必是为此。"

顾洪勋道："毕竟这薛老师是谁？"

周兴方把范豹如何来无极县，如何被蒋大秀所害，如何在路遇了金小翠、阎小黄，如何他三人要我设法，我如何写信荐与薛老师，以及从前孟卓如何在涞水县还魂，如何白望天、欧阳大娘在秀岩山上商量赴净光寺，并如何带了骆志英、王妈同行，如何在净光寺寄寓，一应情由，凡牢中不能畅说的话，从头至尾说了个备细。顾氏主仆二人似做梦一般，方知众人在外营救查访得苦，不由得感激泪下。

顾洪勋听说金小翠、范豹在薛老师处，孟卓、白望天、骆志英一行人都在净光寺，巴不得插翅也似，即刻前去会晤众人。当下哭拜周兴道："为小可一身，连累众英兄如此周折，虽百死何足一报？尤承周大哥情至义尽，若得此身不死，不忘重生之恩。既是龚先生交下此信，小可须速去正定府拜访薛老师，日后再与大哥相会，必图结草之报。"

周兴道："公子休如此说，谅小人草料，有甚长处，皆是薛老师与范兄等所为。只恐薛老师在那里挂念，小人也不敢留公子在此，只是今日晚了，明早起行便好。"

当日周兴管待二人，尽兴畅饮，并说金霸充军之事，入夜早就安歇。

次晨，周兴将出盘缠送二人上程，顾洪勋藏了书信，挈带顾福，拜别周兴，取路走正定府来。到得府城，直至半边街绍兴酒店，正是薛延寿在柜上闲坐，顾洪勋上前问明，主仆二人扑翻身拜倒在地。

薛延寿笑道："莫不是顾洪勋贤弟？"随即搀起让座。

顾洪勋取出龚恂斋书信呈上，薛延寿看了，叫声我儿，只见金小翠袅袅地自店堂后闪将出来。顾洪勋迎前便拜，金小翠回礼不迭，说道："公子，皆是我哥哥不好，害了公子吃这苦。如今哥哥在哪里……"

一言未了，只见范豹跳将出来，一把抱住顾洪勋，叫道："早上薛老师还说哩，算来日子近了，出来得快了，果真你今日到了。"

一时阎小黄又过来，顾洪勋都拜谢了。大家问金霸怎处，顾洪勋只得把遣发黑龙江充军的话说了。别人不打紧，早是金小翠泪下如雨，呜咽着道："这般时一生也难见。"

大家都道："如此奈何？"

只见薛延寿蒙着眼睛，摇头拨脑地想了一会儿，说道："我儿休急，却再理会。"

顾洪勋方知金小翠寄拜了薛老师为父，心内暗喜。原来薛延寿收留小翠做义女，即是要搭救金霸，病中特把话告托了龚恂斋，早便另有算计，今见说金霸充发黑龙江，薛延寿少不得转过计来，当下也不言语，拉着顾洪勋问了一会儿话，留心看去，果然好表人物。当时吩咐小厮准备酒饭管待二人。金小翠自去厨下理值，薛延寿相陪，众人各饮数杯。酒罢，金小翠又问寄父薛延寿，如何可救哥哥金霸。

薛延寿与阎小黄道："你与蒋大秀素来相熟，向昔也有嫌怨否？"

阎小黄道："小人与他从前在一处打猎为生，并无嫌怨。为小人与他性格不合，以此疏了。"

薛延寿道："如此便好。现在公差防送金霸起行，定然路经祁州黑枫岭，距黑枫岭五十八里路有一座市镇，名唤望岭镇。要去黑枫岭时，先必在望岭镇打尖，过了那镇，直去无村坊，须过得岭来，方有宿处。我儿与范小郎可星夜驰往望岭镇等候，阎小哥去蒋大秀家中，如此这般行事。"

众人听说大喜。当下金小翠、范豹打揲起程。范豹此时伤已痊愈，精神壮健，辞别众人，飞也似的与金小翠两个直向望岭镇去了。阎小黄也即起身，前去蒋大秀家中行事。这里薛延寿留下顾氏主仆在店歇宿。顾洪勋专等好音，候至众人回来，便好去大树坡净光寺会晤骆志英并众英雄。谁知顾福年老，几番受了委屈，当时在牢，只是血心坚持，今至薛家酒店，身心一放，便挣扎不起，当日害起病来。

　　薛延寿本明医理，与他把脉瞧了仔细，背地与顾洪勋道："这老家人心血用尽，什九无生望，只合早备身后事为当。"

　　顾洪勋泣道："如此奈何？拜恳老师怎样救他一救？"

　　薛延寿道："我想起来，只有一剂药，且把来试一试，有效时便好。"

　　当时开下一方，叫小厮去市上撮了药来，即令煎服。顾洪勋早夜在旁照料，服侍顾福。

　　且不说顾福生死，单说阎小黄来至蒋大秀家，只见巍巍墙门，崭新屋宇，果然好一座庄院，自想道："原来谋财害命，却盖得好大住宅。"阎小黄跨入门内，只见当值的在门房内叫道："你找谁？"

　　阎小黄道："请问阿公，这蒋二爷在家吗？"

　　当值的道："莫不是说蒋二爷，你姓甚名谁？有何话说？"

　　阎小黄具说姓名，答道："有事面谈，请烦通报。"

　　当值的挈引阎小黄来至大厅前，叫暂等候，自入内通报。多时，只见蒋大秀探头出来，却打扮得似达官一般。阎小黄忙施一礼。

　　蒋大秀似笑非笑地道："是你吗？里面坐坐。"

　　阎小黄便跟入来，在厅内告坐了。

　　蒋大秀道："一向不见你，却在何处勾当？近来好吗？"

　　阎小黄道："哪里说起？只是浪里来，水里去，汆里罢了。闻知二爷新近发了财，早想来道喜……"

　　蒋大秀不待言毕，便道："说什么？俺便是历年来积攒些钱，在这里盖了一座庄院，上下都道俺发了横财了，其实瞒不过你老阎。近来有出无进，俺这座庄院也少不得要变卖了。"

　　阎小黄自肚里冷笑："这厮只怕我问他借些，果然不出薛老师所料。"

阎小黄道："我说呢，自然二爷的钱来处不易，江湖上却有人说道，蒋二爷发了一笔横财，原来都是那些闲汉们白口造谣。"

蒋大秀笑道："可不是！像你就明白的了，俺们开些野味肉店，却去哪里发财？"

阎小黄道："这个定是人家见了二爷在这里盖了庄院，故有此话，也不管他。最奇怪的，昨日小弟因猎得些野味，去镇上庄主人家卖，还有几张兽皮无人受买，正取路走府城来，只见是个公差押了一个囚犯过路。那囚犯生得一脸横肉，听说道是陕西什么山上一个强人，断去黑龙江充军。那公差与囚犯过去不多时，只见三个汉子，也生得甚是凶顽模样，劈面过来，见我背着兽皮，数内一个问道：'你是猎户吗？'我回说道是。那汉道：'你既是猎户，可认得蒋大秀吗？'我便回说：'比先也曾相识。'那汉又问：'你知道那厮住在什么地方？'我说道：'与他多年不见，不知住在无极县城外也无。'那汉更不打话，返身便走。三个在路商量着，也不知说些什么，只听得一个道：'且到黑枫岭再说，回来找那厮未迟。'小人见他三个急急忙忙地走了，看来有些蹊跷，只怕是那囚犯一路的人，又不知何故却问二爷，因此小弟放心不下，特来探看二爷。二爷可认得这伙人吗？"

蒋大秀听说，不由得面皮一阵红一阵青，早是坐立不安。阎小黄看在眼里，想道："薛老师的话着了。"

毕竟看阎小黄如何计赚蒋大秀，且听下回分解。

薛延寿计使龚恂斋，妙在不言而喻，计使阎小黄，妙在明示其言行，而又未即道出所以，皆见薛老之静观自得也。

读至此回，方至假虎阎小黄遇这金小翠，其为用如此。不因金小翠存心为行旅除害，以阎小黄前来，何以赚蒋大秀？不因蒋大秀奸诈待友，何以被赚于小黄？皆可见事理循环有报应，非地狱天堂之谓也，故知此书为稗史正宗。

阎小黄一段话若即若离，似隐似现，虽黠桀如蒋大秀，未有不入其彀中，毋怪变色而作也。

第四十四回

蒋二谋财重杀戮
金霸换囚出牢笼

话说蒋大秀听阎小黄话中有因，道着心病，不由得神色惊慌，坐立不安，自肚里想道："早知那瘟官把金霸断了徒流，两个姓顾的却释放了，这分明是金霸的同党，计算来报俺的仇，如何是好？"

蒋大秀问阎小黄道："那几个汉子说的什么口音？可是哪里人氏？"

阎小黄道："听他口音，好像是陕西人，不是此地人。据我看来，多半是与那囚犯作一路。"

蒋大秀迟疑道："阎兄你不知，这个囚犯名唤金霸，比先俺在无极县开店时，夜来投宿，俺看他来路不明，去官中一告，把他捕获了，现在断了徒流。这厮们只怕是他的同党，记下这仇，却来暗算，也未可知。"

阎小黄假意吃惊道："原来恁地，这话一定是着了。那蠢汉见我是猎户，便问二哥去处，必是外省远来的人。谁知小弟却是二哥的人，天幸撞在我手里，得了这个消息，既有此仇，二哥须要提防才是。"

蒋大秀点头道："说得是，那厮们既去黑枫岭，这早晚只在路中，若是跟那囚犯走时，不见得走得快，俺们着实赶得上。"

阎小黄道："二哥便打发人去探一探，若是探得实了，一并报了官司捕捉那厮们去，免得再有后患。"

蒋大秀道："正是这话呢，只有一件，打发别人去时，却认不得那厮们，又恐冒失，最好请阎兄与俺走一遭，随路好厮认。探得实时，俺自有算计。"

阎小黄只要蒋大秀说这话，心内暗喜，一面迟疑道："却是小弟有些事务安拨未了，既是二哥的事叫小弟去，难道小弟不去？小弟准陪二哥同行，好在二哥随处宽转，不会委屈小弟。"

蒋大秀道："老阎，你只放心，有什么事都在蒋二身上，俺知道你是好男子，日后重重报谢。"

阎小黄故意问道："只是小弟与二哥去，不带别的人吗？"

蒋大秀道："老阎，你哪里知道？我这里有些伙伴，只吃得酒肉，认得金银，却是做不得事。兼且人多了，益发招摇。你别管，只把那厮们与我认准了，俺自在算计处。"

阎小黄道："二哥说得是，小弟悉听尊命。"

当下蒋大秀换了衣服，拴束了包裹，取出两把解腕尖刀，各人身边藏了，又取些银两与阎小黄，入内告知了妻子。

妻子道："二哥早去早回，路上小心。"

蒋大秀道："你只好生管持家务，但有人来，一概回绝，俺去了即回。"

两个立时起身，阎小黄扮作伴当，搭上包裹，与蒋大秀道："俺们只从小路处，须要早早赶上那厮们，却好理会。"

蒋大秀道："既是那厮们去黑枫岭，少不得打从望岭镇过，俺们先到那望岭镇问一问，若是过去了再赶，不曾过时且等，这般如何？"

阎小黄道："正合我意。"自肚里暗想道："果然又着了薛老师的道儿，眼见得这厮今日数尽。"

两个说些闲话，径投小路慌速行来，走至黑夜方投宿。五更天色未明，即时上路，不止一日，早来到望岭镇。

二人入至酒店，吃些酒饭，蒋大秀叫过酒保问道："这里可有几处酒店？"

酒保道："共有五家，小店的酒最好。"

蒋大秀喝了一口酒，点头道："不差，想是你这店的生意也最好了？"

酒保笑道："多托达官们照应。"

蒋大秀道："听说近来这祁州和正定府有好几处强人获住了，解去黑龙江充军，少不得打从这里过，你店里定然又添了生意。"

酒保道："多时不曾见囚犯过境。"

蒋大秀道："也许你店里不来。"

酒保道："达官，若还有囚犯往北走时，小店却是第一家，先必来俺这店里歇脚。便是下客店的话，这里也只有一处客店，就在对门不远，遮莫去那里，必要过这一条大街，哪里会不知？"

蒋大秀道："我也只听得说呢，你再切一盘黄牛肉来。"

酒保答应去了，蒋大秀把眼来看阎小黄，阎小黄点着头。两个吃罢酒后，出店来，蒋大秀低声与阎小黄道："好了，果然那囚犯不曾过境，这里又只有一处客店，若是来了，少不得在这店里投宿。俺们歇下，却再理会。"

阎小黄声声答应，肚里兀自暗笑。二人走街头过来，入至客店，小二迎接入内，拣一个清净客房歇下。只见对房一个女的探头出来看觑，阎小黄看那女娘时，不是别人，正是金小翠。

原来金小翠与范豹早就在这客店内等候，范豹恐被蒋大秀识破，却在边房内躲了。当下阎小黄与金小翠丢个眼色，放下包裹，自与蒋大秀说闲话。回头再看金小翠时，却把门拽上，自入房内歇去了。

当夜无话，次日起来，阎小黄与蒋大秀道："今日那囚犯多敢是要到了，小弟愚见，斩草须除根。二哥等得那公差来时，何不点恋些，却叫他们把那厮在半路上结果了，岂不省事？"

蒋大秀笑道："俺自有主意，你但留心那三个泼贼，认得准了，暗地指点与我，休要走漏。"

阎小黄诺诺连声，自无话说。蒋大秀只道阎小黄贪图便宜，如此尽心，哪里想得到余事，口上口下无非把银钱来勾动。二人在客店守候，半步不出。

向晚，只听得店小二接入好多客人进来，火杂杂地搬行李、舀茶水，闹得正响。阎小黄开出门来打一看，只见众人中两个公差押着一名囚犯，肩着枷，正走经隔廊，至斜对夹厢内歇了。阎小黄情知是金霸，却不认得，便拉过蒋大秀，低声道："你认一认，是他吗？"

蒋大秀探头向窗外只一望，一连点头道："怎么不是？"又生怕金霸瞧见，掩上窗户，重去窗槅子向外细细瞧了一会儿，连说道，"正是，正是。老阎，你出去看看那三个泼贼跟来没有？"

阎小黄答应，闪出门来，兀自走了一遭，回来说道："不曾见，那厮们多敢是落后一步，不见得便来，来时我自留心着。"

蒋大秀道："既这么着，你便趁空儿务请那两个公差过来，俺有话说，休使囚犯得知。"

阎小黄点头，踱入门来，转至夹厢门前看时，两个公差歪在床上，金霸蹲在地下劈柴，却被枷碍了，劈不过来。一个公差跳下床来，口里乱骂，一边去生火烧饭。那个公差也就起来，指着金霸啐道："老爷晦气，却撞着你这个魔头，倒要老爷来烧饭与你这厮吃，也不曾见你掏出半文来。"一壁说，一壁出门来，待去厨下舀水。

阎小黄趁势跟上，至转弯僻静处，叫声公差哥哥。那公差回头来，停住脚步，待答不答。

阎小黄挨上前道："公差哥哥休疑，俺们二爷有话告说，两位阿哥至对面房中一叙。"

那公差诧异道："却是哪一个二爷？"

阎小黄道："便是蒋二爷，名唤蒋大秀的，原与这囚犯是对头，有事相烦二位，务请移步。"

那公差道："晓得了，你先去，少刻便来。"

阎小黄道："专等专等。"

阎小黄自回房内告知蒋大秀去了。这公差去厨下舀了水来，回入夹厢，叫过那个公差，背地把话告知了。两个私议道："这蒋大秀比先谋吞了赃物，不在少数，现今来这里等我们说话，多半是要我们做手脚。若是出得到价钱时也罢。"两个议定，造饭来吃了。

看看店中人静，阎小黄却又过来门外张望。两个会意，只怕有失，解下腰间缠带，将金霸反手绑了，结在床上，把门拽紧，反扣了。两个悄悄地走将过来，阎小黄接着，引入里面。

蒋大秀满面笑容，拱手道："恭候多时，二位尊兄请坐。"

一面叫阎小黄端过酒来，几式果品鱼肉下酒，皆是预先叫店小二安排下。四人依次坐下。

蒋大秀开言道："二位尊兄在上，不是俺心歹，这囚犯比先掠俺上山，着实吃他一番苦，今日此仇必报。二位押他远去黑龙江，几千里路，空自花费盘缠脚头，眼见得这厮身边一文也无。小人备得十两金子在此，望二位做主，早便两站，迟则四站之内，务把他结果，最好是黑枫岭上，那里无边无靠。回来时揭去枷上封皮表证，小人再有十两金子相谢。"

两个听说，面面相觑，说道："二爷，你是明白人，这个干系都在我们身上，好便好，不好，立即便是坐牢勾留。我们都有老小，这十两金子何用？"

蒋大秀道："既是如此，小人再加十两相送，回来时也是二十两，一底一面。"说着，共把二十两金子放在桌上。

一个道："不是不肯，实是难下手。"

一个道："蒋二爷是个好男子，终不成委屈了我们？日后也有照应处，权且做一遭。"

两个做好做歹都答应了。蒋大秀大喜，亲自斟酒相劝，两个在路上早苦得熬汤熬水，正没好饮，趁当儿还不吃个畅快？阎小黄自肚里寻思："薛老师真的有神仙般见识，早料到有这一着，此时不下手，更待何时？"

阎小黄乘三人说话时，暗地去腰间摸出蒙汗药，反身来温酒，只一抹，搅在酒内，转过来笑说道："二位阿哥喝一杯温的，二哥也换一换。"说着，都与三人斟了满杯，自己面前也斟了，又起来拨火加炭。只听得蒋大秀说声请，三个一口而尽。阎小黄忙又过来斟时，只见蒋大秀抢过去，早与两个公差斟满了。三个又各饮一杯。这两杯酒下肚，无多时，三个一阵头晕，叫声不好，早是一颠一扑，倒在地上。阎小黄立即掷下酒壶，闪出门来，把门拽上了，来至对面金小翠房门前，轻轻一击。金小翠、范豹正静候消息，等得不耐烦，一地里跳起，开出门来。

阎小黄道："速即下手。"

三个飞也似的溜至夹厢，打开房门，把金霸扶起，去耳边一说，揭去封皮，开了行枷，解除了反绑的缠带。金霸一松身，似脱笼饿虎一般，便要寻两个公差厮杀。

金小翠道："俺们早有算计，休得你管。"

金小翠提了行枷并缠带，拉着哥哥金霸，随范豹、阎小黄一串烟闪至蒋大秀房中。范豹剥下蒋大秀衣服，交与金霸穿了。金小翠慌忙把枷扣在蒋大秀头上，依旧将封皮搭上。范豹取过缠带，也把他反手绑了结实，扣在桌脚上。一边阎小黄把桌上金子并蒋大秀身边带的金银和两把解腕尖刀并衣服早打摞在包裹里，结在脊背上背了。四人看了完事，吹灭灯火，踏熄炭炉，慌忙出门。范豹急急回至房中，取了包裹，四人脚不点地，拔开大门，直奔出店外。

这时，店中都睡得静悄悄的，虽有几个未睡稳，亦自在床上将息，却喜影儿也不见。四人便各飞奔出望岭镇，直走黑枫岭来。于路金霸拜问阎小黄，两下相见。

金霸与妹子道："蒋大秀那厮既在店里，何故不杀他？"

金小翠道："皆是寄父薛老师吩咐，只叫如此，自有人杀他。你休问，速速与范小哥去净光寺躲了，我自要回去接顾公子。"

金霸道："妹子哪里去？"

阎小黄道："便是薛老师吩咐，救得你后，我与范兄和你三个皆有干碍，再不好回原路去，只叫连夜走黑枫岭，投大树坡净光寺安身。金大姐自不碍事，回正定府去接顾公子并顾福，随后便来。"

金霸再要问时，范豹道："别多说了，快走快走。金大姐也须早回步，免得薛老师盼望。"

金小翠道："且送一程，我自走得快，不妨。"

四人飞一般行来，金小翠与金霸一面奔，一面诉说各事。约走了二十里路，金小翠告别。阎小黄去包裹里摸出十两金子，与金小翠作盘缠。金小翠自取路回正定府不提。

范豹、金霸、阎小黄三个连夜经黑枫岭，结伴投大树坡去了，不在话下。

却说两个公差和蒋大秀被蒙汗药麻翻，一个多时辰方才醒来，只听得蒋大秀气吼吼地发喊。两个在黑地里摸了一摸，不知高低，连忙叫店小二掌灯来。半日，店小二惊起，取灯来照时，却见这个囚犯东撞西跳，早已换了面目。两个公差吓得呆了。

欲知后事如何，且听下回分解。

薛老设计，处处在人情，节节明事理，故其诛奸也，以奸诛之，救人也，即以其人之仇代而救之，天下宁有是事乎？然而其事之所现，盖令人有不得不认为必然者，文情之奇，涉笔之妙，尽使读者皆入薛老计中。

蒋大秀以财起意，杀金霸等三人，其心犹未已，并欲杀阎小黄随口指说之三人，此薛老之所深知于蒋大秀者，盖其取死之道，不一端已。不然，金霸之为乌盖山盗首，减等而徒流，亦既贷其一死矣，不有蒋大秀其人，更乌乎救之？

本书每以杀人自杀、待人自待为归束，其寓意可知，岂寻常小说以乱杀为侠义者可比。

第四十五回

望岭镇赤身埋蒋二
薛家店白手嫁翠娘

话说两个公差等得店小二把灯来照时，却见囚犯换了面目，吊在桌脚上，兀自乱奔乱跳。再细瞧时，方认得是蒋大秀。原来蒋大秀醒过来，知道着了道儿，急想脱逃时，争奈两手反绑了，挣扎不得，以此乱跳。

两个公差惊得呆了半晌，喝道："这厮倒敢放了囚犯！"一个看管蒋大秀，一个慌忙去夹厢看时，哪里有什么金霸？连声叫苦，跑将来，指着蒋大秀骂道："都是你这厮起了歹心，吃那囚徒逃走了。如今只把你带去黑龙江便休！"

蒋大秀一迭连声叫起屈来。一个闪过身，去交蒋大秀白净面皮上猛一巴掌，喝道："你这般乱跳乱撞做什么？再动一动，老爷打折你的狗腿却说话。"

两个公差见桌上那金子不见了，蒋大秀身上的长袍短套都没了，越发怒起，喝骂店小二："你这贼店，养着强人在这里，如何把我那囚犯放走了？明日告到官司，尽要你们的命！"

店小二被骂得哑口无言，放下灯盏，飞也似的避去了。左右住的客人被两个公差闹醒，听得说走了囚犯，生怕惹事，都不敢起来看觑。

两个公差扯着蒋大秀耳朵喝道："你说，做什么设下圈套陷害俺们？"

蒋大秀急得发哭道："哪里是小人敢陷害你二位阿哥？"

公差道："眼见得是你那伴当叫俺来吃酒，却把蒙药麻翻了俺们，还说何来？"

蒋大秀叹气道："终不成我叫他也麻翻了我，愿自家来做囚犯？"

公差道："泼贼，你把人害了，谋下许多赃物，盖造了好大宅院，也享得福了，死了也值得。老爷们为甚倒与你吃官司？"

一个道："与这狠心贼说什么？明儿带去州衙里，只告他拦路劫囚便了，再不然，只把他带去黑龙江完了公事，谁管得他蒋二不蒋二！"

蒋大秀听了，只叫得苦，央告道："皆是小人一时不慎，中了阎小黄那厮毒计，暗串强人，把小人赚来这里。今日小人全在两位阿哥身上，两位没奈何救一救小人。小人在家有些金银珍珠，都把来孝敬哥们，只望留得小人一命。"

两个公差道："谁信你来？"

蒋大秀道："二位若不信小人时，小人写一纸借贷笔据，但凡小人有的都开上，便把小人那庄院抵了也使得。"

两个公差丢了眼色，扬出门外，私下商议了一会儿。半日入来道："依便依你，只是要写两纸笔据，一纸借贷，一纸抵押房屋，休得隐匿。"

蒋大秀这时要命不要钱，满口应允。当下叫过店小二，借取纸笔，方把蒋大秀两手捆缚解了。蒋大秀依言写了两纸正用借动笔据，交与二人，二人看了，各取一纸，藏在袋里。

蒋大秀道："二位方便，且与小人开一开枷。"

公差道："你也省得人事，这是客店里，多少人在这里歇宿，兼且闹得众人都知了，俺与你开了，分明却是放了你，这不是救你处。"

蒋大秀怎敢多言？两个公差把蒋大秀仍带至夹厢内，将包裹刀杖都收拾检点了，却不曾失少什么，方才放心。一面又叫店小二查问阎小黄。店小二早是查知对面房内一男一女两个客人都走了，大门也拔闩开了，情知是四人一路。今见公差闹得凶，怎敢多说，便一口推说不知。两个公差把店小二骂了一顿，也不理会，自在房内看管蒋大秀，胡乱睡了一会儿，转眼天明，起来造饭，押着蒋大秀便行。

蒋大秀问道："二位阿哥，今去哪里？"

那公差道："你休问，自有你的去处，终不成撒下你在这里？"

蒋大秀只得听从二人所为。两个公差押着蒋大秀走了一早晨，于路一言不发，看看来至黑枫岭，两个道："好了，这里有了你的去处。"

蒋大秀只道二人是要把他放了，心内暗喜。

两个道："且到岭上再说。"

蒋大秀在前，两个公差押在后面，三人来至半山腰。一个公差托地叫起，猛向蒋大秀后身拦腰抱住，一个取出缠带，把蒋大秀两脚捆了，倒曳着来至松树边，连手带脚兜将过来，去松树上捆了结实。

两个公差看着蒋大秀道："不是俺们心歹，其实今日有去路无回路，不是你叫俺们谋杀人命时，怎落得如此？你休怪我，早晚去黑龙江也是一死，就这里送你上山，省得在路上吃许多苦。"

蒋大秀听说，满面泪下，哭丧着喉咙央告道："公差哥哥，好歹救得小人一命，小人有的钱财都送与二位了。"

那公差道："不必说了，这也不是你的辛苦钱，须知俺不是拿你的……"

说话未完，一个拔出拳头，去蒋大秀腰膛只一拳，一个提起脚尖，对准蒋大秀小肚下命根子死劲只一脚。可怜蒋大秀就这一拳一脚里，命火绝灭，幽魂无靠，身便软了下来，顷刻死于松树之下。两个见蒋大秀已死，解下绳带，除了行枷，倒拖至林子里僻静处，取腰刀挖掘一个土坑，把蒋大秀短衫单裤净袜缎鞋都剥光了，连枷带人和那无极县公文尽行埋在地下，把土来填平了。两个将衣服包起，拔步便走，径奔至正定府城中，直来蒋大秀家，至厅内坐下，连声叫蒋二妻子说话。蒋家用人见二人来得声势极盛，不敢违拒，只得去告了蒋奶奶。一时蒋二妻子出来，二人取出笔据在手，喝问："你是蒋二家的吗？蒋二向我们借的钱财、押的房屋都在契据，如今到期，快把本利来算清了，休得再误。"

蒋二妻子惊得目瞪口呆，半晌说道："丈夫多日出门去了，客官贵府何处？应欠应还，丈夫回来，理当至尊府奉偿。"

两个道："嘿！蒋二暗通陕西大盗，黑心谋财害命，早被官府查出，押至保定府去了，还得几时回来？蒋二一辈子不回来，难道俺们也等他一辈子？"

蒋二妻子吃了一惊，忙问："客官，怎知道丈夫押至保定府去了？"

两个道："俺们在路亲见来，你们做的事，难道不知？倒来问别人！快快把钱还来。"

蒋二妻吓得手忙脚乱，只道丈夫被乌盖山强人攀了，亦且心内虚慌。两个乘势连骗带吓，做好做歹。蒋大秀向昔走动一伙朋友拢来看时，果是蒋二亲笔借据，情知蒋二向日来路不明，又听说遭了官司，都懒懒地避开了。两个喝龙骂虎，越发得劲。蒋二妻子没奈何，只得把向日在金霸包裹内掠下的金银大秤小秤价合总来拆还，哪里够得回赎房屋？一时又无处召卖，只得拼当首饰衣服，东借西掇凑数，还是不济。两个却在蒋家住下坐讨。蒋二妻子一把眼泪一把鼻涕，委实凑不得数了，哭丧着脸，再三再四地恳求。两个自肚里寻思："毕竟来这里索债不是正经，却是担着血海干系，倘被官司得知，此祸不小，也只得应允了。"当下收拾金银首饰，打叠两大包裹，各人身上背了，离开蒋家，暗地回到无极县，取了老小，三十六着，走为上着，径逃至南边经商去了。后来无极县知县等回文不至，查系祁州境界出事，便行文广捕那两个公差并罪犯金霸不提。

且说蒋二妻子无端来了这两个债主，好容易收回笔据，送得出门，连忙差人去保定府打听。哪里有什么消息？过后猎户们在黑枫岭路过，见着蒋大秀尸身。原来当时入土未深，被山中野兽野鸟掘了出来，把四肢血肉都吃残了，只留下头面，还得厮认。猎户们猜出是蒋二，把话传与蒋二妻子。蒋二妻子听了，大哭一番，省悟过来，想想也是报应，自此单身无依，度日不下，便把宅院变卖了，趁着徐娘半老，另嫁了一个屠户，仍开肉店为生，不在话下。

再说金小翠自别范豹等三人，回来正定府半边街，入至薛家酒店，只见店中人纷纷闹动，店门前放着一具棺木，吃了一惊，忙向前问时，方知是顾福死了，正已入殓。只见薛延寿在柜内，吩咐众人如此安排，顾洪勋在旁兀自流泪。金小翠上前见过二人。

薛延寿道："我儿，事都完了吗？"

金小翠道："都不出父亲所料，凡事如意。"

顾洪勋道："金大哥无恙？"

金小翠道："哥哥身体健朗，他三人已伴往大树坡去了。"

291

顾洪勋点头道："也罢，可怜我这老家人不幸前夜晚死了，都是因我之故，折了他寿。多得薛老师照料一应身后，直使我处身无地。"说着，泪如雨下。

金小翠只得劝道："他也是有了年纪的人，还亏在这里病故，若那时在牢中，便益发苦了。"

顾洪勋泣道："可不都是老师的恩德！"

金小翠去身边取出那十两金子，交与薛延寿，说道："父亲收用，好与顾老家人做安葬之费。"

薛延寿道："都舒齐了，我儿自藏下做盘缠，不日可与顾少爷投大树坡去。"

金小翠也就无话。当下薛延寿吩咐众伙，将顾福棺木抬去城外独龙山下安葬。顾洪勋自押众人送葬去了，这里薛延寿备问金小翠在望岭镇所为之事，金小翠一一具说细情。

薛延寿听罢，说道："这早晚，蒋大秀那厮只怕被做公的害了，再不会押送前去。若是蒋大秀无钱时，倒还逃得性命，今自盖造了宅院，都说他发了横财，这条命便难活了。"

金小翠问龚恂斋、杨秋帆有信来否，薛延寿道："我都写信去知照了，今日诸事都了，只为我儿终身，我已将你配与顾洪勋了，你意如何？"

金小翠登时红潮晕颊，半羞答道："父亲做主，只是这般时，如何对付得骆小姐？"

薛延寿道："我儿无妨，我早嘱咐下范豹，去大树坡与孟无量说了，骆小姐也是明理的人，不至嗔怪。你但好生看顾他二人。"父女两个说些细话。

原来薛延寿于金小翠初入门来求请设计时候，听她言语，早看出金小翠意思，后知顾洪勋已有骆志英自小订婚，便有些踌躇。及顾洪勋被释来店，两个见面之后，薛延寿冷眼看去，都有一脉深情，因此上薛延寿决计成全这段姻缘，早便把话嘱咐了范豹，叫去与孟卓父女委说这事，一边却与顾洪勋当面说了。顾洪勋自在乌盖山感小翠力救之恩，并病中扶持之状，向后至京投访，更到无极县辗转营救，今得出死入生，又是薛老师一力维持，如何不依？只是想着那骆小姐吃得诸般苦，迄今未得相见，心中安排不下。薛延寿也把嘱咐范豹的话说，以此顾洪勋、金小翠都各心满意足。当日顾洪勋送丧至独龙山，与顾福入土安葬了，回来告禀薛延寿，也与他请了僧道做了法事。一切事毕，薛延寿便择定好日配置衣饰，与二人成亲，就酒店后面披屋布置新房，却是精致清雅，不同凡俗。当夜礼成，尽鱼水之欢，话患难之恩，两个似胶如膝，何消细说？薛延寿甚是欢喜。

过了三日，金小翠道："骆家姐姐得范小哥消息，必然早夜盼望，我们速去为是。"

顾洪勋道："说得是。"

两个告明了薛延寿，薛延寿并不挽留，只叫好生上路。两个略整行装，拜辞而行，自取路投大树坡净光寺去了。按下待表。

如今却说白望天、吕豪、欧阳玉三人从那日与金小翠分路，走五台山来，于路无话，到得山下，早纷纷地听人传说，圣驾不日又来巡幸了。只见一路有官员率领兵役修桥铺路，随处有匠人修葺路边亭榭，三人就在山下找一个客店歇了。

原来顺治帝自退位逃禅，在清凉寺剃度之后，太皇太后心中悲愤，那时康熙帝年幼，也无话说。至康熙二十三年，太皇太后方说出顺治帝出家缘故。康熙帝大恸，立时下旨要去五台山朝见父皇。这年九月，御驾出京，谁知到了清凉寺，尽点寺内众僧，并无所见。

原来顺治帝早听得消息，托故避去了。后来康熙帝一连南巡两次，去五台三次，如今却是第四次巡幸。

不知康熙帝毕竟见得顺治帝也无，且听下回分解。

自八十九回叙金小翠别白、吕诸人，寻乃兄金霸，至此结到金小翠得婿得兄，俪影双双，归去大树坡，是金小翠踌躇满志之事，亦作者踌躇满志之文也。

既叙金小翠归去大树坡，方调笔揭起五台山一边事，皆自三十九回话分两头而来，文势蜿蜒，如走龙蛇。

范豹受薛老之托，将有语于孟卓也，却先于路中催促金小翠回薛家店微逗一句，不善读者，乌乎知之。

293

第四十六回

康熙帝四幸五台山
朱一贵独刺清凉寺

话说康熙帝初次巡幸五台山，不遇父皇顺治帝。二次又命驾出巡，查得清凉寺内有高僧慧真在后山精舍挂单，彼时长老圆智早已圆寂，康熙帝应召寺中住持僧问话，要见慧真。住持慌忙叫行童去后山通知时，谁知慧真清早带了沙弥慧安云游去了，康熙帝只得命驾回京，心中快快不悦。那时太皇太后已薨，康熙帝回奏皇太后，问毕竟曾在清凉寺也否。皇太后传太皇太后遗旨，只说在清凉寺剃度无疑。

至康熙三十八年二月，帝又奉皇太后出巡，先有密旨与山西巡抚，谕令清凉寺住持，点管全寺僧众名数，一月之内，不许外出。住持奉巡抚札，哪敢怠慢，尽把寺僧留难在内，不拘行脚，也不许下山，一发派人把慧真修行去处管住了，每日点名，查核人数。众僧都不知其故，独有慧真心内明白。

忽一日，地方官来寺传谕，说圣驾不日到此，嘱令住持好生整齐伺候。住持闻命，谨谨勤勤，修葺殿宇，治理僧房，准备仪仗，每日传众僧嘱咐，亲自唱名点数，勿叫有失。又因慧真一向在山后精舍修行，比先长老圆智有法旨传下，无论寺中有何公干，不得启动慧真，以此住持只叫人上山察伺，切嘱不可外出。

不多日，传两宫已抵龙泉关，千乘万骑迤逦向长城岭而来。地方官府尽皆出迎，至长城岭，山势险隘，车驾难行，皇太后遂驻跸中途。康熙帝御驾径由五台山来，将到清凉寺，住持率全寺僧众拈香跪迎于山门外，御前侍卫簇拥康熙帝至寺内歇驾，一应文武扈从列两班侍候。住持僧近前参见毕，引帝至斋所稍歇，便来寺中诸佛菩萨座前拈香一周，召问住持，谕道："朕前听说寺中有高僧慧真法师，今在何处？"

住持回道："小僧奉前长老法旨，慧真准许在山上精舍修行，日后必成正果，往来檀越，概不接见。"

康熙帝道："朕要上山参见高僧一面。"

住持回道："那后山尽是僻径小路，车驾不便上行，万岁爷如何去得？"

康熙帝沉吟半晌，说道："高僧再世，非同常人，朕自当步行上山参见。"

住持奉旨，不敢违拗，自肚里寻思："昔日长老有言，慧真来历不凡，目今皇上如此看觑，长老的话是了。"当下住持先着本寺僧上山，宣沙弥慧安下来，嘱扶驾导行。康熙帝屏除扈从，只带御前侍卫二人，君臣三人随同慧安，脚高步低，径来至山上精舍前。康熙帝命两侍卫站立门前，自与慧安入内，见慧真闭目趺坐在禅榻上，慧安启禀皇帝驾到，慧真依旧闭目不动。康熙帝侍立榻前，细觑慧真道貌，与宫中所供父皇御像果然一般，虽是面目苍老，衣饰已非，看他神采内蓄，意态宛然。康熙帝端详多时，不觉至性感动，几乎泪下，托地抱住慧真左足，下半跪，低声叫道："父皇，子臣万死，今始来叩父皇安！"

慧真闭目不少动，徐徐说道："居士却说什么？山僧不懂。"

康熙帝又叫道："父皇！"

慧真依旧闭目，说道："谁是父皇？山僧早年出世，你说谁来？"

康熙帝益发悲恸，双膝跪下，奏道："子臣不肖，不足感动圣明，岂不念皇太后晨夜挂虑之诚、千里跋涉之劳吗？"

慧真略一张目，随即合眼，说道："皇帝错了，身为天下共主，何故深入荒山？"说罢，再不言语。

康熙帝伏跪榻前，呆了半晌。

慧安启奏："天色不早，请皇上回步。"

康熙帝无奈，只得拜辞慧真出精舍，带领侍卫下山，切嘱慧安，勿泄此事。当晚便宿清凉寺，次日回銮，驻龙泉关，奏报太后，太后感叹不已。两宫回京之后，康熙帝出内府金二十万，以十五万布施清凉寺，其余布施五台山众寺院，又亲制碑文，谕抚院督率官吏去清凉寺泐石志盛，又谕纳兰太傅明珠及汉大学士等各进文呈览。自此每逢春秋佳日，着太监去清凉寺慰问僧众，频有赐给，不止一年。

忽一日，惊报传来，说慧真在清凉寺圆寂。康熙帝不胜哀痛，当日就宫中向西南设奠致祭，并哭拜祖庙，宫中侍从俱不知其故。康熙帝远念尊亲，只是放心不下，因此下旨又巡幸五台，一切扈从俱照旧例，只在速即进程，并不十分敷张。一路上官送官迎，车往马来，不消细说。

这一日，车驾来至五台山清凉寺，早有住持率僧众在山门外排排地跪下迎接，銮舆行近，司仪太监传谕命起，众僧方随住持僧护驾至山门内歇了。康熙帝下舆登殿，拈香罢，传唤住持，问高僧慧真法师何在。

住持回道："法师年高道深，业已飞升上界，早参玄化。"

康熙帝遂问塔院何在。

住持回说："只在后山高岗下。"

康熙帝便命先导，步至后山看时，只见怪石嶙峋，长松千寻，就松石中间隐隐望得那白石塔院，哪里还有路途可行？只是一片羊肠乱径，可望而不可即。康熙帝不觉喟叹，便命在山下设香案，遥对塔院御祭。一应扈从及寺中僧众约有二千余人，尽皆跪伏在山边乱草丛中，见皇帝如此崇佛，个个感泣。康熙帝悲不自胜，当时口占一诗为证。诗道：

> 又到清凉境，巉岩卷复垂。
> 劳心愧自省，瘦骨久鸣悲。
> 膏雨随芳节，寒霜惜大时。
> 文殊色相在，唯愿鬼神知。

原来康熙帝被一班不肖皇子闹得心乱意烦，今见父皇如此收场，虽则贵为天子，不无身世之感，益发悲愤填胸，勉强忍住涕泪，众官、和尚哪里知晓？

当时祭罢，康熙帝回至寺内，唤过住持，召众僧集禅堂上，特谕免跪，一时七八百僧人恭立禅堂下，谨候圣旨。特旨慧安，封为智慧正觉佛，着在山上精舍旁屋净修，妥护慧真大师塔院，将前慧真修行净室封闭，永远不得擅开。一面谕随驾主管太监将出赐品，皆是在京时准备下，每僧赐给僧衣一领、念珠一串，住持僧并赐锡杖佛经。众僧个个顶礼谢恩罢，住持僧奏请老佛爷至斋所宽歇。

康熙帝点首，方离座起身来，忽见数内一个和尚，八尺身材，满面杀气，托地跳出，劈开众人，直奔康熙帝御座来。说时迟，那时疾，那和尚猛喝一声，早来到康熙帝座前，只距五尺之地，去袖底掣出雪亮尖刀，对准康熙帝胸腔，猛使劲抛掷刺来。康熙帝大惊失色，正躲避不迭，却得左边近侍太监没命地撞将过来，把身一拦，挡住帝身，那刀不端不正，却刺在这太监喉管。太监应声便倒，左右侍卫惊起，齐喝一声，早把那和尚拿下。住持僧见了这般行景，扑翻身抖在地上，乱叫大慈大悲。全堂众僧魂不附体，尽都跪伏在地，作声不得。

看那和尚时，却全不害怕，直昂昂挺着脖子骂道："满奴！今日除不得你狗命，自有一日剁你和肉酱。"

众侍卫听得，都战栗无人色，猛把那和尚掀翻在地。康熙帝半晌喘息方定，喝问住持："何故藏匿凶贼行刺？"

住持一连磕头，口称万死，再说不出话来。

康熙帝着随驾主管太监审理行刺和尚，下旨救驾太监尽忠可嘉，即命在后山优礼厚葬，一面由侍卫簇拥御驾入斋所暂歇。

当时主管太监奉旨审理行刺和尚，迭加拷问，一言不吐。再问住持，说道："此僧名唤天心，原系远方行脚，求托本寺挂单，小僧体佛门慈悲，收容在此。不想此贼如此大逆不道，罪该万死，亦是小僧失察不明，罪有应得，求皇上宽容，长公明察，不干众僧之事。"

主管太监喝问天心，逼他招供同党，把他打得死去活来。这天心和尚却只是冷笑道："你要俺招出同党来，便是你一个，叫我刺杀北朝皇帝，你好扶立新帝行权。"

主管太监喝道："这厮丧心病狂，应灭九族，杀有余辜！"

审了半日，早是昏晚时分，问来问去，无有别话。主管太监没法，只得来奏明康熙帝。康熙帝念昔年父皇之言，曾说道："身为天下共主，何故深入荒山？"今日果然遭此不测。今看父皇之面，佛门慈悲，只得宽容。住持僧与众僧既已查明无罪，准予开释，只将凶贼天心押至京师，严刑审讯。太监领旨，重来禅堂宣与众僧，众僧个个磕头谢恩，口称圣明不已，一面左右侍卫将天心取至僧房锁闭，当即宣五台知县，亲押囚车入山。

五台知县闻变，吓得屁滚尿流，连夜拔步，火速赶向五台山来。慌忙入寺，至斋所外，跪伏地上，口称："微臣死罪死罪！"康熙帝立意不株连，也把他赦了。但将钦犯天心一名钉入囚车，只待押至京师，严刑审办。

且说白望天、吕豪、欧阳玉三人在五台山下客住歇脚，见得皇帝车驾上山，却哪里近得身？山下人家早奉官府告示，尽把门户关紧，只在门外安排香案接驾，一路都有官府亲率兵勇密密地哨探，三人只被关在店内。

吕豪便要踏瓦走山上观看，白望天、欧阳玉劝道："不可，此来必带有能耐的人，何苦拨草寻蛇？"

吕豪只得罢了。三人在店内静坐，听得车驾过去，半日方开店门。三人出店来，抬头望山上时，浩浩荡荡，无数贵官军马簇拥上山，正投清凉寺而去。山下早有步马军兵巡哨把管，不论诸民人等，不得上山。三人只得折回，寻由小路登山，随处玩歇，不觉向晚。忽听得说，清凉寺内拿住刺客，白、吕二人相看说道："果有此事。"远望只见清凉寺前纷纷乱动，心下纳罕，想："这刺客怎能入山近身？"后来探听得，却是本寺和尚，益发惊怪。

三人正猜疑间，只见树林里一人，挑着酒担，自斜刺里行来。看那人时，碧眼浓眉，黑面虬髯，穿一身青布衣裤，行步如飞，目光四射。

白望天跳起身，叫声："作怪，这不是俺师兄？"

那人赶过来看一看，叫道："小郎，真个是你？"

白望天拉着那人的手，半放不放，与吕豪、欧阳玉道："这便是大师兄魏灵昏，诨名黑风浪的正是。"

二人慌忙下拜。

魏灵昏忙撇下酒担，回礼道："这二位也是同道？"

白望天说过吕豪、欧阳玉姓名，魏灵昏仰天大笑道："早是师父与万师弟说知，难得二位在此相会。"

白望天忙问师父安好，魏灵昏点头道好。

白望天问："大师兄何因至此？"

魏灵昏笑道："你不听得吗？清凉寺内拿住了刺客。"

白望天道："正是要问师兄，这行刺的和尚是谁？"

魏灵昏道："俺奉师父之命，便是为此而来。这和尚法名天心，其实不是和尚，乃是大明皇室之后，姓朱，名一贵，悲痛皇室遭难，又因昔年朱三太子被害，屡屡欲报此仇。探知北朝伪皇帝频来这五台山清凉寺，因此削发为僧，行脚来山，求托寺中挂单，不止一日。俺师父素知他生平，只恐误事，特嘱俺前来探看。俺为此扮作卖酒人，去各寺卖与香火道人吃，在这山中大小寺院，俺都走得熟了，不料今日这朱一贵果然失手被捉。"

白望天道："既是如此，却得如何救他？"

魏灵昏道："今日难以下手，俺已探得北朝皇帝谕旨，将来朱一贵押去京师治罪，明日必在龙泉关歇脚，但到那里，便可行事。今日巧遇了师弟等三位，益发稳便。"

四人就树林里叙说些话，即来歇下，只待次日去龙泉关搭救朱一贵。

毕竟能救得朱一贵也否，且听下回分解。

康熙帝被刺，前回伏下一线，仅谓其出于诸不肖子之谋也，不图乃为此公，而又出于魏灵昏之口，便觉声色倍增。

魏灵昏叙出朱一贵，称道精一大师之命，夹带万化刚，随笔作势，其中曲折难尽，读者当亦能联想万小姑、吕四姑二人也，此是无文处而有文。

此回了结顺治帝，楔出朱一贵、魏灵昏，为《血海潮》重起伏线。

第四十七回

龙泉关朱一贵出险
大树坡甘凤池投师

话说魏灵昏与白望天、吕豪、欧阳玉走向五台山下，魏灵昏把酒担去市上相熟酒店中寄了，四人来至客店。白望天说起，上年本待至铁岭关拜晤师兄，后在涞水县遇了孟无量，说师兄已往京师，并把孟卓在涞水县犯案，及后至大树坡各节说了一遍，遂问师兄与师父并万师兄曾在哪里相会。

魏灵昏道："俺自那次北上至京师，游逛不多时，便至寨外，方欲投昆仑山朝见师父，在路遇了万师弟，说道师父不在山，他与女儿万小化和吕四姑正朝山回来，俺们都相见了。在路盘桓了多日，他三人不时间提起师弟与吕兄弟、大娘，后来都回南边去了。俺仍入长城，走山西、陕西，兀自闲逛。还是今年春间，在汉中遇了师父，吩咐俺来这五台山探看朱一贵，也已到了两个多月。今日果然闹出这事来。"

四人略谈一会儿，叫过店小二，把酒肉安排了，浅斟低酌，细诉各事，并商量搭救朱一贵。饮至半夜，方才歇息，趁五更天色未明，早就起来，盥漱罢，造饭来吃了，付还店资，四人出店。

魏灵昏先便去山上探得消息，情知车驾起行，只能到龙泉关驻跸。四人赶早上路，先去龙泉关等了。

却说康熙帝自拿住了朱一贵，拷掠再三，不肯招出同党，并不肯说出真名姓，一口只说是远方行脚僧。康熙帝自心内计较："我今为追查父皇而来，如连累了本寺僧众，须不是道理。亦且在寺内难以用刑。"因此下谕除凶贼天心一名外，概不株连，却是要把他押到京师，发下刑部，酷毒用刑，不怕他不招出同党，再行按名捉拿，因此一心只将朱一贵随驾押赴京师。

当日黎明，御驾起行，清凉寺僧众都跪送出门外，大小随从官员护驾下山，后面押着囚车，自有军兵看管，取路只向长城岭而来。一路上官府送迎停歇，自有一番仪仗。当日傍晚，驾抵龙泉关，早有关吏接驾，来至旧日行宫内驻跸，文武官员序班参谒罢，各退去两廊暂歇。御前侍卫禁军都指挥着军兵将囚车安放行宫外锦衣卫步军房内，妥密看管，一面安排步马兵在行宫外四面紧扎，往来巡哨，宫中方置酒进食。康熙帝日间劳烦，夜来早就龙床歇了，众官依次请安退出各去宿歇。二更时分，行宫中睡静。

且说魏灵昏等四人早到龙泉关，投下客店等候，这时便悄悄走向行宫来望时，只见四下里密接接步马军兵守得铁桶相似，紧要路口都有防护使把守，更有马军接连梭巡，便飞鸟也难入去。四人不敢近前，慌速退至僻静处，私议一会儿。

魏灵昏道："事不宜迟，如今只有先劫后取，待俺闯入宫中下手，你们见火起，飞速入来，休叫有失。"

三人听了，散作三路等候。

魏灵昏说罢，使劲只一跃，一溜烟闯入防线，早来到行宫门前。守兵望见有物近来，却待厮认时，魏灵昏一耸身，越过二丈多高，只见半空中一道光，便飞入行宫内，哪里辨得是人？大家正猜疑不定，魏灵昏却早来至行宫旁驷院内后槽所在，跳下身，见灯光处夺了灯，一把火早放个着，却把它延烧一两处，疾转身跃上屋瓦，飞一般来正殿屋脊上，骑马势坐了，紧把两脚踏住左右屋瓦，侧转势使劲只一劈，那左右两垄阔瓦便似撒豆般打从两边卸下，只听得暴雷价响。魏灵昏忙立起看时，驷院内火光已蹿上屋顶，登时一片声闹起，行宫内外纷纷乱乱，马嘶人号，都集至正殿来保护御驾。

魏灵昏欲待闪出来寻朱一贵出囚去处，只听得脑后一阵风，回头来打一看，只见一支镖顶对飞来，早在面前，却原是御前侍卫保镖的，见得黑影打来。魏灵昏不慌不忙，侧过身，伸两指去那镖梢只一撮，撮在手中，一溜烟转至行宫正门来。早是白望天、吕豪、欧阳玉望得火起，分三路闯将入来，四人声东击西，忽上忽下，一边打闹，一边窜寻，闹向锦衣卫众军兵上下里外奔竞不迭。只见御前侍卫都集正殿近处保驾，行宫外唯有锦衣卫步马房一处，四面有众把守。魏灵昏眼快，料得囚车必在此处，大喝一声，闪将过来。白望天、吕豪、欧阳玉听得声喝，接连赶到，四人前后闪入步兵房，早把灯火打熄了。众军兵怎禁得神剑横飞，杀气四腾，早是寒毛凛凛，退缩一边，向前不得。魏灵昏当前提着囚车，随手劈破了，取出朱一贵，搭在肩上背负起，一声呼哨，闪出门外便走。白、吕、欧阳三人前后扶卫，众军兵哪里近得半丝？说声走，四人便如飞打成一串，四道光远远去了。

众军兵呆了半晌，取灯来照时，只见囚车劈破在地，由不得连声叫苦，慌速报知禁军都指挥。都指挥据报，嚇得目瞪口呆，只得奏明天子。

康熙帝闻奏，方知飞贼打闹，为劫囚而来，想道："如此技能，夜来劫囚，追必有祸，身在行宫，严必招咎。"下旨不必穷追，着令禁军安心防守，此是意外之祸，俱各免罪，上下随从侍卫官员尽数磕头谢圣恩。当夜守候至天明，一早车驾起行，驰檄各省州县，图像绘形，悬赏捉拿在逃钦犯天心和尚，雷厉风行，严饬办理，不在话下。

且说魏灵昏等四人救出朱一贵，哪敢停留，径向西南而行。一口气行了十余里，看看一座深林当前，四人方住步歇下，魏灵昏放下朱一贵。

朱一贵扑翻身便拜，问："四位恩人，何故搭救小可？"

魏灵昏道："俺们皆是精一大师门下之徒，大师吩咐，颇知足下忠义，以此奉命来救。"

朱一贵拜问四位姓名，四人一一具说。

朱一贵道："既承大恩，救得小可出虎口，此处不当稳便，速速走避为是。"

魏灵昏踌躇道："却去哪里稳便？"

白望天道："小弟愚见，不如且去大树坡净光寺，与孟无量老儿作一处暂躲。"

魏灵昏道："说得是。"

朱一贵便问："这孟无量可不是创兴三合会的小孟尝孟卓那人吗？"

白、吕等回说："正是此人。"

朱一贵大喜道："原来此老尚是健在，小可久闻其名，不曾拜识，如此最好。"

当下朱一贵等五人跋旱涉水，连夜取路直向拒马河而来。朱一贵在路棒疮发了，却走不得快，天明来至一处市镇，吃些酒饭，五人商议，生怕关口要道有人盘问。朱一贵便把僧衣弃了，去市上买了在家短衣裤换上，又把一顶毡笠遮盖了光头。朱一贵、魏灵昏、欧阳玉三人扮作江湖卖技的，作一路走。白望天、吕豪二人扮作行商，前脚后步，紧随后面。各备了行头，小心谨意行来。于路走经州县，只见城门口早已贴着告示，奉旨捉拿钦犯天心和尚，出五千贯赏钱。五人不敢怠慢，只在小镇上宿歇，凡遇州府，不多停留。

不则一日，已来到大树坡，五人径至净光寺，只见山门外挂着丧幡，不觉吃了一惊。入门来看时，但见满殿僧众，钟鼓齐鸣，正在做法事，问明缘故，原来二郎神曹慧修死了。吕豪、欧阳玉不由叹息。五人入内，寻见孟卓。孟卓远远瞧见魏灵昏，早便叫应，接入里面房内。

魏灵昏指着朱一贵道："认得这位吗？"

朱一贵掀去毡笠，翻身便拜。孟卓吃了一惊，回礼不迭，忙问姓名。魏灵昏去孟卓耳边低低说了一声。

孟卓拜道："早闻得朱公好男子，今日却得相见。"

叙礼坐下，备细诉说来由，孟卓惊喜，忙命置酒相待，细说慧修圆寂寺中诸事。众人去慧修灵前都参拜了，吕豪问范豹有无信息。

孟卓道："正是呢，却如泥牛入水，消息全无。"

欧阳玉也问金小翠来也无，孟卓道："你们去后，并无生人来寺。"

欧阳玉说着，起身便来探看骆志英，诉说别后之事。自此朱一贵等五人都在净光寺住下，每日饮酒取乐，约莫过了一月光景。

这净光寺僧人因慧修死后，另一和尚当了住持，见孟卓等如许男女在寺中闲住，又不是善男信女、檀越施主，便有些不然起来。出入起居都不似从前那样自在。

孟卓看在眼里，与众人道："梁园虽好，不是久住之处，只怕这里住不得了。"

众人忙问何故，孟卓说出缘由。

白望天道："这厮们既有牌差，朱爷有事在身，不当稳便，只是骆小姐在此，如何是了？"

孟卓道："我也正为此担心。"

魏灵昏道："别忙，都去俺那铁岭关居住，多造几间草屋是了，有什么难处？"

孟卓寻思一会儿，说道："是便是了，只有两件事不好：一来朱爷与老朽都是难以出面的人，在路多有不便；二来那铁岭关魏大哥向日只是单身居住草棚，忽然增多了许多人去，只怕惊动了左右耳目，倘有山高水低，不是要处。"

朱一贵道："俺寻思起来，只有这一个去处可以藏身，本待早去，连日承诸兄义气相留，不曾告说。"

众人问是什么去处。

朱一贵道："小可本家侄儿名唤朱炎，现在台湾岛三藏市，贩屦织席为业。小可一向也曾在他处。目今势迫情急，只有漂海去那里居住，也多有大明遗臣子孙，可以共扶患难，暂且隐身，再图后事。不知众位英兄尊意如何？"

众人听说，大喜道："这个最好，有什么不去？"

只见孟卓迟疑不语。众人问故，孟卓道："端的是个好去处，老朽也巴不得走一遭，只是我这女儿志英却怎么处？说不定顾少爷早晚得遇，也未见得。若去海岛，便一世也难逢，撇下不是，带去又不是。老朽看来，只有请众位先行，我在这里陪她守一守。"

朱一贵道："这个万万使不得，俺们有难同当，却再理会。"

众人商议多时，委决不下。正说间，只听得知客僧入来，报说："有两人来寺，探看清光师，小僧回说殁了，他便说要会孟爷。"

孟卓吃惊道："此是何人？"

便叫白、吕二人代去接谈。白望天当先出去，只见那二人站在知客厅边，一个四十多年纪，面上显得风霜辛苦，一个二十多年纪，却是英挺少年。白望天都不认得，正待招呼问话，吕豪在后赶来叫道："这不是米兄弟？"

原来那二人便是海潮生米宗风与甘英之子甘凤池。当下吕豪一把拉住米宗风，搀了甘凤池，指与白望天相见。四人便如飞入内，告知孟卓等众人。米宗风与甘凤池团团拜见了众人，多是父辈至好，只在下首坐了。

吕豪道："自从镇海一别，已隔多年，只不知你们一向在何处？凤池侄儿竟这般大了！"

米宗风道："一言难尽。"

欧阳玉忙问："你们怎知道寻来这里？"

米宗风道："说了奇怪，自从那年挈带凤池由镇海至镇江，寻他的叔叔甘杰，他的叔叔倒寻着了，却是早死了。差幸见得他婶娘，他婶娘便留我两个住下，叫我点教他些武艺。谅我这草料，能教得什么？没奈何这情面，只得允了。一向只在镇江城外住，前年他婶娘死了，我两个兀自在江湖上行走，一路探寻你们。凤池尤其切心要投师，只是无缘得会。上月到得保定府，在客店中居住，我与凤池夜来说起身世，不由叹息。不防因这个话，却被隔房一个和尚听得，那和尚瘦得非凡，争似麻骨一般，脑门上老大一搭紫红疙瘩，咳嗽不已。清早起来，他与我说道：'你们要投师，只除非投拒马河大树坡净光寺，问清光师并小孟尝，便知端的。'我听说这话，忙要再问，那和尚飞也似出门去了，转眼却又不见。以此急急赶来，不想果然得遇众位。"

魏、白二人听说，失惊道："这不是俺师父？"

众人都道："不是大师是谁？"

孟卓诧异道："怪哉！他怎知道我等在此？"

米宗风笑道："皆是凤池侄儿的造化，今日许多名师在座，还不快投拜。"

甘凤池忙起身，又团团一拜，孟卓大笑起来。

不知孟卓何故大笑，甘凤池究投何人为师，且听下回分解。

龙泉关之役，如火似锦，非有四侠，不足以救朱氏，非有行宫之庄严，不足以展四侠之才，写来自是分外生色。

朱一贵言行，与众人不同，与孟卓略似，而又有异，皆作者笔端辨别处。本书遇救者不止一人，救人者亦不止一次，未有如此回之光明磊落、英姿飒爽者也，所以力表其为大明遗室。

米宗风、甘凤池一边事，已隔四十七回，方补出其居处教授，千里来龙，呼之立至。读米、甘二人求见之初，未有不疑为顾洪勋一边来者，偏乃不然，行文无笔非屈。

第四十八回

马骧夜杀大树坡
雍正密谕齐云阁

话说甘凤池投师至净光寺，团拜众人，孟卓大笑起来，说道："不曾见一个徒弟参拜许多师父，看你却投哪一个？"

甘凤池回道："小子何等草料？在座尊长都承看觑小子，小子理应施礼。"

白望天道："正经这甘兄弟是奉大师吩咐而来，应得投拜大师兄方是道理。"

吕豪、欧阳玉齐声道："白叔此言，正合晚辈之意。"

孟卓、朱一贵也道："却是魏大哥不得推托了。"

甘凤池听说，走近魏灵昏面前，整整拜了四拜。魏灵昏受了半礼，笑道："你们都把这徒弟推与俺，难道就委屈了俺？"

白望天道："正是夺不得大师兄这一席的苦。"

说得大家都笑起来。甘凤池便依次拜见了白、吕、欧阳三人，各以子侄礼。

吕豪、欧阳玉道："我们都是万师父门下的人，今这兄弟是魏师伯的门徒，只宜以兄弟相称。"

甘凤池道："却不是折杀小子。"

米宗风便道："哪里话？小弟与二位本合是子侄辈，今日称兄道弟，已是僭上，他如何可僭两级？"

孟卓道："吕小哥与大娘不拘年龄世交，也长一辈了，休得客气，倒

307

是客气反疏远了。"

二人也就一笑而罢。孟卓重又说起："精一大师为何知道老朽在这里？清光师他在这里多年，且不说了。老朽出死入生，躲在此处，能有几人知道？他怎么能知得底细？"

吕豪、欧阳玉听这一说，也都愕然。

朱一贵道："精一大师法术无边，休说孟爷是江湖闻名、四海钦仰的人，就如小可素来与大师只在关外宏愿寺一会，并不细谈心事，无非小可告说要去清凉寺挂单，问他有无相熟僧人，他怎知道小可却要谋刺北朝皇帝，便早早吩咐魏大哥前来搭救？那不是识机知玄的神人？"

魏灵昏道："本来精一大师原通六丁遁甲星相诸术，早是心地似水，无物不照，物象本身倒不清楚，这影儿却照得十分透彻。又且性灵纯净，自然识要知弦，天下万方，无处不到，往来倏忽，着实有门徒所不知道的本能。二位的事毕竟还是实象可证，本来如何不知？"

孟卓道："说起来这位精一大师，老朽倒是不懂。记那年陕西魏大郎初避流寇，逃至江南时候，便遇他搭救。后来与霍大哥在吴三桂投降清朝时候，又在山海关遇得他，因此到得那范豹的祖父范金龙船上，浮海去厦门勾当。这两件事算起来，如今少说也有一百年光景。那时大师已有那般道术，又必是经过多少年月方学得到这功夫。目今依然出入人间，究是若干高寿了呢？"

魏灵昏听说，叫声："惭愧！其实门弟子也不知大师究有多少高寿，只听得在山时有一句话，'待到丁未三周甲'，又不知是哪个丁未。若照眼前年值排算，少不得也有百五六十岁了。"

孟卓道："须必是这般年纪方对，此老已是神仙中人了。"

米宗风、甘凤池都听得呆了，说道："我们没福，却在保定府当面错过。看他也不过四五十岁，并没甚须髯，只是瘦得异常，好似有病一般。"

魏灵昏道："一向如此。"

孟卓们从前也听得傅大福说，便是如此面目，此话已是四三十年了，众人叙说血昆仑，赞叹不已。一面孟卓吩咐安排了酒食与米、甘二人接风，又因魏、甘成了师徒之谊，一发置酒，留住众人住了十余日。魏灵昏自要带甘凤池去铁岭关授艺，叵耐朱一贵与孟卓父女择不下安身之处，众人也觉难得聚会在一处，哪里肯放魏灵昏便走？

大家又欢叙了七八日，那净光寺和尚益发不自在起来，背后常有些言语指摘。孟卓挨延时日，只等范豹又不来，那顾洪勋依旧消息全无，寻思这里再住不得了，决意迁去山下，另租房屋居住。

这日黄昏，与骆志英私议已妥，便来告知众人。正说话间，猛听得寺外一片喊杀声，全寺僧众都慌了手脚。孟卓等众人忙出至大殿前，早听得山门外震天价敲门。魏灵昏等四五人跳上屋瓦看时，四下里火把照同白昼，火光下足有二三百人，拥着雪林也似的刀枪。

为头三人骑在马上叫道："休要走了钦犯！"

魏灵昏等慌忙退下，告知孟卓。

孟卓道："不要慌，众兄弟都随我来。"

众人急急回至屋内，孟卓拜道："皆是老朽迁延不决，害了众位。今日之事，全赖众英雄老弟。前日慧修师死后，交下一只军器箱，正好动用。"

孟卓便引众人至骆志英房内，慌速取出那箱，指与众人。众人打开一看，都是上好戒刀、尖刀、钢鞭、铁棍之类，各拣得用的取在手中。

孟卓忙命骆志英、王妈将随身衣服收拾起，交与欧阳玉道："这两个只得烦大娘照顾。"

欧阳玉背驮了骆志英，携了王妈。

孟卓道："俺们就此冲出去如何？"

魏灵昏笑道："有何难哉？"

于是魏灵昏当头，米宗风、朱一贵、孟卓、欧阳玉背骆志英与王妈居中，两边吕豪、甘凤池，后面白望天押梢，一共十人，各挺刀杖，接头连尾，闪将出来。却到廊下，早见无数军汉似风卷白浪一般已闯到大雄宝殿，喝道："快快搜来！"

魏灵昏大喝一声，使起手中钢鞭，一阵阵横扫众军汉，早开出一路。后面九人便如飞赶上，各使器械卷将来。十个人只作白练一道，早冲出山门外，落荒而走。数内王妈吓得魂飞身软，哪里还走得路，只被

309

欧阳玉顺手拖着，牵羊一般，却拖得浑身委地，半丝无气力。旁边正是甘凤池，只怕拖死，便把王妈拉起，去胁下只一挟，大剌剌随着人行来。谁知这王妈一来已吓得半死，二来被甘凤池用力重了，登时气绝殒命。甘凤池猛省过来，觉王妈已死，回头只见一簇火、两骑马，无数军汉呐喊追来，只得撇了王妈尸首。九个人奔腾走来，中间孟卓年老，却走不快，众人又都护卫着，不便奔快。后面两骑飞也似赶到，只差一箭路远近，白望天看了，不得不下手，便掣出神剑，对准那马使去，只见一道光闪至马边，绕一转，登时两马倒毙，马翻人倒，半晌爬得起来。这九人早已走得远远的，黑夜中又不见影儿，又不敢追赶。众军汉只得撇下马自回。

九人走了一会儿，返身看后面火把时，去得远了，方才在树林里草地歇下。欧阳玉放下骆志英。

孟卓道："如今不由我不去海岛，早是听了朱爷的话，也罢了。"

朱一贵道："都为小可一人之故，累孟爷与众英兄如此受惊。"

吕豪道："哪里说起？他便有千军万马，今日魏师叔、白师叔都在此，不是大师父下法旨，不得无故伤人这话，休叫他走漏一个，哪动得俺们半丝一毫？"

欧阳玉道："你休夸口，我倒把王妈害失了。"

甘凤池忙道："多是小人不经意。"

彼时骆志英因王妈死在路中，十分悲痛，泣道："不想她服侍我一场，如此落局。"

米宗风埋怨甘凤池："如何不小心看她，却又把她尸首丢了？"

甘凤池听说，好生抱愧，便起身要去寻王妈尸首。

孟卓拖住道："侄儿休去，难道不救生，倒救死的？此是王妈命中所遭，抛了只得罢了，如今商议后事要紧。"

白望天道："何待商议？只随朱爷去海岛三藏市便了。大师兄如欲回铁岭关，请便。这里有小弟与大娘、吕兄，在路自能照顾。"

魏灵昏道："既如此，俺与凤池且去铁岭关，须把他安顿了，日后再相会。"

众人议定，魏灵昏挈带甘凤池，由西自回铁岭关。孟卓父女、朱一贵、米宗风和白、吕、欧阳七人向东而行，取路往东海觅船。两下作别，分道各去不提。

且说这夜晚围住净光寺的众军汉因何而来？缘由康熙帝回京之后，两次在五台龙泉关受惊，胸中闷闷不乐，早有血滴子队员报知禛贝勒。禛贝勒初只道是诸阿哥暗下所差，后来据报，方知不是。彼时皇太子允礽立而复废，康熙帝再不提建储之事，严谕臣下，不许进言。

这禛贝勒早晚只是察听起居，闻得此事，自肚里计较，想道："今日若获得刺贼天心和尚，必邀宸衷。"当时召年羹尧入府商议，说道："老弟欲结主知，建功业，在此一举。"年羹尧大喜，立时退下，发密令，拨血滴子三队，限日刺探，飞捷报来。这时，年羹尧已升作内阁大学士，颇能趋附朝中权贵，一边禛贝勒随时见舅舅隆科多与康熙帝亲近内臣，淡淡称述年羹尧能干。

一日，与隆科多相见，禛贝勒进言道："近日皇上龙颜不悦，子臣未能分忧，不得刺贼，如何罢休？"

隆科多道："正是奈何？"

禛贝勒叹道："可惜咱与文武大臣素欠交结，此事除非年某倒敢办得下。"

隆科多道："若是年某能办时，这个容易。"

隆科多放在心里，数日之后，密召年羹尧问话，嘱咐此事。年羹尧拜命出来，心中暗喜，情知是禛贝勒远避嫌疑，托到隆科多身上，只等血滴子探来禀报。

且说三队血滴子奉命密探龙泉关在逃钦犯，直隶、陕西、山西交界去处，遍地布满血滴子，日夜专探此一事。当时朱一贵等五人避至净光寺躲住，寺中和尚见五人来得慌忙，密差人去张时，只见朱一贵掀了毡笠，却是光头，大家心疑。因此住持僧甚不自在，只碍孟卓面上，不好说话，少不得言高语低。有寺僧闲口传出外来，却传到血滴子队员耳中，即来混入寺中一探时，果然不差分毫，当即飞速报知年羹尧。年羹尧立即与禛贝勒商议罢，禀报隆科多。隆科多大喜，入宫奏明康熙帝，康熙帝当即下旨一道，着直隶巡抚妥密办理。巡抚奉旨，不敢怠慢，密令标统马骧带兵前往捉捕。马骧奉令，率领军兵二百人，随带教练两名，星夜驰至容城县。知县迎接入衙，知系奉旨捉拿案件，非同小可，当着捕快马快点起土兵五十人，雇船只数艘，随同马骧，驾船由拒马河进发，声言但去紫荆关换防，却来至大树坡前歇下。

正值向晚，待至深夜人静，突来围寺，却被魏灵昏等猛势冲出，打入寺内，早扑了空。马标统跟前两个教练极想得功，慌速上马，带了军兵追赶，冷不防白望天一剑空飞，两马齐倒，两个教练早翻落马下，已吓得一身冷汗，只得爬起身来，带军兵逃回寺中。寺中马骧喝令军汉，早把寺内僧人尽数捕获，将寺内所有斋粮钱财都搬至船中，把寺来封了，押了僧众下船，连夜解回容城县，交与知县看管，当命推入大牢里收禁。

马骧急急回省，禀报了巡抚，巡抚听说走了正凶，猛吃一惊，大骂马骧误我前程，只得上奏自劾，将马骧发押看管。一面谕令容城县严讯被获僧人。

这净光寺众和尚合该晦气，连被严刑，死的死，病的病，活了命的也永不得赦，不在话下。

且说直隶巡抚奏章到京，进呈御览，龙颜大怒，下旨直隶巡抚降级，马骧革职，容城县撤任。却是便宜了年羹尧，因此深得帝心，隆科多便一力保举年羹尧才堪大用。不久上谕年羹尧为四川巡抚，禛贝勒加封为雍王。二人心中喜不言状。

年羹尧奉旨谢恩罢，当日整叠诸务，将血滴子全队都交与雍王亲统。雍王再三温谕加勉，二人在齐云阁密谈一夜。次日，年羹尧陛辞出京，趱程往四川到任去了。年羹尧从此发迹，谁知年羹尧亦从此断送了性命。

欲知后事，且听下回分解。

此回由朱一贵转至雍王、年羹尧，斗笋绝妙，此文章家捷径，而实已伏下残杀一回文字。

血滴子有如此大用，其结果仅仅使巡抚降级，标统革职，知

312

县撤任，无数僧人死于酷刑。年羹尧有如彼其才，其发迹必赖他人性命为之牺牲，其后终自入于绝灭之途，可不惧哉。

王妈不死，接而至于海岛，抑又何苦，不如随笔了结，亦所以表甘凤池少年不经事，而已见其孔武有力，转笔巧妙。

第四十九回

发正定义士去国
聚台湾血海重波

话说年羹尧拜授四川巡抚，即日走马上任，临行颇承雍王密谕，无非叫他在外结纳疆吏，种种皆为谋夺大位之事。年羹尧感恩涕泣，遵谕而行。不久，年羹尧又升任川陕总督，自是朝中有人做官易，不必细表。

却说范豹、金霸、阎小黄三人自祁州黑枫岭赶至大树坡来，一路心急如火，哪敢停留。不多日，早来到净光寺前。只见山门紧闭，早已发封，门外贴着容城县告示，有"奉旨捉拿行刺凶贼五台山僧人天心，出五千贯赏钱"等语。三人看了，作声不得，没奈何，只得走至山下，来大树坡市上，从旁道讯。一时间酒店茶肆纷纷传讲，夜来如此这般派兵捉捕情形，三人暗暗叫苦。范豹寻思："早若是顾洪勋出来时，也得见了，如今却去哪里寻他们？"

三人走投无路，好一会儿，范豹忽然猛省，想道："比先曾听得孟大爷、白小郎说，有魏灵昏绰号黑风浪的那人住在铁岭关，说不得他等逃去那里躲避。此去铁岭关又不远，何妨走一遭看。便是没寻处，也好报与魏灵昏知道。"范豹想着，忙告知了二人。

二人道："如此速去为妥。"

范豹道："不是，不久金大姐与顾公子到来，俺们走了，又使他两个扑个空，且等一等。"

阎小黄道："事不宜迟，大家等在这里做什么？不如你二人先去，我在这里等他们，待他们回来了，却再计较。"

范豹道："说得是。"

当下三人同来客店，送阎小黄投下店后，吃些酒饭。范豹、金霸当下动身，去阎小黄包裹内取些盘缠出店，离了大树坡，一径走铁岭关来。

一日，到了关下，问魏灵昏时，无人知晓。范豹自念道："记得好像在哪一个山上住。"

金霸道："自必在山上无疑，难道却在市井不成？"

两个人至酒店，吃得饱了，出关走上山来。约走了十多里路，不遇一人，望去一派高山峻岭，层层叠叠，不知多么深远。两个担心起来，在山半中遇了一个采药的，问时又不知魏灵昏这人。

范豹道："且再上去，死活只要寻他到来，且不管他。"

两个又奔过了五七里路，听得树林里依稀有人声。

范豹道："好了！"

穿过林子，只见一带泉水绕石来，隔泉松树下隐隐一个茅棚，早在眼边。

范豹道："那不是人家？且赔个小心去问一问。"

二人跃过泉来，转弯抹角，至茅屋前面，只见一个后生站在檐下，向前问道："远客何来？"

范豹施礼道："敢问小哥，此间有一位英雄，名唤魏灵昏的，却住哪里？"

那后生且不回话，只把眼望着范豹，半晌说道："尊驾可是姓范，单讳一个豹字的？"

范豹大惊道："在下正是。"

那后生扑翻身拜道："范叔叔，认得小侄甘凤池吗？"

范豹叫道："真的敢有此事？做梦也想不到是甘家侄儿。"

甘凤池道："适才所问，正是小侄师父。"

范豹大喜。说话间，魏灵昏自茅屋内出来，问明二人来由，范豹略告缘故。魏、甘二人请范豹、金霸入草堂内坐地，细叙净光寺众人遭祸情形，并说孟卓等去处。范豹听罢便要走。

魏灵昏道："何必如此亟亟？"

甘凤池拉住道："范叔便在此宿一宵，明早起行未迟。"

范豹、金霸只得住下。魏、甘师徒二人出山中果品酒食相待，四人畅谈一切，夜深方歇。

次早，范豹、金霸辞别，一径下山，入铁岭关，赶速上程，回至大树坡，来阎小黄客店里。只见顾洪勋、金小翠二人已到，正与阎小黄说话，见范、金二人入来，三个慌忙起身，问见了孟爷不曾。

范豹、金霸坐下，说道："好幸寻到了魏灵昏，一应情由都明白了，只是孟爷已漂海去了。"

顾洪勋、金小翠听得着急，忙问："骆小姐呢？"

范豹随即把魏、甘二人告说的话一情一节说了备细。

顾洪勋道："如此怎生奈何？"

金小翠道："有什么奈何？俺们作一路漂海去是了。"

范豹道："正合我意。"

五人说话间，只见一汉推门入来，说道："好好，你们做的甚事？原来都是孟卓一路，这可了不得！"

五人尽吃一惊。金小翠转眼看时，那汉不是别人，却是野雄鸡孟必扑。

金小翠诧异道："孟大哥如何却来这里？"

孟必扑走近金小翠跟前，低声道："大姐，你好大胆，你们说的话俺在隔壁房间都听得了。现在奉旨正要捉拿净光寺一伙人，你们好不避耳目。亏得撞在俺手里，要不然，不是又闹出事来了？"

金小翠道："多承孟大哥知照，俺们冒失，端的不知有这般危险。大哥何因到此？"

孟必扑道："俺便是为此事而来。"说着，回头看着金霸道，"这位可是令兄金大哥？"

金霸却不认得。金小翠说出孟必扑姓名，金霸猛省道："原来却是孟大哥，天幸得见。"

两下便拜揖了。孟必扑与范豹、阎小黄、顾洪勋都相见罢，依次坐下。

金小翠又道："孟大哥何故为此事而来？"

孟必扑道："大姐有所未知，自从你那夜伤了端总管，总管第三日便死，俺们众朋友不久得年大公子提调，编为血滴子大队，俺与童猛都当队长，为奉年大公子所差，密探五台山刺客天心。因这直隶省本是俺当值地界，因此与云飞燕、童猛三人率领队员探得在此净光寺住。不想这天心和尚乃是小孟尝孟爷一路的人，早知如此，俺也不肯坏这个义气，多半也是被云小郎监着，当初又不知是奉旨事件，以此闹了出来。目今上头有命，仍叫俺们察探余党。适才大姐与哥们说的话，若不是俺听得是大姐声口，再在门缝张了实在时，险些又闹出来。"

众人听说，都说谢不已。

金小翠冷笑道："孟大哥，亏你是个大丈夫，好男子如何却做这等之事？"

孟必扑叹气道："先前俺也不知，如今委实要走，只是没去处。既然大姐与众英兄要漂海，俺便同去。"

金小翠道："这话是真？"

孟必扑道："若有假时，取我首级。"众人大喜。孟必扑道："索性邀了童猛同去，他现在正定府探事。"

金小翠大喜道："如此最好，我们也少不得去正定府，告明我父亲。"

众人都道："极是。"

当下金小翠与孟必扑等六人折回正定府，于路趱行，到正定府半边街薛家酒店时，只见周兴与薛老师在柜上说话。两个忙起身道："正要找你们去，如何你们都来了？"

众人入至店堂，周兴扶住顾洪勋道："我叫你会一个人。"

说着，自人里面，请出一个人来。顾洪勋打一看时，不觉呆了，原来却是岳父骆亿成。翁婿相见，说不尽凄怆。孟必扑忙过来与骆亿成赔话，骆亿成看得只是发怔。

原来骆亿成自被孟必扑押至贺兰山释放，万里行程，幸得逃回米脂县，道听家眷都已进京，寻到京师，早是家破人亡。谋官不成，寻友不遇，没奈何就在江湖行走。一日，来至无极县，闻得知县姓名，却是旧同

317

寅，因此走拜，被留在衙。无意之间，龚恂斋说起顾洪勋一事，骆亿成追问根由，备知一切，因此知县打发周兴陪来正定府薛老师处探看女婿。当下薛延寿叫金小翠拜见了骆亿成，骆亿成以女儿相看，尽知一切。众人都见过，骆亿成急问女儿志英消息，顾洪勋诉说一遍。

骆亿成叹道："皆是命中所遭，无可奈何之事。"

孟必扑见众人纷说旧事，乘空闪出门外，自寻童猛去了。骆亿成问这孟必扑如何在一路，金小翠说了来由，一时众人纷纷商量赴海岛之事。

骆亿成道："老牛舐犊，今日不由我不漂海。"

周兴道："我也同去。"

众人问："你真的可能去吗？"

周兴道："不瞒众位说，小人此来，早也与薛老师说了，这勾当再干不下去。众位不知，近日江湖上有三派门户闹得厉害，先是钱继棠的哥老会、苟浩的红帮、张禄的青帮。如今钱、苟、张三个都死了，哥老会与红帮倒也没什么生发，便是那青帮，与什么血滴子云飞燕打伙在一起，如今杀人放火，无所不为。近来衙门内人命大案都是这一伙人所为，若查得紧时，被那云飞燕得知，做官的性命也难保，宽时又有苦主告发。兼且是人命大案，小人值的勾当益发难了。以此不想再干，也愿跟从诸位漂海去。"

众人听说大喜，不多时，孟必扑引了童猛到来，一一相见罢，骆亿成等一共九人在薛延寿店中宴饮一晚。次日，辞别薛老师上路，经由无极县，周兴去衙门里告销了差使，取了浑家王药姑，家中粗硬物事都弃了，与骆亿成等一行人都投东海海口，雇船渡海。范豹熟路，一手安排，不费周转。

在路行了三月有余，来至台湾岛。众人登岸，至三藏市，寻问朱炎席店，投问孟卓。孟卓、朱一贵、米宗风在内闻知，慌忙出迎，见了众人，惊喜不迭，请入里面，团团坐下。朱炎也与众人相见了，下首陪坐。

范豹便问："白、吕两兄与大娘如何不见？"

孟卓道："他等三人送我们到此，便搭原船回去了。朱爷再三挽留不住，多敢是访寻你们去。"

范豹道："冤哉……"

一言未了，只见骆亿成趋至孟卓跟前便拜，说道："小女多承老哥看觑，现在何处？"

孟卓回礼道："在后堂与朱府内眷相聚。"

骆亿成、顾洪勋又拜谢了众人。孟卓便引骆、顾翁婿与金小翠、王药姑入后堂来。骆志英一见父亲，抱住膝下，呜咽悲泣，半晌不止。金小翠、王药姑扶起身来，与顾洪勋相见。孟卓、朱一贵随即请众人都入后堂，当日杀猪宰羊，大开宴会，一面择日与顾洪勋、骆志英并亲。骆、金二女皆从患难中来，十分亲密，有逾骨肉。

席间孟卓与众人道："今日难得众英兄都在此，我等皆是大明子臣，誓不投向北虏。朱爷叔侄本是大明皇室，老朽到此，早与商议，一息尚存，不肯甘休。欲请众英兄共聚大义，不知尊意如何？"

众人齐应道："固所心愿。"

孟卓便推朱一贵为首，朱一贵推托不得，于是朱一贵、朱炎、孟卓、骆亿成、顾洪勋、范豹、米宗风、周兴、金霸、孟必扑、童猛、阎小黄、金小翠、王药姑、骆志英，及朱氏老小等，满堂把杯，合议大事。朱炎向在台湾，慷慨仗义，多有与他共肝胆的人都邀来密商。当日酒罢各散，安顿了新来诸人，随时结合英雄好汉，筹划饷粮，设备军器，暗地招收兵马。如此一年有余，旧日在岛遗臣子孙、逋逃义士、江湖好汉都来归附。

朱一贵看看声势已是不弱，延久只怕生变，便与孟卓等商议，立号中兴天下大元帅，于康熙六十年端阳日倡议起事。

欲知朱一贵起事如何，且听下回分解。

如许繁文琐事，一笔收到海岛，确非易易，写来何等简洁跳脱。试问读者以下只余一回文字，将如何下马，请先思之。

周兴之入薛家店已妙，入薛家店而为骆亿成归束尤妙，顺口带出钱、苟、张三人结局，隐隐指出青帮声势，以为周兴落海之地，仅此一人，而连锁无数人在内，故其妙不可言。

第五十回

传剑侠昆仑留血影
结全书琵琶泣海潮

话说中兴天下大元帅朱一贵率众在台湾起义，当日兵马四发，勇气百倍，戈矛到处，所向皆克，随即占据府治，夺下兵营，出示晓谕。浙闽总督觉罗满保闻变大惊，火急申奏朝廷，奏道：

> 五月初六，台湾奸民朱一贵等聚众倡乱，总兵欧阳凯带兵往
> 捕被杀，有司官俱奔澎湖淡水营守备，坚守待援。臣赴厦门，调
> 兵往援。

康熙帝览奏，御笔朱批，传谕台湾百姓，令速就抚，一面命水师提督施世骠火速进剿。这施世骠即是海盗施琅之子，因父倒戈得功，现袭父职，奉旨率舟师出洋，攻打台湾。总督觉罗满保又调兵四面包围，风卷而来。朱一贵兵寡饷竭，支持不住，当日被擒身死。孟卓以下众人尽皆殉难。朱氏一门老小杀得寸草不留。官兵闯入，大杀百姓，淫掠妇女，一时尸积街巷，血溅海屿，惨不尽言。

内中却逃得顾洪勋一人，卧在血泊中，三四日苏来，行乞数月之久，找不得一个熟人。正求生不得，求死无所，却遇浙江行商，与他搭船救回，重至江南，不在话下。

再说康熙帝接览捷奏，喜台湾已平，群臣进贺，盛称圣德。谁知此时已得一病，次年冬月，害病不起，召皇四子雍王胤禛及允祉、允祐、允

祀、允禟、允禵等。

且说禛贝勒为何有此一举？原来清康熙帝在位已久，性好女色，宫妃最多，生下皇子共有三十五人，内中十一人幼年早死，却得二十四人，便是皇长子允禔、皇次子允礽、皇三子允祉、皇四子禛贝勒，以下五允祺、六允祚、七允祐、八允禩、九允禟、十允䄉、允祹、允祥。理藩院尚书隆科多至御榻前，说道："皇四子人品贵重，深肖朕躬，必能克承大统，着继朕登基，即皇帝位。"

是日戌刻驾崩，雍王奉诏，御太和殿登位，时年四十四岁，便是雍正帝。雍正帝二三十年阴谋，到此一旦成功，快意自不必说，安下心计，大肆毒手，登位之初，且不发作。渐便将废太子允礽监禁，暗使人谋死了，拔去眼中第一钉，一面却极其哀痛，再三下谕追悼。又下谕抚慰诸皇兄弟，一个个却设计论罪。谕中略道：

　　朕兄弟中，如允禔、允禩、允䄉、允禵等，皇考时结党妄行，以致皇考圣心忧愤，日夜不宁。

　　皇考宾天时，允禵从西宁来京，并不奏请太后安，亦不请朕安，反先行文礼部，问其到京如何行礼仪注。及在寿皇殿叩谒梓宫后，见朕远立不前，毫无哀戚亲近之意，朕向前就之，仍不为动。及梓宫奉移山陵时，朕降旨训诫，而允禩忽从帐房中出，劝令允禵即跪，是事事听从允禩之言，为其指使，此甚明验也。又允禵妻病故，朕厚加恩恤，乃伊奏折中，有"我今已到尽头之处，一身是病，在世不久"等语，不知有何屈抑，而出此怨望之语乎？

　　至若允䄉，奉旨送泽卜尊丹巴胡士克图至张家口外，乃托病不行，又私与允禟暗相往来，馈送马匹。允禟回书有"事机已失，悔之无及"之语，悖乱已极。允䄉又私行禳祷，将"雍正新君"字样连写入疏文之内，甚属不敬。盖由允禩等私给党援，牢不可破，朕若一经讯诘，则国法难容。朕居心宽大，不忍有此，务欲保全骨肉，不事深求，仰体皇考之心为心也。

此谕下后，雍正帝生恐外人多疑，连下三四道谕旨，极表兄弟罪恶，并自己宽大之心。然后方将允禩、允祀、允䄉、允禵等锁拿监禁，到底将允禩杀了。

彼时年羹尧已由川陕总督执掌大将军职务，自谓拥护新君成帝业，必致心腹之寄。又值雍正元年，平定青海有功，一时声势极盛，但有章奏，坦直论事。雍正帝看了，好生不然，寻思："此人深悉我心计，终究留祸。"一面每每朱笔批谕加慰，一面却辗转使人劾奏，说年羹尧蔑视朝廷、擅作威福、凌虐上司、滥杀无辜诸款。雍正帝大怒，立即将年羹尧降调杭州将军，下谕大学士等道：

> 须将年羹尧解退大将军总督职任，被授杭州将军，陕西通省满汉兵民群称复见天日，靡不欢忻相庆。乃闻年羹尧系恋总督职任，又设法扬言，将行李发往，巧图仍留原任，自负为良臣，欲加朕以遗弃功臣之名，眩惑营求彼处兵民等。年羹尧既负朕恩，致犯累恶若此，尚复系恋营求，诚为不识羞耻者。间有愚人或贪图年羹尧财物，或仍畏年羹尧威势，代为具呈，朕必照逆党例，从重治罪，断不宽宥。年羹尧应交岳钟琪事件，着作速交代，急赴杭州任所。将此行文岳钟琪及该抚等，令其知悉。

此旨一下，众官都知帝决意要杀年羹尧，吏部等衙门遵旨疏奏，说年羹尧狂妄悖逆，罪大弥天，请将年羹尧革职，及所有太保并世职一并革去。从前恩赏团龙补服、黄带、双眼孔雀翎紫、扯手等物，悉行追缴。敕下法司，将年羹尧锁拿来京，严审正法，得旨着年羹尧到京明白回奏。

帝诱年羹尧到京，即命步军统领阿齐图拿下，交刑部审问，指为允祀同党。刑部审讫，上奏年羹尧所犯至九十二大罪，伏请者俱按律斩，十五岁以下及母女妻妾姊妹及子之妻妾给付功臣之家为奴，正犯财产入官。得旨，年羹尧着令自尽。年遐龄、年希尧着革职，宽免其罪，一应赏赉御笔衣服等物，俱着收回。其嫡亲子孙，现年十五岁及将来长至十五岁以上者，皆陆续发遣广西、云南极边烟瘴之地充军，永不赦回，其亲弟兄子侄着签发黑龙江，给予披甲人为奴，自此年羹尧一门老小已完。

雍正帝一面早将血滴子队长云飞燕等众牢笼在京，密旨蒋进斗便宜行事，将云飞燕、张小杰、蔡赖、谭存虎、何彪、陈得海、孔有金、冯灯照、孙虎、宋多福、吴天棍等十一人一个个借端陷事，尽都杀了。雍正帝方命将蒋进斗拿下，枭首示众。但凡前日在贝勒府里谋事的人一网打尽，有事论罪，无事暗杀。满朝文武屏声静气，都称圣天子德配天地，果然坐享太平五七年。

雍正帝自觉所为不仁不义，恐有文字讯传，留与后世唾骂，因此大兴文字狱，但有涉嫌，即服极刑。有人首告，便与上赏，也不知颠倒冤枉了多少人。

其时有湖南郴州人曾静，与门生张熙，目系时艰，常有故国山河之感，平生颇慕浙江吕留良之为人，因与吕留良的门徒严鸿逵、严鸿逵的门徒沈在宽往来交契，四人时有诗酒酬和。这年张熙因在四川游览，有书寄与老师曾静，书中略有愤世感时之语，被川陕总督岳钟琪部下搜检，指为叛逆，将张熙带至节署严审。张熙被刑，吃苦不过，只得供出曾静、严鸿逵、沈在宽等。岳钟琪当下具折并逆书奏闻，奉旨差刑部侍郎杭奕禄、副都统觉罗海兰至湖南，会同巡抚王国栋拘提曾静审讯，押至京师，一面命浙江总督李卫搜查吕留良、严鸿逵、沈在宽三人家藏书箱。这时吕留良已死多年，长子吕葆中也已亡故，吕四姑长年在外，只有次子吕毅中在家，当时将吕毅中、严鸿逵、沈在宽一并论解赴京。并在吕家书箱内查获日记等书，系吕留良遗著，中有《论夷夏之防》及《井田封建》等文，均解京发看，交内阁九卿等反复研讯，詹事科道等备录供词，进呈御览。上谕吕留良、吕葆中俱戮尸枭示，吕毅中斩决，其孙辈发宁古塔，给披甲人为奴。曾静、张熙、严鸿逵、沈在宽等皆定死罪。

自此案发生，朝野大哗，触动了吕四姑不共戴天之仇，当日直来徐州高井头万化刚处。却值万化刚与女儿万小化都在家中，吕四姑参拜师父毕，哭诉此事，即刻要上京刺雍正，与父兄报仇。

万化刚道："此是理所应当，只因那厮住在深宫，拱卫森严，不可造次，却再理会。"

吩咐女儿留住吕四姑住了两天，只见白望天、吕豪、欧阳玉陆续到来。原来白、吕、欧阳三人自去海岛转回江南，探听顾洪勋之事已明，便周游国中，听得此信，情知吕四姑必来报知师父万化刚，以此不约而同赶着探访。

万化刚道："我留住四姑在此，料得你们闻信必来，正好商量。"

大家相见，甚是激怒。

吕豪道："这厮前在藩邸时，俺们察探过去正不知有多少次，当日早结果了他也罢了。"

说话间，只见一人走将入来，看时却是甘凤池。原来甘凤池在铁岭关五年，学剑已成。参拜罢，万化刚便问："大师兄无恙？"

甘凤池道："师父闻得宫府凶信，本要前来，因大师在昆仑山遣发陀罗寺行童至铁岭关，叫众师叔、师娘都去，有话吩咐。因此师父特命小人前来启请，师父说在关上等候。"

万化刚道："如此最好，既是大师有命，俺们去昆仑山见了大师，却再计议。"

于是万化刚、白望天、欧阳玉、吕豪、万小化、吕四姑与凤池同到铁岭关，邀了魏灵昏，共是八人，直至昆仑山上陀罗寺。行童接入，至精一大师静室，只见大师趺坐在禅床上，八人依次就床前跪拜罢，分左右站立。

精一大师道："我今叫汝等来此，有一言嘱咐，凡事静守。四姑此仇必报，尚不到时。"说着，去胸前贴肉接下一剑，与魏灵昏道，"此物随我一百五十六年，理交与汝。"

魏灵昏跪下受剑。众人都跪，看时只见是三寸来长一剑，隐隐血痕，光芒耀目。魏灵昏也把在胸前贴肉藏了，再拜起来。只见精一大师叫声珍重，一道寒光透出窗外，早腾云驾雾而去。回头看时，已是圆寂。

八人一齐跪送，不胜唏嘘。早有行童入来，报知本寺住持，将大师肉身入土，盖造塔院。八人在寺终礼方行，此便是昆仑派八大剑侠。

且说吕四姑报仇心切，下山之后，直奔京师。看那巍巍宫殿，哪里下得手来？虽有神剑相助，只是重楼回阁，近不得帝座。又不敢冒失，足足候了两年光景，结识太监，入了畅春园。

忽一日，撞在手边，吕四姑掣去一剑，只见一阵清光，雍正帝那脑袋落在一边。吕四姑大笑三声，跃瓦而出。内侍惊报，宫中哪敢声张，只把线将脑袋缝上了，报说皇帝晏驾。于是草诏立皇四子弘历即皇帝位，便是乾隆帝。

再说顾洪勋自台湾逃生出险，搭附商船到江南，便来昆山祖基投族。昆山顾氏问知是亭林公派下子孙，如何不留？正值族里的义塾先生辞馆，族中便公请顾洪勋掌教，十分优礼相待，倒也清闲自在。一住三年，族中太公都看他是端正本分的人，与他做媒，重娶了一房妻子，也积攒些钱，立了门户，带便做些买卖，却是得手。后来辞了义塾，专意营商，渐便小康起来，生两子一女，家道着实宽裕。只是顾洪勋思量往事，追念骆、金二妇，终是怏怏不乐，也只好糊里糊涂度过岁月。

光阴如箭，顾洪勋年已半百之上，儿女皆已长大，一应家事都交与妻儿管了，他便游山玩水，饮酒赋诗，自解愁闷。

一日，来至苏州，游览吴门胜境，听得说道，金阊门内桃花坞陈圆圆梳妆楼有个潘婆，唱得好曲儿。顾洪勋寻思道："倒是新鲜，这里还有陈圆圆的梳妆楼，何不去逛逛？"顾洪勋便入金阊门，至桃花坞，问到陈圆圆梳妆楼看时，却是一个埃糟炭气的茶店。

原来陈圆圆由奔牛镇初到阊门妓院时，院婆看她一脸乡气，上不得场，本在桃花坞租着这所房子，专为点教初出道女娘，因此发下陈圆圆在这屋内，学身段弹唱诸艺。后来陈圆圆入侯门，嫁平西王吴三桂，吴梅村又作《圆圆曲》，一时把陈圆圆当作天女一般。便有好事的把这所破屋改为梳妆楼，房主人落得传扬名气，容易出租，如今却租与人开这茶店，也正为此，倒好出息。

当时顾洪勋走到茶店前看了，大失所望，想："既到这里，也不妨吃碗茶。"便走入来，只见两开间房屋，里面密密地排着七八副座头，都坐满了，场上不见有什么婆子，众人都急急地等着。顾洪勋周遭望了一望，心下纳罕，也泡了一壶茶坐了，且看她唱些什么。

约一盏茶时，听得哄满一座，只见一个鸡皮鹤发的婆子，少说也有六十多岁，抱着一张琵琶，脚高步低地登到场上坐了，呷了一口茶，弹起琵琶来，真个低眉信手续续弹，说尽心中无限事。顾洪勋听了，不知怎的心里好难受，看这婆子时，面虽枯瘦，眉目尚是清秀，看她手指尖尖，就不似粗人，料想必是哪里翻过筋斗来的。当下婆子弹了一会儿，便唱道：

　　烟波万顷不系舟，风雨潇潇乍报秋。不计世间贫与富，少年应得爱风流。烂羊头，且封侯，黄金窟，漫淹留。看满地豺狼散漫走，听树上猢狲声啾啾。凭你是鼠窃狗偷，鬼推神磨刻意求，到头来，黄土一丘，有什么喜和愁。

　　遮莫去关山千万里，气贯长虹马如飞。横磨十万行天下，不避风霜侵铁衣。抛残血肉润荒草，刀头无数冤鬼啼。孤儿寡妇沿街走，只为争战家不齐。血卷狂潮海水赤，多少英雄化作泥。凭你是铜筋铁骨，赤胆忠心整鼓鼙，到头来，无亲无故，一般入泥犁。倒不如闲钱沽酒，茅檐幽栖，行尽清溪西复西。

婆子唱罢，顾洪勋吃了一惊，叫过茶博士，去身边掏出五两银子，与那婆子。婆子慌忙下场，抱着琵琶过来，深深道个万福，感激不尽。

顾洪勋问道："你这曲儿，谁与你作的？"

婆子笑道："从前有个先生，可怜我这讨饭婆子，与我写下好些曲儿，为此来这茶店上赚些棺材本钱。"

顾洪勋道："你是哪里人氏？"

婆子道："不瞒老爷说，我本姓潘，一向在北京院子里长大，也不知祖基何处，只小名唤作红玉。"

顾洪勋失惊道："潘红玉吗？晚生顾洪勋的便是。"

婆子听说，登时脸色大变，返身便走。众人一哄而散，都出去了。

顾洪勋呆了半晌，也懒懒起身，回至客店，不胜感叹。次日，想再去寻她，多发付她些金银，只听店小二在外说道："奇事，奇事，桃花坞茶店上唱曲儿的潘婆，昨夜晚在对面客店里吊死了。"

顾洪勋听说，拍案叹道："是我害她，毕竟世间人到头来都自有羞耻。"

当下顾洪勋匆匆收拾行李回去了，记者就此收笔结卷。正是：

什么稗史与青史，一样荒唐话满纸。

莫问人间信有无，由来世事皆如此。

此回为结卷文字，全书收到此处，只留得顾洪勋与八剑侠，随手了结众人，不费气力。

前第五十回以邢老二之子街头唱曲儿作一结，关锁陈圆圆，连带吴三桂，借歌《血海潮》。此五十回，以潘红玉卖曲儿，直歌《血海潮》，随笔带出陈圆圆梳妆楼与前第一回紧紧锁住，自成章法，文心之妙，岂寻常家数？

潘红玉自与秋月出走，至此叙出在吴下卖唱，并不明言其如何，而读者已可想而知。中有数妙：其一，潘红玉与陈圆圆为同类，故沿用其梳妆楼；其二，潘红玉害脚气，脚气之害无他，起于少年应得爱风流而已；其三，出走而后年届花甲，犹是卖曲儿，可知其中间必重入妓院；其四，潘红玉如此，秋月可知；其五，一闻顾洪勋，返身自缢而死，度其愧悔，不自今日始也。

此回回目中嵌"血海潮剑侠全书"七字，而以琵琶对昆仑，皆为绝妙之文。

总评：

一部书一百回，以诗起，以诗结，以魏博、陈圆圆起，以顾洪勋、潘红玉结，巍与博大也。陈圆圆者，吴三桂之所以引清兵而亡明者也。顾洪勋为亭林先生后裔，潘红玉则为世人写照者矣。

初回以陈圆圆起，五十回以邢老二之子街头卖唱，为连锁末回以潘红玉桃花坞为关锁，地是姑苏，人同一类，两段悲歌，遥遥相应，叠唱彻海潮声。

前五十回以延平王为主，普陀寺众人为辅，归于海岛为一结。从五十回以朱一贵为主，净光寺众人为辅，归于海岛为二结。泾渭分明，宛然两两对应，终至于海潮不波为终结。

自刘向臣、李策倡白莲社，沿而为孟卓之三合会，钱继棠之洪门，一变而为哥老会，再变而为清、洪，一变而为青帮、红帮，与血滴子若即若离，江湖会党，尽括于此。

一部书，九剑、三十侠、三十浪人，与其余一百数十人之穿插，事事含至理，人人见个性。此间不外乎正邪真伪，而有正中之邪、邪中之正，与邪中之邪、正中之正，并真中真伪、伪中伪真，写来丝丝见义，栩栩为生，各不相混。

一部书如许人，上自帝皇，下至劫骗，莫不抛残血肉而死，尤妙在死于害人自害之处，其不死者，忠义之魂，剑侠之神而已。

血昆仑，血也；血滴子，血也。普陀、台湾，皆海也。凡所以流血奔海而尽其事者，皆潮也。其为血海之潮，抑海浪之潮，抑海潮之血乎？吾不知其所止，曰"血海潮"，诚字字见血之文也。

图书在版编目(CIP)数据

血海潮·第二部 / 泗水渔隐著. — 北京：中国文
史出版社，2020.2

(民国武侠小说典藏文库·泗水渔隐卷)

ISBN 978 - 7 - 5205 - 1671 - 6

Ⅰ. ①血… Ⅱ. ①泗… Ⅲ. ①侠义小说 - 中国 - 现代

Ⅳ. ①I246.5

中国版本图书馆 CIP 数据核字(2019)第 261170 号

点　　校：清寒树　旷　野
责任编辑：牟国煜

出版发行：**中国文史出版社**

社　　址：北京市海淀区西八里庄 69 号院　邮编：100142
电　　话：010 - 81136606　81136602　81136603　81136605（发行部）
传　　真：010 - 81136655
印　　装：廊坊市海涛印刷有限公司
经　　销：全国新华书店
开　　本：720×1020　1/16
印　　张：21.25　　字数：310 千字
版　　次：2020 年 2 月第 1 版
印　　次：2020 年 2 月第 1 次印刷
定　　价：66.00 元